我和婚姻的战斗

THE WAR BETWEEN MARRIAGE AND ME

姬流觞 著

江苏凤凰文艺出版社
JIANGSU PHOENIX LITERATURE AND ART PUBLISHING, LTD

图书在版编目（CIP）数据

我和婚姻的战斗 / 姬流觞著 . — 南京：江苏凤凰文艺出版社，2019.5
ISBN 978-7-5594-3484-5

Ⅰ . ①我… Ⅱ . ①姬… Ⅲ . ①长篇小说 – 中国 – 当代
Ⅳ . ① I247.5

中国版本图书馆 CIP 数据核字（2019）第 055900 号

我和婚姻的战斗

姬流觞 著

责任编辑 丁小卉
特约编辑 刘 柳
装帧设计 马顾本
责任印制 刘 巍
出版发行 江苏凤凰文艺出版社
南京市中央路 165 号，邮编：210009
网 址 http://www.jswenyi.com
印 刷 江苏凤凰通达印刷有限公司
开 本 880 × 1230 毫米 1/32
印 张 11
字 数 350 千字
版 次 2019 年 5 月第 1 版 2019 年 5 月第 1 次印刷
书 号 ISBN 978 - 7 - 5594 - 3484 - 5
定 价 38.00 元

目　录 Contents

楔子

婆 娑

昏黄的灯光洒满了卧室，女人斜倚在床头，看着手机发呆。

手机屏是黑的，映出女人模糊的五官——这是一张不小心就会被头发淹没的脸，全是沮丧和颓废。

女人慢慢撑着坐直身体，又把皱巴巴的薄被拉平，当看到明显突起的腹部时，女人停住了。她呆呆地看了一会儿，一排雪白的细牙下意识地咬住有些干裂的嘴唇。空着的手慢慢抚上腹部，微抬微落，再抬起——些许青筋在手上绽开，落在腹部的手掌多了几分戾气。

忽然，掌心传来一阵奇异的滚动。好像有什么圆圆的东西在她掌中摩挲，那东西不知跑去哪里，掌心一空，女人心里也跟着一空。茫然地四下寻找，不经意的失落从眼神中流泻而出，直到——又有什么东西撞入了她的掌心。女人扑哧笑了，原本的颓废和沮丧一扫而空，眼神集中在自己的腹部，小心地追逐着那忽高忽低的微小变化，用手掌感受腹中胎儿的调皮和活力。

终于，肚皮没了动静。按照医生的说法，这是娃娃累了。女人也放松了，长长地吁了口气，靠向床头。笑容还挂在嘴角，眼神已经变得冷冽。

女人抬手把凌乱的头发拢了拢，又深吸了一口气，才拨通最后一个电话号码。记录显示，那个号码是下午五点打过来的。

“咦，你居然打给我了！你想通了？要离婚？”

“你说你是胡成的情人，还说胡成同意与你结婚，有证据吗？”

“唔！倒也是啊！我这儿有照片，还有录音。你要不要？我发你微信！”话筒那边轻快而愉悦地回答显示着她的未经世事。

“好。我要看看。不过我不用微信，邮箱也被封很久了。你怎么给我？”

“真是个家庭主妇！什么年代了，居然连微信都没有。那你玩微博吗？有 ins 账号吗？知不知道什么是 Facebook？”

电话那头絮絮叨叨，半躺在床上的女人面无表情，好像听到的不过是一堆杂音。只有床边被抓成一团的床单泄露了她的心情。

“虽然你邮箱被封了，但你应该会用吧？我建一个邮箱，账户密码给你，你自己去看好了。”

“好，我等你。”

对方挂断了电话。她抬起头，手上的青筋起了又平，平了又起，终究没有把电话砸碎。

对方很快把邮箱账号和密码发过来。女人再次深深地吸了一口气。她有邮箱，也玩微博，这样多此一举不过是因为她了解胡成，她知道什么样的女人招他烦：比如主动揭露他不想说的事，还留下证据让他无法解释的傻蛋！

一股如太平洋飓风的情绪风暴从无底的深渊里慢慢爬出来，正在迅速地吞噬着她。她做好了战斗准备，眼皮一扫，看到凸起的腹部。

这个孩子……

世间为何有那么多的遗憾？

女人移开目光，点开邮箱，手指放在那封信上的时候忽然顿住了。这里的内容可以想象，一旦打开，只怕自己最后的一点理智都会被烧毁！她的手指微微发抖，目光从手机移开，看着柔暖灯光里安稳不动的肚子，有些犹豫。

不知不觉，发抖的手指慢慢移到肚子上——他没动。他在妈妈的子宫里，怀抱着全然的信赖睡着了。他知道他的妈妈，他在这个世上的保护人，已经决定不要他了吗？

女人忽然想起做 B 超时看到的那个黑色的肉团团，当医生的仪器挪到他身边时，他的小手居然做出了推挡的动作！

他是在害羞吗？他也有感情吗？他的心情是和自己联系在一起的吗？他是从自己这里获取快乐、悲伤、幸福、绝望的吗？

泪水从女人的眼中慢慢滑落。

这个女人名叫宁悦，之前流过一个孩子，因为不太小心，身体还受到了一点伤害。她的丈夫叫胡成，是个很能干的男人，力劝她辞职休养，休养好了再上班。这一养就是两年，休养好没好不知道，第三年肚子里又装了一个！工作是不可能的，从前期的孕吐，孕激素低，胎停风险高，到中期的血压高，血糖高，各种餐食控制，药物跟着，眼看过了三十周，大家都松了口气，宁悦也已经三年没上班了。

自从医生告诉胡家她肚子里的孩子是个带把儿的，她就成了一级保护动物。平时横挑鼻子竖挑眼的婆婆对她的态度一百八十度大转弯，处处小心翼翼地护着她。除了胡成依旧忙得不着家，宁悦俨然已经是家里的女王。

门响了，胡成回来了。

宁悦抬起头，眼神冷冽，却掩不住眼底的一抹柔软。她并不知道，当她做出选择的那一刻，她已经永远回不到过去了！

胡成看着宁悦手机里的短信，又瞅瞅宁悦，从她的表情，他读到的是一个女人要发疯的信息。但是，宁悦显然在等着他的反应。

“你也信？”胡成轻蔑地把手机还给宁悦，“那不过是公司办展览的时候过来帮忙的一个大学生。年轻不懂事，我跟她多说了两句，她就胡思乱想。这些学生，思想太复杂。下次我跟采购那边打个招呼，这种人就该拉入黑名单，永不合作！”

宁悦居然笑了笑，问：“那邮箱呢？她确定，我们是不是也要眼见为实。不过……”宁悦顿了顿，抬头直勾勾地看着胡成，“你看还是我看？”

胡成看着宁悦，似乎有点不敢相信，又似乎有些释然。他小心地蹲在床边，伸手抚摸着宁悦的肚子：“悦悦，我们是一家子。你们母子——是我的家人。我要保护你们，你要相信我。那个邮箱，你想不想让我看？”他把“你”字咬得很重。

如果宁悦想闹，想分手，自己打开邮箱看了甩给他就可以，何必在这里问一句谁来看呢？宁悦显然是在给他机会。

宁悦有些恍惚，愣了一会儿，才说："你说得很对，我们是一家子。胡成，你是我丈夫，是我最近的人，我不相信你又能相信谁呢？"宁悦忽然叹了口气，"是，我相信你，必须相信你！我不管别人怎么说，只要你说没有，我就相信没有。"

这是个巨大的赌注，也是最后的底线。宁悦直视着胡成，手却贴上了腹部。腹中传来微微的动静，却让宁悦心底的暴戾和愤怒消散干净。她赌了，赌一个没有光明的未来，赌一个可以没有爱情与信任却因为交换而获得的安稳生活！

胡成没什么感觉，宁悦的话让他松了口气。真的，宁悦就这么放过这件事了。他这么想，脸上不由自主地轻松起来。不过，眉眼间看到宁悦肃然的表情，立刻意识到事情并没有结束。

胡成站起来拨通他们公司负责广告公关的采购经理的电话，婉转而客气地说出了那个女孩的名字，并表示她有点不太正常，展会上和观众的互动有些出格，手脚也不干净……那边似乎很吃惊，也很气愤。宁悦模模糊糊地听到他们要找女孩的公司投诉，今后也不合作云云。声音并不是很清楚，宁悦只觉得自己的耳边响个不停。

然后，她看到胡成又拨通了一个电话。这次他叫着那个女孩的名字，说自己不认识她，也不想跟她有什么瓜葛。让她不要再骚扰自己的家人，否则就不客气。

宁悦听着，心底一片空旷。

她似乎正走进一处荒野，那里一片混沌，无所谓白天黑夜，无所谓方向，只有令人绝望的荒凉与孤寂。凄风苦雨模糊了她的视线，透骨的寒意包裹着她的意识，只有掌心还有一点温温的感觉，像一朵小小的火苗，微弱但倔强地燃烧着。宁悦下意识地拢住那丝温暖，感受着，凭着那一丝温暖支撑自己走下去……

妥　协

这是这座城市里众多高档小区中的一座。高大连绵的楼层成为这一带醒目的天际线，大理石的外表和立在楼顶的西洋雕塑，以及每家每户几乎连在一起的宽大落地窗，将它与周围的楼群区别开。更别说这座小区的旁边还有一条河流！在楼间宽大的园林绿化带里，偶尔可以看到一抹鲜艳的色彩冲破浓厚的绿意，冒出头来，又在抓住你注意的瞬间，隐没在其中。不过，只要你耳朵灵光，顺着孩子们的吵闹声，总能找到这片地方——儿童乐园。

仿佛渔人穿过山洞，眼前突然见到一片桃花源。曲径通幽的园林造景限制了行者的视线。然而拨开枝条，走到这片乐园门前的瞬间，就有种撞破了五彩门，不小心走入一个截然不同的世界的感觉。平整的场地上，铺着红蓝黄的塑胶颗粒地面，色彩斑斓的人工凉亭取代了树木的绿荫。大人们在凉亭下的长凳上休息聊天，还有小桌子可以放妈妈们沉重的背包。小小孩在婴儿车里惬意地晒着太阳，大一点的孩子在弹性地面上奔跑跳跃，即使摔倒了也不需要去扶他们。大大小小的沙坑不止一个，在周末的时候，还有家庭在沙坑里野餐——后来被保安制止了。五颜六色的儿童游乐设备醒目，最令人瞩目的是那座涂了四种颜色——一个完整的小型攀爬架的组合滑梯！

据说这个小区里有一半的业主是冲着这个游乐园来买的房子。再加上小区里有个不错的私立双语幼儿园，附近一所好的公立小学，这里俨然已经成为这个城市里年轻新贵的首选。

然而，有能力把家安在这里，是否意味着幸福的开始，就见仁见智了。对于大多数女人而言，年轻时免不了想靠爱情和婚姻获得幸福，但是住在这里的一些女人会告诉你，这不过是女人的一厢情愿而已。

此刻，大大小小的孩子们咿咿呀呀地叫着，在各自的领地内活动。妈妈们则各自按了年龄分堆，凑在一起聊天。

游乐区比较封闭，看住了门口，孩子们也跑不到哪里去。六岁左右的孩子妈妈们都集中在滑梯附近，沙坑则以四岁以下为主。更小的就在彩色橡胶区域内，摔来摔去。

一个年轻的妈妈推着宝宝车来到沙坑边。黑色的短发被春风随意卷弄着，她弯腰把宝宝车里的孩子抱起来，来到沙坑前。

两岁左右的小男孩一屁股坐到沙坑里，左右看看，又看看手里的工具，抬起头看妈妈。女子笑着拿起铲子，陪着娃娃一起铲沙子。大概五分钟，有一个差不多年纪的小女孩过来玩儿，年轻妈妈笑着说："子渊，橙子来了呢！"

被称作子渊的小男孩笑着抬起头，大声地喊着女孩的名字，很快又有两三个男孩加入进去，几个小孩一起玩起来。小女孩的妈妈招呼说："子渊妈妈，过来歇会吧，让他们玩儿去吧！"

五个孩子是从摇篮一起玩大的，家长们也相互熟悉。坐到一起，一边看孩子，一边聊天说话，打发时间。

"子渊妈妈，你脸色怎么这么白？没事吧？"一个小孩的姥姥关心地问。

她摇摇头解释："大概是在屋里时间太久了，好久没跑步了。"

"多带孩子出来晒晒太阳，你也能运动运动。"

子渊妈妈叫宁悦，和这里的大多数人一样，主要工作就是带孩子。

这时，另一个小孩的姥姥说："住在五号楼三单元的那个小莲花，你们记得不？"

她压低了声音，表情极为严肃，大家诧异地看着她，静静地等候下文。

"前一阵子高速十七车相撞，新闻里老播，还记得不？莲花妈妈带着莲花，就在那里！"

“啊！”大家面面相觑。这是近两天全国都在关注的新闻，据说车祸现场惨不忍睹！

橙子妈的声音都颤了：“怎么可能？莲花妈妈前几天还发海边的照片，说马上要回国了。怎么就跑高速上了？”

新闻总是遥远的，若是牵扯上身边认识的人，总有几分虚幻的感觉。

“昨天派出所的来了，我听保安说的，绝对没错。说是刚回国，准备坐车直接回老家。不过莲花爸不在飞机上！你说，怎么就这么便宜了那个混蛋！”

宁悦有阵子没出来，一时跟不上老太太跳跃的思维：“莲花爸怎么了？”

橙子妈代答了：“莲花爸出轨了。你不知道吗？小区都知道了！莲花奶奶到处讲莲花妈的不好，莲花妈每次出来都哭得不行。这次莲花妈带孩子出国，也是太生气了，想散散心。估计下飞机也不愿回这里，才直奔娘家。没想到……”

“没想到称了那个渣男的心！”说话的是起头的姥姥，“那个男的带着小三直接去海南拍婚纱照，完了小三还把婚纱照发给莲花妈。莲花妈找那混蛋离婚，那混蛋说，要钱一分没有，公司里一堆债务，都是夫妻共同的！还在莲花妈的车上安装定位，找流氓纠缠莲花妈，拍照说莲花妈出轨。最可气的是那男的还打莲花妈！莲花奶奶还说莲花妈活该！我听着心口都疼。气死我了！也不知道莲花妈怎么想的，要我就什么都不要，孩子也不要，就跟这男的离！这下好了！老婆孩子都死了，男的独吞了所有家产，得意死那两个臭不要脸的！”

老太太脸都红了，听者亦愤愤不平。几只灰喜鹊从她头上飞过，喳喳叫着，飞向蓝天白云的深处。

宁悦下意识地打开手机，她也加了莲花妈的好友，昵称是“莲花妈妈”。最后一条朋友圈，是配了一个九宫格图片的日记。照片是小莲花和她在东南亚各地玩耍的集成，最后一张在机场，孩子坐在行李车上，开心地笑着。文字写着：“今晚回家！姥姥姥爷，我们想你啦！”孩子和女人灿烂的笑容让人无法想象妈妈的心酸，更让人无法接受，这就是她们的最后时光！

宁悦的眼眶一酸，赶紧低头掩饰。这时，旁边另一个妈妈叹了口气：“说句不好听的，死了就死了，伤心的都是活人。一死百了，莲花妈这下清静了，再也不用伤心，也不会被任何人伤害了。莲花也不用天天哭了。”

宁悦悄悄拭干眼泪，瞅了一眼说话的妈妈。她家也不太平，一地的鸡毛，都写在脸上了。

说来也怪，她们这些全职妈妈，明明是世人眼中最清闲的一群人，实际上却各个满腹怨气。明明不愁吃不愁喝，却都说自己没有安全感。男人和老人们听了，摇头的摇头，撇嘴的撇嘴，有时候连她们自己也觉得不可思议！不过说到具体的事上，大家都理由充足。别说莲花妈的事情摆在眼前，就是丈夫不出轨的，妈妈们也不安。无论她们如何努力为这个家付出，所有的辛苦似乎都是徒劳的！没人承认全职妈妈的汗水，没人认可全职妈妈的价值，没人看到全职妈妈的辛苦，只要你不上班，你就是靠男人养的米虫！

橙子妈摇头说：“莲花妈那天晚上找我哭，说自己想死的心都有，可是又不敢死！姥姥姥爷都七十多了，她不能这么走！现在可好……”橙子妈叹了口气，摇了摇头，“这婚姻啊，能凑合着过已经不错了！”

大家又是一阵唏嘘，宁悦被橙子妈说得心中一激灵，冷笑一声道：“咱们凑合着过，有人还找真爱呢！老天爷眷顾着呢！”

“真爱个屁！”小孩的姥姥已经愤怒了，“不是不报，时候不到！老天爷饶不过那对狗男女！”

“妈妈和宝宝做伴，那个世界里没有背叛。”旁边一直没说话的小胖子妈妈说了一句，眼角已经湿润。

她的宝宝每天晚上一个小时醒一次吃奶，为了坚持母乳喂养，小胖子妈妈已经这样整整一年了。这几天大家劝她给孩子断奶，婆婆和丈夫希望到了两岁再断，小胖子妈妈想着已经坚持一年了，再坚持一年也能习惯。可是最近她的精神极差，动不动就会掉眼泪，有时候也会突然发怒，看起来不太好。

宁悦突然眼酸，赶紧低下头，掩饰起来。

那边的老人还在议论：“现在的女孩子，真不要脸，追着做小三，还理直气壮地让人家老婆赶紧离婚！真不知道什么样的爹妈教出来的！”

周围的声音渐渐模糊，宁悦的眼里只有沙坑边儿子小小的背影。她想起妈妈说的一句话：“你要是打定主意，辞职回家生孩子，我也不反对。不过，你要记住·过日子不是谈恋爱，男人出了门，爱干什么就干什么，你不要管。只要他还认这个家，对孩子好，你就让他进门。家是什么？说白了，就是两个人一起养大孩子赡养老人，老了以后互相照顾的联盟！不过，我也告诉你，如果你真觉得过不下去了，想明白，安安静静地走人。记住，在想明白之前，无论如何也不能激怒男人！那样只能是你吃亏。咱们女人呀，在这个社会上，没多少机会。事业是这样的，生活也是！”

可是，什么是想明白呢？宁悦痴痴地看着不远处的孩子，思索这个似乎无解的问题。几年前，在她还不懂母爱的时候，就永远失去了听到妈妈解释的机会。如今她终于明白了母亲的爱与辛苦，抬起双臂却只能拥抱深渊。

两年前，宁悦还在月子里时。

有一天，阳光和今天一样好。她无聊地翻看着手机，细细的震动传入手掌，来了一条新信息。宁悦看了一眼，居然是短信。一边好奇这年头谁还发短信，一边打开信息。一抹灵光闪过，手下意识地停了一下，仿佛收到了什么警告。然而，手指依旧不听话地点开了。是一张照片。一张半裸的女人自拍照，露出正在一边睡觉的胡成。

宁悦的心脏在图片被打开的一瞬间抽成一团！他又来了！果然是有一就有二！

宁悦的表情依旧镇定着，甚至和进来放衣服的月嫂说了两句话。她坐在床上，低头闻了闻自己的味道，第一次意识到一个月不洗澡让她显得那么不体面。

宁悦的内心正在崩溃，除了自己无人知道，她多想在下一刻就操起厨房的菜刀，冲进胡成的办公室让他血溅五步！

她根本没想过离婚！她刚从产台上下来不久，在那里流的血可以灌满一桶！她的肚皮上还缠着绷带，那里藏着一条可怕的伤疤，只是上个厕所都要疼得想死！她被囚禁在这张床上六十天了，每天像一头奶牛一样被人挤奶！不不不，她从没想过离婚！她只想为自己付出的这些代价，换回等价的回报！唯有胡成的血，可以抵得起她流过的血！

然而，那又如何？他们有孩子了啊！那个弱小的，不及一条胳膊长的小生命，就躺在她的身边！他长大了，他懂事的时候，要让他去面对这破碎残忍的命运么和母亲杀死父亲的家庭关系吗？不不不！宁悦低头看着在小床上熟睡的小娃娃，再次否定自己。但是，她真的很想很想！

那张照片在眼前晃啊晃。晃得她发疯，晃得她几乎要失去意志力！

为了克制这种冲动，她躲进被窝里，狠狠地咬住自己的手腕，直到嘴里有了血的甜腥。腥甜的味道流过舌尖，抚慰了嗜血的本性，翻滚的冲动呼啸着要更多的血液。她拼命咬着，丝毫没有察觉神经传递给大脑的信号，无助地等着魔鬼慢慢餍足地退去……

血流尽了，还有泪，泪流尽了呢？

阳光落在婴儿床上，照在那个连翻身都不能的“肉条”上。他的肚皮一起一伏，好像一只小青蛙。可是他的四肢绵软无力，总是保持一个姿势躺着，偶尔挥挥胳膊蹬蹬腿，就是他全部的运动！甚至连维持生命所需的“吃饭”，也需要别人把“饭碗”端到他的嘴边！他唯一能做的，只有张开嘴使劲儿嘬。那是唯一能向外界宣示生命存在的主动性动作！

宁悦抱起孩子。孩子的小嘴条件反射般吸吮起来，奶水汩汩流出。宁悦感觉到身体里骤然活跃起一条大河，沿着后背滚滚而上，攀至肩膀，如瀑布一般倾泻而下，想冲进那张小嘴吸吮的出口。不料却在将出未出的微妙地方戛然收住脚步，温柔地流进娃娃的嘴里。婴儿的一张小脸满足而平静，紧闭的眼睛依旧没有任何睁开的迹象。

他……甚至都不算一个完整的人吧？宁悦想着，感受奶水从身体奔流而出的澎湃，再看着那小小的脑袋，忽然觉得只需要再多一点点都有可能淹死他！

他真是太柔弱了。他应该还没有痛感吧？他能不能感受到痛苦呢？现在的他和胚胎时的他，在智商和情商上应该没有差别吧？那么，也许，此时结束，不需要痛苦吧！

宁悦想着，身体向前倾了倾，柔软而莹润的身体组织立刻把小孩的鼻孔完全堵住，不留一丝缝隙！

这时，从宁悦的胸口传来一丝细微的变化。宁悦本能地退后，抬手的瞬间看到腕上的伤痕，一股怪异的冲动控制了宁悦："不要动，就这样，只需要一会儿，几秒钟，一切就结束了。马上就可以回到从前了！没有孩子，没有责任，没有痛苦……"

宁悦猛然仰身，扑通一声后脑勺重重砸在床头上。惊天动地的哭声从孩子嘴里传来，理智还没回到宁悦的脑海，她的汗已经湿透了衣服，整个人也虚脱似的躺在那里，任由孩子大哭着，一动不动！

婆婆和月嫂郑阿姨进来的时候，宁悦的眼泪和汗水已经混到了一起。婆婆心疼孩子，赶紧抱起来哄，嘴上不说，表情已经相当不满。郑阿姨很有经验，看了看孩子，伸手把孩子嘴边的奶渍擦干净，又看看脸色苍白的宁悦，找借口支走了婆婆，自己则抱着孩子去了另外一个房间。

人走了，房子空了。一片寂静中，宁悦的魂魄好像才回到躯体里。

她一动不动地躺着，不知道自己怎么了，也不知道为什么会这样！她感到惶恐，感到不安，甚至感到绝望！因为不知道还有没有下一次！

我差点杀了他！

是的，我刚才，那么想杀了他！

她知道自己生了一个人，一个小生命。可是这个生命太过脆弱，脆弱到甚至不需要她的手指，只要稍稍改变一下姿势就可以结束。而自己潜意识里对这个生命的渴望其实远没有自己想象得那么强烈，事实上，最强烈的渴望是重新回到过去，回到那个没有孩子的时候！她要自由，要安全，可是她的爱完了，她的幸福没有了，她能带给这个孩子的还有什么？她要带着孩子生活的这个屋檐下，这个叫作"家"的地方，是个什么样的怪物？

或者，独自一人，用自己的后半生去承诺这个生命吗？不，她不敢，也不愿！她是懦夫，她没有母爱，她甚至自私地想要杀死自己的孩子！她害怕，她绝望，她希望世界在她带走孩子时迎来末日！

宁悦流着泪，仰面朝天一动不动。

不知过了多久，身边的床榻一歪，郑阿姨进来坐下。手里端着一碗热水，递给她。宁悦呆呆地看着这个四十多岁的女人，不知道她看出了什么。

郑阿姨说："孩子睡了，没事了。"

“没事了。”宁悦重复着。

郑阿姨叹口气，说：“生完孩子都是这样的，没有人天生就会当妈，不过是照顾的久了，有了感情，也就舍不得了。其实亲生的收养的，都一样，没有天生的感情，都是慢慢带出来的。”

“真的？”

“真的。你养只狗，照顾得时间长了，不也一样吗？人也一样。”

宁悦松了口气。大家都是这样的，母爱不是天生的。可是爸爸呢？

郑阿姨若有所思地看了一眼宁悦。妻子还在月子里，丈夫就出差到外地许多次了，换谁都知道有问题。她说：“父爱如山嘛！最好的父爱就是像山一样坐旁边不动，不添乱就是好的啦。要我说啊，有了孩子以后，最没用的玩具就是父爱啦，在屋里碍事，放出去挣钱才好。男人嘛，只要把挣回来的钱交给你，就是负责啦！”

“是吗？”宁悦想，我只有一张信用卡的副卡，算是把钱交给我吗？她没说，郑阿姨自然也不知道。

郑阿姨叹了口气，说：“你多带带孩子，他跟你亲。将来有什么事，他肯定向着你。”

“我不想要了。”宁悦一脸痴呆相。郑阿姨愣了好半天，才抱起孩子，塞进宁悦的怀里，说：“你瞅瞅，这是你生下来的。这么小，这么弱，要是有人欺负他，你这个当妈的跑了，谁来罩着他？”看宁悦慢慢低头看孩子，郑阿姨又说，“有后妈就有后爹，奶奶是多子多孙的，嘴甜的才疼。你想想，这么大的世界，满世界的人，除了你，还有谁能无条件地爱他护他疼他？”

眼泪终于落下，像断了线的珠子，很快汇聚成河，落在衣襟上，落在襁褓间。

郑阿姨微微摇了摇头，这是妈妈的眼泪啊！也是女人的命！

她打量着眼前伤心的女人和孩子。这种事太多了，多到公司培训的时候都告诉她们如何应对。但平心而论，即使郑阿姨已经人生过半，也依旧无法理解，为什么在女人最难受最孤独最害怕的时候，男人可以那么心安理得地去寻自己的快乐！只是因为他孩子的娘不能让他高兴？可是是谁给女人带来的疼痛，是谁把女人置于险境，是谁让女人陷于绝望，难道不是男人吗？那他们又承担起什么责任了?

挣钱?

仅此而已?

从那天开始，宁悦像着了魔似的把所有照顾孩子的事情都揽在自己身上。就连晚上也把婴儿车放到自己的床边，让孩子日日夜夜都跟着自己。郑阿姨倒落得个清闲，只是睡觉的地方不太好，临时在卧室门外摆了张床守着。

婆婆说这样不像话，会累得没奶。郑阿姨说没事儿，孩子跟妈睡，能刺激奶腺分泌。婆婆看了一眼宁悦，宁悦好像没听见她的话，一甩手走了。

小孩儿的成长以剪辑加快进的方式呈现在宁悦面前，强烈地冲击着她的意识。她开始意识到，她必须护着这个小生命不被这个世间的种种意外打倒，她还要教会他怎样才算强悍！可是，那是一份怎样的责任啊！大到洪水猛兽，小到细菌病毒，一时间仿佛全世界都是足以致孩子于死地的敌人！而且，这样的责任少则十几年，多则几十年，也许终其一生，都无法结束！

宁悦抱着孩子，低头看着他皱在一起的五官，双手不由得颤抖起来。她害怕那份责任，她不知道自己能不能担负起来！她慢慢松开手，就在把孩子放在床上的那一瞬间，一直不睁眼的孩子眼皮一阵抖动，忽然睁开了眼。黑白分明的大眼睛，真正纯净澄澈的目光，瞬间吸引了宁悦。乌溜溜的眼球动了动，随即，孩子的小手挥了一下，原本皱巴巴的小脸悄然一动，小嘴现出一个近似人类笑容的表情。

宁悦愣住了，原本要松开的手忽然微微收紧。孩子的嘴里明确地发出“咯咯咯”的笑声！

宁悦的泪水突然就涌了出来！她知道，自己不可能放下他了。就算与全世界为敌，就算天塌下来，她也不可能放下了。那个笑容，牵动了宁悦内心最柔软最温暖的地方，唤醒了深藏在她体内最原始的冲动。

可是，恐惧依然存在。她几乎倾尽全力地照顾孩子，努力寻找激发母爱的钥匙，不过是下意识地逃避一件事——她害怕自己会再次“在无法支配的冲动下”杀死孩子！

魔鬼在深渊里，时刻凝视着她。

宁悦，无法逃脱，抑郁了。

依旧是两年后。

游乐场里的孩子们还在热火朝天地玩儿，义愤填膺的表情依旧在每个知情人的脸上。宁悦的公公婆婆寻过来，让宁悦回去看一下，有个快递需要她的身份证。公公去买菜，婆婆带着胡子渊玩，宁悦交代两句就离开了。胡子渊看看妈妈，刚撇撇嘴，就被奶奶推的秋千荡起，笑着转移了注意力。

“你多带他，他心里向着你。”

宁悦边走边回头看，心里竟然想起郑阿姨早先说过的话。不同于那时的无奈，此刻竟然有些丝丝的暖意。在她绝情冰冷的婚姻里，只要有孩子，就还有温暖之源，就有她情感栖息的生命之火。就算离开，她的爱不会熄灭，她的温暖不会消散。

宁悦取完快递，心跳得厉害，只好摸着把椅子坐下来。她习惯性地拿出手机，看着黑洞洞的屏幕，又不知道要干吗。

“看什么呢？”身后突然传来一道颇有磁性的声音，紧接着，一条结实温暖的臂膀把宁悦带入怀抱。

宁悦的身体陡然一僵，拿着手机的手臂胡乱一挥，不知打到了哪里。就听那人喊了一声：“哎哟！”

宁悦倒退了一大步，远远站定，目光复杂地看着来人。

胡成，她的丈夫回来了。

西装外套已经脱去，领带半开着，白色的衬衫领口微张，露出筋骨分明的颈部肌肉。今年最流行的瘦型西裤整齐地套在他的腿上，H标记的腰带低调而精致地勾勒出依旧紧致的腰身。时光对谁都是一样的，但努力的人总能偷出五六年。胡成就是这样努力的人，不管工作多忙，时间多么紧张，健身房是他行事历上雷打不动的安排。即使当年宁悦因为阵痛入了产房，胡成也要完成规定的健身项目，才赶到医院。

男人过了四十，臀部就开始下垂，这一点和女人的烦恼是一样的。而且女人可以穿BRA纠正，男人就只能那么吊着。可胡成的臀部一直很翘。就像宁悦的脸，虽然也有皱纹，但给人的感觉还是年轻，甚至有一点点幼稚。在宁悦看来，这些都是天赋。可胡成却认为这是自己长期健身的结果。而宁悦，则要归功于各种昂贵的护肤品。

宁悦并不与他争执，结婚这么多年来，她已经完全摸透胡成的脾气。那就是一头狼，天天高高在上，自以为了不起，稍微有谁不顺着他，就记恨一辈子，总要找机会咬你一口。宁悦吃了几次亏之后，也随他去了。这样大家都很舒服，你得了你要的顺从，我全了我的安宁，皆大欢喜。更何况，宁悦一直很欣赏他那高高翘起的臀部。在身体的黄金分割点上，那么鼓鼓地突出来，立刻把古板的西装穿出一种闷骚来。

宁悦觉得，这是属于自己的乐趣，全世界几亿人，只有她懂得的胡成的美。

后来她才发现，自己不过是其中之一罢了。这个认知曾经让她难过得无以复加，可她居然神奇地挺了过来，并且已经痛得习惯了。就像每月例行一次的痛经，要死要活，然后继续活。每到这个时候，她就像一个旁观者，看着另一个自己从深渊里爬出来，自虐自残，闹够了再慢慢爬回深渊。

她疼，也不疼。她恨，也不恨。

大概，这就是麻木吧?

“你怎么了？”胡成捂着脸，看起来打得不轻。

他敏锐地注意到宁悦的不对劲。强烈的危机感让他瞬间绷紧，好像一头亮出獠牙发出低沉狺吠的野兽。

熟悉他的宁悦毫无障碍地感受到危险的信号，那一瞬间她甚至觉得眼前站的不是自己的丈夫，而是随时可以扑过来掐死自己的人。

——这种感觉并不陌生。

当年他们就是这样认识，并且自己也正是被这种危险吸引，最后才成为他的妻子。

宁悦相信一物降一物，她来到这个世上，就是为胡成这头野兽套上嚼子的。可是现在，她觉得并没有驯化他，反而把自己成了一头困兽。

宁悦心头有些烦躁，她深深吸了口气，然后说：“有个叫田秋子的姑娘今天来找我，”她观察着胡成的表情，继续说，“她胡说了一些东西，我没空理她，叫保安把她撵走了。”

胡成的脸抖了抖，看着宁悦没有说话。

宁悦随意地问：“真的？她说的。”

胡成摇了摇头：“什么真的假的。现在的女人看男人有点本事就倒贴，你别理会！我每天忙得不行，哪有时间弄这些！”

两年了。从怀孕时收到另外一个女人的照片开始，胡成就不断否定着所有的婚外情。宁悦只给他一句话：“你是我老公，我最信你。你若说没有，我就当没有。”

当年宁悦妈妈也是这样对宁悦爸爸的，后来他们一起过完了后半生。可是，宁悦妈妈只问了那一次，而宁悦已经记不清这是自己第几次问了。

不同的女人，或者照片，或者找上门，一次又一次，弄得宁悦都觉得问胡成是一件很无聊的事！然而，即使很无聊，她也要每次都问一遍。心里就像养了一头怪兽，唯有得到那个明知是假的标准答案，才能安静地趴下。

胡成换衣服回来，问宁悦：“床头上你的药呢？怎么都没了。你吃完了记得要买，或者让我妈去买也一样。”

“医生说不用吃了。我那个本来就是产后抑郁，自己就能慢慢恢复。你非让我吃药，现在已经好了。”

“真的好了？”胡成迟疑了一下，手指划过脸——那里刚才被打的地方还火辣辣地疼。

宁悦从柜子里拿出一份蓝色的就诊本，递给胡成，让他自己看。

胡成随便翻了翻就扔到了一边：“好了就行，以后稳当着点。幸亏是我，要是孩子或者我妈，你这一下子非出人命不可。”

宁悦没说话，低头翻着手机。

胡成一边起身换衣服，一边观察宁悦。换好了衣服，才凑到宁悦耳边，带着明显的暧昧问：“有事？”

宁悦全身毛孔都炸开了！如果不是门口传来熟悉的呀呀声，她一定会迅速推开胡成，跳到一个安全距离之外！

门开了，胡成撇下宁悦，整个人仿佛变了个模样，笑眯眯地冲到门口。

大门已经打开，一辆儿童手推车正缓缓驶入，车上坐着一个可爱的娃娃，看到胡成便张开手臂，咿咿呀呀地叫着。胡成一把抱起娃娃，高兴地在屋里转圈："哦哦哦，我的大儿子！宝贝儿回来了！"

父子俩玩着扔高高的游戏，大的喊，小的笑，屋里诡异的气氛瞬间被冲散。

宁悦的目光在大小两个男人间徘徊，握着手机的手爆出了青筋。最后，她的目光定在小肉团身上，所有的冷冽都融成了一汪春水。

四年后。

"妈妈，快来陪我玩儿！"虽然已经上幼儿园了，但三天两头病休的娃又在客厅里喊她。

宁悦笑眯眯地走过去，和孩子玩起了乐高积木。一块小小的乐高块，在宁悦手里已经转了十几圈了，还是没找到正确的接口，小孩子不满意地夺走，利索地插进自己的组合中，顺便送给宁悦两颗卫生球。宁悦笑着承认自己没找对，又捡起一块问娃娃该放在哪里。胡子渊思考的时候，手机出来一个来电显示。宁悦不动声色地消音，站起身轻声哄着孩子，一起起身穿衣。

婆婆从厨房里出来，问宁悦去哪里？宁悦说出门晒太阳。

婆婆忽然说："最近天儿好。"

宁悦愣了一下，看看外面，太阳并不强烈，淡淡地说："哦，要不不出去了吧。"

婆婆一皱眉，沙发上看报纸的公公插话说："出去活动活动吧。小男孩，不要老在家里锁着他。"

宁悦领着孩子出门。婆婆走到阳台向下张望，半天才回来对老头子说："上个月我看见宁悦和一个男的在大门口说话，我问是谁，她说是同学。"

老头依旧看报纸，头都不抬。胡成妈习惯了，继续说："你说她好好在家里带孩子呗，非要参加什么同学会！招些男的，让人说笑话！"

"宁悦参加同学会又没瞒着你，有同学来找她办事，分什么男女！我看就是你没事瞎念叨，累不累！"

“我瞎念叨？她一个家庭主妇，八年没上过班了，她能办什么事？要说女生来问问怎么生孩子养孩子，我还信。一个男的来找她办事！笑死了！”

“宁悦人家以前也是律师，挺能干的。你不要老是瞧不起她。”

“不是我瞧不起她，我是心疼胡成。这一家子全靠胡成一个人累死累活，宁悦，说白了她就是在家吃闲饭的，花的用的都是胡成的血汗钱！她要是再招惹些男的，对得起胡成么！我得帮我儿子看住她！”

胡成爸忽然想起一事，却没有立即开口，而是想了想才说：“有时间你说说胡成，别那么拼，老不回家也不是个事儿。”

胡成妈点点头，却又冲大门念叨：“还不是宁悦没本事，整天丧气。胡成回来了也不知道哄哄，跟木头似的杵着！谁看了都难受！要不是有子渊，我早就让胡成跟他离了！”

胡成爸瞥了个白眼，依旧看自己的报纸。但是胡成妈说到了离婚，却让他心里一动。前两年在小区门口听人说宁悦和一个女孩子闹不愉快，隐隐的不安让他深深吸了一口气。依他几十年的经验，宁悦绝对有自己的心思，但孩子拴住了她。倒是自己的儿子胡成，一个月能有三四天回来住就不错了。站在男人的角度，老爷子很明白这意味着什么，也明白这样的危险性。可站在父亲的角度，他并不愿意谴责，还隐隐有几分骄傲。他想得很清楚，自己已经老了，自然是要跟着儿子过。胡成的孝顺，不用担心。他现在担心的，是胡家的香火由谁来延续？当然是越多越好，不管哪个妈生的，只要是胡成的孩子，都是好的。

可是如果因为离婚宁悦把胡子渊带走了，他绝不允许！

想到这里，胡成爸叫住准备进厨房的胡成妈：“你以后对宁悦好点，别老跟胡成说她这不好那不好的。”

“事儿是她做的，还不许我说吗？”老太太嘟嘟囔囔地进了厨房。

小区的门口向阳背风。暖暖的冬日上午，宁悦带着胡子渊出来玩。胡子渊啪啪地敲打着小区围墙上干枯的爬山虎。宁悦则略带焦虑地看向来车的方向。

一个穿黑色羽绒服的男人从一辆银色普桑上下来，向着宁悦的方向跑来。

待到近前，宁悦松了口气。

卓浩则递出一份鼓囊囊的牛皮纸袋："都在这里了。你这老公真行，这是第几个了？"

宁悦接过来，并没有拆开。

卓浩看宁悦居然不动声色，有些着急："我就不明白，你为什么不离婚？你担心什么？我帮你！你要是愿意，我现在就帮你找律师办离婚！"

卓浩的声音有些大，宁悦示意他轻一点："谢谢了！我还没有想明白。一开始我也难受，可后来我发现也没什么。在这个家里，我和孩子有吃有喝，有钱享受较好的教育和生活。一个正常家庭该有的，胡成都给了。"

"你疯了！他是你丈夫！他除了给你钱，除了没饿死你，还给你什么了？"卓浩指着宁悦手里的那一大堆文件，"他在外面找女人，换着花样地找！这是一个丈夫该做的？他把财产都记在他父母的名下，宁可相信自己的情人，和情人合伙开公司，也不给你留一个账户。这是一个丈夫该做的？对家负责任？笑话！你来告诉我，他负的哪门子责任？"

"孩子。养育的责任。"宁悦认真地说，"依靠婚姻和爱情来获取幸福，是小姑娘的想法。对我来说，家就是一个以抚育后代为目的的联盟。我付出劳动，他提供金钱，在情感上不亏欠孩子，让他在一个基本完整的社会结构里长大并成熟，这就是家的意义，这也是他的责任，我得要求！"

卓浩不可思议地打量宁悦，最后才摇着头，惋惜地说："宁悦，你还记得当年咱俩为什么分手吗？"

宁悦一直平静的脸突然出现一道裂缝。

"我要做侦探，我要冒险。你说你担心我，你不能看我处于危险之中。你从来没说过钱。你说，你要的家要有一个男人，要给你安全。我不能给你，但你现在这个男人，给了你什么？"卓浩不是第一次劝宁悦了，说到这里忍不住指着不远处的孩子，"就给了你这个孩子，所以你就这么委屈自己？连自己真想要什么也忘了吗？"

卓浩突然愤怒地拔高了声音，看着宁悦的眼充满不甘！

宁悦却在第一时间回头去看在一边玩耍的儿子。小朋友被大嗓门吓了一跳，看到妈妈，愣了一下，赶紧跑过来，抱住宁悦的大腿。

宁悦摸摸胡子渊的头，微笑着安抚了片刻，引着娃儿重新燃起对树叶的乐趣，才走回来对卓浩说："你说得对，就是这个孩子。这也算不得委屈自己，不过是一种选择罢了。"她看着儿子，"每个人都有自己的路，走到今天，后悔也没用。我只想把每一天过好，以后会怎样，以前是怎样，我没时间想，也没必要去想。"

卓浩叹了口气："算了，我也不强求你了。不过，宁悦，你知道吗？我为什么一直留着那个电话号码？就为你一句话。为你这句话，我这辈子，只要你需要，我随时都会过来帮你。"

宁悦茫然地看着他。

卓浩喉结动了动，才深吸一口气说："我要求分手那一次，你给我打电话。你哭着说，分手就分手，不要不接电话啊！你说你会担心我，会猜我是不是被人打了，被车撞了，掉进沟里没人救了……"卓浩笑着哽咽地摇了摇头，顿了顿，才说，"你说你害怕我会出事。让我分手就分手，不要吓你。"

卓浩苦笑着，一边说一边看宁悦，希望得到哪怕一点点的回应。然而宁悦却低下了头，那双灵动的眼睛，曾经泄露无数心事的窗口，已经深深藏在头发下面，不再轻易示人。

"这么多年了，再也没人这样对我说过。"卓浩轻叹。

他追寻着自己的梦想，年纪轻轻就游刃有余地游走黑白两道。他是父母眼中有出息的儿子，是女人心底得不到的星辰。可是，再也没人对他说这句话。他们都已经走过了，那个最美好的年纪。

沉默在两人之间蔓延。

"妈妈，我要回家。"胡子渊拽着宁悦的衣角，轻轻地说。

宁悦半蹲下，抱起孩子放进推车，抬头撩发的瞬间，抹走了眼角的晶莹："我先走了。"

卓浩点点头，侧身让开。遥遥看着宁悦推着孩子的小车，慢慢地走进小区，隐没在那一片浓郁的令人窒息地绿色里。

心　魔

宁悦回到小区，并没有立即回家。而是带着胡子渊去玩取款机的名头，去了位于北门商业区的一家银行。从银行出来的时候，宁悦手里已经空空如也。胡子渊很高兴能在取款机旁边玩一会儿，因此也让宁悦的手里多了几张钞票。

软软的小手握在掌心，像条不安分的小鱼，不停地蹦来蹦去。几次滑脱出来，又被宁悦快速抓回去。一辆辆汽车从车位里驶出驶入，胡子渊大声念着车牌，清脆的童音一声声甩入蓝天。宁悦笑着把他安置在推车里，又推进了面包店。一路走一路玩，不时听到有人感叹："啊！还是全职妈妈好！能天天陪着孩子。孩子幸福，大人也放心！"

胡子渊时不时抬头盯着挂在车边的面包袋子，商量着想先来一块。宁悦慢条斯理地与他讲条件，最后谈妥下午三点再吃，可以多加一杯可以快快长高的牛奶！胡子渊欢呼着，自己解开了安全带跳下车，在阳光笼罩的人行道上来回奔跑。宁悦微微眯起眼睛，突然意识到，孩子又长大了。那个还需要小推车的娃娃，已经被时间收回去了。

莫名的伤感和喜悦同时降临，宁悦感受到一丝丝生命的活力在体内复苏。每次都是这样，随着一本本调查档案被锁进银行的保险箱，她的希望和温暖也一次次扑灭，只有孩子，才能带着她艰难地爬出来。是的，无论走到哪一步，都应该记住，过去都是假的。回忆是一条没有尽头的路，一切以往的春天都不复存在，就连那最坚韧而狂乱的爱情归根结底都不过是一种转瞬即逝的现实。

离婚吗？不知道啊！宁悦觉得自己一直在走钢丝，左边是维持这个家的完整，右边随时为离婚做准备，“准备”六年了！

第一次发现胡成出轨，那时胡成断然否认。宁悦选择相信，但是看到胡成如释重负的表情，她就敏锐地意识到，这个“家”对“爱情”来说已经不复存在了。

那时她不知道怎么办。孩子那么小，自己也没有收入来源，房子是公婆给买的。家里的财务仔细算下来，大概只有负债。夜深人静，即使很快习惯了胡成的夜不归宿，宁悦依旧在焦虑里彻夜难眠。早已消失的抑郁症隐隐有复发的趋势。

在一次莫名其妙地呵斥胡子渊，然后自己放声痛哭之后，面对婆婆和胡成逼她吃下的抗抑郁药，宁悦默默地告诉自己：不能这样下去！

她翻箱倒柜，终于从地下室的小箱子里翻出了一个陈旧的通讯录。卓浩的名字，已经被水浸模糊了。

那个号码，现在还在用吗？

拨号，等待，通了却没人接。

宁悦失望地放下电话，心却习惯性地揪了起来。这么多年了，应该不会像那时候那么危险了吧？

第二天，电话响了，熟悉而又陌生的电话，宁悦呆呆地看着，居然忘了接！直到第二遍响起来，她才手忙脚乱地摁下接听。

卓浩做的是私家侦探，宁悦请他帮忙查一下胡成。在查出轨对象和财产之间，宁悦犹豫了一下，选择了财产现状。胡成没给宁悦任何情感的皈依。他们之间甚至连金钱上的信任都没有。胡成给家里的现金，全都在胡成妈的手里。如果宁悦要用现金，需要找婆婆要。宁悦从来不要，婆婆偶尔想起给，宁悦也是客气地推辞掉。

在卓浩的帮助下，宁悦知道家里房子的贷款已经被胡成还清了，从公婆的对话里，大约猜到家里账户有些余钱。如果离婚，她应该不至于一无所有吧？她带着胡子渊离开，能给孩子一个怎样的保障呢？她依然在犹豫。每个漆黑深夜里下定的决心，在第二天早上，看到孩子和爸爸或者视频或者拥抱的笑脸时，就变得犹豫了。她觉得，四年前离不离婚取决于她是否还爱胡成，而四年后是否离婚，则取决于孩子是否离得开爸爸。她不想胡子渊加入单亲家庭的大军。而且，胡成除了对她不忠，对这个家却是负责的。所以，即使证据确凿，也只是留着备用，还要防着被胡成发现。

回到家，婆婆正在厨房里做饭，公公坐在沙发上看报纸。胡子渊欢呼着扑向爷爷，混合着空气中浓郁的红烧带鱼的味道，搅动着宁悦的心脏。

她的父母早在八年前就去世了。婆婆并不好相处，但有了孩子以后，一路磨合下来，并未闹到鸡飞狗跳，反而形成一种默契。最重要的是胡子渊很喜欢爷爷。严厉的老人在看到孙子的时候，硬如钢针的胡子都能变成软软的柳丝。如果离婚，她将失去这一切。她不害怕失去胡成，但她害怕胡子渊失去他所爱的人。

婆婆照例抱怨宁悦给孩子买了零食，宁悦低头把面包收进冰箱，懒得解释。她想如果离了婚这样的抱怨就不用听了，但随即端上桌的饭菜立刻否定了她的想法。如果离了，不会有人免费给她做饭，减轻她的负担。

爷爷已经带着胡子渊去洗手，婆婆念叨着小区里的家长里短，忽然说："对了，咱们楼道的那个保洁员来了个新的。昨天下午快六点的时候，我在楼梯间看见她带着一个小孩写作业！我就问了问，原来她丈夫和别的女人跑了，她一个人带着孩子。孩子放学家里没人，就接到这里，等下班了再一起走！啧啧啧！真可怜！"

婆婆摇着头，接下来絮叨她如何把家里的衣服收拾出来，给了他们，还让宁悦把胡子渊不用的玩具、绘本整理一下，看看人家需不需要。

婆媳难处，但也分人。宁悦与婆婆脾气并不相投，也经常看彼此不顺眼。但宁悦知道，婆婆是个善良的人，她的毒舌和尖刻都是无心无意，反倒是不太常说话，总是和胡子渊玩儿的公公，总让宁悦觉得有些畏惧。

宁悦的心思在别处，待婆婆终于落了话音，才状似无心地问："离婚也不该什么都没有啊？"

“嗨！我问了。小崔说她受不得那对无耻男女，一分钟都不想跟他过，什么条件都没提就离了。那个男人不是东西，看准了小崔急着离婚而且一定要孩子，提了一大堆条件，最后家里的房子车子都拿走，就把孩子留给小崔。”

“可是孩子的抚养费呢？”

“小崔没说，我看她那个性子，估计男的如果不给她，也不会去催的。”

宁悦抽出纸巾擦了擦嘴，又把胡子渊嘴巴周围擦干净，好像完全忘了婆婆的话。婆婆骂骂咧咧地数落着男人的不是，最后更是落到爷爷身上，总结出全天下男人都不是好东西。爷爷一开始不吱声，听到最后忍不住回了一句：“那胡成呢？也不好啦！”

宁悦一愣，本要起身的动作就僵在那里。

婆婆一拍桌子：“他敢！再说了，那是我儿子，他绝不会这样！”

放在以前，宁悦一定会笑婆婆是自家的乌鸦毛都是白的。但现在她有了胡子渊——胡子渊长大了也要娶妻生子，会和胡成一样吗？她狠狠闭了下眼，才接着说：“如果胡成真的在外面有了呢？”

胡成妈一挥手：“没有如果！为了豆豆，他就不能胡来！不管怎么说，豆豆始终是我们老胡家的。”豆豆是胡子渊的小名。

宁悦听明白了，如果胡成真的和自己离，这位善良而彪悍的婆婆是绝对不会放弃孙子的。

宁悦脸一沉，轻轻站起来，拦住正要跑开的胡子渊说：“子渊，吃完饭要洗手。”

看胡子渊不情愿地拐进卫生间，爷爷忽然开口：“悦悦你放心，胡成如果真在外面胡来，我就打断他的腿！这个家，绝不能散！”

宁悦没理他们，慢慢地走到卫生间门口等着孩子。

公公婆婆要午休，宁悦带着胡子渊出门晒太阳。单元门口杂物房的门半掩着，有个女人正坐在小板凳上叠纸盒。她脚边已经放了满满一大筐。穿着深色西装的物业经理大声地训斥她赶紧收起来，不要耽误工作。女人也不吭声，只是加紧了手上的速度。

物业经理看到宁悦停在她身旁，似乎有些紧张，劈手夺下女子手上的活计：

“让人看见了像什么话！”

宁悦忍不住开口：“姚经理，反正中午也是休息，她就是做一会儿也不碍事。关上门就好，没人看见的。”

姚经理这才悻悻地还了回去。那女人抬头看了一眼宁悦，一双眼睛弯弯的，透着与年龄和身材不相符的年轻。她微微点头，不卑不亢的样子，宁悦不由自主地还礼。

胡子渊又着急起来，扯着宁悦的手往外走。宁悦向姚经理点了点头，转身离去。她已经听出来了，这个女人就是婆婆口里的小崔。因为丈夫有了外遇，一怒之下带着儿子净身出户的那个小崔。但是宁悦并不想学她。今天她可以为小崔说话，但他日并不一定有人会站出来替她讲话。她这个年纪这个状态，对一切都没有幻想。她只想好好活着，把孩子带大，看他策马扬鞭离开，自己就可以松口气了。

晚上，孩子已经睡了，胡成才带着一身酒气回来。洗了个澡换了身衣服，好像还要出去。

宁悦默默地把衣服收起来，胡成才像刚注意到她似的，笑嘻嘻地走过来说：“哎，儿子怎么样？”

两人聊了两句孩子的情况，又相对无语。胡成脸上也露出不耐烦。宁悦忽然很想问问他，现在的自己是不是很乏味。她和外面的那些女人相比，究竟差在哪里？或者，她更想知道，究竟什么样的女人，才能让胡成付出一生的时间去专心守护？不过这么酸的话宁悦当然不会说出口，这些话都是过去的惯性。她想，六年了，惯性真强啊！

“对了，妈今天说了个事儿。”

胡成是个孝子，只要提到他母亲，多忙都会停下来。宁悦有时候觉得，胡成应该生活在古代。披一身官袍，满嘴的仁义道德，天下民生。回到家里上敬老下爱小，贪一堆钱财建一个大院，装他的三妻四妾。

三言两语把小崔的故事讲完，胡成似笑非笑地看了她一眼，“哦，你怎么说？”

宁悦忽然有点感动，也笑了：“你居然还关心我怎么想？”

胡成穿着衣服，没有立刻说话。他听出宁悦话里的怨怼，自己似乎忽略她很久了。不过现在的宁悦真的激不起他的半点兴趣。

结婚前的宁悦，像一朵热烈开放的玫瑰，是他在万香国里征战的最高战利品。然而结婚后的宁悦越来越没有存在感，偶尔引起他的注意却都是数不尽的缺点。有了孩子以后，她连缺点都没了。

她安静地活在阴影里，与阴影融为一体。

胡成不理解，也不想理解。他的征途不会为一个女子停留。除非她是他的绊脚石。想到这里，胡成笑了，与宁悦为敌？听起来很刺激！其实他还是很怀念结婚前的那个女人：犀利的眼神，薄薄的双唇，简练准确的表达。高傲时，她是能察觉藏在十二层褥子下豌豆的公主。卑微时，她不介意卑躬屈膝。

胡成忽然觉得眼前的宁悦多了几分光彩，忍不住上前抱住她，笑着说："咦，哪里来的怨妇？你是从古代穿越过来的吗？"

宁悦不着痕迹地推开他，绕到他的身后整理着衣襟，亦笑着说："天天在家里，也不接触外面。稍微有个风吹草动，就有些夸张了。你还笑话我！"

胡成没了兴趣，敷衍地点头："想上班了？子渊现在虽然上了幼儿园，但是三天两头闹病，你还是多费费心吧！反正咱家也不缺你上班那点钱。"

宁悦沉吟了一下，低声说："妈说你上班很辛苦，我天天闲在家里，还不如出去帮你。"

胡成不耐烦："她说什么你听听就好，不要往心里去。闲着不好吗？多少人巴不得闲着呢！"

宁悦手指一动。胡成又说："怎么，你害怕像那个小崔一样，离婚以后连工作都找不到吗？放心，我不会和你离婚的。有子渊在，就算你跟我离，我都不同意！"

宁悦抬头看他，灯光下，胡成棱角分明的五官有将近一半被黑暗笼罩，整个人显得英俊又危险。他安抚道："你不要胡思乱想了！好好在家，照顾好这个家，外面的事有我。如果你听到什么风言风语，也不要理会，都是应酬，男人，免不了。但是我心里明白，家里只认你一个人。"

宁悦不知道自己是什么表情送走的胡成，只记得他走到门口又格外强调，带孩子就是正经工作，其他不必考虑。

梦里无数次的离婚，充斥的都是孩子的眼泪。醒来满心的无奈，看着舒适温暖的房间和孩子兀自甜美的睡颜，宁悦无奈地想："再忍忍吧！"

第三天中午，吃饭的时候，婆婆说，小崔被开除了。

宁悦忽然想起一件事，她第一次因为胡成出轨吵闹的时候，胡成为了安慰她，给她带来一只小狗。可是，宁悦要的不是狗，而是男人的承诺和安全。他们大吵一架，宁悦更是以怀孕的时候怎么能养狗为由头，狠狠大哭了一场。没几天就被送进医院，查出来有抑郁症。

宁悦已经很久没有想起自己的父母了。不是不想，而是不敢想。

曾经，她很怨恨自己的父亲。

父亲在一家国企做销售，她从小家里的条件就比别人家好。上高中时突然被送到了国外，却在机场被人拦下。后来爸爸就蹲了监狱。都说树倒猢狲散，但她那个摇摇欲坠的家却因为父亲的入狱，又重新粘合起来。

妈妈是中学教师，极好面子且能干的人，家里出事以后一度失去了工作。那时人们都不屑于去私立，无可奈何的妈妈凭着自己优秀的工作履历，去私立学校当老师，挣钱养家，一做就是一辈子。

宁悦也因此转到私立学校，成为一名所谓的"贵族学生"。但没人知道，她的学费只交了一年，后边是全免的。这是她妈妈用工作向学校争取的"待遇"。

那时，妈妈总说爸爸是冤枉的。家里没有懂法的人，被人陷害了也不能申冤。宁悦记得，妈妈总是对着她说，"如果不是为了你，我一定天天上访，替你爸爸洗冤。你要好好学习，这是你欠我俩的。"

大学宁悦选择了法律专业，那个"欠"字，已经深深地烙在心里。

爸爸坐了三年牢，然后保外就医。接他出狱那天，只有宁悦和妈妈两个人。所谓的朋友，所谓的情人，都消失在高墙外呼啸而过的风里。那时候家里已经一贫如洗，出狱的父亲除了一身伤病，只剩满腹牢骚，没有任何可以贡献给家庭的。

即使这样，宁悦的妈妈也从没提"离婚"两个字。

高考结束后，宁悦找了个爸爸不在的时候和妈妈聊天，说着说着就哭了。她让妈妈离婚，这样过太艰难了！

妈妈却说："离婚就能比现在好啊？我是老师啊！出去了人家让你教孩子，一说你离婚的，谁心里不嘀咕点儿？你爸犯的错再大，别人看我，那是不离不弃有情有义的好人。离了婚，不管他是什么样的男人，我就是那个不能共患难的白眼狼。你记住：这个社会，对女人从来不公平。而婚姻，就像羽绒服，什么时候脱下去，取决于外界的温度，你的感情，从来不会排在第一位！"

那是宁悦第一次听到妈妈讲婚姻。爱情和婚姻，原来不是一回事！婚姻的背后，是女人的社会价值，是养家糊口的基本要求，是托起生之艰难的平台！也就在那时，宁悦有个滑稽但无法抛弃的想法，婚姻之于女人是一艘航行在海上的船，女人就是这艘船上的老鼠，她和这艘船生死相依，但如果船真要沉了——按照妈妈的说法，必须逃跑！

宁悦的大学是在勤工俭学和奖学金，还有各种打工中读下来的。她还没有就业，妈妈就因为过度劳累病倒了，此时的爸爸似乎才清醒过来，然而木已成舟，他的身体并不比妈妈的好。

所以，宁悦的就业很简单。她回到家乡，只做了三个月的律师助理，就开始自己接案子，乃至抢案子。她要挣钱，挣足够的钱，可以为父母治病，可以请好的护工照料他们，可以为他们创造舒适的居住环境，可以让他们安心地颐养天年。

她做到了，拼命做到了。她很高兴，就像杨白劳突然有一天还得起债务了。她兴奋地做下去。即使恋爱以后，她也毫不放松地工作着，忙碌着。一直到父母相继离开，她才突然发现，挣钱的全部意义消失了！

这时，胡成说，咱们结婚吧！

一个家消失了，另一个家出现了。

那么，上船吧！

看着凌晨窗外昏沉沉的天空，宁悦轻拍着被噩梦吓着的孩子。听着沉沉的鼻息再次响起，才稍微活动一下酸疼的手臂。她想起了父母，更多的是想起了自己那段打拼的岁月。

她从来没有想过要干出怎样惊天动地的事业，她只是被命运推上了一条快速路，身不由己地狂奔。如果不加快速度，那些疾驰而过“困厄”大车就会毫不迟疑地从她身上碾过。

一跑便是那么多年，突然刹车了。她甚至觉得自己的抑郁可能就是转换得太突然了。她从车子里被甩出来，落到了另一辆不同速度的车上，晕晕的，始终找不到北。爱情，是青春的梦。时间飞驰，昼夜交替，总有梦醒的时候。

宁悦笑了，无声地扯动嘴角，眼泪涌了出来。

高兴时，眼睛很大，装得下整座森林。伤心时，眼睛很小，容不下两行泪水。

门开门关。胡子渊兴奋地跑出去喊着：“爷爷！爸爸！”

宁悦跟着出门，发现胡成回来了。下意识地看了看表，上午十一点。怎么这个时候回来了？

跟着胡成一同回来的爷爷把刚买回来的菜交给厨房里的奶奶，带着胡子渊去一边玩。看神色，他已经知道胡成回来的原因。

这么多年，宁悦早就习惯却仍然会时时感到不舒服：当胡成做出什么决定的时候，她一定是最晚知道的那个。而且，她从来不是商量的对象，只是被告知而已。

刚结婚的时候，每每胡成和他父母关在卧室里说话，自己推门进去，再热闹的声音也会戛然而止。为了表明自己对他们并无企图，宁悦索性问都不问。慢慢地，就成了现在这种情况。唯一的好处，就是他们也不会干涉或者打听宁悦的事情。

这一次也不例外。

“你把这几份文件填一下。签个名就行。”胡成匆忙领着宁悦钻进书房，“赶紧签，我还得走。”

“什么东西？”宁悦信手翻开，一张张看。多年法律工作的习惯，让她对签字很敏感。

“我把房子抵押给银行，贷点款。”

宁悦手上一停，耳边轰隆一声炸雷，打她断了所有的思绪。

等到眼前重新看到那堆黑白的蚂蚁后，发麻的手脚几乎支撑不住身体。宁悦慢慢坐进椅子，长长地喘了口气。

胡成洗完脸过来，看宁悦没签，不悦地问："怎么没签？笔呢？用我的。"说着递过来一只签字笔。金属的笔杆上还带着身体的温度，落在宁悦的手里却像火炭一般炽热。宁悦没拿住，当啷啷落在桌子上。她的声音也找了回来："怎么回事？做什么用？"

"我跟朋友一起做个项目，公司发展挺好。现在需要增加注册资本，我实在没办法了，先把咱家房子抵押一下。你放心，我那个公司业务发展得很好，到了年底，我就给你换别墅！"

"你不在公司做了？"

"在。不过也快辞职了。这边一上轨道，我就辞了它。"

"什么时候成立的公司？"

"半年前吧。"胡成有些不耐烦，"怎么了？突然问这么多？"

"这件事，你跟谁商量了吗？"宁悦的胸口好像压了一块巨石，然后又被人在喉咙里塞了一团狗毛，每说一个字都仿佛用尽全身力气。

"当然商量了，我爸我妈都同意。"胡成很自然地说。

宁悦忽然松了口气，脱口而出："是啊，房子是他们买的。你，商量得对。"

胡成这才觉察不对，拍了拍宁悦的肩膀："这事儿只是暂时的，我跟他们商量也是为了拿出房产证。你别介意！等我买了别墅，房产证就放你这儿，啊！快点签吧。"

宁悦低头看了看签字栏的上方："配偶知情同意书"。

"先放着吧，我需要想一下。"

"为什么？我都跟银行约好了。"

宁悦看看门外没有人，才正色道："你辞职创业我没意见，但我们结婚已经十年了，你父母买房子付的首付，但还款是我们婚后一起的。所以，我对房子也有权利。放这里给我一个晚上想一想，总不为过吧？"

胡成仔细打量了一下宁悦的神色："你平时不是这样的……你生气了？"

宁悦揉了揉额角："没有。今天跟邻居们聊天，说起几个创业失败的。

你创业可以，但不能不留后路。子渊还小。”

“你还是不相信我！”胡成干笑，“我给你透个底儿，一年前我做业务的时候，认识了现在的合伙人。他有技术，但是没钱。我算不上有钱，但是我懂市场，也能弄到点钱。所以，我很有信心把这个公司开起来。你放心，再给我一年的时间。不仅把现在的房子弄回来，还能再买一栋大 house。”

宁悦勉强笑了笑：“行啊，让我再想想。明儿答复你。”

胡成脸色沉下去，薄薄的嘴唇微微抖动了一下，却没说什么，转身走了。当晚，又是彻夜未归。宁悦已经习惯了。四年，就是死个人，悲伤都能散，何况只是夜不归宿！她落在嘴边的话并没有说出来。当时，她的手插进兜里，攥紧手机，很想就那么掏出来。把那段寻欢的视频让他看，告诉他就凭这个也不能抵押房子！

发来视频的是胡成之前的一个女友。她告诉宁悦胡成又回来找自己了。这是她的本事。

宁悦当然记得，胡成跟这个女人分手时，这个女人也找过自己。自己曾经说过，胡成已经回来了，如果她能再把他从自己身边拽走，那是她的本事。

不过一年，就被打脸。

但是在胡成告诉她公司的事后，宁悦就明白那个女人的本事在哪里了：她好像在某个挺有名的投行工作。也许不能直接给胡成投钱，但手里的资源人脉足够帮胡成了。

胡成身边的女人都是功能性的，即使无聊如自己，也有满满的设定：养子奉老，维持家庭。

冲动能克制住的时候，就说明想到了更多的东西。比如这个女人的事，胡成大概还以为她不知道他们复合了吧？那就让他继续以为去吧。

你有哪些牌，能这么轻易地翻给人看吗？

至亲至疏夫妻。因为爱情耽误的时间，需要一点点抢回来。她可以忍，因为不爱的时候背叛就没有那么难受。她可以等，因为她在乎的宝贝没有受到半点委屈。

为什么不离婚？不是不离，而是没到时候。

妈妈说了，想明白了，就安安静静地走开。那些闹腾的，不是想不明白，而是不想离。

我不同意。

第二天早上，宁悦对匆匆赶回来的胡成这样说。

胡成几乎爆发，而宁悦笑了。她甚至轻轻挽住了胡成的胳膊，用略带撒娇的口气说："除非你答应我一个条件。"

"什么条件？"胡成看着眼前的宁悦。那个微笑的眼角眉梢，好像有什么东西分外刺眼。

宁悦松开手："子渊大了，爸妈也能带，我要出去工作。"

胡成松了口气："就这个啊！去吧去吧！谁也没拦着你！"

宁悦轻轻翻了个白眼："我要是自己找，还用这么费功夫？昨儿我闲着没事就想，这么大的事儿，总得让我找找存在感吧？好歹你也为我出出力，也显得这抵押房子是件大事儿。"

胡成挑眉。

宁悦道："你帮我找份工作。不介意我年龄大，可以早点下班接孩子，孩子生病可以请假。工作不要太累，必须不能出差。薪水无所谓，职位不要求。大概就这些，你看怎么样？"

胡成冷笑："要有这样的好工作，我自己就去了，何必给你找。"

宁悦道："保洁或者保姆都可以。我倒是想做，怕给你丢脸哦，胡总！"

胡成好面儿，虽然不是公司的什么老总，却在外面喜欢听人叫他"胡总"。

胡成的眼睛眯成了一条缝："要是我找不到呢？"

"这就看你了。看你的人脉是帮我找工作容易些，还是融资方便些？"

宁悦不知道那个女人怎么帮的胡成，但既然需要胡成抵押房子，想来出力也艰难。如果找到工作，房子抵押出去她也不惧。如果真的没工作，她不介意在这件事上和胡成拉锯！宁悦已经把这套不完全属于自己的房子，当成最后的底线，抵挡着因为胡成出轨带来的重重危机。

宁悦永远记得坐在幼儿园教室里一个人看着窗外等候父母的滋味，看着落日金灿灿的热热闹闹地落下山，而空荡荡的教室里只有她一人。还有大点后，和同学一道放学，打开家门，迎接她的永远是冷冰冰的屋子，需要大喊一声才能心安。还有对生病的渴望，因为只有那样，才能陪在妈妈的身边，享受转瞬即逝的温暖。

如果可以，她不想让子渊重蹈自己的覆辙。可是，所遇非人，她能努力做的，只有为子渊在家里留人。而这个人，显然不能是自己。

她不是没想过放弃。怀孕时胡成第一次出轨，她摸着孩子的胎动，选择相信他，从此宛如打开了潘多拉的盒子。

她已经没有在外面打拼的优势，却又必须留在家里。

那个小小的，软软的，被带入时间之河的生命，需要她的陪伴和保护。她担心自己的娃被拐走，也担心自己的孩子被恶人侵扰，外面的风吹草动都像是致命的弓弩利剑，任何关于孩子受伤害的新闻，都能被她移情到胡子渊身上！整整齐齐鸽子笼一样的窗户却像一个迷宫一样，时时压迫着宁悦。谁知道哪些窗户后面有罪恶？谁知道哪扇门后面藏着黑暗？把自己的孩子放在这样的环境里，交给别人？

她做不到。也许是病，正常人也许如此，但宁悦无比清楚，她真的做不到！

一想起离婚后，自己出门做事，无人照顾的子渊可能遭遇的危险与不测，就算是把加害者大卸八块，孩子已经……不！甚至不需要面对。只要想一想，那种揪心的恐惧汹涌而至。在她本就脆弱的情绪里掀起一次又一次的巨浪。那时候，胡成的出轨，甚至不及其中的一朵浪花。

可是，她可以在孩子面前伪装夫妻感情，但敏感的孩子早从父亲长久不归和母亲阴郁的神色中读出不祥的味道。他说不出来，只是更加黏着妈妈，更频繁地生病。这样的表达，只能令宁悦更加的窒息！宁悦的父母去世多年，伤痛藏在心底，怀念在这个时候变得更加强烈！不去想了，不去念了，该怎么活下去呢？当孩子渐渐长大，当她将要重返社会，在这个世界里，她唯一能指望上的，居然是胡成的爸妈！这算是上帝的幽默吗！

手机的表面平整光滑，手指在上面摩挲。宁悦已经恢复了平静，所有的眼泪在长达六年的出轨中已经消耗得差不多，所有解不开的结也变成了石头，反倒是两头的线绳，清晰地露了出来。

胡成现在并不想离婚，家里红旗不倒，外面彩旗飘飘才是他的理想生活。胡成还在乎他的孩子，而且他还算是个孝子。胡成的父母还可以帮自己带孩子。

她现在出去找工作，只怕看到简历上的年龄，就会直接被HR扫进碎纸机。更何况这份工作还不能出差不能加班，该怎么找呢？

胡成真的可以指望吗？

宁悦相信，为了自己的签字，他应该会去努力。但是一想到自己将要得到的工作是胡成找来的，不知为什么，宁悦就有种恶心要吐的感觉。

她当真落魄至此了吗？

宁悦带着孩子在小区门口散步，一边焦急地望向门口。不多时，一辆银色的捷达停在门口，卓浩大踏步地走过来。宁悦伸手拉住正在围着她跑的子渊，眼睛却紧紧地盯着卓浩。卓浩眉头紧皱，先和胡子渊打了招呼，才对宁悦说："我都问了，你的条件不好满足。"

宁悦一时间没了想法，良久才长长地出了口气："谢谢啊，麻烦你那么多。"

卓浩没客气，直接问宁悦："既然想出来工作，为什么又提出这么不上进的要求？"

宁悦什么也没说，只低头去看又围着大人转圈的胡子渊。

卓浩道："不是有他奶奶么！"

宁悦苦笑："若是我离了，谁帮我带？"

卓浩一时兴奋："你真的决定离婚了！"搓了搓手，想起宁悦刚才的话，又茫然了，"那么多离婚的，不都是一边工作一边自己带小孩么！"

宁悦笑："若是不得已，怎样都能熬下来。可是但凡有点希望，我都不想他受委屈。"

"那你就这么待着！"

"你是说胡成吧？当个提款机不挺好的吗！"

"你怎么这么没出息！"卓浩恨铁不成钢，愤愤地说出自己的真实想法。

胡子渊扑过来抱住宁悦的大腿，扭头看着卓浩，眼神中多了几分戒备。

宁悦轻轻抚着他的头，淡淡地说："谢谢你帮我。虽然我这么没出息，但至少你没嫌弃我。"

卓浩张嘴欲辩，看了眼胡子渊，终于放弃。临走又觉得不甘心，终于弯下腰，对胡子渊道："你这个小屁孩，都是因为你。"

"别胡说！"宁悦急急打断，把胡子渊推到身后，"大人的事儿，关孩子什么！你别瞎闹！"

看宁悦真急了，卓浩才悻悻地直起腰，"不管怎么说，有事就来找我。"

宁悦点点头，看着卓浩离开的背影，鼻子一酸，忍了许久的眼泪落下来。

胡成三天没有回家，第四天打电话告诉宁悦去一个公司面试法务部的行政秘书，文件签好后直接寄到公司来。最后，胡成说他很忙，最近都不回去了。

宁悦告诉他面试不一定能成，不着急签字。胡成直接摔了电话。宁悦拿着手机发了会儿呆，才踱到一边的穿衣镜前，仔细看着镜子里的自己。

电话又响了，宁悦一看是座机号，没多想，就接了起来。

"宁悦吗？我是田秋子。你把我的手机号拉黑，却挡不住座机号，对吧？"电话那头的声音充满挑衅。

宁悦听着那声音，心口好像突然被狗毛堵了个严实。

"我帮他融资，你拒绝签字。你刁难他，我帮他解决。宁悦，你这样做，就算有胡子渊又怎样？我也可以生！到时候，看胡成是要你还是要我！"

电话挂断前，田秋子口齿清晰地放下战书。宁悦揉着心口，沉默着。她已经有足够的冷静，来面对这些挑衅。

她就像一只饥饿至极却固守巢穴的母兽。即使洞穴已经塌了一半，她不得不走到洞穴外面的时候，心里想的依然是如何回到洞穴里！冷风吹着柔软的毛发，空气中危险的气息从背后萦绕着她，重重恐惧之下，她却依然只是想把洞穴修好。

因为那个洞穴里，还生活着一个嗷嗷待哺的幼兽。

回　归

你无法入睡的
是另一种力量
如今被困在你身体的牢狱
还记得自己
曾经是自由的风——

秦灿扫了一眼书店的橱窗。每天从地库上来，他会坐专门的扶梯到一层公司的专用入口，在那里打卡上班。从地库到一层之间会经过一个超市，超市旁边有个西西弗书店。红色拱形橱窗里高低错落着摊开许多书，其中有一本写着这样一行字。

一如既往，秦灿在这本书面前停下了脚步。隔着橱窗，再次想要不要进去买下，然后又一如既往地离开。他很想知道这样的文字背后有什么样的故事，这样的文字是用来描述什么样的人？但是他每次都拒绝自己探索的冲动，也许他怕看到，那个背后的人跟自己很像吧？

每天他都会在一层买一杯咖啡再上楼，自从部门来了一个行政之后，这件事就交给了她。秦灿刷卡，皱着眉头想：已经半年多了，没想到那个行政居然就这么过了实习期，他连找理由辞掉的机会都没有。

秦灿承认，这个行政助理，只要不请假，工作完成得还是不错的，至少他挑不出太大的毛病。可是，想起这个行政的上班状态，他心里就烦得像吞了一把狗毛。

比别人早下班不说，毕竟来得比别人早，可是到点就走，没见她加过一次班！每个月都要请假，说是孩子生病了！节假日团队建设，一次都不参加，说家里有事走不开！而且，最重要的是，这个人是罗雅婷塞进来的！按照他的意思，根本不需要一个什么破助理占名额！他需要人手，干活的人手，不是伺候人的人手！

一定是罗雅婷那个老女人见不得他干得好，才故意塞了个没用的给他！

电梯门开了，秦灿带着一肚子气走进办公室。抄起桌子上晾得正好的咖啡，灌了一大口，恶狠狠地想："罗雅婷，你想逼我走，做梦！我这里不是你说让谁来谁就能来的。"

打开笔记本电脑，习惯性地一伸手，草稿本和三根标记笔都已经放在了手边，除了咖啡，白水也温在了保温杯。秦灿毫无察觉，立刻埋头苦干起来！

可是，就在这时，他发现本该打开的电脑还黑着！

它居然一直黑着！

宁悦如愿以偿地进入一家大公司，享受着正式员工的五险一金和各种福利。工资并不高，时间是按照胡子渊上下学时间安排的，不需要加班，也不会有人要求她加班。可以说，这份工作完全符合宁悦的要求，让她挑不出一点毛病！

偶尔宁悦也会猜测一下田秋子现在的心情。帮助情人的老婆找工作，是一种高高在上很爽的感觉，还是被利用很气愤呢？宁悦曾经听人说过，情人的心态和领了结婚证的老婆是不一样的。领证以后，对所得一切都觉得是"应该"，而情人则会有一种"额外收入"的惊喜。那么，在付出上，是不是情人也觉得没吃什么亏呢？宁悦没做过情人，无从揣度。只是从田秋子发来的短信上感觉到对方大概还是很爽的。还有什么在向情人卖好的同时证明情敌的无能，更让人心旷神怡呢？但是，作为比较了解胡成的人，宁悦隐隐感到，田秋子这么做并不一定能让胡成“念好”。

走进这座大楼，她有一种想笑的冲动。年轻时，她凭着自己的努力，无数次在这样的大门里进进出出。如今年仅四十，却要胁迫自己的老公，借着他情人的力量，走后门进来。女性的工作价值，贬值得真快啊！

每天要走进一所让许多人羡慕的大楼，然后在门口拿出自己的工作卡，轻轻一刷，滴的一声，带着一种优雅与高傲，挤进窄窄的通道。

然后就像突然卸掉面具一般，骤然加速，冲进或者挤进装满沙丁鱼的电梯里，目不转睛地盯着头顶的数字变到自己的楼层，面无表情地推开一堆深蓝深灰布料包裹的躯体，走进以玻璃和灰色装饰的办公区。那种感觉就好像突然从一堆铺天盖地的布料堆里刚爬出来，又掉进一个巨大的玻璃表演缸里。每当这个时候，她总会下意识地舔下嘴唇，伸手捋下头发，保证自己在经过不长但是布满聚光灯的工作区时不会因为有些凌乱的外表，而被指责不专业。

尽管已经工作了快一年，宁悦还是有种莫名的紧张。胡子渊马上要上小学了，不那么黏她，但那双小眼睛也更加敏锐了。

胡成自那以后对她更加冷淡，除了定期发到手机里的信用卡定期还款短信，他们之间几乎毫无交流。这样的生活还能维持多久？她还能瞒孩子多久？她的希望在哪里？

她所在的部门并不是集团总部的法务部，而是下面一个分公司的法务负责部门。部门里总共有三个人，加上她和大老板，也就五个人。但是却不和分公司的总经理办公室在一个楼层。钟律师说：“从位置安排就可以知道，我们法务其实就是个盖戳的。”

但是显然老板不这样想。

宁悦的上司秦灿是一位33岁的男性律政精英，勃勃野心从不遮掩，业务能力更是拔尖。不久前他揪住竞争对手广告词中的不妥之处，直接起诉，判令对手修改广告词。虽然没给自家挣多少钱，但对手这样一来在广告上面的投入和效果就大受影响。而且，因为这件事，变相提升了公司的影响度。

奇怪的是，这么厉害的一个人，不去律所寻找更广泛的发展空间，反而愿意窝在公司里，让许多人猜测不休。

有这样的老板，部门工作的氛围可想而知。宁悦初来乍到，立刻就感觉到自己的格格不入。有时候，她也在猜想，是不是旁人瞧着秦灿不顺眼，故意把自己这个“有背景”的人塞进来，恶心他？

可自己这背景——不提也罢！

宁悦私下里也打听过，自己和这位大老板还真有点渊源。当年同学聚会，有个年轻有为的同学升任合伙人，带来一个叫秦灿的小助理帮着拎包，说是一会儿还要出差。

当时谁也没在意，该吃吃该喝喝。小助理刚毕业，有点尴尬地坐在角落。宁悦招呼他过来一起，小助理红着脸连连摆手，最后干脆跑到外面的大厅坐着等候。正是晚餐的时候，小伙子肯定没吃饭，一会儿又要去机场，感同身受的宁悦悄悄拿钱，为小助理单独叫了一份晚餐。聚会散后，同学携着助理直奔机场，再往后，就没了音讯。

兜兜转转，当年角落里的小助理站在了聚光灯下，而自己……

宁悦不想埋怨什么。自己的路自己走出来的，后悔是最无用的东西。你强，我为你鼓掌。你弱，我不欺负你。我的路，我自己走，不和任何人比较。

宁悦迅速找到自己的办公桌，开机，洒扫。不仅是自己的，还有老板秦灿的。虽然保洁阿姨会把卫生弄好，但她依然需要把今天可能用到的工作提示用标签贴好，摆在办公桌上。保证秦灿想用笔的时候，正好在手边，电脑没电的时候，离他最近的那个插座没有被占用，口渴的时候……宁悦看了一眼表，九点四十五，楼下的咖啡厅对外营业时间是十点，但为了照顾这栋楼里的内部员工，实际开门时间提前十五分钟。宁悦再次冲进电梯，这回逆人流而动，电梯里几乎没人，她眼皮都没抬，正正地站着，双手交叠在身前，对着电梯镜面一般的门把表情调整到最温柔的状态。她知道，自己的斜上方和斜后方各有一个摄像头。虽然几乎没人看监控记录，但每份记录都会保留七个工作日。作为法务部的一员，她天生对监控这种东西存在莫名的抵触和警觉。

九点五十六分，端着老板加了糖、牛奶和巧克力已经闻不到咖啡味儿的咖啡，宁悦转过身，看到了何宽。

半年了，几乎每个工作日的九点五十六分左右都能见到他。

一米七八的个子，肩背略微有些佝偻，但腰身依然挺拔。干干净净的面颊，一双格外灵活的眼睛和永远微微上翘的嘴唇散发着隐隐的野心。这样的眼神很吸引宁悦——像极了年轻时的胡成。看到宁悦，何宽一如既往地微笑着点了点头。宁悦顿了顿，终于笑着回应地点了下头。然后擦肩而过。

何宽目送宁悦离开，笑着摇了摇头：今天应该买彩票，冰山女终于点头了呢！不过，这样一来，似乎也没什么趣味了。

何宽点好自己的东西，端着向电梯走去。他的部门在这座楼的十四层，看楼层就知道是最没意思的部门，主要负责全公司的信息网络。这种部门有各种花哨的名称，比如明明是信息管理部，但是他们都通俗地叫“网管”。

何宽刚喝完他的咖啡，脑子里还想着经常偶遇的“女子”是哪个部门的助理时，宁悦所在的办公区里，响起了秦灿的怒吼：“宁悦，你给我过来！”

何宽当然听不到怒吼，但是他听得到铃声——电话铃。

放在门口的报修电话，正拼命尖叫着。何宽看看左右，自己的同事倒是都在，但是个个都在忙。何宽习以为常，打开抽屉，拿出耳机，戴在了头上。

电话铃一直响到断气，都没人动一下。那是报修专用电话，懂事的都有关系好的网管小灵通，只有新人才想着去查内部通讯录，找什么电脑报修电话。

网管虽然官不大，但是关系维护不好了，用的时候怎么也能恶心你一下。别看楼层不好，该摆的谱一点不少。

微信屏里闪过一行字，是何宽的同事麻豆发过来的：“头儿呢？”

经理不在，平时这种电话都是他接。何宽回了个摊手的表情，一点没把这事儿放在心上。十分钟以后，开完早会的经理没精打采地进来，一头扎进位于办公室一角绿植掩映的工位里，带上了耳机。

何宽、麻豆和梁龙已经等在线上，他们今天约好，等经理一上线就去打鬼蜮禁地，昨天打了一个通宵才通了三次关，经理说今天一定要把通关时间提到半小时以内，否则拿不到饲养汗血宝马的申请权。

何宽早过了迷这东西的时候，也没参加昨晚的组队。但他操作好，经理凌晨给他发短信，让他今天务必过来组队。官大一级压死人，何宽也只能把自己的事放一放，披挂上阵。

至于那个报修电话，跟汗血宝马比起来算老几啊！

宁悦放下电话，为难地看了看周围的同事。大家都各忙各的没有谁的眼神是往她这个方向转的。

自打秦灿发飙之后，同事们就当她死了。今天一早，不知怎么回事，秦灿的电脑死活打不开了！秦灿连电话都省了，直接从办公室里把宁悦吼进去。

宁悦多少听过一些秦灿的“黑”历史。电脑是他的软肋之一。

当年，秦灿第一次硬盘坏的时候，他抱着电脑直接闯进人事部，把负责配备电脑的一个四十多岁的行政经理从头到尾骂了一上午。根据当时现场的人描述，整个谩骂的过程不带一个脏字，引经据典，横贯中西，骂得对方一点插嘴的机会都没有！最后骂够了，人走了，被骂的人说：“我的天，跟上课似的！”

那次以后，秦灿的电脑是按照公司高管的级别配置的，不对，整个法务部的电脑配置都提高了两级。因为那个经理被骂了以后就相信，如果因为配备了不合适的电脑给律师们，自己就可能犯罪。什么罪名他不懂，但他都快退休的人了，犯不着冒这个险。所以，宁悦二话不说，收起秦灿的电脑就冲出来，查到信息管理部的电话就打了过去！秦灿的吼声也跟在后面，从办公室里传出来：“下午一点前给我修好，不然你就别在这个部门混饭了！”

电话第三次传来盲音，宁悦站起身，抱着秦灿的电脑冲进了电梯。摁下十四层的时候，她已经做好打算，如果真的大家很忙，没人有时间修，就算哭也要哭得他们来先干这活！今天婆婆出去爬山，儿子幼儿园大班四点半放学，她可不想让胡子渊等到太阳落山！

实在不行就把这破电脑砸了，老娘不干了！推开信息部的门时，宁悦已经做好了最坏的打算。

门里面静悄悄的。

白科带着耳机，正全神贯注地看着屏幕。宁悦扫了一眼屏幕，想了想，走到白科身后，掏出手机咔嚓咔嚓拍了几张。然后摘下白科的耳机，对一脸愤怒的他说：“白经理，这台电脑坏了，麻烦您修一下。”

“没空！”白科厌恶地推开她，重新要戴耳机，被宁悦拦住。

宁悦挂上笑容，凑到白科面前，尽量柔和地说："白经理，这是法务部秦灿秦主任的电脑，好像是硬盘坏了，但也不确定。里面有很多重要文件，秦主任着急。"

"他急，我还急呢！"白科看都不看宁悦，直勾勾地看着屏幕上闪动的光影和小人。宁悦看到一片刀光闪过，却没打到什么东西，四面八方已经围上来一群好像怪物的东西。

"血槽快空了。"

宁悦偶尔也玩这东西，不太精通，但能看懂。

"废话！"白科顾不得耳机，直接操起鼠标战斗。一拽，鼠标脱落了，"你干吗！"

宁悦说话的时候把鼠标线拔了。

"修电脑！"宁悦也不客气，直接把电脑放在白科桌上。

"没空！"

屏幕上打出了金光闪闪的"失败"两字，白科涨红了脸端起茶杯往外走。宁悦一挺胸堵住工位不足一米宽的出口。

"你以为我不敢撞你！"

"你敢碰我一根毫毛，我告你性骚扰！退后！"

白科嘴唇哆嗦了一下，这才看了看宁悦的工牌："法务部"这三个字倒是清楚。

白科气哼哼地坐下，瞥了一眼秦灿的电脑，说道："这是老电脑，该淘汰了。我们不修！"

"要淘汰为什么不提前通知？"

"这我哪儿知道，不是你们这些行政秘书的事儿？"白科得意扬扬地斜了一眼宁悦。

宁悦笑了，柔和了口气道："不说那些没用的。我呢，今天必须让你修，而且，下午一点前必须修好。"她低头看了一眼手表，已经十点半了，"刚才你打游戏，我正好拍下来了。听说集团那边这几天正在处理几个裁退员工的劳动仲裁，动静挺大，又拉横幅又静坐的，连董事长都惊动了。如果像您这种上班打游戏的人都能留下来做经理，传出去，那些被裁退的员工可能会比较有说法。万一上边问起来，这种不利证据处理起来比较棘手啊！”

“你敢传出去，你也吃不了兜着走！”白科脸涨得通红。

宁悦立刻严肃地说，“对啊！我是法务部的，应该维护公司的利益。那个劳动仲裁，秦主任也参与处理，怎么会外传这种东西！你有证据说我传出去吗？你呢，应该也不会外传。但是我能有的东西，保不齐人家会从别处得到。就算是个风声，也不好。我也得提醒秦主任注意一下，免得仲裁庭上被人将军，您说对不对？”

看白科脸红脖子粗，宁悦继续笑眯眯地说：“游戏做得再好，也没有现实残忍。哥们儿，先干完活，挣了钱也好买装备。”仿佛嫌不够似的，她又加了一句：“我看刚才你死的时候，好像被爆了装备？”

白科几乎要揍眼前这张脸了。

两人剑拔弩张对峙时，突然旁边插进一个人：“白经理，我刚从大客户部回来，他们的电脑修好了。”

白科一看是何宽，一边擦手一本正经的汇报工作。白科愣了，他不是和自己一起组队打地狱禁地吗？

“你们也被爆了？”白科真是执迷不悟了。

何宽难得尴尬了一下，又一本正经地说：“啊，也不算爆吧。就是他们线路老化，然后烧了电源了。”

白科恍然大悟，立刻连声说“好”。对宁悦说：“何宽是专门负责硬件维护的，你去找他吧。”

宁悦狐疑地看了一眼何宽，又看了一眼一副网瘾中年大叔模样的白科，终于点了点头：“那就谢谢了。”

离开的时候，白科甚至都没有要回那些照片。宁悦怀疑自己的策略是否真的会像自己想的那样奏效？

这个问题，在何宽陪她去领配件的路上揭晓了：“没用的。他老婆的三姨是陈总的表姐。别的部门也投诉过，都没用。”

看着何宽修电脑，宁悦觉得后背一阵阵发凉。自己还是太大意了，如果没有何宽解围，接下来硬碰硬恐怕出丑的要是自己了。

好久没上班，做事都欠稳当了。

打开电脑，厚厚的尘土让何宽惊呼这是带到沙漠了吗？宁悦恍然大悟，前几天听人聊天，说秦灿上个月度假是去沙漠徒步了！

这家伙，居然带着电脑去徒步！

“太疯狂了！”何宽羡慕地说，“难怪大家都说秦律师留在公司屈才了！”

宁悦笑了笑没接话。律师说白了就是白领里的蓝领，脑力劳动者中扛大包的。当初为了参与一个信用证的案子，她一手呕吐袋一手电脑，愣是在货轮上陪着一个主要证人漂了七天，靠岸的时候把大律师要求的文件和资料全部码齐，顺便把出海时宁死不作证的证人请上了证人席。

躺着挣钱这种事，多大的律师都做不到。

聊聊说说，很快把电脑清理干净。交工的时候，两人顺便交换了电话号码和微信。

“下次直接打我的电话，公司的报修电话都不管用。”何宽憨憨地说。

宁悦点头，低头看看手机里的电话号码，头一次对这里有了认同的感觉。

送何宽进电梯，何宽突然说：“以后我可以帮你排队，早点买到咖啡，不用跑了。”宁悦愣了愣，电梯门已经关上。

电脑在一点整交给秦灿，秦灿检查了一遍，没好气地说：“我让你一点交，你就一点交吗！”他想说下次我就让你十二点半交，忽然想起电脑崩溃实在让人抓狂，不能再有下次，秦灿打住了话头，脸上的神情还是有些恨恨的。

宁悦想起电脑内部的那层灰土，看着眼前的秦灿好像看到当初的自己，所以对这句挑衅的话并不介意，反而带着几分哄孩子的笑意说：“按照上次崩溃的先例，你给我的 deadline 应该是下班前。一点钟已经提前了。”

秦灿语塞，转过身看着电脑里的东西，硬邦邦地说：“去帮我领个硬盘来！移动的！”

宁悦点头离开。移动硬盘显然是备份用的，交给秦灿的时候，顺便把他下午喝的咖啡也放在桌子上了。

“谢谢！”

秦灿还是一副被人欠了一个亿的表情。但说出来的话已经不再伤人。宁悦松了口气。

走出门来，同事钟天明从工位上探出头，以眼神示意秦灿办公室里的情况，宁悦笑着比了个“OK”的手势。钟天明一跃而起，伸了一个懒腰，喊道：“我去！”然后抱起一本文件夹，向宁悦点点头，敲响了秦灿办公室的门。

宁悦知道，那是下属一个子公司的破产申请，因为涉及当地政府的债务问题，有点棘手。她习惯地想着如果是自己，该如何处理？直到下班，她才恍然惊醒，那早就不是该自己关心的内容了。可是低头看看，笔记本上已经被自己画了一幅满满的思维导图。电脑桌面上，已经布满检索出来的文件，还有自己无意识打开但依旧熟悉的法律检索网站，一闪一闪……

她不由得呆住了。

“做得不错！”

宁悦吓了一跳。钟天明趴在工位的围挡上，点着头说，“我正需要这几个文件。”他伸手点了点，“还有高法好像前年出台过一个解释，但我找不着了。你能帮忙找出来一起发给我吗？”

宁悦深吸一口气，麻利儿地把文档归类收入文件夹，发送给钟天明。同时笑着说：“这几个先给你，最高法那个我不能帮你找了。”

“为什么？”钟天明一脸蒙。

宁悦一指桌上的表，“我下班了。而且，这也不是我的工作范围。”

她收拾好东西，匆匆走出办公室。在这个城市的某个地方，有一个小小的人儿正等着她，与这个小人儿团聚远比找到什么最高法的解释重要！

所有的浓情蜜意，拨开一层层的装饰和想象之后，留下的也不过是茶米油盐的酸甜苦辣。与胡成的婚姻早就教会了宁悦现实，但是面对小孩子，在一天的分离后，乍然见到之前仍不免有些激动。可在短暂的亲密之后，胡子渊接下来如台风刮过的行为，还有时灵时不灵的耳朵，让宁悦不得不的思考：我怎么就会为这么个熊孩子付出那么多呢？

好不容易抓住在幼儿园里疯跑的胡子渊，千哄万劝穿好了衣服，走出大门。婆婆不在，家里也没人做饭。考虑到孩子睡觉时间早，吃饭太晚容易积食，便带着胡子渊在外面选个饭馆吃。胡子渊坚持要吃麦当劳。最后两人商量了半天，以 subway 作为妥协的选择。

选的那家 subway 离幼儿园很近，临街有个玻璃窗。快到万圣节了，南瓜和鬼怪脸装饰在窗户边缘。母子俩靠着窗户，慢慢吃着。

胡子渊突然说："妞妞要走了。"

宁悦心不在焉地问为什么。

胡子渊说："她爸爸妈妈要离婚，不让她上幼儿园了。妈妈，什么是离婚？"

宁悦看着胡子渊淡淡地说："离婚啊，就是爸爸妈妈不在一起了。"

"为什么不能在一起？"

"因为不相爱了。"

胡子渊脸色不太好，小脸皱着。宁悦说："离婚是爸爸妈妈的事，不管分开不分开，爸爸妈妈都会爱宝宝的。"

胡子渊点点头，脸色也变好了。小朋友是一张白纸，对大人的话从来都深信不疑。

宁悦刚刚松了口气，就见胡子渊突然兴奋地站起来挥着手对着玻璃窗外大喊："妞妞！这里，吃饭啦！"

宁悦扭头去看，果然是妞妞和她妈妈。宁悦也伸出手示意她们过来一起吃。妞妞妈犹豫了一下，又抓起妞妞的手向着相反的方向走去。妞妞的身体在傍晚的暮色里扭动着，但那微小的力量根本无法撼动一个大人的决心。

宁悦觉得有点过分，找出妞妞妈的电话正要拨过去，却看到妞妞妈突然举起手狠命打在了妞妞的后背上。这个巴掌落得突然，连位置都选得肆意。妞妞仰头大哭，胡子渊也突然愣住不再招手，宁悦慢慢收起电话，看着那对母女隐没在人群里。

那个方向，是公共汽车站。妞妞妈以前是开着一辆白色雷克萨斯接孩子的。

回到家，趁着胡子渊跟爷爷玩的功夫，宁悦翻看妈妈群，才发现大家正讨论妞妞家的事。

妞妞父亲出轨，妞妞妈愤而离婚。妞妞爸不同意，各种拖延，妞妞妈快刀斩乱麻，除了孩子，啥都没要就回了娘家。

妞妞的父亲在外企做技术，是个中层，一家人的收入加起来，供养妞妞一个小女孩，可以选择相对好一点的学校和提供比较宽裕的生活。现在离婚了，仅凭妞妞妈一个人的收入，显然不足以维持妞妞现有的学习和生活水平。

妞妞姥姥也是中学教师，姥爷是退休公务员，家里只有妞妞妈一个女儿，三个人的收入加起来供养妞妞，倒也不难。可老人毕竟年纪大了，万一生病需要用钱，就不是一个小数。妞妞妈怎么好意思用老人养老的钱呢？

宁悦觉得手脚发凉。不是为了相似的事情，而是因为后面的议论，竟都是夸赞妞妞妈够爽利、有志气、活得潇洒之类。看着满屏骄傲的女性解放和自尊的话，宁悦想起妞妞妈那一巴掌，想起妞妞已经退学的事实，竟是满心悲凉，打不出一个迎合的字儿来！

回到家，带着胡子渊边玩边学完成了幼儿园留下的作业。老师让胡子渊带回一个大夹子，里面是他两周内在幼儿园完成的写写画画。胡子渊抱着夹子，去找爷爷炫耀。爷爷眯着眼看了一会儿，就拖着胡子渊一起去追他正在看的一个综艺节目。宁悦很想拦下来，但是疲惫的身体祈求她停一停。

“就让他看一会儿吧，十分钟，不，五分钟就好。”宁悦如是对自己说，身体已经呈大字形躺倒在床上。嘴巴兀自开合着，大大的吼声响彻全屋：“胡子渊，十分钟，只有十分钟啊！”

胡子渊略带稚嫩的声音回过来，只有一个简短的“哦”字。宁悦忧心忡忡地想：“现在他就这样不听话了，等到了青春期，自己可怎么和他说话！”一时头痛欲裂。

“还不如死了，何必这样煎熬！曾经爱的，背叛了你。现在爱的，将来也会离开你！何必这样，既然不能撒手，不如一了百了！”

“妈妈！十分钟到了！”

胡子渊呼啸着冲进来，像个小炮弹一般重重地砸到宁悦身上。

一声惊呼，伴着小儿满不在乎的欢笑，宁悦眼前的黑白世界也被砸成了五颜六色！

“慢点！差点被你砸死！”宁悦嗔怪着，手里却揽住儿子，揉着他的脑袋说，“妈妈死了你就高兴了？”

胡子渊稚气地说："当然啦！那样就没人管我啦！想看多久就看多久！你得给我点自由嘛！"

宁悦愣住，看着儿子面团团的小脸，不知道该说什么。

小朋友其实很敏锐，不过是个停顿，胡子渊主动揽住宁悦的脖子，脑袋埋进她的胸前，蹭着说："妈妈，你不会死的对吗？你是长命百岁的！"

宁悦的眼眶突然酸了，强压着哽咽重复道："是，妈妈会长命百岁的！只要多运动，就会长长久久地活着！"

说完拉起孩子的小手，走到小客厅，拿出跳绳练习起来。

泪水已经吞进肚子里，眼眶重新变得干涩。能有人帮着带当然好，但一分付出一分收获，为了将来能有资格继续带着孩子前行，直到他能够策马扬鞭离开再也追不上，现在就不能放弃，更不能偷懒！

晚上，胡成回来了。胡子渊很高兴见到久违的父亲，大声问着他这次出差给自己带回什么好东西？胡成狐疑地看了一眼宁悦，宁悦说你不是去杭州出差了吗？胡成连连点头，顺手从包里拿出一个公司的小礼物让胡子渊玩儿。

等孩子睡了，胡成问宁悦："听说你今天在公司很出风头？"

宁悦讶异反问："什么风头？"

胡成打量着宁悦："你威胁人家陈总的亲戚？"

宁悦皱眉："什么陈总的亲戚，谁啊？"

她心里却想起何宽的话。本能地，她不想把自己在公司结识的同事告诉胡成。同时，也对胡成能从别的渠道知道她在公司做了什么，产生反感和警觉。胡成没说话，只仔细地扫量着她，似乎在评估什么。然后开始劝宁悦离职。看样子，他还不知道田秋子已经向宁悦交底儿的事儿。

宁悦也不说破，笑道："不行啊，房子都抵押了，我这里虽然不多，好歹是条生路。等你把房子的抵押解除了，我再考虑回来的事儿！"

胡成脸一沉："你哪根筋搭错了非要工作？我妈年纪那么大，帮你照顾孩子累成那样，你做这个可有可无的事儿干什么！"

宁悦这才明白，原来是婆婆不想让自己工作了。以前不上班的时候，婆婆基本都是在家帮忙做饭收拾，照看小孩。自从宁悦上班之后，不是出门旅游，就是老同学聚会，一到放学时间就没了人影。还以为她老人家是看开了，终于不再粘着孩子，现在才知道，不过是换个花样表达对宁悦上班的不满！

宁悦哭笑不得。自己不上班，她对孩子讲妈妈就是个吃白饭的，自己上班，她又不乐意，真不知道该如何让他们满意！

想了想，宁悦认真地说："找个阿姨吧。妈只要监督一下就行。"

家里已有保洁工，换成全天保姆并不难。胡成从牙缝里挤出一句："那要你这个妈干什么！"然后冷哼一声，转身进了卫生间。

他们夫妻分房而睡已经很久，以至于胡成甩上自己的房间门时，宁悦丝毫感觉都没有。唯一担心的是把胡子渊吵醒，好在小孩子睡得沉。偌大的声音，他只是翻了个身，嘟哝着又睡着了。宁悦为孩子掖好被角，躺在床上，露出个似笑非笑的表情。

家里终究没雇全天保姆。婆婆心疼儿子挣钱不易，宁悦又把房子被抵押的事情说出去，一时间公婆二人都如临大敌，连着几天的饭菜里都不见了肉，更别提加钱雇保姆的事儿。连带着，对宁悦出去挣钱这件事也没什么反对意见。婆婆也不再出门，该干什么干什么，家里一下子消停下来。

宁悦不是反对雇保姆，只是讨厌婆婆每次在背后说自己的小话。

胡成的小生意不知道怎么样。他不说，宁悦也不问，家里人也不当面讨论。过春节的时候，胡成说陪客户考察，过年就没在家里。宁悦见怪不怪，带着胡子渊陪着爷爷奶奶在家"欢度春节"。

每天老两口除了和胡子渊玩，就是感慨胡成大过节的一个人在外面漂，实在辛苦。这时候，宁悦就得忍住把手机递给他们的冲动。

也不知道田秋子是真的爱惨了胡成，还是喜欢刺激宁悦，每天像写日记一样把两人的亲密照发到宁悦手机上。宁悦心里膈应，却不能屏蔽。她还多了一层心思，田秋子既然能帮自己找到工作，想来也能影响自己这份工作的去留，在自己弄清楚她到底有多大影响力之前，最好的办法就是按兵不动。所以，除了小心存档，防止外人看到，宁悦表面上什么反应也没有。有时候，宁悦也会觉得凄凉，自己苦心维持的婚姻到底已经走到怎样糟糕的境地，居然还不如一份工作的去留更能引起自己的关注！

爱情没了，婚姻还在，那就是一场没有硝烟的战争，比的就是不动声色。

节后上班，孩子的幼儿园还没开。这次奶奶倒是主动，什么都没说就接了下来。宁悦诧异，但也没问。对婆婆，她的原则是：只要结果，不问过程，问多了都是气。

时光匆匆，转眼已是草长莺飞的时候。

站在医院的停车场，拉开车门的一刹那。宁悦停下手，微微左右找了一下，才慢慢抬起头。阳光温柔地落在脸上，居然暖暖的。宁悦闭上眼，嘴角微微翘起。

这次医生说她真的不用吃药了。激素水平已经完全正常，剩下的就是尽量乐观起来。薛医生听说她工作了，就叮嘱她不要太过劳累。累的时候要保持警惕，不要被情绪左右。

医生还说了一些注意事项，不过比起这些事，还有一件事吸走了宁悦的注意力。薛大夫说年前的时候，胡成来找她，要宁悦的病历。

宁悦心里咯噔一下，一股烦躁涌上来，原本理顺收起来的狗毛被狂风吹散，严严实实地堵住了心口——那么胡成知道自己之前一直在说谎了？

他们夫妻越来越像演戏，彼此努力装成恩爱家庭，背地里却各有打算。

她知道自己的盘算，那胡成呢？难道他也在做“最坏的打算”？如果真是这样，他们还真是夫妻，同步的惊人！

“就算有胡子渊又怎样？我也可以生！到时候，看胡成是要你，还是要我！”田秋子的话回荡在耳边，如幽灵一般缠绕不散！

宁悦把车停在写字楼的地库里，闭上眼在心里从一数到一百，睁开眼拨通了卓浩的电话。

公司中午有一个小时的午饭时间，即使疯狂如秦灿，也无法要求他的员工在这个时间工作。

写字楼的负一层新开了一条美食街，拐角偏僻的地方是一家日料店。也许是价格有点高的原因，中午人最多的时候，他家也不过堪堪满员。

卓浩依约而来，还熟门熟路地为宁悦点好了她爱吃的咖喱鸡排饭。这是小时候宁悦的最爱，看到宁悦惊喜的眼神，卓浩想：她是不会变的！他有点不耐烦：“这样的婚姻，你查这个有意义吗？你现在就是为了孩子不离，可是那报纸不都说了，该离不离才是对孩子最大的伤害！”

宁悦愣在那里，是啊，就算物质上满足了，可是孩子的情感需求呢？想起胡子渊那总是带着几分猜度的小表情，宁悦意识到自己可能有个很重要的地方没想明白！

扒拉着饭，宁悦组织了很久措辞，才发现自己居然无法解释。可能就像卓浩说的，自己只是胆怯。害怕离婚带来的变化，没有勇气面对困难——也许还有一点点嫌贫爱富，宁可躲在宝马车里哭，也不愿意坐在自行车后面笑。

最后，她颓废地苦笑着，摇摇头放弃了。

“算了，又不是我离婚，瞎担心！”卓浩一叹，“等我消息！”临走，卓浩突然说，“你也关心关心你自己，瞧你脸白得跟个鬼似的！”

宁悦摸了摸自己的脸，想起前两天照的证件照，居然非常认同！现在她一跑就喘，都快追不上胡子渊了。

卓浩折回来，拿出一张卡放在宁悦面前：“这个健身房就在三楼，你从侧面那个大门上，很近。没事儿去练练，我跟我哥们儿说了，就带你练格斗。万一打架，也能自己招呼两下。”

宁悦哭笑不得，但还是接过来那张卡：“我就算离婚，也不用打架啊！”

“哼！谁知道呢！”卓浩冷哼，“就算不打架，至少你想打他们的时候，也能出得了拳！”

宁悦一下子笑了，眼角眉梢明媚，“说得对！我怎么就没想到呢！”

卓浩被突如其来的笑意吸引，愣了一下，听到这话，摇头苦笑。“这话可不是我说的，而是十四岁的你告诉我的。”

“咱不招人打架，但是想打架的时候，出拳就能干趴下他们！”

那个明媚飞扬的少女，就这样冲破层层尘埃，在卓浩记忆里飘过。

自从拒绝钟天明之后，大家似乎都明白了什么，基本没人再找宁悦做超出一个行政职责范围的事。但是看宁悦的眼神，都有些古古怪怪，颇有些绕着走的味道。好在只要不开除，宁悦没啥好在乎的，依旧准时上下班，尽量自己接送孩子。

但是，春节回来，每天买咖啡的时候就看不到何宽的身影了。宁悦从他的朋友圈里知道，他已经转到了销售部。

有那种眼神的人，是不可能安分地去修电脑的。即使在那样一个懒散的部门，每天都能保持干净利落的着装，绝对是满怀希望不肯放弃的人。在无知的自己和他的上司冲突的时候，能恰到好处地站出来，不露声色地替双方解围，绝对情商智商都在线。这样的人，怎么可能一辈子窝在白科的手里呢?

宁悦苦笑：多眼熟啊，一如当年的胡成！

那时，为了更多更好的资源，自己跳槽到了帝都，每周回家一次。房子已经换成大的，但是母亲卧病在床，父亲身体也弱，宁悦又找了保姆照顾他们，在北京还要租房生活，每月开销并不少。因此，宁悦不敢懈怠，大活小活都接。Billboard 记得满满当当，从早上四点半起床，到半夜十二点半睡觉，一秒钟都不敢浪费。甚至在她的私人记录里，有专门的一栏，记录的全是不计入收费的时间。每天都要总结一下，如何才能减少类似的"浪费"！

胡成所在的公司是大企业，不是宁悦这种单打独斗的律师能承担的。但是因为她的专业精神以及相对较低的成本，还有"为了钱一切好说话"的明确原则，所里的大合伙人在选择合作律师时点中了她。

就这样，成就了与胡成今生的缘分。

她是见钱眼开的小律师，他是野心勃勃的大客户经理。她的任务是为刚出了腐败丑闻的大客户部确定一个可执行的合规方案，他的想法是借此机会铲除异己，爬上大客户部总监的位置。

现任大客户部的经理并不喜欢宁悦，因为集团说了，在新方案实施之前必须对大客户的职员进行内查摸底。宁悦发出去的调查问卷，全数收回来时，都是空白。

宁悦被逼得准备走人，胡成找到她，让她与自己合作，保证完成任务。当时胡成说了一句话："水至清则无鱼。"宁悦想了一下午，回了胡成几个字："我只要书面保证。"

两人成交。

后来，宁悦完成了任务：时任大客户经理被查出有问题，悄悄调离。

胡成践履新职，拿出一份特殊的书面保证：结婚证。

坐在自己的工位里，宁悦有点走神，当年的自己大概和胡成一样卑鄙。

如果不是生孩子回归家庭，也不会有机会反思当年的自己。如果不是胡成的背叛，自己也不会感到卑鄙原来是如此令人恶心的品格！

栏板被人敲响。宁悦抬头一看，竟然是秦灿大驾光临！

秦灿大声说：“干什么呢？打你电话半天都没人接！赶紧的，这三个月集团内查，咱们部门的午餐统一由你去订。大家吃什么提前一小时在宁悦这里登记。对了，我这里有一张外卖名单，基本的菜系都包括，大家就从这里面选。嘴馋的晚上下班以后自己解决。宁悦，你订餐直接打电话或者加他们老板微信，不用走那些 app，这样快点。午饭都在茶水间吃，吃快点多休息会儿！”

说完秦灿甩手走人了。办公区原本一马平川的工位上空，就像破土而出的小鼹鼠一般，三三两两地冒出人头。

大家左看右看，终于确定所有人都是第一次听到，而且秦灿已经不在办公区了，议论的嗡嗡声才轰然响起。

钟天明动作最利索，冲到宁悦桌前拿起饭店名单一看：“啊？才五家！”数了数，“基本就是楼下美食街那几家吗？”

宁悦搓搓耳朵。昨天钟天明他们吃午饭回来已经一点半了，秦灿当时脸就变黑了。虽然没说什么，但宁悦已经有了不好的预感。事实证明，秦灿这个吸血鬼，绝对是实力派。口才什么的，都不过是小露身手，狠的都是这种不动声色杀人于无形。

潘洁很重视减肥和养生，捋了一遍名单，看她经常去的那家轻卡食堂榜上有名就松了口气，“反正我就吃这一家，随便吧！不过呢，最近还真是有点忙，忍忍算了。”说完拍拍钟天明的肩膀，笑嘻嘻地回到自己位子上，拿起电话去查询工商了。

其他人陆续过来检查，多数不讲究的都能满足，也就各回各的工位忙去，唯独好吃的钟天明在旁边一直站着。到最后，只有宁悦一个人好奇地看着他：“有事？”

“你不觉得这很残忍吗？”

"然后呢？"

"你不想抗议一下吗？"

"跟谁？"宁悦迟疑着指了一下秦灿办公室的方向，然后坚定地摇了摇头。

"那你吃什么？"钟天明问宁悦，"总不能你也觉得这个没问题吧？"他愤怒地抖了抖那张纸。

宁悦说："这里没有一家我能吃的。"

"真的！"钟天明两眼放光。

宁悦不想让他继续说下去："我都是带饭。"

啊？钟天明想了想，很兴奋地说："老板说只能从这里点餐，没说可以带饭！"

宁悦拿走那张纸："老板只是看你昨天中午吃饭多吃了半个小时心里不爽！我建议你赶紧想想中午吃什么，看到没，纸上写得很清楚，十一点半之后不接受订餐，也不许外出就餐。"

突然从潘洁的工位里抛出一串清脆的女声："好啊钟天明，感情是你害了大家！罚你请客，补偿我们！"

一时间附和声四起，钟天明弹压不及，整个人趴在宁悦的工位围栏上连连哀号。

宁悦悄悄说："不是有个出差的活儿？"

"对啊！我可以出差啊！"钟天明猛地来了精神，"可是去的那个地方是新疆啊！不过，可以吃点水果。还有馕……"嘀嘀咕咕，钟天明算计着走回自己的工位，默默接受了现实。

宁悦笑笑，习惯性地翻出自己的行事历，把这个新任务填了进去。设置好提醒时间，她看着将近半满的内容有些发呆。

从此以后，半生的时间，都要做这种事吗？

她握住鼠标，在一条条比家事还要烦琐的事项上滑过，终于落在了那些折叠起来的已经打开的页面上。那是工作闲暇的时候，无意中点开的页面。她只是想看看，这些页面还在不在。就像外出多年的游子回到故乡，轻敲门扇，问一声有人吗？

轻点，一个个页面打开。输入熟悉的用户名和密码，登录页面徐徐展开，浏览着那些陌生的内容，视野慢慢模糊了。

秦灿坐在办公室里，指间的笔飞快地旋转着。以前在律所的时候被大律师说幼稚。今时不同往日，自己的一亩三分地，就算转断了看外面谁敢吭声！

除了总部那个心地狭窄的老娘们儿！

秦灿口中的“老娘们儿”是集团法务总经理罗雅婷。统管整个集团的事情，即使拿出去放在城中法律圈里，也是个响当当的人物。可惜，秦灿从来不觉得她有多厉害！

大概是自己最近风头太盛，秦灿总觉得罗雅婷故意整他。把整个集团的内查内容审核落在他们一个分公司的部门头上，还有比这更荒谬的么！集团成立三十年，如此大规模的内查只有三次，每次都是总部的部门担纲，再怎么也轮不到一个分公司的小部门来做。尽管这个分公司跟总部在一个大楼里！

但是，婆娘的借口也堂皇：集团上市部分面对美国证券监管部门的调查，可能面临巨额罚款，此时此刻分不出人来做这些文档性的工作。为了公平起见，别的分公司法务部门也都有不同程度的分派，但是大家都长眼，谁最吃力不讨好一目了然。

秦灿是个不服输的人，明知被人整，也不愿意低头，笑嘻嘻地接下了任务。即使私下里也从不抱怨。只有他们部门的人才知道，秦灿嘴里“老娘们”这个词出现的频率一下子提高了一百倍！

因为这个工作，除了本身吃力不讨好之外，还把秦灿部门里原来几个有影响的案子挤走了。老阿姨不愧是人老成精，累死秦灿的同时，还亲切地夺走他身上的金银珠宝。

秦灿越想越心烦，手指一抖，笔落在桌子上，发出巨大的声响。外面霎时安静下来。

秦灿站起来，在没有窗户的屋子里走了一圈，绕到磨砂玻璃墙前，隔着中间的透明缝正好看到宁悦工位的入口。

宁悦正专心地看着屏幕，手里握着笔，在笔记本上写什么。

其实，如果她能加入进来，倒是个生力军。

秦灿一想起宁悦的来历就满心不爽。从宁悦入职第一天起，他就认出来，这个老女人就是自己第一个师父的同学！当时他就想，如果宁悦敢提这事儿，哪怕是一个字儿，他就算再得罪人，也得把她开走！可是，宁悦只字未提。不仅如此，言行举止，对他也尊重有加，保持着一个下属应有的得体。他每天都在刁难她，她几乎是一丝不苟地去完成，明里暗里都没有听到她的抱怨。

秦灿虽然有心开除宁悦，奈何狗咬刺猬——无处下嘴。

如此将近一年下来，宁悦的低调专注让他想起自己师父曾经的评价："宁悦啊，可惜了，不然是个好律师。"

她的专业素养、职业态度和处世为人都是自己赞赏的，虽然离开法律圈那么多年，也许再捡起来并不难？更何况，这一次主要是一些文件审查工作。没有太多的技巧，只需要认真和耐心，这样算起来，太适合宁悦这样的人了。

秦灿兴奋起来，他一点没想到宁悦会拒绝。在他看来，这种事只能证明你得到了重用，有机会去做更重要的工作，从繁杂的行政工作里解脱出来，有什么理由拒绝呢？

钟天明在宁悦那里碰钉子的事儿，秦灿是知道的。不过，这件事只在秦灿的脑海里闪了一下，没引起重视。在秦灿看来，这世上哪有不肯工作的人呢？即使有，也不应该出现在他面前。

办公桌上的电话响起来的时候，宁悦看了一下表。四点二十八分。

正常的下班时间是五点，她的offer里是四点半，因为她比别人早半个小时上班。下班时间正好卡着胡子渊的放学时间，宁悦的心里是非常乐意的。

电话持续不断响着，宁悦皱了皱眉。她再次看表，真希望时针立刻跳到6的位置。可是，提前一分钟，没下班就是没下班。

宁悦叹了口气，接起了电话。

"宁悦，今后除了你的本职工作，最近三个月你先跟着钟天明他们那组一起做内调。等这个项目完成，我会计算进你的绩效。如果你同意，职位调整一下也可以。"秦灿自信满满地吩咐工作。

宁悦顿了一下，满意地看到指针落到6的头上："秦主任，我下班了。"

啊？秦灿愣住了，竟然有点怀疑自己的耳朵。

宁悦好心的重复一遍："我四点半下班。不好意思，我还得接孩子。"

于是，宁悦挂了电话，以最快的速度离开。她走的时候，秦灿甚至还拿着话筒没有反应。耳边是电话挂断的忙音，眼前已经闪过宁悦淡黄色的影子，风一般地消失在办公室外面。

钟天明和潘洁的屏幕一阵翻滚，接着微信小群里大家纷纷发言。他们不知道发生了什么事，却非常肯定就在刚刚，那个臭屁到无人敢惹的老板，被宁悦无情拒绝了！

钟天明悄悄探头，然后迅速缩回来，在群里留下一行字："老板连电话都没挂！"

潘洁回复："他傻了！"

钱律师："从此以后，秦头的嘴里得多个老女人吧？"

后面排着队的坏笑表情。

宁悦当然知道自己这么做的后果，可是今天她一万个不能等，必须去接孩子。原因则跟早餐时家里的一场暗战有关。

最近乍暖还寒，老人孩子都容易感冒。婆婆和公公相继中招，每日纸巾不离手。公公很自觉，发现流鼻涕之后，就不再和胡子渊玩。连着两天，眼看着已是明显重感冒的迹象，不知道是普通感冒还是流感，但有一点可以肯定，婆婆的感冒是从公公那里"继承"来的。宁悦很担心他们再把胡子渊传染了，可又不好明说，只能自己尽量带孩子远离他们。

所以，宁悦以婆婆照顾公公辛苦为借口，把接送孩子的事情揽过来。即使前天下午例会，也没拦住宁悦偷偷离开接孩子的脚步。那次是潘洁帮忙，糊弄过去，想来还欠了一份人情。

宁悦带孩子回家后，也是集中在书房玩耍学习。大概婆婆看出些苗头，于是今天早上发难了。

胡成不知为什么，昨晚居然在家睡了一夜，早上难得一家人聚在一起吃早饭。婆婆拖着浓浓的鼻腔，对宁悦说："看我们这病，要不我们还是回去吧。免得传染给你们。"

宁悦心里又好气又好笑，这么说明显就是不想走！又怕万一真传染了孩子被儿子埋怨，想逼人给个留下的理由。将来万一孩子因此病了，她也好说本来想走的，是你不让我走啊！这么多年相处下来，宁悦甚至脑子里直接就反映出她甩锅给别人时的样子！

放在平时，宁悦一定装聋作哑当没听见，偏今天不行。

胡成在呢。大孝子胡成在呢！

胡成什么都没说，但是喝粥的动作已经慢了下来，宽阔的肩膀明显的僵硬起来，慢慢啜着。

宁悦此刻还不想让他感觉到自己的真实想法。这个家目前还要维持下去，她的决心还需要更稳固的经济基础和更强大的心理建设才能完成。既然如此，要扮演一个完美的媳妇。

宁悦笑着说："妈，您说什么呢！这时候让您走，我和胡成成什么了！就算是您真的传染给胡子渊，那也是没办法的事儿。别乱想了，好好休息吧。"

婆婆的脸色变了又变。胡成说："就是！妈，您好好休息。这几天让宁悦请假带孩子出去旅旅游。"

宁悦看了看胡成，尽量低声说："最近忙，怕是请不来假。"

"就你那破工作，钱没挣多少，时间都搭进去了。还不如回家带孩子，折腾什么！"胡成嫌弃地说，然后也不管宁悦涨红的脸，兀自说道，"你和孩子有吃有喝，我亏了你们什么？你何必一定要上班！几万块钱的幼儿园，咱不也是说上就上，你带孩子去国外玩，我给你们母子买的头等舱。就你那俩钱，够干什么的？你好好在家带孩子，让爸妈也轻松轻松，多好！"

宁悦看了一眼胡成，说："你的工作那么辛苦，我怎么敢让自己坦然地当米虫！"最后这几个字说得咬牙切齿。

胡成听宁悦话风不对，狐疑地看了过来，却对上一双毫不掩饰愤怒甚至憎恨的眼睛，那锐利的眼神，几乎让他无法直视。

胡成爸皱起眉头，胡成妈在两夫妻间来回看着。他们小两口说话像打哑谜，自己想劝都不知道该怎么插嘴！难道是因为自己？婆婆赶紧说："没事没事，我还能干！孩子我来带，你们都去忙你们的！我干什么都行，累不死的！"

这话不说还好，一出口就如同一勺热油泼到了胡成的理智上，轰的一声，大火燃起，理智被烧了个精光。

“辞职吧！”胡成宛如下最后通牒。

宁悦站起身，在大家的瞩目下，拿着一个信封从书房里出来，“啪”的一声扔到胡成的面前。

胡成迟疑了一下，没立即打开。胡成妈抓过来，看到是拆开的，打开一看是张照片。刚扫了一眼，立刻“妈呀”一声扔到了一边。胡成爸往这边看过来，胡成妈赶紧盖住，怒视着老头。胡成爸看了个大概，老脸也刷地红了。

胡成眯起眼睛：“你跟踪我？”

“看清楚，是谁寄来的！”宁悦压着火，慢慢坐下。这封信不过是胡成的一个过去式。

胡成略为有些尴尬，道：“因为这，你就想上班？”他向前靠近宁悦，压低声音问，“你想干什么？离婚？”

宁悦身子后仰，摇了摇头：“我只是想找个事情做，不用天天惦记你那点破事儿！”

胡成嘴角抽搐。胡成妈忽然说：“宁悦，这个，男人难免犯点错。唉，这个女的是有些过分，我都说她了。胡成也早就和她分手了！”

宁悦一脸不可置信：“妈，她也来找您了？您早就知道这事儿？”

胡成妈这才意识到自己说错了话，不再言语。

宁悦慢慢地看着眼前这一家子，原本的怒火慢慢熄灭，最后，她问胡成：“我在这个家里，算什么？”

“孩子妈，当然是孩子妈了！”胡成妈似乎要弥补什么，却无意说出一句大实话。

宁悦盯着胡成，冷笑了一声。扭身牵起胡子渊的手，柔声道：“该上学了，妈妈送你上学去。”

胡子渊眼睛里透着疑问和害怕，看了看妈妈身后的其他人，乖乖随着宁悦走了。

超　人

宁悦到幼儿园接上孩子的那一刻，心就凉了——胡子渊感冒了。

老师过来说胡子渊中午的时候开始流鼻涕，午觉起来就严重了，建议回家最好休息休息。又特别提到最近感冒发烧的孩子特别多，回家以后多喝水注意量体温。

胡成没有回来，公公婆婆因为生病，留在自己的房间没有出来。厨房里冷锅冷灶，宁悦点了点儿外卖，抱着胡子渊回到卧室。外卖送来的时候，胡子渊的体温已经升高到 38.4 度。

听说胡子渊生病了，婆婆过来看了看，问宁悦，“豆豆怎么发烧了？我和你爸都没有发烧啊！”

工作一年来，胡子渊不是没有生过病。托这份特别关照的工作福，大家对宁悦的请假并不特别计较。秦灿压根就不关心一个小行政的来去，负责宁悦工作考勤的潘洁又是个得过且过的主，所以，宁悦能感觉到自己请假给别人造成的麻烦，但这个麻烦既不足以让宁悦内疚到不请假，也不足以让别人厌烦地拒绝她的请假。

可是，这次不同。部门同事午饭都禁止外出了，自己中午又拒绝了秦灿的要求。如果在这个节骨眼请假……真是想起来就头疼！

然后，戏精婆婆又跑过来撇清生病的责任，宁悦真想什么都不管了。她木木地笑了笑，说："妈，你休息去吧，这里有我呢！"

"啊，那我去做饭吧！"

说是做饭，婆婆的身子却靠着门框，丝毫没有挪动的意思。

宁悦一句话都不想跟她说，见她得寸进尺，索性拿着温毛巾一点点地擦拭孩子的额头里，婆婆那里却是理也不理了！等了一会儿，见宁悦不说话，婆婆张张嘴想说什么，宁悦忽然开口："妈，说不好子渊这个是不是传染，您还病着，要是再传染上别的什么，就不好说了。"

婆婆一愣，猛地立直了身子，好像门框上已经染了什么可怕的病毒。讷讷了两句，人已经闪没影了。

宁悦揉揉额头，收起耳温枪看了看，已经39度多了。外面漆黑如墨，按照育儿的常识，小儿发烧不要轻易送医院。看胡子渊睡得沉，宁悦兑好药，摇醒他，喂了进去。孩子再次沉睡，睡梦中眉头微皱，时不时发出轻轻的呻吟。随着退烧药的药效渐起，额头上满满的冒出了汗，小朋友的神情舒缓了很多。

明天肯定要请假的，如果秦灿真的不许——辞职也就辞了吧！

宁悦安慰自己，大不了一辈子不离婚了。这里有吃有喝，养着呗！再说了，如果真离婚，与其让胡成给胡子渊找个不靠谱的后妈或者保姆，自己在一边干看着着急，还不如就这么赖着，至少也能照顾孩子。

照顾孩子……

宁悦喟然长叹，别人的事业是星辰大海，她的人生就是孩子。将来孩子长大了，离开她了，只希望自己不要变成一个讨人嫌的婆婆！

也许，那时候，才是她真正自由的日子吧？

虽然胡子渊只是单纯的发烧，但宁悦并没有那么镇定。早上九点多一点，她就坐不住了，直接带着孩子去了附近的儿童医院。

抽血取鼻拭子，甚至还要从最怕压舌板的胡子渊的口腔深处擦一块唾液出来，整个医院里就听见胡子渊哀号的叫声了。宁悦左右为难，既不能让医生轻点，也不能让孩子更配合，好在她还没被孩子哭傻，手上的力气分毫没有缩减。三秒钟的功夫，样本取出来了，宁悦眼前一阵阵发黑。胡子渊一边嚎一边吐。宁悦轻轻搂住他，一边哄孩子，一边苦中作乐安慰自己：这孩子有良心，没像隔壁那个小女孩压完舌板直接打她妈！

检查结果在地下一层，需要自己去取。护士通知她来取的时候，诧异地问："就你自己啊？"

这里是一家不错的私立医院，大夫都是各大医院的儿科主任，环境好人少，服务也很人性，就是价格不菲。来这里看病的孩子，后面总是跟着一条大部队。像宁悦这样单枪匹马来的，一般等个十几分钟，也能集齐一条人龙在周围。

所以，看到检查结果都出来了，宁悦还是一个人抱着孩子在走廊上走来走去，护士有点吃惊，但也没说什么，摆摆手说："下面冷，你不要带孩子去了。我跟她们说一声，谁上来的时候给你带上来。结果已经传到电脑里了，你去二诊室，大夫在那里等你。"

宁悦暗暗松了口气。医生和颜悦色，告诉宁悦不要着急，就是流感。叮嘱宁悦好好照顾孩子，别再去公共场所，等病毒自己死光了就好了。看宁悦手足无措的样子，又开了点达菲，说是可以缩短病程，让孩子少受罪。

宁悦千恩万谢，抱着胡子渊叫了辆专车，回去了。

进得家门，蒸米饭和炒菜的香味扑鼻而来。婆婆从厨房里转出来，焦急地问胡子渊的病情。宁悦心情稍微好些了。

不过，发烧的胡子渊和心焦上火的宁悦谁都吃不下饭。婆婆毕竟是过来人，倒是没有勉强。端了一碗小米粥，让宁悦喂胡子渊喝下。等进卧室收碗的时候，才问宁悦："要不你也喝一碗吧？"

宁悦这才感觉到肚子空，但是听她这么一问，摇了摇头。

两个人的卧室里，胡子渊趴在宁悦的怀里就是不肯下去。时不时泛起的呕吐感，让他无法停下哪怕一会儿！宁悦只好抱着他，在屋里走来走去。手里拿着电话，等着对方的回信。

接电话的是潘洁，听说宁悦孩子生病要请假，而且至少七天，潘洁停顿了两秒钟才说，"要不你直接跟主任说一声吧。"不等宁悦说话就挂了。

宁悦叹口气，又拨通了秦灿的电话。

秦灿果然暴跳如雷，隔着话筒没开免提都能听到他的吼声。宁悦等他讲完，说孩子得的是传染性的感冒，她可能也染上病毒了，建议一起隔离。大家虽然都是成年人，对感冒这种事都无所谓，但现在这么忙，要是真得了流感发烧停工，就不合适了。

秦灿似乎对感冒的严重后果有点估计不足，一时没有说话，这时一直低声哼唧的胡子渊不耐烦起来，开始哭哭啼啼地喊妈妈，说自己要吐不舒服。宁悦来不及关手机，就用拿手机的手不停地拍着他的后背安抚他，原本停下来休息的脚步又重新挪动起来。

等宁悦哄好了胡子渊，才发现手机没关，而秦灿居然就在那头安静地等着。

“主任？”宁悦迟疑地问了一声。

秦灿“哦”了一声，才闷闷地说了一句：“回来补假条！”挂了电话。

宁悦放下电话，长吁一口气，暂时放心。七天，能不能上班，且留给七天后说吧！

秦灿放下电话，愣愣地看着眼前的电脑，有些恍惚。胡子渊的哭声和宁悦哄孩子的声音，突然唤醒他的一些记忆。好像很久很久以前，也有一个人这样哄着他。

那种独特的轻柔的声音，那声音里透出的压抑的焦虑，还有拖鞋在地板上拖动的声音，熟悉的就像电话那头听到的是他童年的声音。有个女人，也是这样在他耳边呢喃，也是这样在寂寥无声中絮絮低语。

秦灿拿着电话，眼前却看到自己早已模糊的童年和少年。不，应该是半个少年时代。在妈妈还没有抛弃他的时候，那个依旧懵然不懂事的少年。

他记得，妈妈总是很忙，总不在他身边。但是只要他生病，妈妈就一定会陪在他身边。为此，他想尽办法生病，每次都被妈妈轻声责备，却依然会陪在他身边。是的，每次他生病，妈妈从不让他自己留在家里。尽管病好之后，他会发现妈妈总要换份工作。家里的生活越来越拮据，妈妈的眉头越来越深重，可是他不在乎，他依旧想尽办法让自己生病，并开心地看着妈妈陪着自己……

他喜欢这声音，喜欢这时光，喜欢……

秦灿摇摇头，把记忆甩开。他用了几乎十年的时间去淡化关于一个人的记忆，却几乎是在一瞬间复活了关于她的一切：她的声音，她的怀抱，她的笑容，她的温度，甚至她的眼神……

那个在他眼里曾经一无是处无能到极点的妈妈啊，怎么突然——如此令人难以忘怀！

秦灿的心好像有什么东西塌了，一阵尘土飞扬，待到平静下来，却赫然发现不知什么时候，心底多出了一个黑乎乎的大洞，那个洞很黑很深很古老……他看向深渊，深渊也回望着他。

潘洁进来汇报采购方面的初步审查结果，吃惊地看到秦灿眼角亮晶晶的，忍不住把眼镜向下扒拉了一下。确定自己看得没错之后，她暗叫一声糟糕，收起了脚步后退。

“什么事？”秦灿察觉屋里有人，问话出口才抬头。认出潘洁后有点尴尬，随即想起是自己催着她来交结果的。

难得秦灿内疚，潘洁顺利地完成了汇报。临结束的时候，秦灿突然问：“那个宁悦，请了几次假了？”

潘洁心里一沉，含混道：“有几次了吧？”

秦灿揉了揉额头：“你说她为什么出来工作？她家里不缺钱吧？”

潘洁摇摇头，本着优秀员工应该深入领会领导每一句话的含义的原则，试着问：“要不，我打听打听去？”

秦灿皱眉“啧”了一声，“这有什么好打听的！当我什么人了！我有那么八卦吗！”等了等，又说，“我听她电话里的动静，好像就她自己带孩子。按理说，不应该啊！”

潘洁说：“对啊！她来咱们部门，是采购部王总亲自跟集团法务罗总打招呼的，而且，据说当时还列了好几个条件，罗总斟酌了好久，才安排过来的。当时还跟我说，请假和上班时间，不用太跟她计较。”

“切！那个老娘们！”秦灿一听罗某人的名字就来气，连带着也对宁悦的来历失去了兴趣，点点头表示自己知道了。潘洁见不需要自己去做间谍，也松了口气，赶紧退了出来。

见她出来，顶替宁悦承担午餐采购任务的钟天明刚好拎着送来的外卖进来，引着大家往茶水间去，边走边对潘洁说："瞅见没？烤串！"

"大中午吃烤串，让主任闻见了，小心挨批。"潘洁耸耸鼻子，真香！

"不会！我看出来了，他只关心工作，咱们就是吃毒药死掉了，只要到点儿活过来，他啥都不会问！"

潘洁和钟天明开了两句玩笑，憋不住最后问："老大今天不对劲儿呢，居然问了宁悦的来历。我听那话里的意思，好像是觉得宁悦不该来上班！"

钟天明一边啃鸡翅，一边说："正常啦！就宁悦三天两头请假，让干活不干的样子，迟早被开除！"

"那可是罗总安排过来的！"

"不是罗总的人还可能有活路，是罗总的话……"钟天明嘴巴朝秦灿的办公室一拱，"死得更快。"

"可我总觉得宁悦有好多心事。不太像咱们想的那样，是个闲的没事干的富贵太太出来体验生活。至少她穿的衣服，就没多大牌。"

"她开奔驰ML350，一辆车80万，你见过保洁阿姨开奔驰的吗！甭操心了。赶紧吃，凉了不好吃了！我倒希望她别来，这样我还可以多出去几次买点能吃的！"

婆婆给胡成打了电话，说了胡子渊的病。大白天的，胡成心急火燎地跑回来。一照面就责怪宁悦这么大事也不跟自己说一声，然后就催着去医院。宁悦顾不上解释，告诉他已经看过医生了。胡成急得大吼，看了医生还发烧，赶紧去医院！

宁悦冷冷地看着他，不说也不动。

胡成终于感觉到不对劲，问："看我干什么？赶紧的！耽误了病情怎么办！"

胡子渊扑进宁悦的怀里："不要！我不去医院！"大概想起了取咽拭子的痛苦，眼圈又红了。

胡成不舍得对孩子大小嗓，终于按下了脾气。

宁悦说："从昨天中午开始感冒，晚上发烧，今天早上去看医生，你说我中间哪里耽误了？我们刚从医院回来，如果病好了才可以证明我们看过医生，那医生都赶上神仙了。你冷静点，孩子该看的都看了，药也都拿了，剩下的就是安心休息，我们好好照顾，别再引起其他的并发症就好。总去医院，反而容易受感染。"

一席话，说得胡成哑口无言。不过，他也没什么不好意思的表情，仿佛宁悦话里刺的人不是他一般，已经凑过去跟胡子渊说话了。

宁悦也没指望他可以为自己的粗鲁或轻率向自己道歉。这么多年了，她一直说服自己每个人都是不同的。像胡成之所以可以这么成功，拥有这种"只看到别人缺点，对自己的问题视而不见"的天赋，也是很重要的。

这一次，宁悦也想忍过去，可是看胡成与孩子玩得开心，她还是忍不住说了一句："你进门那样吼人，不该向我说句对不起吗？"

胡成愣了一下，然后"哦"了一声，却皱起眉头说："以后孩子生病，告诉我一声。要不是妈给我打电话，我什么都不知道。"

宁悦心口瞬间有种窒息的感觉，胡成却又若无其事地扭头玩去了。谁的孩子生病了，不想找个人来分担焦虑呢？可是自从去年冬天胡子渊生病她打过去电话，却是田秋子接的，她就再也不指望胡成什么了。

搞清楚胡子渊得的是流感，这种病没有特效药，病毒六七天就能死光，胡成松了口气。快到吃晚饭的时候，他接了一个电话，把自己关在阳台，说了一会儿话，进来的时候告诉宁悦自己要去见客户。

宁悦"嗯"了一声，没说什么。

倒是来看孙子的老爷子听说了，不悦地问胡成："三天没回来，回来待了不到三个小时，你认客户当爹了吗？"

宁悦差点没笑出声来。看来男人彻夜不归，不仅女人烦恼，爹妈的烦恼也不轻。老爷子的怨气一点不少啊！

胡成搬出了新公司很忙一类的话，老爷子摆摆手，让他赶紧滚蛋。怨气发出来了，终究是心疼儿子的事业。更何况还有家里的房子车子都抵押在银行，不可以太任性。送胡成出门，老爷子还叮嘱儿子注意身体，别太累了。

宁悦心想："放心好了，你儿子身边花花绿绿，想照顾他的人都得提前预约。"

胡子渊高烧了三天，第三天才开始下降。直到第五天才降到 37 度以下，但是身体却被发烧掏空了，开始变得能吃能睡。宁悦担心孩子几天没好好吃饭，此时突然吃多，恐伤脾胃，便使劲拦着。毫不意外的，婆媳俩为此再次打仗。

婆婆在屋里哭天抹泪，公公低声劝着，却招来更大声的哭诉，说自己如何带大的胡成，怎么会没有经验，说到愤怒激动处，噼里啪啦，不知道砸了什么东西。

宁悦陪胡子渊在书房里玩儿，听着外面的噪音太堵心，索性关了门。

胡子渊抬头看她，她扯着嘴角说："太吵了。"

胡子渊问："奶奶为什么哭？"

宁悦说："奶奶希望你多吃点，但是妈妈不许，奶奶心疼你着急的。"

"可你为什么不许我吃呢？"

"怕你积食啊！"

宁悦说："这几天你都没怎么吃东西，肚子里的小精灵是不是都在休息？现在你突然吃了很多东西，铺天盖地地砸过来，小精灵会不会吓一跳？好比你几天没出去玩儿，突然让你去跟葡萄赛跑，你能跑得动吗？"

胡子渊恍然大悟，拍拍自己的小肚子："我要让小精灵慢慢恢复，才能吃很多东西。不然会把小精灵累坏的！"

宁悦笑着摸了摸儿子的头，婆婆哭闹带来的糟心一扫而光。

宁悦从当初田秋子打过来的挑衅电话里就猜出自己的这份工作，多少跟田秋子有关。而胡成对自己这份工作异乎寻常的厌烦态度，也让了解他的宁悦更加确定了自己的想法。

她从来没问胡成这份工作是怎么来了，搭了谁的人情，但是她已经确定田秋子是主要介绍人，而胡成回避的态度则说明他在其中可能比较被动，甚至处于受制于人的地位。而令他感到压抑的，恐怕正是田秋子。

胡成是大客户部经理，但还到不了可以惊动负责集团采购的副总裁，但是做投资的田秋子就不一样了。宁悦甚至从自己经手的那些合同中推测到了一些事实：这个集团是胡成的客户，而他们的采购框架协议是两年前，也就是自己入职前一年签的。同时，这个集团的资本结构图里，能发现田秋子所在投资银行的影子，她有理由相信，段位更高的田秋子帮助胡成拿到了这个客户，同时在自己刁难胡成的时候，也是田秋子解决了问题。这就是说，宁悦的工作是她的情敌介绍的，田秋子在这个公司里的人脉不仅是她比不了的，连胡成都要低头。

胡成喜欢征服女人，所以身边的女人大多都是女强人或者要强的女人，但是胡成不喜欢女人比他强，尤其是被他"征服"的女人。所以，对胡成来说，当他"没有得手"的时候，你越强，对他的吸引力就越强。当他"得手"之后，你越强他就越烦你。很矛盾，但他就是这样！这也是宁悦当初决定辞职回家照顾孩子的原因之一。

田秋子爱得卑微，事业却做得太好。她越是帮助胡成，只怕胡成心里越是忌讳，对田秋子便越是冷酷。

宁悦告诉自己，田秋子并不可怕。可是内心总有个声音问她：将来呢？将来会不会有个董秋子、海秋子？她们都会那么蠢吗？

在无数次怀疑和肯定之后，那个声音总会坚定地告诉她：你是注定要被抛弃的！

胡子渊终于可以出门散步的时候，宁悦晒着久违的阳光，感觉头有点晕。接下来她要面对的是工作狂秦灿。也许，秦灿已经在心里把她开除一百遍了。

她有没有机会保住这份工作呢？

她想起胡成在家时，自己曾经把因为请假与秦灿闹翻的事儿告诉胡成。胡成居然没有马上让她辞职，而是想了想，问道："你们部门负责内调？那采购部的陈总那个级别，归你们管吗？"

宁悦谨慎斟酌着说："我只是行政，他们开会我没权利参加。这个事儿，也是听他们聊天才知道的。"

胡成点了点头，似乎想起了什么事，走了会儿神，才想起来似的问宁悦："你刚才跟我说什么？"

宁悦道："我说，秦灿这次可能要开掉我。"

"嗯，我知道了。"胡成说完就去忙自己的事情。

宁悦心里有种不好的预感。当初她和胡成第一次合作，把他的顶头上司拉下马的时候，胡成也是这样，等他胸有成竹地告诉自己结果时，已经是一个完美的只需要自己去执行的方案。

怕什么来什么。中午吃完饭，胡子渊在小客厅里玩儿，老两口照例去睡午觉。宁悦接到了潘洁的电话，问她什么时候上班？言语似乎有未尽之意。宁悦直接问是不是要辞退她？潘洁说，也不完全是，这次秦灿说要给你补偿，按照 n+2 来补。

"他为什么要辞退我？"

这不是她第一次请假，也没有耽误工作，宁悦心头火大，忍不住要计较一番。

潘洁说："算了，你来让老大亲自跟你谈吧。不是你想的那样的。老大这样做，也是为你好。"

挂了电话，宁悦一抖手把电话摔倒墙上，啪的一声，也不知道是不是屏碎了。宁悦闭上眼，情绪即将崩溃的时候，突然，门口有人推门键来："妈妈，给我读这本书好吗？"

所有的情绪迅速归位，所有的失态全部压下，脸上的肌肉稍稍有点僵硬，但并不会吓坏小朋友。

胡子渊奇怪地问："妈妈，你怎么了？"

"妈妈有点生气。有个坏蛋想欺负妈妈。"

"谁？我去打他！"

"打人没用的。"

"那怎么办？"

宁悦沉默了一下："不知道。不过，车到山前总有路吧！"她摸着胡子渊的头发，让自己笑出来，"就算没有路，有妈妈在呢，总能开出一条路来！"

最后几天假期很快结束。胡子渊的身体没有完全利索，宁悦又向幼儿园请了一周的假，但是在家里陪他的只能是爷爷奶奶了。习惯了妈妈的陪伴，乍然分别，小朋友眼泪汪汪。爷爷用电子游戏诱惑他，他才破涕为笑。

办公室里空无一人，宁悦需要在大家来之前，把每个工位的环境按照各人的习惯整理一下。

从每个人的办公桌上，可以一窥主人的心性。而观察每个人的习性，是宁悦的习惯，也是她在这份工作中收获的一个乐趣。

秦灿和钟天明的桌子，永远都是乱七八糟的。潘洁和钱律师则总是整整齐齐的。秦灿愿意把所有东西都摆在桌面上的。钟天明则把把工位当成小卖铺。钱律师的工位则空空荡荡的，连尘土都恨不得藏起来，据说他在外面还有别的兼职，也只是道听途说，谁也没抓到实锤。至于潘洁则把自己的工位布置得像个温馨的家，鲜花四季不断，养生壶常年飘香，桌子底下还藏着个按摩器。

买咖啡的时候已经看不到何宽，估计他很辛苦，没有时间排队了。成功哪有那么容易！别说创业，就是带孩子要想带好，也要付出的相当的代价！

拿着咖啡和其他人的饮料送进办公室，钟天明和潘洁已经到了。宁悦明显感觉到异样的目光，但没有人捅破这层窗户纸。接过各自的饮料说了句谢谢，就飞快低头工作。

宁悦走进秦灿的办公室，秦灿已经在那里坐着了。

放下咖啡，秦灿说："宁悦，你坐下，我有事要和你谈。"

秦灿的意思她听明白了，却有些哭笑不得——秦灿居然是为自己好，才辞退自己的。真的是为自己好，没有一点借口的意思！

秦灿的意思有两条：第一，你这样的工作状态不对。既然来工作，就应该全心全意。总是请假，是一种不负责任的态度。而且，大家都是一个团队，你这么做，影响了团队的和谐。第二，你有小孩，小孩需要照顾，你家里也不缺钱，那就回去带小孩。专心给孩子一个完整的陪伴，不比你每天离开八九个小时更能满足孩子的要求吗！

秦灿说得极恳切，宁悦明白这家伙是真的这么想的！

不过一个单身汉这么恳切地和一个妈妈讨论怎样才能给孩子完整的爱与陪伴，怎么想怎么诡异！难怪潘洁和钟天明他们一副不能启齿的样子。

宁悦仔细打量了一会儿秦灿，字斟句酌地慢慢问道：“秦主任，我不知道是什么原因让您这样重视孩子在成长过程中的养育问题，但是，您看，这显然涉及我家里的事情。该怎样安排我的家里，似乎……”

秦灿脸一红，说：“我是真心这么想的，你不要误会。你的工作你也看到了，根本不能体现你的价值。以你的水平，完全可以成长成为一名优秀的法律人才，但是你并不是完全投入这份工作的，而且一旦孩子和工作发生冲突，你的选择从来都是孩子。既然如此，又何必在这里浪费时间呢？”顿了顿他又加了一句，“对孩子也不好。”

宁悦诚恳地说：“秦主任，谢谢您！但是我真的没有浪费时间。因为如果我现在不做，真等孩子长大了，用不着我了，我就完全没机会工作了。我喜欢工作！请你相信我，带孩子是我的义务，我必须做好。但是，工作，是我的兴趣。我喜欢工作的状态，喜欢工作带给我的成就感。哪怕是一份像现在这样的工作，在您看来毫无价值，可是我却觉得它很有意义，至少它为各位创造了一个良好的工作环境。能做好，我觉得也是需要付出努力的。我做我目前能做的事，是为了等我能做更多的事的时候，给自己留一个机会。”说完，宁悦都快被自己感动哭了。内心也是恍然明了，除了应付千疮百孔的婚姻，原来自己对未来还有这样的期望！

秦灿显然没想到宁悦会这样想。一些念头疯了一样地涌进他的脑海，明明他想劝宁悦回去带孩子，因为这样对孩子好。但不可否认，他强烈同意宁悦的观点，女人必须有自己的工作，尤其是做了妈妈以后。

秦灿叹了口气，居然站起来为宁悦倒了杯水，递给她，道：“不瞒你说，我小时候常常自己在家。我母亲也上班。当然不是什么女强人，只是一个普通的上班族。我记得别人都走了，就我自己一个人在教室等她。无聊的时候，会把整个教室的地面再扫一遍。有一次，我把每把椅子的椅子腿儿都擦干净了，我妈还没来接我，是老师把我带回她家吃的晚饭。”秦灿看着窗外，眼睛有点涩，顿了顿，才说，“当妈妈上班很辛苦，如果没必要，还是留在家里多陪陪孩子好。”

宁悦默默地听着，苦笑着接道：“如果可以，谁不希望留在家里陪孩子呢！总是有不得已的理由，才这样做的。”

秦灿并没有反驳，他当然知道母亲那样做的原因——离婚。父亲娶了所谓的真爱，母亲主动让贤，然后带着自己离开了那个家。

此事不足为外人道，但他也算是默认了宁悦的说法。

宁悦等了一会儿，见秦灿不吭声，但也没反对，觉得有必要明确一下："您刚才说得对，现在这份工作，我做着的确有些过分。我可以做更复杂的工作，可以承担更重的责任，但是，无论我出来做不做事，首先都是一个妈妈。即使我迫不得已出来，我仍然不会忘记自己母亲的责任。我需要分出更多的精力照顾孩子，需要留出更多的时间给孩子，也许这些时间和精力对孩子而言并不够，但已经是我能够给予的最多的了。我真的很需要这份工作，它最适合目前的我。"

好像有什么东西砰的一下击中了秦灿，一道亮如闪电的想法理清他所有的思绪：

这已经是她能给予你的最多的了！

你还要求什么！

你还要求什么？

"是你耽误了我！你自己既然没有这个能力，当初干吗要抚养我！"

曾经说过的话，终于从深渊中冲破了束缚，铁链拧成一条恶龙，在秦灿的脑海里叫嚣！那些年，那些人，那些话，那些愤怒，那些眼泪，还有绝望，都一起冲破尘封，在秦灿的脑海里复活……

"不！"秦灿大喊着，努力地挣扎。

别走！听我解释！

别走！我是你儿子啊！

别走！你不是说好不走吗！

别走！你不是说好就算全世界都抛弃我，你也不走的吗！

潘洁和钟天明被宁悦的惊呼喊进了办公室，看到晕倒在工位上的秦灿，吃惊地看了宁悦一眼。还没问，钟天明已经开口："老天，宁悦，您跟头儿说了啥，怎么能把他气晕了！"

宁悦很无辜地看了看他们俩，无奈地摇摇头："我也没说什么啊！就是告诉他，我很想留着这份工作啊！别多说了，赶紧送医院吧！”

大家谁也不敢动，只能看着宁悦去打电话。这时，秦灿忽然闷哼一声，动了动，

“醒了！”潘洁惊呼，赶紧凑过去看。

钟天明站在一边嘀咕：“头儿这么想辞掉你啊！你不想走，居然可以气死他！嗯，以后，我是不是也可以学一学。”

这时，秦灿皱了皱眉头，依旧没有睁眼。潘洁忽然站直了，扭头去看钟天明，钟天明奇怪地朝秦灿去看，却被潘洁按了回去！

宁悦瞅了一眼潘洁，犹豫了一下，从兜里掏出纸巾，擦去了秦灿眼角的泪水。

潘洁很威严地扫视了大家一眼，低沉而严厉地说：“我们什么都没看见！”

钟天明已经看到了，立刻点点头，然后拽了拽潘洁的衣角：“都活过来了，我们先出去吧？或者待会儿再进来？”

潘洁犹豫着，宁悦看了看秦灿：“估计他也不想这样被人看到，你们都出去吧。万一不好了，我再叫大家。”

潘洁还有点犹豫，钟天明已经拉着她出去了！

宁悦四下看了看，倒了一杯温水，用咖啡勺舀着，慢慢送进秦灿的嘴里。

秦灿还没睁眼，整个人软趴趴的，一颗大头东倒西歪。这不难，胡子渊小时候比他软多了！宁悦先把秦灿身子靠在椅背上，然后调好椅背的高度，让他可以顺势半躺着，然后侧过头，用勺子微微用力，撬开嘴巴——

秦灿并不张嘴。

宁悦觉得他应该不是昏迷的那种不张嘴，仔细观察了一下表情，仿佛是胡子渊小时被噩梦缠住的样子。她伸出手，轻轻拍了拍他的后背，说：“醒醒，醒醒啦。”后面本来还有一句“妈妈在呢，不怕不怕”差点脱口而出。

不过，秦灿的表情已经有了松动。宁悦赶紧舀了勺水送进了秦灿的嘴里。秦灿眼皮抖动，慢慢睁开眼。他目光迷离地看着眼前的人，嘴巴张了张，却没有声音！

宁悦见多了这样的口型，心底止不住的诧异，却清醒地意识到，对这样

一个好强倔强的领导而言，最佳的办法就是装作没听清，没听懂！

“你说什么？”宁悦轻声问。

秦灿眼神骤然对焦。宁悦放心了，人活了！赶紧起立，退后，做恭敬状。秦灿揉了揉额角，没看宁悦，问道：“我怎么了？”

“您突然晕倒了。”

“晕倒？多久？”

“没多久。就一下。”

“叫人了？”

“没来得及。”

秦灿沉下肩膀，撑着额头缓神。宁悦松了口气，默默等待。

“我没说什么吧？”

宁悦一脸茫然地看着秦灿，答非所问：“说什么？要不叫大夫来看看？”楼下有个药店，里面有个坐堂中医。

秦灿摆摆手，“不用了。你先出去吧！”

宁悦担心自己工作的事，但也不好这个时候问。犹豫着，还是转身走了。

“刚才是谁叫的我？”身后秦灿忽然问。

宁悦眼珠转了一下，正色问：“有人叫您吗？”

秦灿仔细打量了她一眼，终于挥手让她出去了。

桌上一杯白水，小小的咖啡勺躺在旁边。秦灿拿起咖啡勺，放在眼前仔细地看着。

就在刚才，他不顾一切地追着那抹光亮，绝望地扑向深渊的最深处，在浓黑的空虚深处挣扎的时候，似乎听到一个熟悉的温柔声音在喊他：“醒醒，醒醒！”然后，是一滴清凉坠入，在他犹豫的瞬间，将他拉回现实。

他把小勺放进嘴里，那感觉又熟悉又陌生了：每次做了噩梦，总有人这样叫着拍醒他，然后在他半梦半醒的时候，喂他一点清水……

只是，这是很久很久以前的事了，久到他甚至不愿意想起！

潘洁拿着离职表格过来让宁悦填，看宁悦闭着眼很伤心的样子，没有打扰，站在一边静静地等着。

宁悦接过离职表，拿起笔正要填，又郁闷地把笔扔到了一边。潘洁吃惊地看着她，宁悦站起来，对潘洁说：“我不走！我不能走！”

这时候走了，只怕后半生都没有更好的工作机会了！这是她最后的机会，绝不能就这样放弃。

“可是——”潘洁扭头看看秦灿的办公室。

宁悦说：“谢谢你潘洁，我不会为难你的。表格放在这里，但是现在我不填，也不会申请。”

“你这样闹，万一惹怒了主任，恐怕赔偿金就会受影响。”潘洁好心劝她。

宁悦苦笑：“我都不介意做行政了，还在乎赔偿金！你们可以把我调走，但是我不会辞职的。”

潘洁轻轻叹了口气：“你再冷静冷静，好好想想吧。”然后就回了自己的工位。

宁悦看着潘洁离开，吐了口气，眉头又锁了起来。对孩子她可以吹牛，假装妈妈是这个世界上最了不起的人。可是实际上，当“坏人”真的来时，她一点办法也没有。不，也不能说一点没有！宁悦咬着下嘴唇，走到秦灿办公室门前，敲响了门板。

“进来。”秦灿的声音透着显而易见的疲惫。

宁悦进去，一没哭，二没闹，装作没看见秦灿疲惫的样子。只顾把罗总落实下来的内调完成的时间表，每个人工作的平均时效（潘洁和钟天明的工作时数是宁悦统计），和实际工作量给秦灿看。

秦灿终于打起精神，“我知道，你给我看这个干什么？”

“你完不成。”宁悦也不客气，直奔主题，“不仅不能在您承诺的时间里完不成，罗总给您定的 deadline 本来就是一个不可能完成的任务。”

秦灿脸一沉，瞪着宁悦。

宁悦也不怕，说：“我有办法，可以让您在罗总规定的时间内完成。”

“讲！”

“把钱律师调回来。他现在跑的那个案子，刚刚开完庭。三天后宣判结果，他完全可以回来。”

“外聘律师也需要自己人盯着。”秦灿盯着宁悦，慢慢说。

宁悦笑了：“钱律师的执照挂在哪个所里，您比我还清楚。”

秦灿面色一僵，别说钱律师有一份额外的工作，他也有。宁悦这么说，无非是提醒他所谓“外聘律师”不过是他们基于特殊关系的相互关照，需不需要盯着，不过是一句话的事。这种事，看破不说破。宁悦不是逼到这个份上，也不愿意拿出来讲。

秦灿笑了：“看不出来，你这么久没上班，知道的不少。”

“负责部门文档的整理工作，很容易了解一个部门的历史和信息。”

秦灿想了想：“就算老钱回来，也不过是刚刚满足姓罗的要求。”

罗雅婷也是老法务，这里的猫腻怎么会不知道。卡着老钱的工作量定下的 deadline，算计的要么是让秦灿在公司同仁面前丢脸，要么就是掐一下秦灿的财路，两头沾光。所以，秦灿才虚张声势要个气势，另一方面咬牙不让老钱回来。总得占一头。

宁悦说：“我可以帮你在你承诺的时间里完成。”

秦灿一扬眉，他也这样计算过，可惜被宁悦拒绝了。但是宁悦紧跟了一句：“我有相当一部分会在家完成。”

“公司内部资料不能带出去。”秦灿皱眉头。

“不能带出去的我不动，总有整理归纳和表格，可以不要求空间。我看过，只要合理安排可以完成。”

秦灿手中的笔又转了起来，良久，才忽然问：“你回家做，孩子谁来陪？”

宁悦愣了一下，没想到谈着工作突然提到了孩子，但还是回答：“他睡着了，我就可以干活。小朋友一般九点半左右都能睡着。那时候我就可以工作了，我晚一点睡没关系。”

秦灿面无表情：“没上班之前，你这种时间你都在做什么？”

宁悦脸有点热，但还是说：“按照司法考试的系统要求，研究发条和一些业务上的东西。”

“参加考试了？”

“没有。”

“为什么？”

“没时间。”

“你的律师证呢？”

“一直在所里挂着。”

秦灿点点头，“挂着是要交钱的。这么多年你都没想过放弃吗？”

宁悦摇头：“没想过。”

秦灿不再问了，呆呆地看着手里的笔，似乎沉浸在某种莫名的情绪里。

不知过了多久，秦灿忽然问了一句：“你怎么还不走？哦，就按你说的那样做吧。你把卡交给潘洁，让她帮你打。时间——自己把握吧！”他点点头，自问自答一样。“好好做，一定要好好做。”

宁悦觉得今天的秦灿简直像个神经病，但事情对她而言并不是坏事。尤为难得的是，秦灿居然主动给了她变相的弹性工作时间。这对宁悦简直太重要了！

一切都弄妥了，宁悦和众人走出办公室，抬头看了一眼挂在墙上的钟，刚好十一点半。又到了订饭的时间了。

宁悦出去准备。前脚刚走，秦灿出来了，一脸纳闷地走到钟天明的工位前，问：“宁悦呢？”

“刚出去了。说是墨粉没了。”潘洁站起来接话。

钟天明也好奇地站起来，“头儿，您也要订饭吗？”

秦灿中午不吃饭，下午三点多会自己找食儿。秦灿拿出手机，让钟天明看：“你看，都半个多月了，宁悦一到这个点就给我发微信，发完了又秒删。”

他说得直，别人听着却不是那么回事。潘洁和钟天明互相递了个吃惊的眼神，钟天明结结巴巴地说：“这个，我真不知道！不过我在学校那会儿，有个学姐想追我，老是这样给我发微信。”

潘洁呵斥钟天明，秦灿却是一脸懵。他从没往那方面想，而且宁悦一个已婚大妈（虽然长得不像）——这也太扯了！

正说着，宁悦进来了。潘洁赶紧拽着宁悦，把秦灿的问题重复了一遍。

虽然是笑着说的，可话里的咄咄逼人让宁悦忍不住诧异了一下，她这急吼吼的样子，好像吃醋急着等澄清一般！

不容宁悦细想，潘洁又催了一遍。宁悦只好抱歉地说：“哦，不好意思。楼下米线店老板的头像，和您的有点像。”

秦灿这么一只骄傲的小公鸡，居然被当成米线店的老板，顿时脸上就挂了颜色。宁悦慌忙拿出自己的手机，打开米线店老板的头像，还放大了，拿到中间让大家看。

钟天明嘴快：“哇！真的很像！”

看来米线店老板也是个有追求的人，微信用自己的头像不说，还西装革履，弄的好像社会精英一般，和秦灿还真有几分相似！

潘洁一下就笑了出来。秦灿“切”了一声，把自己的头像换成了独角兽和天平，这才走了。

直到他的背影完全消失在办公室门外，钟天明和潘洁才放声大笑，宁悦已经接到送餐的消息，赶紧下楼去取。

午饭后，工作有条不紊地展开。邮箱“叮”的一声轻响，一封未读邮件载入。

宁悦打开一看，HR的通知函。不是辞退，而是调岗。调到总公司的销售中心，协助销售中心进行合规管理和合同监督，直接隶属集团法务部管理，向法务部负责这方面的法务主任汇报。而集团法务部的最高领导，是集团的副总。这就意味着，宁悦——几乎是一步登天。

宁悦皱眉。虽然她不愿意被辞退，但并不意味着随便一份工作她都要做。调岗之后的工作，明显比之前的行政工作更重要，那么加班和出差都有可能。而且，自己刚和秦灿谈好，为什么又出来这么一个调岗的要求？

难道秦灿又改变主意了？

宁悦扫了一眼，常规的相关部门都有知会，其中也包括了秦灿。

秦灿的门被撞开，他大步出来，问宁悦：“人力的调动是怎么回事？宁悦，你还真是一颗红心两手准备啊！怎么样，现在罗雅婷给你更好的条件了，你是不是准备走啊？”

宁悦摇了摇头，指指屏幕，“我没有找过罗总。而且，我也不觉得这份工作适合我。”

秦灿又问：“你跟罗雅婷说了？”

他问的没头没脑，宁悦想了想才猜测着可能是上午关于工作安排的事，又摇了摇头。

秦灿去看潘洁和钟天明，两人立刻摇头。秦灿就忍不住抓头发。

宁悦问：“秦主任，我能不去吗？”

秦灿一瞪眼，便往外走边说：“什么叫能不去？必须不去！跟我走！”

人力的答复很简单，调动是销售中心自己提出来的。他们需要法务派人帮着做一些项目的监督和追踪，但是法务部现在派不出人，一时半会儿也招不到合适的人。数来数去，想起秦灿这边有个年纪挺大的有律师证的行政助理。了解了一下，觉得经验不足可以慢慢补，基础不错，就这么定了。

宁悦和秦灿对视了一眼，谁都不相信。秦灿问宁悦：“你还有律师证？没失效？”

执业证要每年注册，要有单位。宁悦快十年没工作过了，说她有一张还生效的执业证，还不如说她的社会保险还在续缴更可信。

宁悦只点了点头，她已经隐隐猜到这事儿背后是谁了。

秦灿狠狠地道：“罗总想要人，我们就得放人？我这次来就是跟你们说一声，宁悦的调动我不同意！”

宁悦瞅了一眼秦灿，忽然觉得这个人太可爱了！

主管这方面的是人事部邱经理，他就是上次被秦灿说晕的那个人。在公司服务多年，人老成精，很清楚秦灿和罗总的恩怨！他也不强求，只是苦着脸说：“这不也是您先提出辞退，然后销售中心那么才提的需求吗？其实也没罗总什么事。而且，这对宁悦来说，也是很好的机会。”

秦灿早上的确提出辞退宁悦……他忽然很讨厌自己的效率，暗暗告诫自己，以后在人事上一定要慢一点，嘴上却是不服：“我提出辞退，那是辞退的事，公司有辞退的流程。调岗是另外一码事，跟辞退完全不同！调岗我不管，也不同意。辞退那个，我现在撤回了。公司有规定，在上级主管部门批复之前，可以撤回申请。邱经理，您可看清楚了。”

邱经理当然看清了，撤回的申请几乎和调岗的通知同时进入系统，他刚才也在琢磨该怎么推掉呢！现在秦灿主动提出来了，邱经理顺坡下驴："好吧。不过，这事儿你自己跟罗总说。还有销售中心的王总。”

秦灿摆摆手，表示知道了。他离开时见宁悦还在那里站着，不耐烦地说："行了，没事了。没看我都搞定了吗！”

如果给宁悦一个空间，她一定要仰天大笑。事情解决的真是太超乎想象了，任她绞尽脑汁，也想不出这么个解决之路！接下来，她到很好奇，那个背后使劲儿的人会怎样出招！

事情差不多了结，当事人都轻松起来。HR 在十八层，秦灿他们的办公室在十四层，等电梯的时候，秦灿忽然一指旁边的安全楼梯，说："走那里吧，可以活动一下。”

宁悦平时上下班，只要不赶时间都会爬楼梯。秦灿此言正和她意。

公司的大楼虽然很高，但这条安全楼梯却是每层都有窗户。而且窗户还不小，天晴的时候，甚至可以看到更远处的山。平时这里就常见许多人走来走去，宁悦也常走这条楼梯。卓浩给她的健身卡基本没有机会用。他的哥们儿打了几次电话催宁悦过去，已经算是仁至义尽。可是宁悦实在没时间，这事儿就不了了之。卓浩干脆找了些健身的简易视频，让她跟着学，方便随时健身。比如走路，就有许多健身的动作。宁悦最喜欢的，是在楼梯跳上跳下，做些拳击格斗的分解动作，既锻炼反应，又强化一下全身的肌肉。虽然时间限制，她不能去健身房，但是因为胡子渊经常生病，宁悦很警惕自己的身体。因为一旦生病，谁来照顾胡子渊呢？

当然，和秦灿在一起，绝不能这样。

“做律师，身体好比脑子好重要。”秦灿的开场白是这样的，“好多人失去客户，不是因为业务能力不行，而是身体顶不住。”

宁悦想起那个灌满沙子的笔记本电脑，不由得笑了。

“听说你还跟过船？”

宁悦点头，却没有说下去的意思。

秦灿说：“普通人可上不了船。我一上船就头晕。小时候我妈带我去公园划船，满湖面就听我一个人哭了。下船就发烧，急得我妈——”秦灿顿住。他想起那次自己生病，妈妈请了三天假照顾他，之后却在家里待了七天才去再上班。

小时候不知道，后来才明白，她请了三天假却被人辞退。歇了七天，在外面找了个临时工继续干下去。

秦灿没说完，宁悦好奇地看着他。

秦灿扭头看了看宁悦，忽然说：“若是我真的坚持辞退，你会怎么办？”

“不知道。”宁悦也有些茫然，“不过，我是一定要找一份工作的。”

秦灿似乎斟酌了很久，才问道：“你为什么一定要找工作？据我所知，你家的环境还不错。”他笑了笑，“开着奔驰的人，总不能自己做家务吧？只是带带孩子，为什么一定要出来呢？”

宁悦不是第一次听到这话了，她早就知道在这个社会里，全职妈妈永远是“清闲”的代名词。她并没有急着解释，因为她既不想向秦灿诉苦，也不想让秦灿觉得自己吃饱了撑的。

向下走了两级台阶，宁悦无意识地蹦了两下。秦灿一眼就认出那是格斗的步伐，微微一愣，就听宁悦问他：“如果你在一个很好的公司做事，有一份很好的待遇，您会不会觉得这就应该是您的，您就可以一辈子在这里高枕无忧呢？”

当然不。

秦灿知道答案。每个职场上的人，稍微清醒一些的，分分秒秒都生活在被老板炒掉的潜在恐惧中。但是，他问的是宁悦的家，宁悦却用职场来回答，什么意思？

宁悦在她的家里，有和职场一样的恐惧？

这个念头在秦灿脑子里盘旋不去。

宁悦停下来回头望，却看到秦灿正呆呆地立在台阶上。想起他上午晕倒过，宁悦赶紧走过来，问道："怎么了？不舒服？"

"没事！"秦灿如梦初醒，不由自主地问，"这家里，怎么能和职场一样呢？"

"家也需要经营啊！"宁悦喟叹一声，"弄不好，亲人之间的伤害——"宁悦顿住。

秦灿急切而严厉地问："怎样？"

宁悦也沉浸在自己的情绪里，淡淡地说："会死人的。"

秦灿一愣，瞬间巨大的疼痛排山倒海扑过来，让他动弹不得。宁悦则看着远方黛色的山影，想起自己晦暗无望的生活。

沉默凝滞在狭窄而明亮的观光楼梯间里。

良久，宁悦突然从怔忪中醒过来，发现秦灿脸色苍白，冷汗涔涔，正倚墙而站。

"秦律！"宁悦吓了一跳，赶紧扶住他，顺手从兜里掏出一包湿纸巾，擦拭他的额头。另一只手使劲顺着他的脊柱向下推动，秦灿哼了一声，两眼有了焦距。

他看了一眼宁悦，眼神有些吓人，"误会是不是伤害？"

宁悦谨慎地答道："如果有伤害，就不仅仅是误会了。"

她说完这话，只觉胳膊一沉，秦灿竟连站都站不住，慢慢向下蹲。这个时间倒是没人来。宁悦顺着秦灿的力道，慢慢扶着他坐在了地上。

突然秦灿瞪大了眼睛，怒视着宁悦，大声说："不，误会就是误会！误会是你理解错了，我没做错！就算有伤害，也是你自己伤害你自己，跟我没关系的！"他突然抓住宁悦的肩膀，使劲摇晃着说："是你理解错了！你错了！我从来没想过伤害你，从来没有！难道我追求自己的路也错了？我努力向上，也错了？没有！我没错，我从来没有伤害过你！你为什么那么笨！你总是那么笨！你养不起我，却把我从我爸身边带走，你在要强，却要我付出代价！

我不会内疚的！我不会的！”

宁悦被摇得头晕，但声声入耳，落在心上，如五雷轰顶。

令秦灿如此魔障的人，是他的母亲！虽然不知道秦灿和他母亲之间发生过什么事，但毋庸置疑，秦灿现在已经产生幻觉，把自己当成他妈了！

就在宁悦准备采取行动，试着用一巴掌打醒秦灿的时候，秦灿猛地一推，他大喊："我要离开你，离开你！"

宁悦头部一阵剧痛。在黑暗降临之前，她看到秦灿冲到楼梯那里，然后突然消失了……

宁悦慢慢醒过来，发现自己靠在墙角。秦灿坐在她旁边，眼神恢复了理智。

"你醒了？"秦灿也看到宁悦，作为罪魁祸首，他冷静的像个局外人，"对不起。"

宁悦揉了揉头。

秦灿说："你一会儿去医院看看，不用请假。我帮你打卡。"

宁悦看了看自己的手掌，五个，没有任何重影，"不用了，没事。你没事吧？"

秦灿摇摇头，短暂的失神，让他看起来像个大男孩："我刚才——"

宁悦沉默着。家家一本难念的经，她无意窥探别人的隐私。

秦灿深吸一口气，"你怎么看自杀这种事？"

宁悦何其敏锐，立刻意识到这个话题十有八九与秦灿方才的失态有关，难道秦灿的妈妈自杀了？她斟酌又斟酌，才说："生活如负重前行，死亡未尝不是一种解脱。跟爱与不爱没有关系，跟舍不舍得也没有关系，就像努力活着一样，自杀也不过是一种选择而已，而且——"宁悦内心有些感慨，"虽然我们每个人都很努力想过好，但遇上强制关机的时候，放下一切包袱的感觉，在合上眼的一瞬间，应该也是轻松的吧。"

"哦，那你呢？你会轻松一下么？"秦灿追问，依旧迷离的话题却带了理智的色彩，让人有一种半梦半醒的感觉。

宁悦不敢看他，因为她对接下来的话实在没有把握。但是，根据她的经验，不知道说什么，且不能保持沉默的时候，最保险的办法就是实话实说："一般不会。我当了母亲以后，才发现生病和死亡都是非常奢侈的。孩子是母亲一生的责任，一辈子的牵挂。就算生活很艰难，哪怕是熬着忍着，只要想起母亲的责任，看到孩子在你身边，也绝不会有放弃的想法。做母亲，就是选择了一条不见终点的路，那些老人们说的终点和自由，其实都是不存在的。”

“所以熬不住了，忍不下去了，就会放手，对吧？”秦灿问。

宁悦摇头：“不会！对母亲来说，她永远不会放手。如果真的放手，也仅仅意味着，放手是对孩子最好的选择。无论是陪伴还是放手，都不过是牵挂的一种方式。

“放手是最好的选择？”秦灿低声重复了一遍，冷笑了一声，“怎么可能！”

宁悦忍不住说道：“怎么不可能！世上所有的爱都是为了相聚，只有母爱，是为了离别。母亲对自己的孩子，迟早会遇到放手的那一天。孩子会长大，会离开，会有自己的家庭。人总有老之将至的时候。”

阳光透过窗户上的磨砂玻璃，均匀铺进来，暖意渐渐浮起来。秦灿忽然说：“我听过一点你家里的事。是梁律师说的。”

梁兴，宁悦的同学，同时也是学校里的学生干部。有机会接触到宁悦的档案。

宁悦笑了笑：“没什么。很多人都知道。”

“听说你妈妈本来是要跟你父亲离婚的，可是一出事反而不离了。还过了一辈子。”秦灿似笑非笑，仿佛一种报复，对宁悦无意中窥到自己隐私的一种反伤害。

宁悦明显察觉到秦灿毫不遮掩的恶意，心里却松了口气。比起那个着了魔的秦灿，她觉得眼前这个睚眦必报的小男人更好相处。

她笑了笑，露出一抹无奈的表情：“我也不好说，但是肯定不是因为我！”

秦灿愣了一下，突然哈哈大笑起来。

宁悦摇摇头，心底有些微微的刺痛：她想起母亲离世时，留在嘴角的那抹微笑。想起离世前，母亲长长地吐出的最后一口气……毫不留恋！

此刻，竟是如此的锐利，深深的刺入心底。

解脱！

保护者

秦灿和宁悦一前一后进了办公室。看到秦灿办公室的门关上后，潘洁跑过来问宁悦到底怎么回事？宁悦也不隐瞒，把事情经过简单地说了一遍。至于楼梯间发疯那段，如果不是脑袋某个部位还隐隐有点疼，宁悦相信一定是自己在做梦！

潘洁恍然大悟，钟天明在旁边也听到了，接话道："你们说，罗总究竟哪点不好，怎么秦主任就非得针对她呢？"

潘洁摇摇头："其实要说呢？唉，不可能啦！"她欲言又止，反倒激起了钟天明的好奇心，宁悦也好奇地看着她。

潘洁眨眨眼："就是——秦主任刚来公司的第二个月就赶上年会。法律部也不知怎么安排的，就让罗总和秦主任一起唱了首歌。还是老歌，叫什么《相思风雨中》。那罗总长得挺好看的，秦主任也帅，唱的又是情歌，连董事长都说他俩挺配的。结果四个月后，秦主任就用广告那事儿把罗总坑了。这种话也就没人提了。"

"啊？那罗总呢？"宁悦好奇地问。她没见过罗总，一开始听秦灿"娘们儿""娘们儿"的喊，还以为是个胖大妈，现在看来，应该也是个单身美女。

潘洁一挥手："罗总也生气啊！明着暗着压秦主任。那些人瞎凑 CP，这俩人根本不是冤家，绝对就是死对头，相看两相厌！"

钟天明补充一句："我看，秦主任眼里只有罗总那个位子。别说罗总，就是你我，对，宁悦也算上，谁占那个位子，谁就是秦主任的仇人！"

宁悦笑了："秦主任其实真的挺有才的，他应该往更高的地方走。这很正常。"

秦灿的声音突然响起来："你们干什么呢？"他手里拿着一摞文件，"潘洁，把这个复印了，然后归档。嗯，你整理一下去年五月之后的档案，按照内调问卷做个表格给我。"

秦灿甩手进去了。潘洁轻声哀号，宁悦犹豫了一下，还是开口："我帮你复印吧。归档我可以做一点，不过可能做不完我就得走了。"

"没问题，没问题！多谢多谢！"潘洁抓住救命稻草。

下班的时候表格没有做完，宁悦按照事先安排好的计划，和潘洁打了招呼，按时走人。

接了胡子渊，宁悦习惯性地跟他聊着公司里的事，提到了自己工作量的增加。

胡子渊小嘴一撇，说："妈妈，你不是说自己的事情自己做，不能推给别人吗？你不应该帮那个秦律师做的。看我，自己的衣服都自己穿。我要穿很久呢！都没有叫妈妈帮忙！"

胡子渊的小嘴都快噘到天上去了，一脸的委屈！

宁悦哑然失笑，那些疼痛和疲惫一扫而光！

到家以后，发现胡成正和爷爷聊天，春风满面的样子。宁悦愣了一下，点头算是打招呼。胡成迎过来，狠狠地抱住胡子渊，重重地亲了一口："想不想爸爸！"

"想！"胡子渊大声回答，"爸爸，你应该先抱妈妈呢！囡囡说她妈妈说爸爸最爱的人是妈妈，所以应该先抱妈妈。只有宝宝身边是阿姨的时候，才能先抱宝宝哦！"

宁悦正在准备换衣服，闻言看向胡成，两人都是一愣。胡成笑着过来抱了一下宁悦，宁悦手搭在胡成的肩胛骨，轻轻一碰，随即离开。

“可以吗？”胡成依旧问胡子渊，胡子渊满意地点头，高高兴兴地玩去了。

胡成这才看向宁悦：“怎么样？”

“什么怎么样？”宁悦反问，“今天怎么回来这么早？”

“哦，我今天去银行还了一半的贷款，咱们的房子抵押已经解除了。所以，我把这个好消息赶紧告诉爸妈。”胡成很高兴，显然公司的运营之好让他非常满意，“我准备辞职了。”

宁悦张张嘴，想说什么，又看了一眼胡成。他看着她，眼神却是虚的。他的喜悦浓重的几乎快凝成了实体，却丝毫没有传递给她。他面朝宁悦，却越过她的目光，虚远得像是向全世界宣布。

宁悦嘴角一扯，还想着恭喜的话该怎么讲，胡成已经转身去跟儿子玩了。

——他甚至不需要她的赞美。

宁悦在自己的剧本里，默默划去一项。她需要做的，似乎越来越少了。

家里洋溢着浓浓的喜气，在这氛围中，宁悦变成一尾游鱼，在外围游荡着。她眼前出现两个胡成。一个胡成，出现在这个空间。在温暖舒适的房子里，他是一个负责任的丈夫，关爱孩子，赡养老人，其乐融融。一家人一起用餐，有说有笑。另一个胡成出现在她的手机里。在她保存在银行的保险柜的档案里，英俊潇洒，美女如云，风流多情。

哪个才是真的胡成？为什么他可以一边享受家庭，一边却背叛婚姻呢？

看着胡成的眉眼，宁悦发现，自己这么多年好像从未真正了解过他。

当她沉入恋爱，走入婚姻，她看到的，是一颗闪闪发光的灵魂。这颗灵魂有着逼人的才气，野心勃勃却贴心，能给她彻底安全感的灵魂。而这个灵魂随着婚姻，附着在这个叫胡成的男人身上，然后随着这个活生生的男人的一举一动而逐渐被撕碎。

他爱过自己吗？

或者，他的爱，其实和自己需要的爱，不一样吧？

宁悦突然发现自己可能犯了一个逻辑错误：基本概念不统一的情况下，衍生出的任何论证推理判断决定，都是错误的。

这一场婚姻，竟是一个自始识人不清的错误。然而，这一场婚姻，毕竟有一个无法忽视的结果——胡子渊。

改正错误，能把胡子渊再塞回肚子里吗?

“你把工作辞了吧！”孩子睡了之后，胡成走到宁悦的书桌前，拿起本书随便翻着，漫不经心地说。

宁悦一愣：“为什么？”

“我的公司发展得很好，接下来就是准备吸引投资。一轮融资之后准备上市。爸妈年纪大了，你专心带好子渊，别的不用操心。”

“子渊渐渐大了，我如果再不工作，以后就没机会了。”

“你还要什么工作机会呢？安心做我的妻子就好。”

宁悦脱口说道：“万一哪天你让我这个妻子下岗，我怎么办？”

“所以，你要全心全意地做好妻子，不要让我 fire 你！”胡成哈哈大笑，似乎对这个明显地位不平等的比喻感到极为满意。

宁悦唯恐惊动睡着的胡子渊，赶紧阻止他继续大笑下去。她面皮扯动的微笑，已经挡不住周身的寒意。她的嘴唇有点哆嗦，问道：“所以，做不做你的妻子，是你说了算？”

胡成得意地说：“你是我的女人，我不说了算谁说了算！放心，有我保护你，你不需要担心什么！不说别的，你今天是不是差点儿被开除？然后又变成调岗。那个秦灿是不是乖乖把你留下了！”他露出算计成功的微笑，“你记住，我胡成的人，只有我们开除他们，谁也不许辞退你！这是我的面子！”

宁悦看着胡成方正的下巴，听着他的宣言，好像突然回到了恋爱时。那时，胡成也是这样坚定地说：“你是我的人，我绝不会让任何人欺负你！”

那时自己感动得涕泪交流，却忘了这世上被人保护者，也被人伤害。

“听我的话，明天去辞了吧。”胡成又强调了一遍。

宁悦道：“如果我不辞，你要让我下岗吗？”

胡成眯起眼睛，仔细打量着宁悦，忽然笑了：“为什么？”

宁悦想了想，“你真的只是为了不让我被开除吗？还是因为我在法务部，可以做什么？”

胡成呵呵一笑，拍了拍宁悦的肩头，伸出大拇指，“不愧是我老婆。不过，本来我也不打算让你掺和进来。你辞职最好，如果不辞职……”

宁悦等着。

胡成顿了顿，看了一眼宁悦，没有说下去。不过一个短暂的停顿，宁悦却感觉到胡成瞬间起来的狐疑不决。

胡成直起身，似笑非笑地说：“算了，我的事不用你操心。你把家里弄好，工作能辞还是辞了吧！”说完，他一边回复着手机里的讯息，一边摇摇摆摆地走出书房。外面传来窸窸窣窣的穿衣声，房门打开又关上。

不知今夜胡成宿在哪里？

宁悦做了一个梦。梦见一个男人。她脸红心跳地看着这个男人的背影，盼望着他能转身一顾。在绕了无数圈之后，他转过了身，张开双臂，温暖如阳光扑面而来，宁悦欢欣地想：“他终于看到我了，他终于接纳我了！”

宁悦扑进那个温暖的怀抱，幸福地闭上眼。身体一阵久违的战栗，每一分肌肉都在本能的收紧，然后期待着，期待着最后的绽放。就在这时候，胡子渊把她叫醒了。她醒来的一刹那，她的身体如花朵般盛开，然而过早盛开的花朵转眼凋零，徒留惆怅，随着荷尔蒙消弭在细胞的空隙里。

那个男人是谁？宁悦想着。会是胡成吗？不，不是胡成。胡成喜欢穿西装，那个男人穿的好像是件衬衫。

黑色的衬衫？也许是深蓝色的。嗯，上面应该缀着银色的纽扣。

宁悦一点点地描画着梦里人的样子。她描出了衬衫，描出了裤子，却怎么也描不出样貌。就算她想到头疼，那张脸，还是黑黢黢的，宛如一个幽深的黑洞。

她忽然打了个冷战。梦里那熟悉的温暖，那足以让她抛弃一切奋不顾身投入的吸引，在清醒后的黑洞面前，似乎都变成了一个个甜蜜的诱惑，在这些诱惑的背后，宁悦想起一个词——万劫不复！

她的身体陡然变得冰凉，方才盛放留下的最后一丝火热，也在刹那被冻结，泯灭。也正是在这一刻，那张脸无比清晰，却被宁悦断然否定——

那是胡成的脸。

宁悦做了个春梦，梦里人是胡成！

宁悦深深地吸了口气，从孩子身边起身。

每个卧室里都有一个大衣柜，用来收放衣服。但是胡成的衣服都单独收在入门的一个房间。那里原本是个小小的储藏室，为了方便更衣，被改成胡成自己的更衣间。

厨房里亮着灯，宁悦扫了一眼，看到婆婆正站在灶台前忙活。氤氲的蒸汽里，公公的身影若隐若现。她有点走神，结婚前和胡成一起回家的时候，看到这对老夫妇的相处，她还满心欢喜地想，在这样的家庭熏陶之下，胡成应该也是那种爱家顾家的男人吧？现在才知道，他的确“爱家顾家”，但是他的“家”和自己的“家”是完全不同的概念。

胡成的更衣间里，一水儿的白色衬衫，没有一点杂色。裤子也是清一色的西裤。休闲裤整整齐齐地码在格子里，并没有梦中的那一款。宁悦松了口气，也许是醒后胡思乱想，其实梦里人和梦外人根本就没有关联。她悄悄返回卧室，站在洗手间的镜子前，看着镜子里的女人，忽然问自己：“你在怕什么？”

就算真的梦见胡成，就算真的与他巫山云雨，那是你丈夫，你怕什么？

寒凉遍体，却依旧没有答案。

“妈妈！”胡子渊的声音传来，宁悦赶紧跑过去。

小孩子茫然地坐在床上，看到宁悦，小嘴儿一撇，带着哭腔说：“我都起得这么早了，怎么你还是不在我身边啊！”

宁悦的眼泪一下子就涌到眼皮下面，拦住才没有掉下来。

胡子渊躲进宁悦的怀里：“妈妈，以后我去幼儿园吃早饭，好不好？”

“可以啊！不过为什么呢？”

“我想和你一起走啊！你可以送我呢！”胡子渊闭上眼睛，长舒一口气，含混地说，“我晚上再也不闹了，我要早睡早起！和妈妈一起走。”

宁悦这才明白，昨天晚上胡子渊突然主动提前了一个半小时睡觉的原因。

“妈妈你为什么要上班呢？不上班多好啊！”小娃娃的头在宁悦的怀里，好像又要睡着了。

宁悦坐在床边一动不动，她不知道自己是该起身洗漱收拾准备上班。还是搂着孩子睡个回笼觉。

办公室里，宁悦买了三杯咖啡，拎着往回走。突然一声“好久不见”撞入耳朵。

熟悉的声音，引得宁悦抬头去看，却是不由一愣——深蓝色的衬衫！她梦中梦到的那件衬衫？领口微微敞开着，露出里面带了些肉肉的锁骨。锁骨上方，突出的喉结静静地悬在那里。宁悦的嘴巴有些发干，不由自主地抬头，迎上一双亮晶晶的笑眼，双颊突然有些燥热。

“好久不见。”

是何宽。

他穿着梦中人的深蓝色衬衫，突然出现在早晨的阳光里。在氤氲的咖啡香中，略带沙哑的发出真实的声音，宁悦一时间迷惑了。

何宽今天要去法务部办事，到了楼下想起这个点儿是宁悦来买咖啡的时间，便过来试试，没想到真的碰上了！

何宽已经知道宁悦不仅年纪大，而且已婚，开始频繁偶遇带来的悸动早已被理智笑话下去。但是，今天看到宁悦，何宽心中依旧怦然一动。

宁悦至少应该三十五岁以上了吧？可是腰肢依旧纤细，驼色羊绒的高领衫扎进九分的褐色裤子里，细细的脚踝下是一双米色的中跟浅口鞋。黑色的头发没有一丝杂质，发尾打着卷，轻轻地落在肩头。大概是被自己的招呼吓了一跳，闷头走路的宁悦猛地抬头，额头的头发微微一跳，隐隐遮住了右边一半的眼睛，显得表情带了几分朦胧。

乍一看，明明是成熟妩媚的女子，却多了几分少见的清纯。

何宽甚至注意到宁悦脸颊的红晕。而他之所以能清楚地断定不是腮红，是因为那片红晕从无到有，如一朵花一般在他眼前缓慢而清晰地绽放……

就这样，两人谁也没说话，面面相觑。

因为最近工作忙，大家早餐都吃得潦草，有人甚至就没吃。于是秦灿特别指示，十点多的时候，买些高热量的蛋糕放在茶水间，让大家垫补垫补。潘洁说，这叫填鸭。钟天明说，要买就买巧克力味儿的。钱律师原来主要做诉讼，基本不在办公室，如今也被抓回来弄文件。干脆舍了早饭，就等十点这一口。所以宁悦除了蛋糕还要买有菜有肉的三明治。

此刻，她一手拎着四杯咖啡和热饮，另一只手里提着装满蛋糕和三明治的盒子，呆呆地站着。

“怎么还不上去？”旁边传来突兀的责备声。

宁悦惊醒，见到秦灿在自己身后，以为自己做错了什么，后背一凉：“秦主任，您怎么这么早？”

秦灿说：“姓罗的病了，不开会了，我就早点回来。你在这里干吗？”

宁悦没有说话，旁边何宽伸出手：“秦律师吗？我是销售部的何宽，现在是项目经理。有个项目跟您约的十点十五。”

秦灿点点头，表示自己记得。何宽绕过宁悦，站到了秦灿一侧。秦灿招呼何宽进电梯，宁悦一声不吭，低着头跟了进去。

此刻的宁悦头快低到了地上。脸热的能煮熟鸡蛋！她为自己感到羞耻，不过是个梦而已，怎么就那么大惊小怪，到处找蓝衬衫呢？

秦灿穿着浅色的西服。大概是热了，上衣脱下来搭在手臂上，露出里面的衬衫。正黑色的小立领衬衫，很有个性。但令宁悦尴尬的是，衬衫的扣子居然就像她梦里一样，闪闪发光！

宁悦觉得自己就像一只思春的动物，被一些莫名其妙的信号弄得心烦意乱。好好的良家妇女，一觉醒来，突然变成潘金莲！

那两人谈什么，宁悦完全不知道。电梯爬上十四楼的时候，宁悦的脸已经没那么热了。毕竟是过了四十的人，这点心境都控制不了，那才是白活了。刚刚抬起头，就见秦灿伸出手，很自然地从宁悦手中的提盒里拿走属于自己的那杯咖啡，然后又捏出一块蛋糕，一边吃一边说：“宁悦，你先帮何经理处理一下合同。处理好了做个摘要给我。这个工作量不大，你下班前给我就行。何经理，我先失陪了。”

何宽笑道：“谢谢秦律师。”见秦灿走远，他扭头对宁悦说，“那就有劳宁律师了。”

他一笑，宁悦又脸红了。

自从为了保住这份工作，主动拓宽了自己的工作范围，宁悦不仅要做一些行政杂务，还要承担内调任务中的许多基础工作。而秦灿也是“物尽其用”，有意无意地把一些日常的项目也交给了宁悦。

大家的关系刚刚缓和，宁悦不敢像一开始那样生硬地拒绝，也只能尽量控制在下班前完成，或者交还。好在秦灿似乎有心理准备，并没有太为难她。但是像现在这样，把一个项目完整的交给她，还是第一次。

把东西放好，宁悦拎着笔记本往销售中心赶。走到半路，发现只带了内部小灵通，手机放在办公桌上了。担心家里有事找到自己，宁悦只能往回赶。

刚进办公室，就发现潘洁站在自己工位边，正扒着脑袋看。

宁悦走过来，潘洁指着手机，好奇地问：“田秋子？这个人，你认识啊？”

宁悦心里咯噔一下，短信还在一条一条地发过来，都是图片短信。潘洁正准备退步离开，一瞥之下，居然看到一条文字短信：“这是你老公哦！羡慕我吧！”

潘洁看不到图片，可文字却是清楚。瞬间她就意识到自己可能看到什么不该看的了，刚想张嘴道歉。宁悦已经一把抓起手机，低着头匆匆忙忙地走了。

潘洁呆呆地站在那里，为自己的发现惊骇不已。

钟天明走过去撞了她一下，“喂，干活啦！倒杯水也站半天？小心头儿找你麻烦。”

潘洁这才抓住钟天明，瞪大眼睛问：“你记不记得上次咱们配合集团的安律师做一个融资项目时，投资方的代表团里是不是有个女的，挺漂亮的，叫田秋子？”

“记得啊！美女嘛！”钟天明莫名其妙，“咋啦？你怎么这么激动？你那时出了几个错别字，被她发现说了你两句，你们还吵起来了。你自己不记得啊？”

潘洁点点头：“对！就是她。天啊！这个名字，不应该有重名的吧？”

钟天明伸手摸了摸潘洁的额头：“你没病吧？”

潘洁拍开钟天明的手，喃喃自语：“我的天啊！但愿我猜错了。”

“啥？”钟天明很好奇。

潘洁终于回过神，不耐烦地推开钟天明，走回自己的座位："干活干活！"

其实公司的产品很成熟，市场客户都有固定的套路。一般情况销售经理们拿着格式合同，自己都知道哪些能改哪些不能改。项目经理则在签订合同后负责合同履行时的各种履行细节，涉及商务、技术、市场方方面面。说得很复杂，但在这家公司，所谓的项目经理，工作内容跟工程师差不多。

何宽稍稍例外一点，他到销售部先做的工程师，除了协助销售做业务，讲解产品的技术特性，完成标书的技术部分，在销售经理犯懒的时候，他还能跟客户交流。慢慢地，有些油水小的单子没人愿意做又不得不做的时候，销售经理就会丢给他。何宽也不抱怨，该做什么做什么，大家都很高兴。渐渐大家都知道销售部有一个会做市场的工程师。就在大家都在想何宽什么时候成长为金牌销售的时候，他拿着项目经理的证书，要求转成项目经理。大家都吃了一惊，因为项目经理在这个公司是最没油水、最累、挨骂最多的岗位。但是，从始至终，何宽只是憨憨笑着，不辩解不争论，一笑而过，自己该做什么就做什么。

有些精明的老销售私下里议论，说这个何宽不简单，将来得成事儿。明面上大家都多了几分客气。

送到宁悦手里的这个项目，本来是一个老销售在做，没有何宽什么事。但是投标的时候，老销售的家里有点事儿，他不放心别人，跟何宽私下里约好了做成以后的比例，就把这个业务转给了何宽。

何宽接手才发现，这个项目其实都已经搞妥了，问题出在对方的法务，提出了许多细节方面问题，这样改那样改，说得振振有词，但是谁都不明白啥意思！想来那个老销售也是怕不走心弄错了出大事儿，才甩给了自己。

何宽不怕改合同，但是时间不等人。竞争对手虎视眈眈，谁知道拖延的这段时间里会有什么变化！万般无奈，这才想起自己这边也有法务啊！

虽然从来没打过交道，而且看起来也没啥用，但是法务对法务，总比自己一个外行天天被那个法律专家教训强！老销售都对法务部门心存警惕，有事没事找领导找关系就是不愿意找法务。何宽介入业务实际时间并不长，没有这类成见，一个电话打给支持他们业务的秦灿，秦灿也没废话，爽快地约定了时间。

何宽被对方的法务搞得头大，以至于对律师的印象都有点拉低。等到秦灿分秒必争地在电梯里把工作派完，出电梯门直接完成与宁悦的对接，效率之高令何宽咂舌。

对于宁悦接手这件事，何宽还是很愉悦的——不论是业务上，还是精神上。

在何宽看来，只要进了法务部全都是律师，哪怕一个打杂的，都比他懂得多。宁悦的厉害他是见识过的，应该是个好搭档。至于宁悦其实只是个买咖啡的助理，他没想到，想到也不介意。法务部有律师执照的买咖啡的助理，分明就是扫地僧人设啊!

一时间，何宽心底的那点私心淡了，儿女私情在工作的压力之下不得不缓缓缩小。曾经因宁悦已婚身份和年龄带来的克制和失望，就像水分一样被挤出了私心，留一点欣赏，在期望里，慢慢发酵。

宁悦赶到的时候，会议室里只有两个人。一个是何宽，另一个何宽介绍说是工程师陈工。听到“宁律师”的称呼，宁悦愣了一下，八年没听过这个称呼了，古老得像是上辈子的事。

因为是临时接手的，所以宁悦对项目并不熟悉。开会前何宽已经把相关的合同和会议记录发给她，但时间有限，也只是草草浏览一遍。所以，会议上，大家把主要的事情又说了一遍。

听完以后，宁悦心里有了一个大概的谱。她看出来，何宽一方面是急于签合同，另一方面是对对方法务看重的修改之处不以为然，或者担心真的太严重承担责任。总而言之，这种事情简直常见了。

宁悦松了口气。解决的方法很简单，上帝的归上帝，法务的归法务。

宁悦调出电脑里的合同，投影在墙上——告诉何宽，他需要负责谈妥的条款是什么。何宽一看，所谓商务条款就是价格、付款、运输、履行方式这些，心里不由大喜。这些内容都是初期就谈好的。如果真能按照宁悦的安排去做，自己将腾出许多时间，去做其他的工作。

不过，剩下的呢？尤其是对方法务重点强调的部分，比如什么仲裁还是诉讼，法院选择之类的?

宁悦笑着说："都交给我吧！"

"可是我希望尽快签字。"何宽不放心的强调。

宁悦低头掐着指头算了算，"三天吧。三天后你那里如果没变动，就可以签字走流程了。"

何宽高兴得差点没背过气儿去，他可是按照半个月来计划的。如果真的能提到三天后，让他做什么都行！

宁悦回到办公室，先找秦灿汇报了工作。说到自己的分工建议时，秦灿挑了挑眉："这样你的工作量怕是很大。"说完停下手中的活计，转头去看宁悦。

宁悦点点头："是啊！要不，交给别人做吧。"

秦灿笑了，摆摆手："别扯啊！你自己忙吧，没人能帮你。"

"对了，对方那个法务，好像是你的校友。"宁悦想起一件事，"阎惠，只比你低一年。证据法专业的。"

法律圈子，因为专业限制，扯来扯去都能攀上关系。秦灿学的是民法，但是本科基本不分科，啥都学。到了研究生，还得是法学硕士，才捡着一个方向使劲儿。所以，虽然专业不同，未必不认识。

果然，秦灿愣了一下："怎么是她呀！你倒霉了。"

宁悦索性坐下，听秦灿细说此人。

秦灿回忆着："这个人挺能干的，而且也很有野心。在学校，你也知道，有野心的标准就是你在不在学生会啊，是不是社团骨干之类的，她挺能折腾，还在她们班按照选举法搞了一次民主选举，然后写了一篇论文。内容据说不太安全，老师压着没让发，但是很多人都知道她了。我以为她会去法院或者检察院，最不济也应该在律所，没想到来了公司。她很较真的，不然也不会因为学选举法就真搞了一场选举。而且，很负责任。我们宿舍老二跟她一起在社团共过事，说她简直是吹毛求疵到极点了。不过，结果很完美。所以，大家也不说什么了。唉，一晃这么多年了，也不知道有没有变化？"

"应该没有！"宁悦接道，"何宽被她逼得要死不活，连逗号句号都要讲半天。而且，她好像挺忙的，经常把谈判的时间约在下班后或者周末。"说到这里，宁悦也笑了。这个安排放在单身且相貌堂堂的何宽单身上，多了点粉红的味道！

秦灿也听出来了，笑着说："不会不会！这个人啊，虽然是个女的，但工作的时候绝对没把自己当女人，也不会注意对方的性别，应该是真的很忙。也是，公司里的杂事本来就多，她又是那么一个斤斤计较的性子，就算别人不逼她，她自己也能把自己逼上天。"

宁悦点点头，如此一来，这个阎慧其实也不难相处。专业的人，就以专业之道相处就是。

临下班的时候，宁悦终于把所有的项目文件读完了，包括阎慧的几个修改版。随着对阎慧的思路摸清楚，宁悦也终于搞明白，阎慧为什么不在上班时间谈这事儿了。都是边边角角的法律约定，其实怎么做都成。阎慧图省事，想把自己这边做周全了，但又不值得在这上面浪费时间，所以干脆排到后面谈。可怜何宽不知道这里面的轻重，看阎慧认真较劲非改不可的样子，以为这些地方有什么陷阱，再加上不按常理出牌的谈判时间，何宽反倒不敢同意了。

这才一直僵持到现在。

宁悦随手把可以接受的地方都改了，不能接受的地方做了批注，提出修改意见。正想发给阎慧，突然想起秦灿说过阎慧较真儿的性子，握住鼠标的手慢慢松开。

从来没有完美的合同，如果真的要较真，所有的合同都没办法签。人们之所以接受各种妥协让步的合同，不过是因为合同外的原因——利益和时间。也因此形成了合同执行过程中的原发性风险。

宁悦看着电脑，暗暗琢磨，若仅靠条文修改来满足对方的要求，我们可太被动了。三天，是针对一个合理人而言的。如果具体到阎慧这样一个有点强迫性，有点强势的女人身上，恐怕还得加点"佐料"！

想到这里，宁悦伸手又改了几处地方。不仅拒绝了阎慧的要求，还加强了对己方的保护。然后，轻点发送。看着邮件发送成功，宁悦的眼神变成了隐隐的期待。

四点半，宁悦准时离开。她前脚走，秦灿后脚出来倒水。看宁悦的位子上空着，不由惊讶地说了句："她真的走啦？"

潘洁探出头，看了看，肯定地说："刚走。怎么了？今天不能走吗？"

秦灿摇摇头，脸上却带着笑意："有意思！我倒是真想看看宁悦怎么对付那个龟毛女！"

在他讲给宁悦的故事里，基本都是真的。唯一那个被气得大喊的宿舍老二，其实就是秦灿本人。那次之后，他果断退团，并送给阎慧一个"龟毛女"的外号。据说，这个外号在阎慧毕业时，已经取代了她的本名。

天黑的越来越晚，到了幼儿园，太阳还在天上挂着。胡子渊和小朋友正在教室里跑闹。宁悦打了个招呼，就由着他玩。这时，手机里的邮箱显示新邮件。打开一看，是阎慧发来的电话会议邀请。时间是一个小时以后。宁悦毫不犹豫地拒绝了。

十分钟以后，何宽打来电话，吞吞吐吐，不过是担心这样会拖延协议的签订时间。宁悦让他放心，并十分肯定地告诉他，即使准时参会，也不会签订协议。所以，为什么不让自己好好休息呢？何宽苦笑了两声，宁悦安慰他放心，这件事，她心里有谱。何宽也不好逼人太紧，何况与宁悦是第一次合作。但是心头已经疑云密布，刚开始的那点期待此刻也被腹诽取代了。

胡子渊还在教室里跑来跑去，半分走的意思也没有。宁悦站在一边，笑着看他与同学打闹。

手机震动，宁悦拿出手机一眼瞥到一串熟悉的电话号码。这个号码不是她噩梦的源头，却是目前通向地狱的钥匙。

打开短信，果然是田秋子发来的几张胡成和她一起出差游玩儿的图片。田秋子自然不会选平平淡淡的照片给她，每一张都充满了挑逗和暧昧的气息。最后一条是文字信息："你老公哦！羡慕我吧！"

平时，宁悦会按捺住不悦，沉默而强装冷静地把这些照片存档，甚至有些必要的还会拿到外面公证，保持它们的证据效力。这样一通忙碌之后，那种看到照片抓狂的感觉会稍稍减轻一点——至少不会想立即操刀子杀人。但是今天，也许是工作开阔了她的心胸，也许是痛的太多就不会痛了，她居然回了田秋子一条："好好珍惜吧！下次不见得是你了。"

“你什么意思？”田秋子很快发来一条回复。

宁悦犹豫了一下，终究发出了一条说出来解气的话：“你不是第一个给我发这种照片的人，我相信你也不会是最后一个！”

消息发出后，田秋子果然没再说话。短暂的快意之后，一股沉重而挥之不去的悲凉弥漫开来，揪住宁悦的心脏，堵得她不由得弯下腰去，抱住了脑袋。

“妈妈！妈妈！”刚刚弯下腰，耳边就响起了呼唤。紧接着一个小小的身子靠了过来。小小的眉眼，还没有长开，乌黑的眼珠透着干干净净的眼神。不过是愣神的工夫，肉肉的小手已经捧起宁悦的脸，小脸放大了，带着些滑稽变形的圆，出现在眼前，“妈妈，你怎么了？”

“没事。就是有点头疼。”宁悦笑着说。不是强装的微笑，而是见到这张脸，闻到这股味道，听到这声音，心就会不由自主地放松。

“还疼吗？”小手指放在宁悦的眉间攒竹穴位置，就像每天晚上入睡前妈妈给他按摩的那样，上下轻轻按摩着。

宁悦没有阻止儿子的动作，微微闭了眼，拖长了声音说：“嗯，好多了！真舒服啊！”

胡子渊说：“妈妈，你今晚加班吗？”

宁悦不想骗他：“妈妈的确有些工作需要做。你愿意和我一起工作吗？”

“好啊！我想写拼音，老师今天表扬豆豆了。我想写得比豆豆还好！”

母子两个有说有笑地离开了幼儿园。一大一小的背影，夕阳下拉长的悠闲背影，谁会想到就在几分钟前，宁悦还痛的生不如死！

幼儿园离家很近，十分钟的车程而已，但到家时，离电话会议召开的时间只剩不到五分钟了。一进家门，阎慧的电话就追了进来。宁悦只看了一眼，就把电话挂断。把胡子渊交给爷爷，安顿爷俩玩好了之后，宁悦才关上书房的门，回过去电话。

电话那端，阎慧气势汹汹，指责宁悦不专业，拒绝开会也不提前通知，导致她工作安排被打乱。

“我收到会议邀请就回复了。阎律师没看？”宁悦不着急，慢悠悠地说着，“要不我看一下时间？”

事实不是宁悦回复晚了，而是阎慧根本没给别人留拒绝的时间。

阎慧自然知道会议邀请是什么时间发出的。宁悦第一时间回复了，而自己不过是刚刚看到而已。但是如此就能让她承认自己错了，是不可能的。

“你至少应该打个电话！每次你们发了邮件都不打电话确认吗？”

宁悦真想怼回去：“我一天三千封邮件，每个都要打电话吗？”可是，她只是想激怒阎慧，并不需要压低她的气焰。相反，像阎慧这样的人，还是需要示弱来缓和她的警惕。所以，宁悦转而笑了一下，柔声道：“是啊！阎律师说得对。下次我会电话确认的。”

果电话那头的阎慧依旧气势十足地命令：“那好，现在把你们的人叫上线吧，我们马上开会！”

宁悦说：“阎律师是不是没仔细看邮件，会议取消已经被大家确认了。我想如果您现在就能签字，只要找何宽何经理就可以解决了。如果不能签字，依旧需要大家一起商榷。唔，还是应该先发一个会议邀请比较好。”

阎慧当然没想过马上签合同，但既然她没想过自己会被拒绝，自然也不会想重新开会需要再发邀请。所以，听宁悦这么一说，阎慧噎了一下，终于意识到对方有迥异于何宽的态度。

在对方低调的态度背后，却是强硬的针锋相对的做法。

既然她可以拿发邮件必须电话确认这个貌似规则的东西教训宁悦，那么宁悦为什么不能按照开会必须先发会议邀请的规则办事呢？更何况，看起来，似乎宁悦这个更有理有据。

阎慧稳了稳心神，口气也缓慢下来，“啊，宁律师您说得对。不过，既然是您先拒绝的，不如您来发这个邀请？”心里却恨道，我也让你尝尝被人拒绝的味道！打定了主意，要把这事儿往后压一压，同时选个恶心宁悦的时间。

宁悦依旧柔声细气地说：“可以。不过会议邀请一直都是您发起的，突然改成我怕大家闹混了。不如您在我的邮件的基础上，回复一下，让大家都知道我发起的这个邀请和您发起的那个是一回事？”

宁悦原本也是干脆利落的口气，只是对着娃娃久了，哄人的语气早就拿捏圆熟，此刻压低了姿态，用来哄电话那端的阎慧，真是一点也不费力。

阎慧并不知道宁悦手头就这一个项目，只是以自己的情况度之，每个法务手里都有五六个项目，业务部门也多有交叉，这个要求不为过。便答应下来，放下电话，回复了宁悦一封邮件，同时抄送相关人。

邮件当然没那么多火药味儿，只是请宁悦选择合适的时间。

宁悦等的就是这封邮件，笑着打开系统，选择了明天早上上班后的第一个时间段，发了出去。

宁悦的会议邀请时间涵盖了从早上九点到下午六点的工作时间，会议的设定时间是一个小时。阎慧冷笑着看着屏幕，在收到的第一时间就点了拒绝。宁悦按照时间顺序，不断发着，阎慧则一视同仁，全部拒绝。最后，宁悦一共发出去了八封邀请邮件，再加上阎慧回复的拒绝邮件，相关人的邮箱里是血红一片！

这边正打着仗，何宽的电话挤了进来。

何宽应酬完回到家，打开邮箱被一大堆红色的未读邮件弄懵了。仔细一读，差点被阎慧一堆拒绝邀请的回复吓软了腿。这祖宗分明是故意拒绝啊！宁悦你做了什么人神共愤的事情，让这个阎罗王如此火冒三丈！

宁悦并没有多说，只是问何宽这个项目在他们公司有没有上级领导关注？何宽说有，而且那个领导还是向着他们的，只是合同没有签，他也不好说什么。

宁悦让何宽明天跟领导吹吹风，别的不用说，就是催促一下项目的进度。毕竟既然立项了，也谈得差不多了，老拖着不合适。如果她预估得准确，明天会请相关领导出席一下谈判，宁悦保守地告诉何宽，自己并不确定明天这个会能不能开，所以，希望这个事情何宽能把握一下。何宽让她放心，只是不知道需要领导们做什么。宁悦说，不需要，到时候该怎么做就怎么做好了。另外，你最好告诉我哪个领导出席这种会合适，因为我真的不知道！

何宽哑然失笑。算计了这么久，居然连这最基本的东西都没搞清楚。忍不住在电话那头说:“宁大律师，对不起，对不起！我的错！我的错！照顾不周，马上就办！”

宁悦知道他是打趣自己，由他去。很快，何宽通过邮件把应该出席的，可以说得上话的领导的邮箱联系方式，都发给了她。并且告诉她，在邮件群组中有个这个项目的高级群组，里面都有领导们的联系方式，自己已经对宁悦开放授权，她可以进入这个邮件群组，设定会议和日程。

何宽言归正传，想知道宁悦葫芦里到底卖的什么药?

宁悦让他放心，然后有几分幸灾乐祸地说：“阎慧现在估计已经后悔了。你不觉得她那封让我发起会议的邮件后面，如此密集的拒绝邮件，让正常人看了都觉得不够专业吗？”

“那又怎样啊？”何宽快哭了。

宁悦说：“如果领导问起来这个项目为什么这么慢，你拿着这堆拒绝邮件，能说是因为合同条款问题吗？”

何宽突然无语，看着屏幕上刺眼的满目红色，忽然觉得很舒心：“明白了！要不，我明天拿给人看看？”

宁悦道：“千万不要！所谓大招，引而不发才是最厉害的。我们的目的是签约，并不是整人。”

何宽放松下来，整个人窝进自己这套一居室的出租房的沙发里，吁了口气。他有种感觉，自己想做什么，宁悦完全知道。甚至他不想别人知道的那些事，似乎宁悦也知道。想起印象里那一把甩在脑后的马尾，想起那张看起来依旧年轻的脸，何宽喃喃自语：“宁悦？到底是什么样的人呢？”

而此刻的阎慧，依旧在灯火通明的办公室里忙碌。在很久没听到新邮件提示音之后，她扫了一眼邮箱页面。在看到那一大片红色后，立刻严肃起来。她又等了一会儿，甚至点了一遍“接收”刷新了邮箱，还是没有宁悦的来信之后，阎慧皱起了眉头：“这算什么事！想凭这个投诉我？太愚蠢了！”

她转身继续处理自己的工作，不过几分钟，又放开了键盘上的手指，拿起了电话：“喂，秦灿吗？听说你新招了一员虎将啊！好厉害的！”

秦灿刚刚结束健身，接到阎慧的电话有点莫名其妙，但他知道组里能和阎慧对上的大概只有宁悦了。阎慧如此评价，估计是在宁悦那里碰钉子了。秦灿心里泛起一阵得意，仿佛大二那年被一个大一新生当众教训的郁闷在这一刻带着一股子陈年的霉味呼啸而出，彻底了离开了自己阵地。

阎慧不过是为了打听宁悦的来历，秦灿怎肯告诉她宁悦其实只是个打杂的。当然，他也不肯把宁悦抬得太高，免得将来跌了自己的份儿。只哼哼哈哈地默认了阎慧的说法——宁悦经验丰富。

阎慧狠狠挂了电话，冲着黑色的屏幕骂了一句："小肚鸡肠！"圈里谁不知道秦灿此人心眼儿极小，尤其吃不得亏，是个出了名的睚眦必报之人。自己当年当众削了他面子，工作中再相遇，每次都阴阳怪气，若不是这次不小心被宁悦摆了一道，真懒得理这种男人！

阎慧的邮箱偶尔还会有别的邮件进来，但是宁悦的名字下面，已经停止了更新。

为了及时回复阎慧的邮件，宁悦没在胡子渊睡觉的时间催他去睡。原本就不想睡的胡子渊很高兴地围着宁悦玩儿，等宁悦终于腾出手来，才发现身边已经安静下来。胡子渊趴在她的腿上，小屁股压着宁悦的脚，已经睡着了。

宁悦轻轻推开桌子，帮孩子调整好姿势，缓缓地抱起来。胡子渊的美梦被搅动了，嘴里哼哼着，宁悦低声喃喃："唔，妈妈抱抱……宝宝舒服睡了，妈妈抱抱……"

阎慧上班时间很特别，雷打不动。早上五点钟就进了办公室。工作到六点半，去健身房健身。八点带着早饭进办公室。九点半正式上班的时间，她已经精神抖擞的开始准备在各个部门之间跑会了。

然而，今天她没去健身，连早点都是叫了外卖送上来的。她一直盯着收件箱，偶尔会刷新一下。九点以后，她的刷新频率明显高起来。当九点十五，一封会议邀请刷地闪入她的视野时，阎慧几乎想都没想就点了进去。注意力全部集中在"同意"和"拒绝"两个按钮上，略一迟疑，点了"同意"。

点完以后，她松了口气，这才去看会议内容和受邀人。内容千篇一律，显然是复制粘贴前面的，可受邀人……

阎慧打开前面几封会议邀请，对比了一下受邀人，除了她，何宽，陈工，还有自己这边的采购经理及工程师之外又多加了王总和韩总。王总不认识，韩总却是公司在这个项目方面的大头。

阎慧托起腮帮子，自言自语道："这个宁悦又想干什么！"她心里有种不妙的预感，这次可能有被宁悦摆了一道。别的不说，单说这个受邀人。放在平日，自己一定会在同意开会之前打电话询问一下。这次因为昨天的"一片红"，她急于想从姿态上扳回来，又习惯性地认为是同一封邀请，没有多加检查就同意了，结果偏偏是这个节骨眼，宁悦加了邀请人！分明是在利用自己的"匆忙"！

这个变化，有什么门道吗?

宁悦收到阎慧的回复后，忍不住挥拳"耶"了一声。紧接着，何宽的电话追了进来。原来何宽也是一夜没睡好，本来一般十点才到公司，今天八点半就坐进了工位。

他第一句话就是问宁悦，接下来该怎么办?

准备开会！宁悦想了想，回复道："我来主持吧。"

何宽心里一宽，忙说："好好好！我先把你介绍给大家，然后你来主持。"

宁悦点头，放下了电话。

会议时间是十点半，距离开会只有一个小时。约的是视频会议，交通距离不必考量。

宁悦正在盘算，何宽又打来电话，哭丧着说："宁律师，刚才接到阎律师的电话，说他们公司的视频会议系统基本都占住了。十点半的只有一个会议室可用，但是那个会议室的坏了。问咱们能不能来一趟。宁律师，这事儿可不能再拖了。"

这个阎慧，分明是故意的！但何宽更怕宁悦会就势拒绝开会，特意加了一句叮嘱。这时，他心里总算有那么一丁点明白为什么老销售都不愿意找法务了——又鸡贼又矫情，看样子还有点鼻孔朝天。

宁悦的声音把何宽从负面想法里拖出来，"开车过去大概四十五分钟，你不要理阎慧，直接找韩总。把情况说一下，要求会议延后到十一点。如果韩总同意，你一定要以邮件的形式让韩总确认，然后抄送阎慧。"

何宽连忙点头，如果没有宁悦，他大概也会跟韩总、王总都说一声。但是这样绕过阎慧，他心里还是有点忐忑。毕竟过去也遇到过类似的情况，当时他的前任销售告诉了采购经理，结果他们赶到的时候，阎慧拒绝参加，因为人家“另有安排”！采购经理也没有办法，只好叮嘱他们下次一定要守时。

何宽看着邮件里的人名，头一次意识到韩总就像一步提前安排好的妙子，不声不响地落在不起眼的位置，突然之间，大家发现它镇住了全场！

阎慧在看到何宽与韩总沟通后的邮件时，也意识到宁悦的意思，同时她也明白了，韩总这样的人物，的确可以镇住自己，但不能经常请出来！只要自己拖过这一次，下一次宁悦就没有办法了！

千辛万苦地定了一个会，气氛却是非常好。大家见面微笑握手，显得都很亲切。而介绍完毕，深入内容的时候，宁悦却说第一件事是有个提议。于是她把对何宽讲的，法律的归法律，商务的归商务，分开谈的建议又说了一遍。

阎慧首先反对，她的理由是商务的内容可以这样做，但落实到合同上必须是法律的语言，这个不能撇开法务单独谈。

宁悦说：“阎律师讲得有道理，但那是针对特殊合同或者没合同的情况。我们现在这个项目，据我所知，实际上是一个非常成熟的之前做过类似交易的项目，合同也是贵方提供的格式合同。”

阎慧还想说，韩总插话说：“就这样吧。小阎律师，你和宁律师谈你们的法律，我们呢，谈我们的商务，谈好了就让采购部去填空，不修改，你看这样可好？”

王总也说：“同意。我们这边商务就是小何负责，他以前就用过你们的这个合同版本，商务部分他会和你们的采购一起填空，都是老销售，没问题的。而且，最后你们来把关，查查错别字啊，改改标点符号啊什么的，随便！”

王总说得轻巧，话里却让在座的法务们尴尬。阎慧忍不住白了一眼宁悦，心说：“看到没？这就是你放纵业务部门的结果！他们会把我们法务当作橡皮擦！”

宁悦面无表情地坐着，好像没听懂王总的话。何宽觉得王总的话有点伤人，小心地去看宁悦。却见宁悦似是没听出来，略微有些放心。随即又担心起她是不是面上装着不介意，心里却是做上蜡？比如对面的阎律师，那脸色，黑得可以打雷了！

不管怎样，最后在何宽的建议下，分成两个会议室，一个何宽他们谈商务，一个宁悦和阎慧谈条款。何宽的那里之前就商量好了，这会儿用了不到半个小时的时间，填空都填完了。双方没事干，开始聊自己的法务。

采购经理倒了一堆苦水，自己这个季度的 KPI 全都毁在阎慧手里了。何宽一边安慰他，一边等着宁悦出来。直到他约着采购经理吃了一顿午饭，宁悦和阎慧的办公室依旧大门紧闭。

采购经理犹豫着问："她俩不会打起来吧？"

何宽想笑，可想起阎慧平时的作风，又怕真的打起来。两人对视一下，竟悄悄地趴在门口偷偷听了听。屋里传来断断续续的说话声，虽然听不太清，但是显然离打架有点远。

采购经理让何宽先去忙别的，根据他的经验，阎慧显然不能那么爽快地谈好合同。何宽深以为然，虽然忧心忡忡，可也只有先回公司了。

宁悦下午三点多回到公司，写完情况通报的邮件已经四点半，发送给相关人后就匆匆离开工位。阎慧的确存了拖延之意，不过面对阎慧的挑剔，宁悦早有准备。

她在自己修改的最后一版文稿里增加了有许多没必要的坚持和改动。阎慧一向仔细，词词句句勾画下来，已经红艳艳的一大片。在这些问题上，宁悦有攻有守，最后宁悦摆出一副"我不行了，你怎样说就怎样算"的样子举手投降。阎慧乘胜追击，自觉大获全胜！

只是，宁悦走了以后，阎慧一直觉得不大对劲。但直到签字原件拿回来归档，她打开重新扫了一遍才发现，其实对自己真正在乎的那几项，宁悦几乎全都拒绝了！

这本合同就好像一幅画，阎慧要在人物的结构细节上修改的时候，宁悦在画的空白处画了一坨大粪，成功地把她的注意力吸引走！

可惜，想明白已经晚了。

何宽收到邮件本想打电话问问，又觉得还是当面讲清楚，来到法务部的时候，人已经不在了。秦灿正好出来，看到何宽，于是说："来找宁悦的吧？

她已经下班了。”

“下班了？这么早？”

“对啊！她下班时间就是这样。上班也比别人早。”

何宽很想说这么重要的事，为什么不处理完再下班呢？可又觉得自己毕竟有求于人，这样的要求似乎有点过分。

秦灿看他欲言又止，拍了拍何宽的肩膀：“谈到这个程度，结果很不错了。”

“可是如果再继续追一下，今天就能签了啊！”

“谈好和签字可是两码事。就算谈的再好，文本全都搞定，我们也要晾一晾回头再来看一遍。这都需要时间，不是你加班就可以解决的。”秦灿向他解释，“放心吧，阎律师也不是不讲理的人，虽然有些挑剔，但工作态度很端正，你不用担心的。我想最早也得后天他们才能签字，然后走流程。你稍等一下。”

秦灿都这样耐心解释了，何宽也很领情。他当然明白有些事不能强求，但律师们在词句上如此细抠细查，还是让他有种要挠墙的冲动！

秦灿看他还不走，诧异地问：“还有事？”

何宽眨了眨眼，感觉自己似乎还有一件事没有办，但此刻找个墙角挠一挠的愿望是如此强烈，以至于他完全想不起来：自己本来想请宁悦吃饭的！

从幼儿园接回胡子渊，发小正好来寻他玩儿。两个小孩在屋里折腾了个天翻地覆，爷爷跟着笑哈哈地闹腾，倒是其乐融融。

到了睡觉的时间，发小被父母领走。胡子渊也消停下来，婆婆突然喊了一声：“啊呀！豆豆！你怎么头发都湿了！啊呀！出那么多汗！脏死了！来，赶紧洗个澡！”

宁悦本来准备睡前的东西，听了这话连忙走出卧室。拉住胡子渊，先摸了摸他的头，满头的汗水，一探后背，也是湿漉漉的，赶紧拦住婆婆：“妈，现在不能洗澡。孩子刚出完汗，洗澡容易感冒。”

婆婆说：“那就等汗落了再洗。”

宁悦顿了顿：“马上到睡觉时间了，明天再洗吧！”

婆婆尖声吃惊地问："明天？出那么多汗，脏死了！你怎么能让孩子明天洗！"

宁悦忍着不悦："落汗要等两三个小时，即使汗落了，汗毛孔依然开着。大冬天的就算屋里有暖气，洗澡也容易……"

"我把胡成养这么大，天天洗澡，也没见他哪次因为出汗洗澡感冒！"婆婆怒了，她无法忍受孩子出一身汗就去睡觉的状况，感觉就像拉屎没擦屁股就提了裤子一样脏。

宁悦拉住胡子渊的手："妈，我先带孩子去写作业了。脏了的被褥我明天换，您放心。"

"哼！"婆婆一甩手，重重地关住了自己的房门。

宁悦只觉得心脏一下乱了节奏，半天才缓过来。

"妈妈？"胡子渊摇了摇她的手，宁悦笑着摸摸他的头，说："走吧，妈妈带你画画去。"

胡子渊刚睡，胡成就回来了。然后就听见婆婆的屋子里传出哽咽着说话的声音。好不容易房门响了，胡成出来，婆婆的声音也停止了。宁悦刚一松口气，胡成黑着脸出现在她面前："你怎么回事，惹妈生那么大气？"

宁悦说："我说的没道理吗？"

她拿出早就准备好的一篇育儿文章让胡成看一看。她还记得上次因为差不多的事和婆婆吵架，胡成说个人经验不足取，尤其老人的旧思想更不足取，让她多看看书。现在她拿出书面的东西，总可以证明自己不是"气他妈"了吧？

胡成扫了一眼，不屑地说："尽信书不如无书。妈是过来人，你应该听听她的！"

宁悦冷笑："我说经验，你让我看书。我看书，你让我听经验。这也不行，那也不行，你想让我怎样带好你儿子？"

胡成立刻反驳："你嚷嚷什么，孩子正睡觉，你不能好好说话！"

宁悦居然笑了，口气极温柔地说："好好说话。来，你来做个示范，告诉我怎么做。"

"你听妈的就行了。别老惹她生气，哭得我心烦！"

“好，你记住你这句话。但是七年前我怀孕的时候，你是怎么说的？你说妈带孩子的旧经验不行，让我自己带。还说尽量自己带，别受老人的影响。所以我辞职了，我从零开始学习做妈妈。现在你告诉我听你妈的，那七年前的话是谁说的？是我神经病，自己幻听吗？”

胡成嘴巴抖了抖，看着眼前脸颊通红、眼睛冒火的宁悦，就像看一个陌生人。可他哪里是认输的性子，尤其在妻子面前，按照宁悦的话去做事都觉得委屈，何况如今被她这样抓着话柄数落！于是，胡成脱口说道：“你根本就是个神经病！药都没吃完就断了，我看你该去医院检查检查！”

宁悦冷笑：“我再神经病，也知道自己的丈夫是谁，知道自己是孩子的妈妈！还有，胡成，这是第一次你说我神经病，不会有第二次！我是你妻子，是你儿子的妈，你说我是神经病，你算什么？你儿子算什么！”

胡成脸涨红了，怒视宁悦，压低声音嘶吼：“你根本就不会带孩子！要不咱们孩子为什么老生病？为什么总是自己一个人坐在教室里玩儿？”

“胡成，你别忘了，孩子总生病，连你都说是幼儿园的防疫措施不到位。上幼儿园之前我自己带哪有这样频繁生病！孩子自己玩，你说那是孩子的兴趣所在，不让我们干预！你不记得？还是我又幻听了！”

宁悦懒得去解释，她只想稳准狠地掐住胡成的脖子，让他吃瘪！

胡成脸青一阵白一阵，这样针锋相对的宁悦已经很多年没见过了。他还要说什么，宁悦打断他：“不必了！我看明白了，你是存心找茬儿。你就没打算过来问我原因，你是过来指责我的！我告诉你，今儿这事儿我没错，你爱骂谁骂谁！今天晚上我心情不好，你信不信我全给你怼回去！还有你说我带孩子不行，我就送给你俩字儿：‘放屁’！”

宁悦一指大门的方向：“打哪儿来的回哪儿去！咱们话不投机，为了你我和孩子的安全，大家最好保持距离，各自冷静！”

宁悦一转身，关上主卧的门。不一会儿就听到巨大的关门声，房子里霎时安静下来。满满的胸腔，突然像泄了气的皮球，迅速瘪了下来。她冲进了外面的卫生间，用毛巾捂住了嘴，隔着重重棉纱，发出无法扼制的悲咽！

暗　涌

第二天宁悦去检查了身体，晚到了。

潘洁急匆匆地过来，正要说话，看到她憔悴的样子也不由顿了一下，小心地问："呃，小孩儿病得严重吗？"

看来潘洁是以为自己请假看病是孩子不舒服了。宁悦笑了一下，语带自嘲："他没事，是我有点不舒服。"

钟天明正好从旁边过，奚落潘洁："看看，当了妈妈连给自己看病的可能都没有了！你还天天嚷嚷倒追呢，一点也不珍惜现在的幸福！"

潘洁气得一脚踢飞钟天明，但想着自己的话里的确有这个意思，又不好意思地对宁悦笑了笑："你没事吧？"

论职位，潘洁比宁悦高。论年纪，宁悦比潘洁大。潘洁家教好，从来不摆架子，对宁悦从一开始就是客客气气的。或者说，她对全世界都是这样——除了钟天明。

宁悦摇头："没事，吃点药就好了。后勤采购那部分，我已经把问卷分析发给你了，应该收到了吧？"

潘洁点头说："收到了，辛苦了！我已经汇总到总表里，渠道销售那部分还需要您费心分析一下。另外，内调基本都做得差不多了，我这里有几个部门，他们的内容需要根据存档对一下时间线。我已经整理出来了，只需要查一下档案就行。但是人力那边临时有个事儿，秦主任让我负责一下。你看这里……”

“可以啊！不过我可能……”

“不用不用！您尽量上班时间做好，三天之内，我觉得应该没问题。”

宁悦看她都想周全了，也就不再说什么，接下了潘洁手里的东西。

电话响起来，是何宽的。听说宁悦病了，何宽的问候里多了几分焦灼。宁悦再三强调只是自己身体的小问题，并无大碍，更不会因此影响工作，何宽的关心才停了下来。

宁悦的估计和秦灿是一样的，不同的是这段时间，她也要重新审一遍合同。和所有的律师一样，宁悦对错别字也有一种别样的恐惧。一方面源自专业带来的咬文嚼字，另一方面却是带她的师傅把这种挑剔以惩罚的方式压入到宁悦的骨血里。刚入行时，一个错别字扣一百块钱的变态惩罚，一度让她做梦都是自己欠了老板几百万！

在潘洁带过来的那一大堆文件的上面，又多了一摞子文本，是用废纸打印的何宽项目的合同。电子屏幕再先进，也不如拿着文本对着检查令人放心。

宁悦凝神工作，不知不觉一个上午过去。为同事安排好午餐，宁悦拿起水杯去茶水间。钟天明正好也去，两人同路，钟天明反复强调下次一定想办法要个米线，就楼下那个长得像秦主任那家的。两人说笑着进了茶水间，钱律师正悠闲地喝着茶。一看有人进来，笑呵呵地招呼大家坐下来，拿出一个小茶盒：“来，尝尝。我出差带回来的，特别的香。”

钟天明扭头看了看门，钱律师心领神会，“秦主任不会来的。法院资料不是那么好复印的。”

宁悦向来不多话，法务部里也很少打听业务。但是有些公开的信息，大家也会相互聊一聊。钱律师说的是半年前的一桩案子，也是挑起这次内调的源头——采购部的一个业务经理被人举报贪污，现在已经进入法院审理阶段。

本来也没秦灿什么事，集团法务有自己的接口人。而且出了这种事，公司都躲得远远的，哪怕损失了几亿，只要自己能消化也就仅限于“配合调查”了。不是公司心怀仁慈，实在是这种事不知道牵扯多少内部人，拔出萝卜带起泥，弄成人事大地震，老总前程都是问题。

可是周一例会上，秦灿凉飕飕地嘲讽罗雅婷就会领着法务部盖戳，激怒了罗某人。轻飘飘的一句话，在内调任务之外，就把向前采购经理进行民事索赔的事交给了秦灿。根据刑事先于民事的原则，秦灿会有很长时间被同一事件拴住，这让习惯以时间计算收入的律师难免抓狂。然而，秦灿打落牙齿和血吞，面不改色地接下来，对同事有意无意的挑拨也只是淡淡地说："咱们是公司法务，领死工资的活，哪有那么多的billboard！"然后就跟陀螺似的转了起来！

这也是触动宁悦的地方。大家都玩儿命工作，老板也忙得不要命，那种对事不对人的气氛，太合宁悦的脾胃了！每次看到大家那么投入的工作，宁悦总忍不住想加入其中！

可是，她已经不是以前的自己。她的生命出现了一个分支，而且很软很脆弱，需要她更多的呵护。工作充实和增值的仅仅是自己的生命，而那个"分支"需要的远不止她精彩投入的工作表现和创造出巨大的价值。宁悦明白，工作和生活如果分成两部分，在那个"分支"出现之后，"生活"这部分明显增加了比重。而以她有限的精力而言，工作被无奈地压缩了——也许在那个"分支"变得强大以后会有所改变吧？

尽管深明自己的处境，从不后悔自己的选择，但是宁悦依然止不住地羡慕秦灿和他的团队。那种硬气和不服输似乎让宁悦穿越了时光：看到了那个在船上吐得天昏地暗，直到呕出的黄液中带了血丝的半死之人。看到了那封在暴风雨的海上之夜写下的遗书。看到了那个对着五六个大汉拿出刀子划伤自己手臂，只为了吓退他们要回五万块欠款的倔强女孩。看到了被警察挡在拘留所外面，不得不举着横幅吸引媒体注意争取探视权的无名律师……

茶水间里的悠闲氛围，软化了宁悦的表情。她微微弯着腰，半靠在桌边，轻轻举起杯子，在脸颊上慢慢地滚动着。

"说起来呢！"钟天明忽然压低了嗓子，"杨主任的离职很及时啊！"

钱律师低眉垂眼一笑，"他不走，陈总不安心啊！"

宁悦心里一动，有什么东西从记忆里闪过。还没来得及抓住，就听钟天明叹气："人人都恨贪污，可惜从来都是打苍蝇不打老虎。"

"打苍蝇已经不错了。不过，都是围着粪坑打苍蝇，死一个算一个，别抱太大希望了！"钱律师也难得感叹了一句，然后自嘲一笑，"所以啊，现在是我们律师的好时代。小钟，赶紧努把力，出去做，不要在公司混了。"

钟天明说："我还是在公司吧，家里不让。"

宁悦奇怪地问："为什么啊？律师多好，家里怎么会不让？而且，你学法律，应该是家里允许的吧？"

钱律师看了看钟天明，面露难色。宁悦察言观色，知道自己问错了。正要修改，就听钟天明自己说："没事。这个大家也都知道。我学法律是因为我们一大家子都学这个，我没那么多天赋，学个这个也容易。至于不做律师……也是因为我父亲。在我上大学的时候被抓了进去，出来以后就没了律师资格。从此以后，我妈就不许我去律所了。"

宁悦的父亲也曾经入狱，罪名是贪污。钟天明的父亲也入狱，作为律师入狱，罪名不用说也知道，多半和证据有关。污名与否暂不用提，这一行是不能干了。

钟天明摆摆手："不说这个了！我现在也不错，慢慢做，弄个资深法律顾问，走到外面，哪个律所不得供着咱？咱是甲方！而且，阿里创始人，不也是开始做马云的法律顾问，最后做成了创始人吗！发财的机会比做律师多多了！"

大家笑了起来。

宁悦看着钟天明，这个平时爱吃爱闹看着没什么正形的家伙，居然是世家出身，而且家世中还有这样一段曲折，真人不露相啊！

"宁悦，你呢？"钟天明又露出那种八卦的贱样，"我可听说了，你居然是当年那个杜林公司欠债纠纷的追债律师，没看出来啊！"

钱律师一愣，显然他对宁悦的了解并不多，但这个案子他有印象。没办法，那个实在太特别了。

钱律师看向宁悦迟疑着问："就是那个差点被挟持，结果拿把刀把自己砍了，反而吓住对方的那个？"

宁悦脸红了："听着好像不太好。那也是真没办法了！"

当初自己从银行得到消息，杜林公司的董事长刚从别处转入账户五万，然后以现金的形式提了出来，不知道是干啥用。于是她在他的工厂前拦住了他，本想要回个两三万。没想到对方一个电话，直接从厂子里跑出五个光头大汉逼她进厂子，摆明了欺负她一个女人！

宁悦不敢进厂子，又冲不出包围圈，索性豁出去，从自己包里拿出一把很唬人的弹簧刀。冲那个董事长说，你有本事跟我打赌，赢了我任你处置，输了你把钱一分不少地还给我！赌约就是往自己身上扎刀。她扎一刀算一万，如果你或者你的手下此时有人往他自己身上扎刀，就算宁悦白扎了，再重新来。那董事长也是黑白通吃的人，自然见过世面。不要命的女人见过，像宁悦这样玩儿命的却没见过。

他不信，爽快答应赌约。旁边五人也不信，笑嘻嘻地当猴戏看。

于是宁悦第一刀结结实实扎到自己胳膊上时，他们惊了。以至于宁悦问他们谁出来抵的时候，没人说话。宁悦喊着一万，就将刀子带血拔出来。撕掉薄外套止血，然后又一刀扎在了腿上！这时候那个董事长喊着："够了，五万都给你！赶紧送医院！"

几个大汉不由分说架起宁悦塞进车里就送到附近的医院包扎。事后，那个董事长特意请宁悦吃饭言和。并坦言自己并不怕宁悦死，只是不愿意为了五万摊一条人命。言外之意，有些责备宁悦命贱了。宁悦没多说，但她心里有数，少年时因为家境原因动过自杀的念头，曾专门研究过怎么扎死自己不疼。然后越看越来兴趣，从怎么扎死自己到怎么扎不死自己，都快做成一篇医学论文了。阴错阳差，用在了这个关头。

这事宁悦自然不肯讲细节，只是也告诉钟天明，自己并非莽撞，当年的确研究过动刀子的部位才敢来这一手。钟天明又来了兴趣，专门请教了一番。宁悦不得不让他伸出手臂，比画着告诉他。正说着，门口闪进来一道蓝影。钟天明突然推开宁悦，身体像装了弹簧一般弹开。

宁悦莫名其妙，抬头看到来人是潘洁，不由两头瞧。

潘洁一笑，凑近来说："躲什么躲？我都看见了！别想了，人家宁律师名花有主呢！"说完勾着钟天明的脖子说，"你妈让你结婚，不是让你当第三者的！老老实实相亲，否则，我让你妈弄死你！走！干活去。”

钟天明一米八几的大个子，就这么被一米六三的潘洁勾着脖子拽走了。

宁悦看看钱律师，钱律师笑着说：“他俩发小儿，一对冤家。”

宁悦恍然大悟，原来还有这层关系！看来这办公室里，真的不止同事啊！

回到自己的座位，宁悦忽然又想起钱律师说的话，记起胡成也曾问过可了解采购的“陈总”？不知两人是不是说的同一人？她顺手查阅了内部通讯录，采购部陈姓不少，但是能称得上“总”的只有一个，负责办公后勤采购的分公司副总经理陈世焕。

宁悦站起来，抱着潘洁给的资料去了档案室。尘封的档案其实是一座宝库，许多秘密就埋在其中，看你有没有心了！宁悦并不知道自己该查什么，也不知道查谁的，她只是抓着陈世焕这个人，想看看他是谁，做什么，也许最后能从档案里绘出基本的处事关系。她只是基于这个人被胡成特别提到，而觉得应该查一查而已。

正看着档案，宁悦的手机响了，是胡成打过来的：“听说你在公司里很出风头啊？”即使在别人听来似乎是赞许的戏谑口气，但是作为了解胡成的人，宁悦微微皱了下眉，淡淡地问，“你是说请假吗？”

胡成顿了一下，干笑两声，“你放心，以后不敢有人因为你请假开除你。不对，是咱不辞职，别人不可能动你。”

宁悦眼波流转，语气带了几分轻松：“是你做的！找的谁？这么大神通！”

“这个你不用管。反正以你的级别也不可能碰到他。”胡成轻松地说，好像完全忘记了昨晚的摔门而去，“你带好子渊，工作就那么回事。不要太卖力。”顿了顿，“我听说你成了法务顾问了？”

宁悦不怕胡成摔门，却对此时摔门后笑嘻嘻的胡成心怀警惕。他们并不是反目成仇的夫妻，但却是实打实的离心离德的一对。胡成从一开始就不相信她，财政上对她严防死守。而她则在恍然大悟之后暗地里寻找各种突破的机会。他们不是敌人，但相处方式更像是一场暗战。

宁悦抛开杂念，低声说：“啊！部门里忙不过来，叫我临时帮忙。反正不耽误我下班请假，就搭把手。”

胡成略一沉吟，才说："你这个帮忙影响挺大的，以后在公司要低调点。不要像过去那么逞强。"

宁悦点头称是，放下电话，继续埋头看手里的工作。她不相信胡成已经放弃了让她辞职的想法。现在她已经明白：在一场没有信任的婚姻里，没有创造真金白银的那一方就是奴隶！胡成不会放过一个免费的奴隶，他只是在一次不成之后，暂时安抚她一下罢了！

胡成放下电话，闭上眼睛仰面倒在椅背上。

他当然了解宁悦的过去，而且当年也曾被这样的过去吸引过。但是随着时间的流逝，生活的点点滴滴就像一层层的尘土慢慢地覆盖在那些过往上，让这些过往成为知道却感受不到的东西。

早上，老朋友惊讶地打电话给他，问他有如此厉害的老婆当初怎么不明说？还问是不是应该给宁悦换一个更合适的位置。胡成第一反应是自己在这家公司的另一个关系可能要暴露了！安抚了老朋友，他把这个狼狈归结为宁悦的"不听话"。胡成并没有细问宁悦到底做了什么，只是想当然地在"工作中的宁悦"和"过去的宁悦"画了等号。宁悦一定是又"抢别人的业务"了！然而，宁悦的反应从一开始就出乎他的意料，他以为的重点完全不是宁悦的关注点。但仔细一想，宁悦的关注点和她现在的身份也很契合。

一通电话下来，胡成清晰地感受到，这个"工作中的宁悦"还是那个家中自带阴影的宁悦，至于"过去的宁悦"应该是真的消失了吧？

胡成觉得自己应该放心，他放缓了口气，挂了宁悦的电话。然而挂了电话之后，心底涌起的异样感觉让他无法轻松。他回想了一下与宁悦有关的事情，确定不应该是因为宁悦，便把思路又转到最近正在忙的一个项目了。说起来，这个项目还真与宁悦的公司有关系。但是他可不想让宁悦知道。甚至他都没告诉过宁悦自己新公司是什么名字，地址在哪儿，是哪个行业的什么项目！也许胡成从没有有意那样做，但是他一直遵守着结婚前，妈妈的教诲："老婆呢，离了婚就是别人的女人，只有儿子是自己的。你将来挣了多少钱，做了多大的公司，没有儿子来继承，都是为他人作嫁衣。你结婚啦，可别像别的男人那么犯傻，把钱都交给媳妇管。管着管着，就跑到别人的兜里了！"

老太太说话从来是对人不对己。她把老头子的钱袋子攥得死死的，却让自己儿子不要给媳妇一毛钱！不过，这一家子从来就是这样过，没有人觉得有什么不对！

宁悦从档案室出来，接到胡成的电话提醒了她一件事。

她打开电脑网页，找出自己过去经常检索用的网站，输入用户名密码，居然还能登陆！当年为了省事，她直接办了自动续费，后来辞职也忘了取消，现在正好用上。

输入胡成的名字和身份证号，一个表格出现在屏幕上。宁悦想了想，又换了一个关键词，一下子出现了四个表格。这是检索公司、股东、法人信息的网站。因为收费，所以相对信息比工商局的官方网站更细致一些，有些比如上市公司的结构及变化，主要营收，都会在这里显示出来。

宁悦对着屏幕倒吸了一口气，这是四个公司！其中一个还是投资公司！

胡成一直说投资亏损，甚至抵押了家里的房子和车子，但看这几个公司——胡成身家不菲啊！

猜测是一回事，确认事实则是另外一回事。所谓至亲至疏夫妻，看胡成开的那些公司里，居然有他的情人做法人的。连情人都可以相信，却把自己的老婆从一开始就瞒得死死的，他到底把自己的枕边人当成什么了？

宁悦虽然早已经对这场婚姻不抱什么希望，但现在连对人性都没什么好想法了！

秦灿站在宁悦的工位外面，想说的话卡在嗓子里。左右看看并没有人注意这里。看宁悦眼皮抖动，秦灿竟掉头快步离开。他也不知道自己为什么如此心虚，但他真的很害怕看到这样的表情。他记得十几年前自己走的那天，拎着行李走出卧室，妈妈坐在屋中唯一的沙发上，就是这样闭着眼睛。眼皮不断地抖动。他以为会看到眼泪，连自己的眼睛都酸酸的。然而她听到他的脚步声，睁开眼，居然笑了："收拾好了？走吧！"

就像以前送他上学一样，跟在他身边，帮他拎着行李，送到楼下——父亲的奔驰就停在那里。他上了车，母亲笑着嘱咐他听话。然后，挥手告别。

后视镜里，他看到她一直在挥手，没看到眼泪。

从时间上讲，一年半后，她自杀了。而他则在八年后才知道……

一天下来，胡成的工作都恍恍惚惚的，不知为什么总想起以前和宁悦合作时她的样子。难道她现在工作不是那样的吗?

现在宁悦是怎么上班的?

下班的时候，田秋子约他晚上一起吃饭，胡成没有立即答应。只是迟疑的工夫，田秋子的笑声从电话那端传来，“忘了说了，我约了利丰投资公司的乐总一起，你如果有兴趣当然更好！”

现在的新创公司和过去的最大不同是，过去的新公司成立以后总是琢磨怎么把产品卖出去，老板主要应付的是各路大买家。而现在的创业公司琢磨的是怎么融资，即使产品还停留在概念阶段不可能落地，但如果有投资者感兴趣，也可能顷刻之间走上一条康庄大路。所以，老板们应付的都是各路投资者。有人打趣说："以前我们是卖产品，现在我们都是卖身。"

胡成也不例外。他的底气在于他的产品已经打开了市场，有了稳定的盈利模式。从某种意义上而言，他更愿意待价而沽，并不急于出售。在这方面，胡成其实比较保守，比起那些急于挣钱的人，而立之后从大公司出来创业的胡成，对未来的规划已经不仅限于金钱了，他还希望获得一个值得后半生去追求的事业。

乐总是要见的，但也没那么急切。胡成迟了十分钟才到，田秋子略微有些不快，但是乐总也没有太多介意。席间觥筹交错，气氛还是很好的。果然不出胡成所料，乐总对他的公司很感兴趣。胡成的原则只有一个：投钱欢迎，要权免谈。

送走乐总，田秋子让胡成的司机先走，自己载着胡成往自己的住所去。这也是这一阵子以来，胡成常驻的地方。

田秋子的心里还记着宁悦说的那句话。怀疑胡成在有了自己之后，仍然还有别人。这些问题像蚂蚁一样咬着田秋子的心。下午的时候，终于忍不住找了个由头把胡成约了出来。从开始胡成的不情愿，到后来胡成的怠慢，田秋子都看在眼里，一股莫名的焦虑在那些疑问中变成一团烈焰，烧得她焦躁不已。她想知道答案！不，她不想知道答案，她只需要胡成的保证，亲口保证！

“听说宁悦在新公司表现不错？”田秋子想到自己刚得到的八卦。

胡成“哼”了一声，“歪打正着罢了。”

田秋子看着明亮路灯下呈现出淡淡黄色的车行道，笑着说：“哦？那可能是误会吧？”

“误会？什么误会？”

“我也是听说的，说她在的那个部门有个小伙子，好像对她不错。”

胡成皱起眉头。田秋子赶紧说：“你要是觉得有必要，我和陈总说一声，让她回家或者调一个部门都行。”

前面是红灯，田秋子就着停车的空档，转头伸手握住胡成的手，柔柔地说，“我不想你为难，你已经很辛苦了！”

胡成没有立即说话，等了一会儿，才抬起眼，看着田秋子，感慨地说：“既然如此，那就还要辛苦你！但是你知道，我是要面子的。如果她因为犯错被开除，我是不允许的。”

田秋子笑着点头，过了一会儿，迟疑着问：“你，你昨晚不是不回来？怎么突然回来了？发生什么事了？”

胡成眉头抖了抖，看了一眼田秋子，似笑非笑：“怎么，我回来你不高兴？还是，你觉得我该去别处？”

田秋子心里“咯噔”一下，开口时声音竟然有些发抖：“别处？你还有别处啊？”

胡成瞥了一眼田秋子，知道田秋子在想什么，脸一沉有些不高兴。他不喜欢女人追问他的行踪，更不喜欢身边的女人之间相互打听。这样一比，宁悦倒是做得最好的那一个。胡成心里闪过一个念头：还是我妈说得对，女人就是需要敲打，宁悦不也是敲打出来的吗。不过，现在不是敲打田秋子的时候。

田秋子不仅是他的情人，还是他的合作伙伴。他公司里的钱有百分之八十都是田秋子带来了。不，只有百分之四十。但是，如果算上利息的话，连百分之八十都不止了！

想到这里，胡成心里就像塞了一把狗毛。像他这样有实力的中小企业贷款难得像上天，如果不是田秋子带着一大笔钱，以略低于高息的价格投进来，胡成真不知道自己这个公司能坚持到什么时候！尽管如此，胡成还是不想还钱。好在田秋子也没催过他，大家都像不知道这是一笔借款一样，拿着当投资——还没有分红！

胡成笑了笑，扫了一眼田秋子，闭上了眼睛，靠向椅背，不再说话了。他不想真的激怒田秋子，但也有必要让她明白自己的斤两。

田秋子并不傻，感受到了胡成的不悦和警告。她尴尬地笑了笑，专心开车。

胡成假寐，马达低沉的轰鸣声遥远得好像从另一个宇宙传来。他想起很久以前，宁悦问他的情形。其实——胡成默默地想，我好像从未在这件事上敲打过宁悦。

那一次，宁悦可没有田秋子这么委婉。她是胡成的老婆，法定伴侣，两人间有法定的忠诚义务。宁悦问的就好像她在法庭上盘问证人的样子。不过，那里终究不是法庭，胡成也不是犯罪嫌疑人。他稳住神，断然否认。之后，他看到了宁悦那张脸，短短的几秒钟之内从扭曲到平静。就在他以为接下来会是各种旁敲侧击和正面攻击的时候，宁悦深吸了一口气，说："我信你，胡成！我们是一家人，你是我老公，是我——最亲近的人。如果我不信你，我还能相信谁！你说没有，那就没有！"宁悦三下五除二把那张照片撕碎，扔进马桶冲掉，"到此为止！ Over！"

胡成很惊讶，他有丰富的应对女人盘问的经验，但是这样的，他当然不相信，但是若干个月后，在小心翼翼地观察和各种不显眼的试探之后，他发现宁悦是真的"信"自己时，他也惊讶了，也感动了。有几个月，他甚至为这种信任感动到暂时没了猎艳的冲动。后来，他身边的女人换了又换，他小心翼翼地把她们屏蔽在宁悦所在的那个家之外，而宁悦似乎也真的没有察觉。

日子就那样缓慢又匆忙的，过去了。

不知不觉，胡成也多了个猎艳习惯：谁让他感觉到想涉足那个家了，他就会迅速断了关系。田秋子第一次被抛弃，就是因为这个——胡成发现她手机里有宁悦的电话号码。

胡成想：“不，我可能敲打过别的女人，但绝对不包括宁悦。她敲打了我。我是被宁悦敲打了。”

胡成第一次意识到自己在婚后做出的改变。他有些恼火地皱皱眉，微微动了动身子。宁悦这个女人其实还是很厉害的，自己还是着了她的道！

宁悦下班的时间晚了十分钟，而且是经过潘洁的提醒才发现已经到了下班的时间。

赶到幼儿园的时候，天色都暗淡下来。班级里的小朋友基本都走光了，只剩下两个老师陪着胡子渊。宁悦隔着玻璃窗，看到一个老师正弯腰把什么东西收拾到玩具筐里，另一个老师陪着胡子渊坐在小椅子上低头看书，胡子渊两手拖着腮帮子，难得的很安静。

宁悦正要进去，就听里面胡子渊扭头问老师：

“Ellen，怎么我妈妈还没来啊？”

“妈妈工作忙啊！”

“Nancy 你有宝宝吗？”

“我还没有呢。”

“我也没有。我打算和 Lucy 结婚，然后生个宝宝。我就不工作，天天在家陪宝宝！”

Ellen 显然有点没想到孩子会这么说，愣了一下，坐在他身边，揉了揉他的头，拿出一本绘本：“陪宝宝要会讲故事的。来，Ellen 教你。”

宁悦心头好像被什么重锤了一下，有点喘不上气。

这时 Ellen 大概也思考了孩子的话，借着绘本问胡子渊：“豆豆，你不上班陪宝宝，那谁挣钱呢？”

“我有压岁钱。少吃点，不要大房子，够花了。”

“可是一辈子很长，你的压岁钱可以花多久呢？”

“是啊！”胡子渊终于苦恼起来，小手支着下巴，看着 Ellen，“那还是让妈妈上班吧！可是我很想她啊！”

宁悦终于忍不住，收回迈出的脚步，转身擦着眼泪。教室里传出讲故事的声音，宁悦收拾好自己，摆好笑容推门进去。

生活就是一个难题接着一个难题。不是每一个难题都有答案，但是每一次看到难题的时候摆一个微笑总不难。

回家的路上，胡子渊好像忘了自己和老师说过什么，一个字都没提。晚餐是蔬菜汤和包子，胡子渊在幼儿园已经吃过饭，宁悦只许他喝汤。婆婆盛了一大碗，满满的全是菜。胡子渊嘬着碗边把汤汁喝光了。婆婆的目光像刀子一样一下下抛向宁悦，宁悦只看着胡子渊笑。吃完了也不勉强，打发他玩去。这样的事天天发生，婆婆不会认同宁悦的做法，宁悦也不会去听婆婆的话。婆媳之间，只要不吵不闹不撕破脸，就已经是很不错的关系了。

半夜的时候，宁悦突然被轻微的呻吟声惊醒。她赶紧爬起来，跑到胡子渊的床边，伸手一探，滚烫的额头吓得她连滚带爬的各屋跑。体温计、退烧药、温水、毛巾……各种响动把婆婆也惊动了。

“怎么了？”婆婆披着衣服过来，对卧室的灯光有些不适应，眯着眼想看看发生了什么。

宁悦看着胡子渊，回答道：“发烧了。39.8℃。刚吃了退烧药。我怕耳温枪不准，用水银针再测——”她抽出体温计，对着走廊灯的反光看了一下，皱起眉头。

“多少？”

“39.5℃。”

宁悦扭头一看，正好胡子渊的身体抖了抖。吓得宁悦赶紧俯下身，低声问：“子渊，不舒服吗？”

“嗯，冷。”

婆婆担心地走过来，却看到宁悦走出去：“你干吗去？”

“去医院。”

“你不是说发烧就退烧，不用晚上去医院吗？”婆婆皱着眉头，对媳妇以前怼自己的话记忆犹新。

“太高了，而且退烧药似乎不起作用。我怕有别的问题。”宁悦不敢说，刚才水银体温计几乎已经顶到四十度了。

吃了退烧药才一个小时，不退反升，这种情况从来没有过！宁悦担心得连睡衣都没换，棉服也没收起来，直接套在了身上。虽然是半夜，还可以用手机叫出租车。看着地图上移动的小黄点，宁悦小心地把胡子渊裹了起来。

“叫你爸陪你们去吧？”婆婆本来就同意去医院，此刻也不说什么。

宁悦摇了摇头，她根本听不清婆婆说什么，只是凭着本能抱起胡子渊走进夜色之中。

婆婆站在门口，看着母子俩消失的背影，对身边的老头说：“要不要给胡成打个电话啊？”

老头说：“我打了。是个女的接的，听我说话就把电话挂了。再打不开机了。”

婆婆吃惊地转过头：“女的？”

老头叹了口气，没有说话。婆婆直勾勾地看着门外，等了好一会儿，才慢慢关上门，一边走一边喃喃自语：“豆豆好命苦啊！摊上那么不懂事的妈。好好的一个家，天天把胡成气的不肯回家。看，出事了吧！”

路上，胡子渊不时在宁悦怀里发出痛苦的呻吟。已经长到一米二的躯体远远超出了妈妈的怀抱，可是那颗小脑袋依旧落在宁悦的臂弯里，小脸深深埋在里面，似乎唯有如此才能抵抗身体的不适。

一路无话，到了医院门口，好心的司机转过来要为宁悦开门，却只看到一个敞开的车门，和她们母子冲进医院大门的背影。

这是一家私立综合医院，医生都是各大医院的主任医师或者专家教授，环境很好，人很少，服务态度也好，就是诊费贵。此时此刻，比起儿童医院里的人山人海，这里却静悄悄的。

荧光灯在淡黄色墙壁的映衬下散射出柔和的光线，地面不知道什么材料做的，踩上去脚感有些弹性，暖暖的没什么寒气。等候区里色彩明艳的桌椅和玩具设备安安静静地站在那里，一股淡淡的消毒水的味道弥漫在空气中。

挂号处不用排队，宁悦说孩子高烧有点抽搐，立刻有护士过来直接引到值班医生那里。医生正要接诊别的小病人，听说之后，先安抚了病人家属，立刻过来看诊。在叮嘱护士如何处理之后，告诉宁悦不用担心，应该不是抽搐，但是也比较危险，目前还在控制范围内，再观察一下。宁悦点点头，随着护士被引导到一个小房间里，房间里有张干净整洁的小床。胡子渊被放在上面，面色潮红，却是安静地睡着了。

护士过来送水给宁悦，叮嘱她自己喝点水。宁悦感激地谢了，护士又告诉她自己在外面，随时可以叫她。

安静下来，宁悦捧着温暖的纸杯，看着躺在洁净的病床上睡觉的胡子渊，心里却不能平静。她可以自己一个人带着孩子来看病，并不是她有多强，而是这家医院的服务非常好。如果她不方便，护士可以亲自去药房帮她拿药，如果她忘了结账，一个电话可以下次再结。不过她很清楚，这样的服务是建立在昂贵的收费基础之上的。

她记得自己去过一次儿童医院，是替孩子拿保健品。就见到在楼梯间拐角的黑暗处，一个妈妈蹲在地上，抱着一个六七岁的男孩。孩子仰面躺着，双目紧闭。妈妈低着头，只能看到凌乱梳起来的头发。她的面前，是一碗只剩汤的方便面盒子。

如果不是那碗汤，宁悦差点往里放钱！那时候，宁悦就在庆幸：幸亏胡子渊不必如此，幸亏自己不必如此！

然而，如果有一天，她离婚了，胡子渊还能享受这样的待遇吗？难道自己真的要一个人在深夜里，带着孩子跑进儿童医院的急诊区，着孩子在冰冷的长凳上，苍白的走廊里等候诊断的结果，最后再上蹿下跳地结账拿药吗？

不，她不想！就算她自己可以，也不愿意让胡子渊去承受！可是，下午查到的信息再次映入脑海。她知道，胡成可以给自己很多钱花，却不会让自己存一分钱。如果有一天，他们的夫妻关系不存在了，胡成会把她剥得精光扔到大街上。这是结婚前，胡成亲口告诉她的。

胡成说："我绝不原谅背叛我的人，尤其是我妻子。我们齐心协力，我的都是你的。你敢和我分手，我的是我的，你的也是我的！"那时，宁悦自己也挣着钱，心高气傲，不屑一顾。

月子里，胡成出轨的事儿曝光。宁悦选择给他一次机会，她输了，输得干干净净。

宁悦相信人定胜天。小时候家里经历过一无所有，妈妈拉着她，后来又拉着她爸爸，一步步爬起来，还让她有了后来的成功。那么，即使现在一无所有，她一样可以一点点站起来？

病床上的小人儿脸上的潮红似乎有点消退，护士走进来量了下体温，轻声说：“正在下降，我一会儿再来。”

不足十平的小房间里，一张橙色的沙发，一张儿童专用的带护栏的小床，就是全部。四周是令人心情宁静的淡绿色墙壁，抬头则是嫩黄色的天花板安抚家长的焦躁。小床上铺着洁白干净的小被子小褥子，柔柔地包裹着孩子不舒适的身体，暂时代替疲劳的母亲。

在这里，惶恐的妈妈可以坐在沙发上，让疲劳的肌肉微微放松，让焦虑的神经稍稍喘息。再惶然的母亲，也不需要把孩子抱在怀里躲在人少的楼梯间的角落里休息，更不需要抱着孩子站在队伍里等着叫号，也不需要自己拿着体温计在人来人往中狼狈地给号啕的孩子宽衣解带测体温……算了，算了！离什么婚！现有的一切，难道不是一个婚姻应有的吗？就这么过吧！反正看在孩子的面上，胡成也不会离婚。自己好吃好喝，孩子有良好的生长环境，其他的算得了什么呢？

在这样一个春寒的夜里，在温暖的病房里，宁悦心中最后一点关于感情的希冀，也被现实残忍地捻灭了！婚姻之于她，只剩下冷冰冰的现实。

服了退烧药四十分钟后，胡子渊的热度终于退到了 38.6℃，医生进来看了看，问：“孩子之前发烧过吗？”

宁悦说：“一周前感冒刚好，没发烧。就是有点咳嗽。”

“咳嗽多久？怎么咳？”

“有一周多了。不过不是很厉害，就是白天咳咳，晚上偶尔也咳。我看他也不会醒，就没太在意。”

医生皱了皱眉头。拿出听诊器，先在手心捂了捂，不那么凉了之后，才轻轻解开胡子渊的衣扣。

烧退一些，胡子渊也舒服一点。但毕竟烧着，身体还是酸疼。大夫一碰，小朋友开始翻动。宁悦赶紧轻轻地扶住他，在他耳边低声说：“宝宝不动，妈妈在呢。让大夫给小精灵打个电话，问问咱们身体里到底怎么了？有哪些小坏蛋欺负人呀？”

宁悦低声说着，胡子渊平静了一会儿，突然咳醒过来了。

“妈妈！”胡子渊看着宁悦，“不舒服。”

宁悦眼睛一酸，忍着泪笑着说：“对呀！身体里有小坏蛋想欺负咱们，小精灵正忙着和他打仗，你可不能拖后腿啊！”

胡子渊懂事地点点头，闭上了眼睛。

“你家孩子真乖！”

大夫放下听诊器。前后心都已经听完了，应该是有了判断，“看孩子这个情况，我建议你们住院吧。他胸腔里的锣音这么明显，应该是肺炎。当然，你们也可以先回去观察一下，我开一点药，先吃着。明天早上过来做一个X光透视，再看要不要住院。”

宁悦想都没想，斩钉截铁地说：“不用了，我们现在就住院。”

大夫叫护士进来，带着宁悦和孩子来到三楼的住院部。这里的病房都是带窗户的单间，除了孩子的护栏床和电视，还有独立卫生间，和一张折叠沙发，方便照顾孩子的人留宿。胡子渊是这家医院的会员，病房自动升级到VIP。VIP房间设备都一样，只是面积比别的房间稍大一些，窗户外面就是公园。

宁悦这一晚各种担心害怕，但身处这样一个房间，面对温柔的护士，也不由得放下心来。值班护士拿来几张纸，让宁悦签字，剩下的手续等到出院的时候再办。不多时，护士拿着药和器械进来，“需要做皮试，孩子可能会疼。”

宁悦轻轻拍醒胡子渊，低声地告诉他医生要给小精灵送武器，这是一场战斗，疼一点没关系的。小精灵还有牺牲的呢！

胡子渊赶忙说：“我不哭！我要送好多武器，打死小细菌，让小精灵少死一点。”说着配合地伸出了手臂。

皮试的结果不错，胡子渊快睡着的时候又挨了一下，在手腕上做了留置针。挂好输液瓶的工夫，小朋友已经睡着了。

护士把两个小塑料盒递给宁悦：“明天早上会有人过来抽血和取痰检查，这是尿液和大便的，您到时候记得给他留好。您登记的是提供餐饮的，早饭会在八点送过来。大夫早上有个巡房，您有什么事都可以跟他讲……”

护士细细地嘱咐一遍，看宁悦一一记下，又帮着宁悦打开折叠沙发，拆成一张和病床同样高的单人床，帮宁悦挪到胡子渊的床边，并从柜子里取出被褥后才悄然离开。

宁悦拉过来一把凳子，在胡子渊床边坐了半晌，才长长地出了一口气。伸手摸了摸胡子渊的头，习惯性地摸到床头，却没找到耳温枪，才想起这里不是自己家的床。又等了一会儿，宁悦拨通了婆婆的电话。电话很快被接了起来，显然老太太也没睡。简单地汇报了一下经过，拦住老太太让她明早再来，并嘱咐她需要带的东西，才挂了电话。

宁悦挂了电话，突然觉得有点不对劲。仔细琢磨了一会儿，才想起婆婆居然绝口不提胡成！这可不是她的风格，除非她知道什么了？

胡成妈和胡成爸虽然有这样那样的缺点，但是从平常表现来看，貌似对破坏人家庭的第三者是零容忍的，对那些背叛的丈夫们也是挞伐有加！

不过，宁悦看着黑黝黝的窗外，当那个男人变成他们的儿子的时候，还会一样吗？从这通电话来看，基本上已经知道答案了……

犹豫了一下，宁悦拨通了胡成的电话。

电话一声声响着，抬头看表，指针指向了半夜两点半。胡成今夜在哪里？睡了吗？宁悦不由自主地想着。她不担心胡成的电话关机，因为他是那么谨慎的一个人，晚上一定会充电开机——除非他自己关机。

“喂？”女人的声音，宁悦本能的认定是田秋子。

“我找胡成。”宁悦的声音很平静，就好像半夜有个女人替自己老公接电话这件事根本没发生一样，又好像胡成只是一个普通人，不是她的男人。

电话那头沉默了一下，“他睡了。”

“那麻烦你告诉他，他儿子生病住院了。”说完，宁悦挂断了电话。原来她还是生气了，否则怎么也该说是什么病，住在哪所医院。宁悦自嘲的总结。

宁悦又给秦灿和何宽分别发了短信，说明情况，同时把手里的工作交代清楚。她特意向秦灿讲明，头几天可能没时间处理工作，后面孩子好转后会立即处理。然而，宁悦也知道，即使如此，在老板眼里，自己这样做也已经很不负责任了！

手机一直没响。

凌晨四点，胡成打来电话："子渊什么病？在哪里住院？我这就过去。"

"肺炎，要等早上医生做完透视再确定一下。你不用过来了，明早九点以后才允许家属探望。"

"呃……我喝多了，没听到电话。"

"回头再说吧。我累了。"

宁悦挂了电话，愣愣地想："如果他还想骗自己，那一切应该还可以将就吧？她只是想要一个婚姻，不求爱情了。"

她缓缓躺下，静静地看着天花板，一口气没喘出一半，门开了，护士进来为胡子渊量体温。

宁悦撑着坐起来问多少度，护士告诉她 38.6 度。然后小声解释，输的液里有退烧的成分，不用再单吃药，让宁悦放心，早上换班前她还会再进来一次，宁悦不用起来。

护士轻手轻脚地关上门。走廊里的灯光，隔着门上的磨砂玻璃透射进来，铺了满满一地。宁悦闭上眼，刚喘出剩下的半口气，就感觉像被人当头打了一闷棍，迅速沉入了黑暗！

宁悦睁开眼的时候有点恍惚，然后几乎是跳下了床。她走到孩子床边。胡子渊还在熟睡，脸上的潮红退了不少，伸手摸摸，额头好像还有点热。但比起昨晚的滚烫，已经凉了许多。宁悦这才松了口气。想起自己居然睡得那么沉，万一有事自己不知道，又后怕起来。

正想着，护士推门进来，又到了测体温的时间。护士动作轻柔，胡子渊舒服地翻了个身，宁悦才意识到孩子手上的输液管已经撤掉了。

护士笑着说："昨晚看你太累了，就没叫你。输液结束后我把管子撤了，这个留置针里面是软针，不碍事，平时小心一点就好。不舒服告诉我们，可以调。

宁悦笑着低声说了谢谢，本想找护士借点东西，想了想还是等婆婆算了。

八点钟，有人准时送来早饭。白粥，鸡蛋，做成小猪形状的馒头，清水加盐煮过的碎青菜，病号饭十分清淡，然而仍可见用心处。

胡子渊醒过来，依旧蔫蔫的，哄着劝着，喝了点粥就算了。剩下的，宁悦一口气全倒进自己的肚子里。八点半，值班大夫过来交班。几个大夫围着病床问了问情况，又听了听胸腔。还没做透视，已经统一认定是肺炎了。只是哪种原因引起的，这要等化验结果。

九点，公公婆婆还有胡成涌进房间。小床并不大，三个大人围了个满满当当。宁悦走到一边，把婆婆带来的包打开，孩子的衣服零食玩具体温计一应俱全，宁悦嘱咐没嘱咐的，全带上了。

“妈？我的笔记本呢？”宁悦找了个遍，没看到自己的电脑。

婆婆扭头皱眉：“沉甸甸的，你又得照顾孩子，带那个没用！”

宁悦噎了一下，什么都没说。拿起胡子渊的衣服准备收好，看到胡成正若有所思地看着自己，迎上她的目光，却飞快地躲开了！

把东西收到柜子里，分门别类地放好。零食则放回包里，让婆婆带回家。婆婆自然不乐意，强调孩子没胃口，这是开胃用的。正好护士在给胡子渊准备做雾化，插嘴说小孩子病着肠胃本来就弱，少吃点正好减轻负担，不需要开胃。那个零食里太多添加剂，正常都不要吃。婆婆这才没话。

宁悦在一边安静地站着，等到护士走了，检查一下胡子渊戴在脸上的雾化面具并无不妥之后，才转身问婆婆：“妈，我让您帮我带的卫生巾呢？”

婆婆愣了一下，说道：“你跟我说了吗？”

宁悦说：“我说了啊！”

婆婆说：“东西是你爸收拾的，我收拾了孩子的就忙着做饭去了。”

宁悦一时无语，难道自己还要去问公公有没有带卫生巾吗？

雾化声音大，坐在床边逗孩子的公公并没有听清宁悦和婆婆的对话。可胡成听见了，连忙走过来说：“缺什么？我去买。”

宁悦说了一下牌子，胡成要出去。婆婆拽住他：“你好不容易回来，不陪陪孩子，出去干什么？”

宁悦只好站起来自己去买。走到电梯口，胡成突然从后面追出来，喊住她：“快回去，子渊没看到你哭了。”

宁悦又返回去。胡成伸手想拽住她说点什么，却拽了一个空。宁悦像一条水底的鱼，没看到水面起波纹，已经换了位置，从掌心溜走。

先前的喧闹过去，雾化后等护士拍背，婆婆又心疼拍得力气大，担心孩子的肋骨。宁悦不想解释，胡成连忙咨询护士。护士固然很耐心，但最后也对胡成说："我们本来就是帮助孩子康复的，不会害孩子。"

宁悦的电话响了，是秦灿打来的。问了问孩子的病情，让宁悦好好照顾孩子，工作暂时交给钟天明处理。

挂了电话，胡成问谁来的？宁悦说是领导，连秦灿的本名都懒得告诉。一屋子大人，各个都瞅着孩子，彼此间就像隔了一堵墙，谁也看不见谁！

胡子渊又睡着了。虽然热度已经退下来，但还是维持在 38.5° 之上，身体的疲劳可想而知。这昏天黑地地睡，也是另外一种康复方式。

大家相对无言，婆婆最后问了句："中午饭吃什么？我给你做了送来。"

宁悦说："不用了，医院的食堂会送过来。"

婆婆说："那是，他们的饭菜都是适合治病的，一定比我做得好。"她心里还记着护士怼她的话。

胡成问："你还去上班吗？"

"已经请假了。"

"几天呢？孩子就算出院也得好好恢复。"胡成说得很有道理，但宁悦还没来得及考虑。

宁悦摇摇头，叹道："回头再说吧！先顾着眼下。"她抬起眼，看到胡成方正的下巴和下巴上那道深深的沟纹，到嘴的话随着唾液一起被生生吞进肚里。

她想说昨晚孩子抽搐了，想说自己吓坏了，想说自己快撑不住了，想告诉胡成自己想被抱一下，想从他那里听到一句"你还好吗"，不过没人问起她怎么样，她也不想去求人问。

宁悦念头一起，这个想法便扔到了一边。难道这就是当年妈妈常说的：女人啊，做了母亲，就坚强了。

为母则强。强到根本不在乎自己，不把自己当人吗？

潜　流

几个大人沉默地坐着。胡子渊沉睡着，宁悦坐在床边，时不时用温水手帕擦拭着孩子的额头。体温已经控制住了，这个动作更多的是在排解她心里的不安。

婆婆看不下去："不要老擦！影响孩子睡觉。"

宁悦停了停，一股怨气自胸腹升起。她停下手，却只是站起来换了盆温水，又开始浸湿了手帕，重新敷到孩子额头上。

婆婆看向儿子，寻找支持。胡成伸手压了压母亲，想了想说："爸，妈，要不你们先回去吧。下午等子渊醒了，你们再过来。"

老爷子点头答应着，已经站起身。婆婆还要说什么，被儿子的眼神制止，不情不愿地随着老头子出去了。

宁悦一直保持着原来的姿势，看着儿子睡觉的样子，好像要这样一直到地老天荒。胡成想要说什么，最后还是出门去了。

门被轻轻地关上。宁悦如释重负般松了口气，眨眨眼，泪水再度模糊了视线。她懒得擦了，就这么任它淌着，反正儿子睡了，也没人能看到。

何宽找了半天，才找到这家藏在公园里的妇儿医院。没有看到人山人海，只有漂亮得可以媲美游乐场的候诊区和安静宽敞挂着儿童画的走廊。

听说宁悦背景不简单，看来是真的啊！何宽暗暗想着，一路看着墙上漂亮的儿童油画，羡慕着现在小朋友的幸福，随着护士的引导，来到住院区。

站在门外，深吸一口气，何宽调整了一下表情，抬起手想敲门，又犹豫着收回去。探视病人呢，万一睡觉吵醒了多不好。何宽隔着玻璃向里看，朦朦胧胧，约莫有个人影，轻轻一推，门没锁。推开进去，房间正中一张护栏高高竖起的儿童床，大概是为了挡风，护栏上搭了床单，看不到床上的人。倒是倚在床边，低头看着孩子的宁悦，那么清晰地撞进了眼里。

淡蓝色的毛衣已经融进了房间的背景色里，颀长的脖子歪斜着靠在床头的栏杆上，何宽突然想起折颈的天鹅，勉强凭着枝杈的力量，做最后的挣扎。宁悦被开门声惊动，一抬眼，见到何宽也是一愣。

而何宽看到了宁悦脸上的眼泪。不是两行，是一脸，湿漉漉的，纵横交错的泪痕，在窗户光线的描摹下，有的异常清晰，有的黯然隐晦。

两个人都愣在那里，半晌无声。

最后还是何宽打破了僵局，装作没看到宁悦的泪水，眨眨眼说："没打扰你吧？我来看看。"他举了举手里的果篮。他特意和部门里有孩子的同事打听过，小朋友生病，去探望的送零食都招亲妈恨，特意选了这个果篮。小朋友多吃水果总没错！

宁悦赶紧站起来，背身离凳的功夫，已经擦干了眼泪。她接过果篮，让何宽坐下说话。何宽问了几句孩子的病情，心就沉到底儿了。他还指望宁悦能早点回公司，哪怕不能回公司上班，至少能直接帮他处理完谈判的事。

宁悦知道他的来意。放在过去，要是生病的是自己，除非晕倒了不省人事，否则该开会开会该写文件写文件，一样不会耽误。可现在生病的是孩子，也有人守着孩子的病床处理公务，但是宁悦做不到。

胡子渊睡着了，是她收拾孩子周围杂事的时间。孩子醒了，她要陪着孩子说话，做游戏，读书，不仅是打发无聊的住院时间，更是陪着孩子尽量忘记病魔带来的痛苦。而且，以她现在的心境，也没什么脑子去做那些事。因为她曾经试着打开手机里的邮箱，然而满篇的字符，落在眼底的都是一片空白。无论她如何努力聚集精神，都无法专心处理好哪怕一条词句！

她不会对任何人讲自己的无能为力，所以明知何宽的来意，也只能抱歉地保持沉默。

何宽自然不会强求，想找点别的话说，但作为一只单身狗，他实在问不出关于孩子的什么话，只好讪讪地问：“你还好吧？带孩子挺累的。”

宁悦突然听到这样的一句问候，她的反应居然不是感动，而是哭笑不得的荒谬。人生的魔幻，莫过于我们的想象。凡你所想望的，都不会是你得到的。连自己的反应，都在预料之外！

何宽被宁悦的表情吓了一跳，以为自己做错了什么事，情急之下，顺着话说下去：“我刚才听护士说，孩子半夜烧起来的，你自己抱着进来，她们也吃了一惊。”见宁悦低着头，何宽只好继续说，“我是不是说错什么了？抱歉啊！”

宁悦摇了摇头。何宽却注意到，宁悦眼角有微光一闪，随即隐没。

“还好！习惯就好了。”宁悦说，“谢谢你来。”

“哦，对了”何宽想起一件事，“这个给你。”何宽从兜里掏出一个半圆球，“我买果篮的时候看见的。他们说这是永生花，我瞅着挺漂亮，也不占地方，你随便摆在哪里，养养眼。”心里却有句话没有说出来。

看到这朵花的瞬间，他就想起了宁悦。

一个拳头大的半圆水晶球，里面是一朵蓝色的不知名的花。花开一半，静静地安放在黑丝绒的底座上，花瓣上的金粉一闪一闪的。

“谢谢。”宁悦接过，心头有什么堵着，脱口说道：“孩子生这么多次病，这是第一次有人安慰我呢！”

何宽说：“当妈的最辛苦。小孩子生病就睡觉，啥也不知道，只有当妈的，一分一秒地熬，不容易。”

宁悦微微挑眉，诧异何宽的理解。她当然知道何宽不仅未婚，还没女朋友。

何宽尴尬地笑了：“其实我也是听我妈说的。”

两人相视而笑。想来这几句都是何妈妈平时骂何宽的，何宽记住，拿到这里用了。

何宽是做销售的，聊天的基本功很扎实。只不过宁悦更多的心还是放在孩子身上，多说几句就整个人不在状态。何宽心里叹了口气，这样的宁悦是真没法工作。可是他想了想，觉得还是问问宁悦的意见比较好：“阎律师已经签字了，但是她希望有机会大家在一起能聊一聊。”

宁悦“哦”了一声，看何宽眼巴巴的样子，奇怪地问：“不是已经签字了吗？还有什么好聊的？”

何宽苦着脸：“这个项目只是我们进场的一个开头，实际上他们集团下面还有一个全国布点的网络需求，那才是我们跟进的重点。”

“你是说她还会在下一个项目难为咱们？”

“这不是Q1到底儿了吗？头又催着我们补业绩呢。那个大项目如果有个说法，这个季度就可以交代了。所以，头说好歹签个框架。”

“框架协议啊？不是有模版吗？或者拿他们的也行。”宁悦淡淡地说，“框架而已，很为难吗？”

何宽点头：“阎律师拿出来的框架协议改得太多，钟律师和我们头儿过了之后觉得要让罗总看一下，结果罗总不同意。”

“那就让他们法务的去谈。”跟秦灿工作的时间长了，即使说话也有种跟集团分家的感觉。

“罗总说还得咱们这边自己做。然后钟律师去跟阎律师谈，两人谈了半个小时，拍了十五分钟的桌子。”何宽叹着气说完。

宁悦想起阎慧的样子，不觉莞尔，阎慧的确有把人气疯的本事。

“阎律师说了，要谈就让您去，别人她不理！”何宽已经知道宁悦不可能这样做，但还是说了出来。

宁悦摇了摇头。这个阎慧难道还记着自己将她一军的仇？

“她知道我请假了？”宁悦看看表，从昨晚半夜到现在，不过半个工作日，阎慧应该不是故意推脱。

“不知道。钟律师都是开会回来才知道。”

宁悦深吸了一口气，自嘲一笑：“这个，还真是我的荣幸啊！不过，你看，我是真的不能参加。”她皱眉看了看熟睡的孩子，心里有些动摇。说不定能看一下文件呢？随即否定了自己。已经没那个心气了，何必再勉强？法务部不是还有秦灿吗？别人再搞不定，他也一定行的。

于是，宁悦说："我真的不行。不瞒你说，昨晚睡前孩子就跟我说过不舒服。我忙着自己的事，只是敷衍了他一下。本来想着睡前量一下体温，可真是太累了。所以直接躺床上睡着了。若不是半夜突然惊醒，我都不知道现在会是什么样子！我不敢想，真的后怕！所以，抱歉，我做不了任何除了照顾孩子之外的事情。我不想再有哪怕一丁点的疏忽，那都是我承受不起的！"顿了顿，宁悦又补充了一句，"我给阎慧打个电话吧。"

何宽松了口气："了解。公司里我来讲。"何宽怎么会看不出来阎慧对宁悦有怨气呢？宁悦肯主动去解这个结，省了他不知道多少麻烦！

送走何宽，护士就进来了。宁悦赶紧去看输液的小瓶，只滴了半瓶。护士量了下体温，低声说："降了点。"宁悦已经用耳温枪测过，欣慰地点点头。护士说："正常的话明天就能退了。今天注意观察。"

跟在护士身后的是一位行政人员，拿着昨天的账单让宁悦签字。宁悦扫了一眼，多是看不懂的各种检查和复杂的药品名称，中英对照，一大片。倒是最后的那个数字，清晰的扎眼。

签完字，屋里又恢复了宁静。宁悦绷紧的神经就像一步步从山尖上走下来，现在基本上已经来到半山腰了。然后，她才想起一个刚才被忽略的问题：她和胡成都没提昨天晚上接电话的女人。

他们不提，有人提。

昨晚不止一个人给胡成打电话，也不是每个人都能镇静得像宁悦一样把事情说清楚。比如胡子渊的爷爷，确定自己打的的确是儿子的手机后，听着听筒那边传过来的女声，愣了一下，就把电话挂了。

从医院出来，老两口坚持要在菜市场下车。看着胡成的车远去，老两口一边逛菜市场，一边聊天。说着说着，就提到了那个接电话的人。

"你说，会是谁呢？"胡成妈好奇地问，"胡成怎么就找上她呢？嗯，十有八九是倒贴的！"

胡成爸沉默不语，低着头从各种菜摊前走过，好半天才抬起头，对自己老婆说："我听说，胡成在宁悦坐月子的时候在外面有人。"

胡成妈一瞪眼："外面人？咱家的事儿，外面人咋知道？"

胡成爸一瞪眼："这么说你是知道的！若要人不知除非己莫为！"

"一定是那个保姆说的！"胡成妈恨恨不已，"我一开始看她就不顺眼，要不是宁悦拦着——"

"你少说两句吧！"胡成爸铁青着脸，"要不是你纵容胡成，他现在也不至于这样！"

"他怎样了！他怎样了，你说清楚！孩子好了，就是你们老胡家基因好，孩子不好了，就是我教得不好。你哪儿来那么多便宜！"

老两口站在菜摊前吵起来了，卖菜老乡过来劝解，胡成爸刹住口，气哼哼地走出了菜市场。胡成妈有心跟上去，又拉不下脸。干脆三步并作两步，抢到胡成爸的前面，气哼哼地往家走。

走到路口，她停下来，胡成爸走到她旁边，叹了口气："走吧！都这个地步了，我们吵这些也没用。"

两人并肩而行，一改刚才的剑拔弩张，都换了忧心忡忡的表情。两人互相看了一眼，都明白各自的心思，却都因无解，而长叹摇头。

胡成妈说："上次，吵得那么凶，不也最后没事了吗！"

胡成爸白了老婆一眼："那是第一次，这是第二次！"想了想又小声说了一句，"谁知道这是第几次！"

胡成妈耳朵灵，斜了丈夫一眼："你倒是有经验！"

无关的话没人理会，胡成妈自己生了会儿气，心思又转了回来："他们不会……离吧？"

胡成爸摇头："说不好。这个宁悦心里有主意。我们现在能做的，就是抓住胡子渊。一来呢，她毕竟是豆豆的亲妈，为了孩子总有转圜的余地。二来，实在到了最坏的时候，留下豆豆，她爱走就走吧！"

胡成妈点点头："就是！天下女人多的是，她一个贪污犯的女儿，天天傲气的跟什么似的！"

胡成爸蓦地站住，怒视媳妇："还有你！你这张破嘴，能不能少说两句！天天抱怨别人看不见你干的活，你少说两句，谁不记得你辛苦！"胡成爸气得疾走两步，又转身教训老婆，"你也对宁悦好点。人家嫁到咱们家，就是咱家的人。你不疼她，不向着她，难道让她找别人去！说实话，若是你们婆媳少折腾点，胡成也不至于懒得回家！"

胡成妈怒了，"姓胡的我告诉你，当年你妈要是有我现在对宁悦一半好，我都不至于和她吵。月子还没出就让我自己洗衣服，害得我这双手到现在一到冬天就疼的抽筋。你个死没良心的跑到外面嫖娼被警察抓了，还是我把你领回来的！你妈除了打麻将……"

"够了！"胡成爸打住老婆的絮叨，"当年的事咱们谁都不提了。就说现在，你我都得有个心理准备。向着好的方向努力，但是坏的结果也有准备。"

胡成妈还在生气，嘴巴一撇，扔下老头子，自己迈开大步走了。

胡家父母吵架的时候，宁悦趁着孩子睡着了，在走廊里打电话。

阎慧接了电话，听说宁悦因为孩子病了请假就不再接手这个项目，沉默了一会儿，才说："宁律师，其实您不应该上班。您这种工作态度不仅对同事不负责任，对客户也有很不好的影响。我这人说话直接，您的工作能力很强。这次我本来是想直接和您见面，希望您能来我们这里的。但是，您这种随意请假的态度，太令我意外了。我周围有很多家里有孩子的妈妈在上班，孩子生病也可以处理文件，甚至出差。您这样撒手不管，我实在无法理解。"

宁悦苦笑，孩子生病哪里是计划得了的事情啊！

阎慧继续说："我认为您还没有做好工作的准备，但是如果您已经做好准备了，我依然希望您能到我们公司来试试。待遇和薪水都好谈，您的能力有目共睹。"

宁悦摇头道："谢谢了。我想薪水和待遇都不是我目前考虑的。"她顿了顿，终究有些不吐不快，"很多事不是非要做好准备才能开始做，赶鸭子上架才是选择的常态，所以才会有人幸运有人倒霉。我知道我的工作状态比起一般情况来说，差了很多。但是幸运的是，我的老板能够接纳这些，我的同事也给我空间。这些比职位和薪水对我来说更重要。"

阎慧似乎不太赞同，“啧”了一声，礼貌了中断了这个话题，挂了电话。

宁悦想，她大概失去了一个“飞黄腾达”的机会。

公司请假都有自己的流程。宁悦通过手机上的内部App提交了请假申请，秦灿同意之后，上报人力。人力一般都不会干涉，只是打个卡做个记录，月底计算工资，季末年底计算奖金的时候，作为考量因素。所以，秦灿看到人力的通知时，使劲眨了眨眼睛，又仔细地看了一遍，才确定自己没有看错。

“喂，老邱啊，你们搞什么鬼？我这里正是用人的时候，你怎么还把宁悦给裁了？”

原来，请假的申请虽然批准，可是人力紧跟其后发布了一个裁员名单，宁悦的大名赫然在列。

“公司最近裁员，你也知道的。开源节流嘛！”邱经理在电话那头打哈哈，“再说了，这个名单也不是我们拍脑袋定的，都是各个部门根据本部门的情况送过来的。”

秦灿浓眉一拧：“法务裁了几个？”

“整个集团法务这几年就没裁过人，别的部门意见很大。你们罗总也是不得已吧？”邱经理说的全是好话，秦灿却心头火起。

“能撤吗？”

“这个基本是定的。”邱经理忽然压低声音，很神秘地问，“秦律师，我问过罗总，裁你们部门的人需不需要问你的意见？她说你没用人权。”

秦灿张张嘴，卡在当间。他还真没用人权！顶多是他把需求报上去，总部要确认签字之后，由集团法务部统一报给人力。招来的人怎么用，分到哪里，都不是秦灿说了算。就像一开始，他对宁悦一百个不满意，也只能认下。现在他一万个不想少这个人，也没权利说“不”！

秦灿挂了电话，拿起风衣，冲了出去。

钟天明被关门声吓了一跳，从案卷中抬起头，正好看到潘洁从外面进来：“怎么了？谁又惹着他了？”

潘洁撇撇嘴：“除了罗总还能有谁？”

钱律师这两天被抓回来处理文件，每天都愁眉苦脸。天天回家听老婆念叨，他迫切需要出差缓解一下压力。这会儿也八卦地停工问道："罗雅婷？怎么惹着他了？"

"这个季度裁员名单下来了，宁悦在名单上。"

"一个行政，至于吗？"钱律师总不在办公室，很多事情不明白。

"是谁无所谓，关键是谁决定的！"钟天明解释，"我听说整个集团法务就裁了一个，搞半天是她啊！吓得我这两天一直琢磨要不要投简历呢！"

潘洁走回自己的座位，意味深长地说："要真裁的是你，说不定头儿还懒得管呢！"

钟天明做一脸纯真样看着潘洁，被潘洁一巴掌扇回去。

钱律师多精明啊，多年的诉讼生涯练就了一副灵敏的听话本领，"啥意思？宁悦不是结婚还有孩子吗？再说了，她俩差那么多……"钱律师突然打断，"不是说小钟你喜欢宁悦吗？"

钟天明晕了："什么啊？你们都在说什么呢？"然后急急站起来，对潘洁举起三根手指，"我发誓我从来没招惹过别的女人！我就招惹一个！"

潘洁拍掉他的手，"办公室呢，正经点！你招惹谁下班随便，上班就老老实实把几个分公司子公司的汇总分析做出来！明天给我！"

潘洁坐在自己位子上，拖着腮帮子，看着电脑发呆。秦灿和宁悦？她也不想相信，可是秦灿看宁悦的眼神和态度，就是不对！换了个只手，潘洁又想起一件事，宁悦的老公，和那个叫田秋了的投行女，到底是什么关系？这时候，钟天明已经跟钱律师掰扯清楚自己和宁悦之间的绯闻究竟是怎么回事了。他站起来巴着潘洁的工位栏说："小洁，你可得帮我想想办法，人家的名誉就这么毁啦！"

一块擦脸的海绵飞了出来，钟天明敏捷地接住，正色道："你不觉得奇怪吗？这事儿怎么一下子就传得那么快呢？"

潘洁也像突然想起来似的："是啊，挺奇怪的。你们记得宁悦是怎么来的吗？根本没经过招聘，上面直接塞进来了！而且，人力那边打了招呼，请假上下班都可以通融。说明宁悦有门子啊。而且，上次秦主任要开掉宁悦，就那么寸的有部门过来跟罗总打招呼要人。平时罗总也不是特别注意下面情况的人。我打赌她一定不知道咱们部门有个人叫钟天明，但她怎么就单单注意到宁悦呢？”

钟天明和钱律师互相看了一眼，对潘洁的话深以为然。

秦灿的部门虽然是分公司，但和总公司在一栋大楼里。他们在14层，而罗雅婷率领的集团法务中心则在风景优美的18层。从19层往上，就是大领导们的办公室，电梯都开专属的那种。

罗雅婷虽然也号称副总，但和那些有实权的副总相比还是弱了不少，充其量也就是一个军师的角色，还是别人爱答不理的那种。

秦灿一路卷上18层，直接敲开了罗雅婷的办公室。罗雅婷的秘书拦不住，跟在后面一溜小跑着追进来。罗雅婷正在打电话，摆了摆手，让秘书先回去，接着又示意秦灿坐下。

秦灿也不坐，直通通地站在桌前，等着她讲电话。

罗雅婷也不介意，很快收了线，笑眯眯地问秦灿所为何来？

罗雅婷其实长得不仅不丑，还很美。她的美是那种有棱角的，向外发散的中性美。虽然气质这东西不好说，但有的人的确扔到人堆里找不出来，有的人则能在万千之中卓然而立。罗雅婷就是后者。

可惜，这种锋芒毕露的美不是秦灿的菜，甚至他很不喜欢这种美。所谓甲之蜜糖乙之砒霜，别人看着迷人，秦灿只觉得刺眼。王八找绿豆，审美这东西真的是因人而异。当初想撮合他俩的人在放弃之后都很惋惜，秦灿却觉得许多人瞎了眼。至于罗雅婷……

传说，有一次罗雅婷喝多了，和朋友聊天，提到过秦灿:“世上有一种男人，在家给他妈当儿子，娶媳妇给他老婆当儿子，还美其名曰男主外。对这种男人来说，新娘的含义，就是新认的娘！他妈把她儿子过继给我了，我就是他的新妈！这种男人，本质上就是自私自我到极点，连亲妈都不会体贴的人！”

也不知道这话怎么就传到秦灿耳朵里，当时秦灿是没动静，但从那之后，秦灿原来只是暗地憋着劲儿试图掀翻罗雅婷的统治，现在已经变成明目张胆地反叛了。在这种情势下，秦灿的部门在法务中心下属各部中，也一枝独秀，处处与众不同。

秦灿也不客气，三言两语说明来意。

罗雅婷好涵养，什么时候都不着急，还让秘书给秦灿倒了杯水。然后说：“一个小行政而已。人力一定要我出一个名额，可是中心各部哪个闲着？只能开这种行政了。”

这时，罗雅婷的秘书端着茶进来，规规矩矩地放在秦灿面前，正要退下。秦灿忽然一指她：“好啊！她也是行政类，你把她开了，宁悦给我留下！”

罗雅婷再好的脾气，此刻也忍不住眼角一哆嗦。小秘书当然知道他们在说什么，听了这话，吓得忘了自己的本分，站在办公室中间，竟然没出去。罗雅婷提醒她出门时关好门，小秘书才如梦方醒地退了出去。

罗雅婷深吸一口气，凭公而论，秦灿虽然高举不听话的大旗，但是基本没有阴人的动作，工作能力在所有律师中是最出色的。说实话，假以时日，秦灿的能力绝对不是一个小小分公司的法务主任。让他来坐自己的位子，都应该没问题。

不过，罗雅婷可没有让贤的打算，她觉得自己完全可以驾驭秦灿这样的人。闹你就闹去，该干活的时候乖乖干活，任你怎么翻腾，总是跳不出我的手掌心。比如这次的内调，尽管秦灿说了好多怪话，但推进到现在，罗雅婷心里是很满意的。所以，她不愿意和秦灿彻底闹崩，凡事都留着一丝余地。同时，她也清楚，秦灿是恃才自傲的，也只服有实力的人。什么权力、势力、级别，不仅压不住他，还惹得他打心眼儿里瞧不起你。

罗雅婷尽管已经笑不出来，但依然保持淡定的神色，从文件夹里抽出几张纸，扔给秦灿：“秦主任，这是过去半年，中心各部行政人员的出勤记录。像宁悦这样请假的，别说中心了，整个集团她都是独一份。”

秦灿看都不看，冷哼一声：“她家里孩子还小，为了照顾孩子，难免会请假。”然后，他斜眼看着罗雅婷问，“罗律师说整个集团都是独一份，是查了所有人了么？我记得营销中心的王主任孩子也不大，我好几次都找不到她。她的出勤记录怎么样？哦，对了！我忘了，人家那级别，有事儿就办了，不用请假。”秦灿拍拍手，“唉，行政大多是没结婚的小姑娘，假倒是不请，一份工作干不了一年就走人的离职率，您怎么没统计一下？”

罗雅婷不怒反笑，“这些就不劳秦主任操心了。内调已经接近收尾，我很期待你们的工作成果。”

秦灿：“宁悦不能走！”

罗雅婷：“公司自有安排！”

秦灿从没见过这么“不讲理”的罗雅婷，算是尝到了什么叫官大一级压死人，心里厌恶地想吐，却也只能忍着。一推椅子站起来，摔门而去。

如果秦灿就此打住，那他就不是秦灿了。回到自己的办公室，秦灿不甘心地钻进公司的网页里，找着各种相关规定。

这时，潘洁进来了：“秦主任，这是咱们部门这个季度的经费，我整理好了，您看一下，如果可以，我已经发邮件给您，您签字之后就可以报上去了。”

“放这儿。”秦灿忽然顿住，瞅着潘洁手中的一打表格。

潘洁骇然看了看自己手里的东西，难道自己拿的是炸弹?

秦灿笑了：“哼！罗雅婷！咱们骑驴看唱本，走着瞧！”

下午三点多，邱经理伸了个懒腰，揉了揉后背站起来，一抬头看到秦灿笑眯眯地走过来：“秦律师！什么风把您给吹过来了？”

邱经理一向客气，不管对方是老总还是少年，说话总是带着一股哈腰的味道。钟天明背地里都说他上辈子是汉奸，这辈子投胎的时候没摘干净。

秦灿却知道，在这个集团里，多少人干不到五年就走了，干够了十年也留不下，只有这个老邱，集团老总来来去去换了多少届，人力资源的总经理上上下下走了多少人，只有他一个人在这里扎根儿似的留下来。

“您客气了。”秦灿笑着跟邱经理并肩走出办公室，穿过小厅，在人力那一层有一个很大的阳台。上午下午，都有人在那儿抽烟或者晒太阳。开始还有人练瑜伽，后来都被烟味熏跑了。

三点半左右，抽烟的人并不多。秦灿掏出一盒烟，交给邱经理。老邱接过来一看：“哟！软中华！这可不能拿！”

秦灿笑着接过来，自己从里面拿出一支，又给邱焕城点了一支，然后把整盒烟塞给他：“半盒烟，有什么敢不敢的！”

邱焕城是老烟枪了，比这更贵的他也敢收。可是送烟的是秦灿，就好比老母鸡要收下黄鼠狼的月子礼，有心不要，怕激怒了它吃了自己。收了吧，又怕是个套，弄好了让自己跳的。

看邱焕城犹豫，秦灿笑着收回来说："抽烟嘛，不抽算了。"一伸手，把邱焕城嘴里那根也拔出来，"都别抽了！"

"别！"邱焕城赶紧拦住，"小秦你就是气性大。年轻，火气太旺！"说着，抽着的继续吞云吐雾，没抽着的，塞进自己兜里。秦灿说："你裁了我们的人，现在我们部门缺人，你说我怎么办？"

邱焕城嘿嘿直笑，一张脸躲在烟雾中看不清楚。

"我如果把宁悦变成外包，是不是就可以留下？"

邱焕城恍然大悟，原来这小子是琢磨这个，"制度上是没问题。外包人员的去留，部门主任来决定，然后报到人力做个备案就行。不过外包公司必须由人力指定。"

"这个没问题。我听您的，您也不会为难我，不是？"

"那不会。另外，外包人员的费用，需要走部门费用。"邱焕城忧心忡忡地看着秦灿，"你们部门费用好像不是很高吧？"

秦灿咬了咬牙，"先不考虑那个。"

邱焕城知道秦灿和罗雅婷的过节，点点头没多问，紧接着他又想起一件事："对了，很多人是不接受外包聘用的。你得去问问宁悦本人的意见。"

"这有什么不同意的，不都是一样在公司工作吗？"秦灿一脸蒙。

邱焕城稍有些得意，这世上终有你秦大律师不懂的事儿："当然不一样。公司聘用，那是正式员工。外包的，是跟外面的劳务公司签合同，派过来干活，跟公司没关系。这么说吧，举凡公司里发个节礼，搞个活动，涨个工资加个奖金之类的好事儿，跟外包的是没啥关系。但是他们干的活儿一点不少。如果公司出了事，很可能第一个被拎出来顶锅。"

"协警！"秦灿立刻找到类比对象。

前两天的社会新闻，有人去派出所办事儿，和穿警服的吵了一架。报了社会新闻，最后调查结果是穿警服的不是警察，是协警，跟派出所没关系！

邱焕城也看了，点点头："就是临时工。出苦力，背黑锅的。说实在的，上面其实还希望多点外包。但谁傻啊！没人干！"

秦灿这才明白，自己想的这个主意，似乎也不是什么太好的解决办法。

公司里的风风雨雨，对于医院里的宁悦来说，都不是什么大事。

她的日常很简单很烦琐。

从头天晚上开始，每晚醒来三四次，配合护士监测孩子体温变化。早上按照护士要求监督孩子做各项检测吃药输液雾化按摩。医生查房的时候准确地回答医生的问题，有什么问题也要在这个时候赶紧提出来，比如孩子身上突然出现小红点之类的。输液的时候安排各种适合的游戏，帮助孩子打发时间稳定好情绪，尽量不看电视不玩儿游戏。婆婆来看孙子的时候，宁悦可以趁机整理一下个人卫生，但第一次洗完澡后，婆婆抱怨耽误她回家做饭的时间了，宁悦就再也不洗澡了。午饭后还要输液，宁悦又要绞尽脑汁陪孩子玩儿。

公公婆婆年纪大了，午睡到四点，加上晚饭，下午基本就不过来了，宁悦会偷点懒让孩子玩儿会电脑，自己发会儿呆或者看点书。胡成通常会在四点半之后过来，停留到晚饭后，主要是陪孩子玩。宁悦这段时间主要是安排好孩子吃饭，饭前便后洗手漱口剔牙收拾屋子去除味道，再加上洗洗涮涮，基本上不得闲，如果有空，也只够吃完自己的饭。

胡成走后，母子晚上玩儿会游戏就是睡觉时间，这期间还要雾化拍背吃各种药。等到胡子渊睡着了，宁悦悄悄从床上爬起来，摸摸孩子额头。确定没有变化后，悄悄打亮卫生间的灯，拿着手机或书钻进去，掩好门才能长长的嘘一口气，享受一天中不多的自由时间。

知道为什么女人都要求家里的卫生间必须干净整齐吗？因为那是妈妈们每天可以获得心灵放松的地方！

说来也荒谬，宁悦和胡成明明是夫妻，但平时一个月见面的时间加起来都不如孩子生病这段时间长。即使见了面，竟有相见不如不见的感慨。彼此你看我我看你，尴尬得还不如陌生人！胡成除了陪孩子也只有玩手机了。不过，胡子渊一看他玩手机就要跟着玩，来回几次，胡成就自觉地放弃了。

宁悦看在眼里，默默地给胡成在父亲那一栏里加了一分。凭着这一分，她又有了问一下那个接电话的女人是怎么回事的冲动。不过既然是冲动，按捺一下也就过去了。宁悦心里很清楚，对她来说，是谁并不重要，重要的是问过之后自己该怎么办？胡成早已出轨成性，他并不介意被“捉奸”，所凭仗的也不过是“维持这个家”罢了！

胡子渊一病，似乎逼出宁悦性格中的那个“小”来。发呆的时候，她也会想自己是不是太懒太虚荣了？为了眼前的舒适，居然忍受一个人渣反复的欺骗，居然拿自己的爱情去换现在的富贵悠闲！明明是拿着结婚证的合法夫妻，日子却过得小心翼翼，好似见不得光的第三者！

“为了孩子，暂且忍一忍吧！”这是她的借口，还是她真的否定了自己？

宁悦不知道。

在答案出来之前，她不想莽撞地激怒胡成，更不想打破这个家的平衡。那么，暂时还是不问吧！田秋子也好，田春子也罢，只当是屋外刮过的风暴。我关好门，生起火，自个儿温暖好自个儿就成！宁悦望着又一次睡着的孩子，从那恬静如天使的睡颜中吸收撑下去的力量！

偶尔胡成也会问问宁悦如何照顾孩子的。

听说宁悦晚上要起来若干次给孩子量体温或者配合护士监测体温，就让她不要起，交给护士去做就好，更口气强硬地说：“你这样做咱们交的钱都白文了。”宁悦自己明白：不管护士来与不来，她每隔两三个小时，总会从梦中醒来，然后反射性地摸摸孩子。不然她不能入睡。胡成听了宁悦的解释，浓眉蹙了一下，有些不悦地说：“那我就没办法了。你要我怎么办呢？”

每逢这个时候，宁悦都有种把话聊死的绝望：我真不需要你来告诉我怎么办？我只是想说一说！找个“人”说一说！

不过她也不是小女孩，玻璃心的念头一闪而过，转眼安慰自己：若他不是维护自己，何必想什么解决办法？装聋作哑岂不更好！

可是，这念头不过是更折磨自己。她不喜欢这样。不是不喜欢胡成的温柔，不是不喜欢胡成的爱护，她只是受不了随着这些温柔和爱护一起来的痛苦。她所有的坚强，经年累积起来的坚强，为了掩埋这些痛苦已经变成一座高高的大山。经得起风摧日晒，受得了天崩地裂，唯独不能承受胡成哪怕一丝回护！

只需要一点点温柔，就可以把大山胸腹之中的火焰点燃。那是地狱之火，从地心深处，从山腹之中，从深渊之地喷涌而出，迅速摧毁所有的一切！宁悦所有的坚强都挡不住这把火，因为这是她之所为为人，之所以为女人的火！

她的欲望，她的感情，她的本能，都在这火里！

一次之后，宁悦愈发小心地维持着与胡成的距离。沉默和固定的微笑，成了宁悦的标志。胡成并不傻，感觉好像又回到家里，又看到那个甘心躲在阴影里的宁悦。

胡成很不喜欢这样的宁悦，那种疏离和客气让他火冒三丈，却又发不出来。他不明白自己对宁悦这么好，她为什么好像总跟自己保持距离？难道她知道什么？不！胡成相信以宁悦的傲气，知道这些事后，一定会和自己立即翻脸！

胡子渊住院的第四天，胡成没来。宁悦去药房给胡子渊买口罩，方便他在病房的走廊里略微走动一下。看到药房里放了台体重计，上去一量，居然瘦了三斤。

而胡成则宿在田秋子那里。

田秋子告诉他，宁悦在公司的裁员名单上。说到陈总很给自己面子，所求之事无不竭力应允时，那双细长多情的丹凤眼斜瞟了一下胡成。胡成看得很清楚，知道自己本该问一句为什么，可他现在并不关心。

“哦。是吗？”胡成应了一句，只要不让他还钱，说什么都无所谓。

他觉得有点无聊。家里有个无情无趣的妻子，眼前的情人又太过聪明。在征服这些女人之后，他发现她们并没有自己想象的那样优秀，那样美好，总是有着这样那样的缺点，让人索然无味。

胡成的沉默让田秋子有点恼火，脱口说道：“陈总那笔钱，多少得给他些甜头。不然怕是放不长久。”

胡成看了田秋子一眼，似笑非笑地说：“行啊！你说给多少就给多少。直接找会计要就好了。”

田秋子瞬间想起自己前不久去胡成公司，会计听说要钱就一脸哭相，说现在赔得厉害，投资人的钱都快烧光了，还求着田秋子再多找些投资来！

没钱的时候才记得我！田秋子不介意没钱还，反正也不是她的钱。不过，她有一种不太妙的预感，隐隐约约觉得自己好像忘了什么。这让她再看到胡成的时候，说话的时候都有些迟疑。此刻，听胡成推脱，反而试探着说：“陈总的钱终究是不太一样。当初也是你急用，才临时拿过来垫一下。我知道你现在经营得辛苦，不过如果你能和乐总合作，陈总那里也可以周转开许多。”

拿了乐总投资的钱，还陈总贷给他的款。唔，还得加利息！胡成心里不快，就算我拉了投资，干吗要去还你的人情！高利贷也是你找的，要还你还，跟我没关系！不过，他知道这些话只能激怒田秋子和她背后的贷款人，而现在他还需要这笔钱。

胡成笑了笑，别有所指：“有你在，陈总那里自然可以周转开。”伸手揽住田秋子，亲昵地点了点她的鼻子。

不过一个情人的亲密动作，便可以化开女人心头的万年寒冰。胡成胸有成竹，而田秋子也没出他所料，柔柔地趴进他的怀里，嘻嘻笑着，索取更多的温柔。胡成顺势而为，只是缠绵了一会儿便觉得索然无味，推开田秋子，找了个借口，打算应付两句就离开了。

田秋子感受到胡成微妙的变化，忽然想起宁悦那句“你不是最后一个”，心里不由得一激灵：从来旧爱不如新欢，难道自己在胡成心目中，已经和宁悦那个黄脸婆一样了吗？宁悦还有一个妻子的身份和一个孩子，自己呢！

田秋子摸摸肚子，那个曾经有过的念头，变得更加强烈。

田秋子也跟着站起来，却来到酒柜边，一转身递给胡成一杯红酒，顺势拦住他。轻轻一推，胡成已经坐进了窗边沙发上。田秋子跪坐在胡成脚边，微微仰头，无比卑微却又无比虔诚地说：“成哥，你认识我不过五年，但是我认识你已经八年了。”

胡成一愣。

田秋子继续说：“八年前，我毕业刚到这个城市，没有任何根基，什么业务都做不成。那时候公司要辞退我，房东要赶我走，我家里也……总之，我糟糕的似乎没什么退路。然后我遇到了你，在酒吧里。你陪着我喝酒，告诉我就算做不成业务被辞退了，也没什么大不了。经历本身就是财富。你说，不是每个篮球都要投进篮筐才有意义，球在天空飞行的弧度本身就是一种意义。我记下了。后来我换了工作，搬进地下室，接受一切再重新开始。”

胡成笑：“我还有这么诗意的时候？我以为我怎么着也得把你从辞退的危机中解救出来，给你个大单之类的，才值得你记这么久吧？”

田秋子抬起头，正色道：“一个大单只能救我一时，能救我一世吗？我的工作终究要靠自己才能做下去。但是，如果没有你那句话，我顺着自己的牛角尖走，人生的终点就在我走出酒吧的时候。”

胡成看着一本正经的田秋子，也不由严肃起来：“真的？我的确去过你说的那个酒吧，但我真的不记得遇到你，而且说过这些话。”

田秋子笑了，人也放松下来：“你是酒后醉话，我是生死抉择。当然你不记得，我却终生难忘。”

田秋子轻舒玉臂，柔柔地挂在胡成的脖子上，美目含情却异常坚定地注视着胡成，不含任何诱导意义的吻印在胡成的眉间。

胡成只觉得眉心润润的，然后耳边有呢喃缠绵：“谢谢！”

多少不尽之意，多少缱绻柔情，都随着这声“谢谢”落入耳膜，轻轻弹奏，慢慢回荡……胡成只觉得一股英雄豪气蓦然而生，紧接着腹下升起一股热流，全身一阵悸动，原本懒洋洋垂在身侧的双臂已如钢筋般箍住田秋子的腰。田秋子轻声“啊”了一句，人已经飞起，随后落入卧室里的那张大床上……

感君一回顾，从此误终身。

一边是春光无限好，一边是独对冷月寒，却各得其所，谁也不羡慕谁。宁悦根本不在乎外面的月亮是圆的还是瘪的，她只关心自己手里的体温计。

“退烧了！”护士低声说，“从下午两点到现在到现在都没烧，应该没事了。”

“谢谢！”宁悦的嘴角不受控制地往上翘，眼睛涩涩的。好在屋内光线昏暗，免去被人看到的尴尬。

“您好好休息吧。这几天也挺累的。”护士们和宁悦都熟了，柔声劝慰着。

那一夜，宁悦真真正正地睡着了。

清　醒

醒来天色大亮，宁悦隔着护栏看着躺在小床上呼呼大睡的胡子渊，满足地笑了。突然想起凌晨时还有一次监测，自己居然没醒，宁悦的心忽悠一下提到了嗓子眼，手已经本能地探到孩子的额头。

这时，门轻轻地推开，护士长进来。看到宁悦紧张的样子，笑着说："放心吧，不烧了。早上我去测体温，看您睡得不错就没叫您。这几天辛苦了，妈妈也要注意休息，不然哪有体力啊！"

宁悦不好意思地笑了，缩回手站起来接过护士长送来的小药盒。护士长叮嘱了一遍用药，看看孩子，忍不住说："一定要注意自己的休息。现在孩子情况挺好的，能让家里人代替一下就代替一下吧！"

宁悦眼角抽搐，眨了眨眼，笑着敷衍过去。

送走护士长，宁悦转身回来。一抬头，看到窗户上一层浓浓的绿色。曾经被寥寥绿色点缀的窗外，已经覆满葱茏的绿意。层层叠叠的叶子柔和了光线，在鹅黄色的墙壁上铺了一层淡淡的青色，显得清亮温暖。

真舒服！宁悦眨了眨眼，细细地感受光线带来的按摩般的舒适。又有些吃惊地想，原来这里的白天是这么美好，以前都没察觉呢！

喜悦充实着宁悦的内心，她拿起手机，拍了张照片，配图文字只有三个字：退烧了。

同事都加了微信。秦灿看到宁悦的朋友圈，犹豫着要不要打个电话，或者让她再休息一下？按照公司流程，辞退员工前必须有一次领导谈话。秦灿以这个为由，迟迟不肯在单子上签字。

邱经理自然无所谓，罗雅婷倒有些好奇这个宁悦究竟是什么人，值得秦灿如此挽留！找着人问了一下，很快就知道宁悦和阎慧的谈判以及宁悦搭手帮忙处理的一些细务。

罗雅婷最近因为框架协议的事情，一直和阎慧打交道。

阎慧的公司很有意思，产品线比较单一但营业额很高，公司里的工程人员比销售员要多。老板原来是五个合伙人，几轮融资下来只剩下一个人了。股权结构变化多，历史比较复杂。

最后留下的这个老板姓陈，名公哲，是当年的五个创始合伙人之一。面白微胖，好在个子高一点，形象上不太差。脖子上的那颗球表象一般，内部配置却是顶级。天才少年班毕业，14 岁孤身去海外留学，毕业证还没拿到，就拿着自己的技术出来创业，年纪轻轻已经是世俗眼中的成功者。在公司的内部斗争中一度被人 PK 掉，于是挥挥衣袖回学校把学业完成。论文答辩完的第二天，自己的新公司开了张，然后向原来的公司宣战。一场知识产权的官司打得天昏地暗，逼得原公司不得不出手买下自己的新公司，重新进入管理层，最后赢得了对整个公司的绝对控制。

这样年轻但经历丰富的人，无疑对自己的人生和事业都有强烈的控制欲。当年股权变动的彻骨之痛使他产生了人多办不了事儿的观念，尤其看不惯所谓的管理部门。在他看来，这类部门都是内斗的源头，越少越好。所以只要公司业绩稍不满意，就拿管理部门砍人来缓解情绪。

原本人就少的法务部，最后只剩下三个人。他尤其不能理解，外面律师能做的事为什么一定要在公司内部弄个“法务部”！后来他发现，外聘的律师无人监督光拿钱不干活，自己也不能像初创时那样天天跟律师混，所以，法务部还是有必要的！这才给阎慧留了两个人：一个助理，一个律师。

事无巨细，阎慧啥都得管。

对上罗雅婷所在集团这样的巨无霸，上到法律总顾，下到法务助理，都能接触上。搁一般人都受不了，幸好碰上阎慧这种狂人，稍稍要求提了点工资，就乐颠颠地干活去了。

罗雅婷觉得，阎慧和秦灿就是同一类人。销售中心把情况反映到法务中心的时候，她的第一反应就是丢给秦灿去对付。没想到秦灿忙于内调，居然让一个行政去做。而这个行政做得还不错。

罗雅婷调整了一下姿势，这样的小事还不值得她劳费太多心力去思考。她坐直身子，正准备处理别的事情。忽然有什么东西从脑子里一闪而过……宁悦？好熟的名字！

罗雅婷想起来了，好像不久前销售中心找自己要一个懂法律的部门助理，有人向自己推荐了宁悦。为了确认自己的记忆，罗雅婷又查了一遍邮件，不仅确认了是销售中心点名要的，还确认了在这之前秦灿曾要求开除宁悦。只是自己那时太忙，两封邮件来得太近，漏看了秦灿的而已。

秦灿这样的部门主任，虽然没有用人权，却有辞退本部门员工的权力。像罗雅婷这样的领导，一般是不会干涉主任行使这类权利。所以，秦灿这类邮件，基本上都是抄送通知，罗雅婷时间紧的话就一带而过，甚至不看了。

那么，秦灿后来又要回宁悦了？否则，宁悦怎么还会一直在岗呢？

真有趣啊！罗雅婷摇摇头，这个秦灿，怎么行事如此莽撞！看来还需要再磨炼他。唔，不对，这样的事不值得自己对宁悦这个名字留下印象，一定还涉及吏高级别的人？

罗雅婷总觉得自己还有什么事情没想起来，而且应该是引起过自己的注意。秘书推门进来，和资本管理部开会的时间到了。思路转回到工作上，推开会议室的门，罗雅婷一眼看到坐在会议桌右手第二个位置的采购中心的陈总。

对！就是她！采购中心陈总推荐过来的，说是照顾合作单位的一个领导的朋友，塞进来“闲人”！之所以说是“闲人”，是因为罗雅婷也看到过宁悦的简历：只看超过四十的年纪，七八年没工作的经历，那么之前干过什么就压根不用浪费时间去看。现在各种法规的更新换代相对比较快，七八年足以推翻很多东西。一个和社会隔绝的家庭主妇，又过了黄金学习年龄的人，能做什么？看在合作单位的人情份上，找个旮旯儿塞着，发点钱养着，找个机会再开了就好。

这样的闲人，应该是秦灿这种工作狂人最看不惯的啊！那秦灿这么努力地想留下她，一定不是因为工作的原因！

会议内容基本都是之前确认过的，找大家宣讲一下，并没有什么重要的地方。罗雅婷哼哼哈哈地应付了，走出会议室，看到主管人事和后勤的苗总，又想起一件事：这次自己能想到裁掉宁悦，似乎也有人推动啊！

罗雅婷眉头一沉，一丝恼意笼上心头。不知不觉，做了别人的枪手，不知多少人在背后笑掉大牙！

“苗总，忙吗？”罗雅婷不露声色地迎过去，拦住正要离开的苗崇礼。

苗崇礼戴着个无边高度近视镜，定制的西服穿得一丝不苟。听罗雅婷问，先抬腕看了看手表，才应道：“罗总好，十分钟后有个内部会。”

罗雅婷笑：“我陪您过去，有点事想问您一下。”

苗崇礼点点头，两人并肩走着。

罗雅婷道：“我们法务中心一直处在缺人的状态，所以每次裁员基本都不会参与，这也是公司多少年默认的。怎么今年就一定要我们出一个呢？”

苗崇礼推了推眼镜：“有部门认为，法务中心这样做对他们不公平。而且，他们也有证据证明，法务中心有人并不适合岗位。”

“就是那个经常请假的宁悦吗？”

罗雅婷想起上次让自己出人，自己忙得焦头烂额，说没人的时候，苗崇礼让自己按照出勤率检查一下。自己没有多想，现在看来，人家是有备而来啊！

苗崇礼点点头。

罗雅婷嘴角抖了抖，似笑非笑地说：“我不知道，什么时候我们法务中心一个分公司部门的行政助理，也成了别的部门关心的目标了？我们这个助理，家里有点特殊情况，在不耽误工作的情况下，照顾一下家里，多请两天假，怎么就碍着别人的眼了呢？”

苗崇礼站住，镜片闪闪烁烁，看不清后面的眼神，声音是一如既往的平静：“她的确请假很多。”

罗雅婷气得发抖：“那请苗总查一下，整个集团里每一个成为妈妈的女性员工的实际请假状况。然后以宁悦为标准，全部开除！”

苗崇礼没有说话，等了几秒钟才说：“我会查的，谢谢提醒！但是，你总是要裁一个人。”

裁员的文件已经下发，如果罗雅婷要留下宁悦，要么找个人替，要么找总裁特批，如果以再招的方式重新找回来，那用人名额还要看有没有！

“你！”罗雅婷突然顿住，意识到自己有点意气用事，深吸一口气，“不，我只是不希望下次再出现这种事！”

苗崇礼点点头，转身离开了。

罗雅婷狠狠地看着苗崇礼的背影，这世上能再激怒她的人不多了，苗崇礼算是一个。这个以精确计时方式生活的男人，不仅一直没结婚，连女朋友也没有。

唯一传出的绯闻是和阎慧公司的老板陈公哲。因为他们不仅是斯坦福的同学，还是好朋友。据说当年陈公哲拿出来第二次创业的专利技术其实是苗崇礼的，但苗崇礼就那么拱手让给陈公哲，一分钱都不要地让他拿去报仇了，对此陈公哲不承认也不否认。据朋友圈传出来的消息，苗崇礼说过，看不惯那些小人的行径，让陈公哲去收拾收拾。这一收拾，就收拾出一个亿万富翁来。别人拿着这事问苗崇礼，苗崇礼说：“你可以去查专利登记。”登记人当然是陈公哲，但在登记之前，作为商业秘密，可就不知道是谁了！

在这件事上，一板一眼的苗崇礼却给人多了几分粪土万户侯的逸士之姿，还有些事了拂衣去的侠士之态！不过落在戴粉红眼镜人的眼里，这一切就成了“相爱”且“深爱”的证据，还有鼻子有眼地捏造出“陈攻苗受”的位置！不过当陈公哲饱暖思淫欲，掌握公司大权之后，开始一个接一个地找女朋友，流言世界又多了许多所谓苗崇礼“虐恋情深”的桥段。

流言永远精彩，但止于无所谓者。苗崇礼不听不问不闻，一切也就都是流言而已。

罗雅婷能有今天的成就，可不是一般人。凭着蛛丝马迹发现自己被人推出来当枪使，当然使她恼火，但被苗崇礼那么一晾，不仅没有恼羞成怒，反而冷静下来。本质上，罗雅婷是一个能从别人的行为中发现优点的人。别人看到的是苗崇礼晾她，她看到的却是苗崇礼冷静的就事论事的态度，这就提醒了她，现在她该做什么？

谁把自己当枪使？为什么这么做？自己做错了什么？还是得罪人了？一连串的问题让罗雅婷有些不安，而这一切的一切，都只是因为自己对于背后之人的未知。那么，就先把这个人找出来吧！

这事儿也不是无迹可寻。当初推荐宁悦来的是采购中心的陈总，这次宁悦被开，他那边一点动静都没有，是不是很奇怪？即使私下里已经和所谓客户单位的朋友打过了招呼，那在这之前，还没公布的时候，以陈总的位置是可以先拿到名单，甚至听到风声的，却连吭声都没有，显然有问题。

罗雅婷甚至可以断定，像宁悦这样推荐来的人，人力那边都是挂号的。苗崇礼虽然做事精准，但并非不通人情。相反，罗雅婷一直觉得，苗崇礼只是不屑于人情世故的通俗表达，并不等于他不知道里面的曲曲折折！那么，苗崇礼开除这样的人，肯定要事先向相关人漏口风。那这个陈总，刚才开会时，居然连问都不问自己一句，实在不像他的为人

罗雅婷想了想，把秘书叫过来，如此这般地吩咐了一下，秘书出去了。罗雅婷放松下来，揉了揉后脖颈子，那里汗津津的，有点凉。

中午的时候，婆婆带着做好的饭菜过来看孙子。宁悦有些纳闷，接过饭菜，说道："妈，您不用这么累，医院的配菜挺好的。"

"再好也不如家里做的放心。"婆婆帮着把饭菜从保温桶里拿出来，放到宁悦准备好的小桌上，"其实我前两天就要过来。你爸问过医院的前台，她们建议等到孩子病情稳定一点再来。这不，听说宝宝退烧了，我就赶紧过来了。"

宁悦心里一暖，点点头低声说了句："那就辛苦您啦！"

胡子渊端端正正地坐好，拿起筷子看了看问道："为什么只有我的？妈妈的呢？"

婆婆似乎愣了一下，宁悦赶紧说："你看奶奶做了那么多，你一个人吃

不了的。如果分开装，你让奶奶一个人怎么拿啊？”

“就是就是！”婆婆赶紧应和，“宝贝儿多吃啊！吃多了才能好得快！”

宁悦真想打断她，这个时候吃多了不是找着积食犯病吗！忍了忍，转头去看孩子。心里已经打定了主意，看着孩子吃差不多了就收走碗碟！

宁悦盯着，婆婆也不眨眼地看着。如果不是家里已经定了规矩，老太太真恨不得冲上去拿起勺子一股脑的全塞进胡子渊的嘴里！现在，她习惯性地盯着胡子渊看。菜碟里的菜稍微有些低了就伸手转一下推一下，让孩子吃到的那一面永远是菜码的最高的离嘴最近的。

这时，医院也送来午餐。宁悦一一打开碗碟，还没说话，婆婆已经评论上了：“青菜豆腐，能有什么营养啊？”

“这不是有丸子吗？”宁悦揭开最后一个汤盅，冬瓜丸子汤。冬瓜特意做成细丝，照顾小朋友的小嘴。

婆婆探头看了看：“才这么几颗，够谁吃啊！”

“子渊刚刚退烧，医生嘱咐过，多吃菜少吃肉，清淡为主，汤粥为先。”宁悦顿了顿，看了一眼胡子渊，“吃多了会积食，又要发烧咳嗽了。”

胡子渊身体刚有起色，胃口并不大。被奶奶带来的饮食香气吸引吃了两口，但油腻劲儿冲着，又不大想吃了。听宁悦这样说，虽然不大懂，可妈妈的脸色却是明白的，立刻放下筷子：“我吃饱了。”眨眨眼，续上：“我要喝汤。”眼睛看着冬瓜丸子汤，推开奶奶送到嘴边的排骨汤。

婆婆忍了忍终究没有说话，宁悦不过是转述医生的话没什么可挑剔的。但她心里难受，扭头道：“行吧！不吃算了。”手脚利索地上去收拾。

胡子渊忽然拦住：“奶奶，我妈妈还没吃呢！”

胡成妈一愣，看向宁悦。她的手快，吃剩的饭菜，包括胡子渊嚼不动吐到桌子上的，都已经倒进一个碗里，腻坨坨的一大堆。嘴巴一咧，推到宁悦面前：“对对对，来，宁悦，豆豆给你留的。”

宁悦看着那堆剩菜，差点没吐了。笑了笑，推到婆婆面前：“妈，您不是说为了做饭你也没吃呢吗！你吃不惯外面的菜，这个就留给您吃吧。我吃医院的好了。不然剩下也是浪费。”

胡子渊看看妈妈，又看看奶奶，小嘴张了张，又闭上了。

胡成妈皱眉，立刻变得很愤怒："你让我吃这个菜，这能吃吗！"

宁悦没生气，接过来看了看："哦，我没看见。别吃了。刚才您让我吃，我以为能吃呢。"

胡成妈愣在那里，宁悦没理她，径自抱着碗碟倒入垃圾袋，拿到卫生间收拾了。

不过，老太太习惯了双重做人标准。很快就忘记自己让宁悦吃剩菜的事，带着一颗受伤的心，和胡子渊玩在一起。宁悦在卫生间听着胡子渊甜甜地叫着奶奶，一老一少聊天做游戏，无奈地摇摇头。也不能说老太太虐待她，只能说婆婆心里有好事的时候，是真没想起这个媳妇。宁悦很明白，在婆婆心里，媳妇就是背锅的。婆婆后半生能顺顺当当肆意随心地活到现在，有个可以被她推卸责任的媳妇，来平衡内心的罪恶感是非常重要的。这不是什么大错，更跟人品没关系，落在胡成眼里，简直是理所应当！至于媳妇心里怎么想，有人在乎吗？

洗完收拾好，看胡子渊没有找自己玩儿的意思。宁悦打开手机，坐在一边看消息。她的手机也能收公司邮件，红红的一大堆，好几天的未读邮件。看到何宽发的合同和框架协议都已经签字完成的庆祝邮件，宁悦的心情大好。方才的憋闷去掉了一多半！

看着看着，宁悦的笑容凝固了。然后苦笑一声，又看了一遍那封群发的通知邮件和后面跟着的一封告诉自己如何走流程的通知，抬起了头。看着胡子渊的方向，却没对焦。

被辞退了啊！

全职妈妈，回归职场，怎么这么难？即使走后门，即使有点用，也不能被容忍吗？

宁悦心里翻江倒海，那边胡子渊一喊妈妈，她立刻清醒过来。笑容已经准确地牵起脸上的每一块肌肉，一般人看不出这样笑容和平时有什么区别，至少婆婆是这样认为的。

她告诉宁悦自己要走了，宁悦连忙拿起收拾好的袋子。老太太和孩子玩儿得开心，别的也不计较，高高兴兴地出了门。

宁悦让胡子渊乖乖在屋里玩儿，自己送老太太到电梯。胡成妈多次瞅着宁悦想要说什么，最后似乎又放弃了。如此明显的动作，宁悦怎能没感觉。只是她习惯了装作什么都不知道，此时一脸茫然的样子，却也非常合适。

等电梯的时候，胡成妈叹了口气，终于开口："子渊真是个懂事的好孩子！你和胡成要好好珍惜。"

"嗯，妈。我很爱子渊。"宁悦没看老太太，自顾自地说，"他是我的命。"

胡成妈似乎被震了一下，吃惊地看了一眼宁悦，讷讷地说："唉，其实你们都还年轻，都有自己的事，不要把孩子看得太重。"

宁悦点头，"是，妈说得对。"

电梯下得很慢，两人一起看着仿佛凝固在电梯上方的红色液晶数字，似乎那里藏着整个宇宙的秘密。

胡成妈说："你现在工作了，就好好做吧。孩子我和你爸也能帮得上忙。"

"谢谢妈了。你们辛苦了。"宁悦盯着数字，数字已经变了一个字了。

胡成妈终于把憋在心里的话说了出来："胡成在外面搞事业，男人嘛，免不了有些花花草草摘不干净。但是你放心，胡成是个很顾家的孩子，这一点我和你爸都非常肯定。你不要多想，也不用太在乎乱七八糟的话。"

宁悦嘴角一勾，露出一个她自己也不知道的微笑，"对，只要我好好在这个家里待着，什么事都没有。"话音落下，电梯门开了。胡成妈还没想清楚宁悦是什么意思，已经被身后推着验血车的护士催着走进电梯了。

电梯门缓缓关上。宁悦那张笑容标准的脸一直到门合上的最后一刹那都没有一丝变化！胡成妈开始觉得宁悦的话说明她听懂自己的意思，愿意守在这个家里。可一想起那张没有变化的脸，又觉得她的回答太符合自己的心意了：如果宁悦真的知道胡成在外面有什么，怎么可能一点抱怨一点愤怒一点情绪都没有呢？

老太太一路走一路琢磨，到家也没明白。和老头儿商量了，也没个头绪。最后老头儿说："也许她早就想明白了吧！"

老太太心里和明镜似的。她知道男人出轨就像你在水池边看见一只蟑螂，背后已经不知道几千几万了！虽然老太太护犊子厉害，但也清楚，这事儿都能让自己发现，那胡成已经差不多是惯犯。她联想宁悦这几年的表现，难道宁悦早就发现了？胡成妈几乎笃定宁悦早就知道了。都说丈夫出轨妻子是最后知道的，胡成妈嗤之以鼻！那是妻子装聋作哑，并不是不知道！胡成爸在外面对哪个女人动动心思，她都门清！更何况是出轨！唯一的解释，就是宁悦不想离婚。想到这里，老太太心里踏实了。

看了胡成爸一眼，“别的不说，就胡成对这个家的用心，胡成那工作，那身份，给宁悦现在的生活，她也应该想明白！”然后又警告似的对胡成爸说，“我跟你说，你没那金刚钻别揽瓷器活！就你那点退休金，少去广场那丢人现眼！”

胡成爸哼了一声，没搭理媳妇。

傍晚的时候，胡成来了——带着一股新鲜的空气。

他抱起胡子渊热情地举高高，父子俩玩得十分开心。宁悦抬头去看窗外的绿色。盎然的生机提醒她，这个世界除了她自己，别人都过得很好。她已经无人怜惜！父母早去，孤身一人，除了自己没人可以依靠。她需要力量支撑自己站起来。

“妈妈，我想去长隆！”胡子渊的声音撞进耳朵。宁悦抬头，顺着胡子渊手指的方向，看到墙上挂的电视里，正在播放长隆动物园的广告。

宁悦还没说话，胡成先说了：“好啊！只要你乖乖地养病，把身体养得壮壮的，妈妈随时都可以带你去。”

宁悦一皱眉：“可是我还得上班。”

“你不是被裁了吗？”

宁悦一愣，看着胡成没有接话。脑子却在快速的回忆，自己什么时候把这个消息告诉他，或者告诉周围的人了？

哦，对了！宁悦想起来，他有自己的“渠道”，可以了解自己在公司的一举一动。想到这里，无名火又升将起来，把嗓子眼的那团狗毛烧得干干净净！但是，宁悦没有说话，胡成已经自顾自地说了下去，看得出来，他的情绪很好。

“裁就裁了吧！这比被开除强，还得赔你几个月工资。妈妈又有时间陪宝宝了！是不是？”胡成笑呵呵地对胡子渊说，抬头看到宁悦的表情，愣住了，“怎么了？”

宁悦想问他凭什么“监视”自己，想问他凭什么替自己决定，还想问他有没有考虑过自己的感受！但是她听到胡成问“怎么了”的时候，所有这些鸡零狗碎的问题，都没有机会说出来。

她只是皱起眉头，微带不快斜睇着胡成，质问：“你说什么？我什么时候被裁了？”

胡成愣了一下，下意识地撇清：“啊，你不知道吗？我听人说的。”

宁悦拿起手机翻了翻，“没有通知啊！如果公司里已经定了，应该通知我的，为什么我没收到？如果还没定，你问问你朋友，为什么要裁我？总不会是因为我老请假吧？”

宁悦说得似笑非笑。

开始就知道这个人会经常请假，甚至从上往下打过招呼，结果又拿同样的理由裁人，分明是欲加之罪，那真正的意图是什么呢？

胡成忽然觉得屋里有点热，站起来活动了一下，才说：“我怎么知道！他那么一说，我就那么一听。说是内部例行裁员。”说着，胡成心里有了主意。自古以来，最厉害的假话就是半真半假，那么最合适的借口无非是没借口。他说：“之前不是你们头要开你吗？我找人的时候说过，无过错裁员可以接受，开除绝对不可以。大概他们记下了，这次例行裁员，问过我，正好孩子也不舒服，我就答应了他。”

胡成说了一大通，停下来才发现宁悦已经坐到孩子床前，叠衣服去了。胡成有点得意，静等着宁悦点头答应。

宁悦淡淡开口，简简单单的就一句话：“你怎么不问我的意见呢？”

胡成听出了其中的恼意。细算起来，自从胡子渊两个月的时候两人大吵了一架之后，宁悦再也没和他闹过，但是像这样冷冰冰的一剑封喉，似乎越来越多了。

如果胡成会因此觉得内疚，那就不是胡成了。他天然的有一种本能，能在自己的错误中找到别人的不是，然后揪住这一点穷追猛打，最后整件事看起来就像他很无辜一样！

胡成说："你怎么这样说？我这不也是为你好！再说了，子渊离不开你。你挣那俩钱，孩子受罪，你也受罪！"

宁悦慢慢地把衣服抚平，她的动作很慢很仔细，好像要把每一条纤维都对齐。胡子渊感受到气氛的异常，依偎到宁悦身边，举着自己的小汽车让宁悦陪他玩儿。似乎这样，古怪的气氛就会消失不见。

宁悦笑着接过儿子的汽车，让胡子渊在沙发那端站好，这边轻推，车子带着均匀的嗡嗡声，缓缓滑过去。原本僵持的气氛，因此变得和缓些。

但胡成还高高地站着，不肯弯腰陪孩子玩儿，不肯在宁悦面前弯腰。他双手环抱，居高临下地看着蹲在地上和孩子玩汽车的妻子，一副自己被人冤枉讨说法的气概。

车子滑到了凳子下面，宁悦拿出来，拍拍身上不存在的土站起来："反正我还没接到通知，上班再说吧。对了，那个帮我找工作的人是谁？一个公司的，我见了也不招呼，怠慢了不好。"

胡成的气势就像一根忽忽而来的巨木，被一只纤纤素手，就着来势轻轻一拨，送到了一边。而且，捎带着，宁悦提了一个让胡成为难的问题。

帮忙找工作的人是谁？

直接说田秋子？

胡成知道宁悦是知道这个人的，他们吵架就是因为她。现在提她的名字，不等于向宁悦坦白这里面有问题吗！

胡成呵呵一笑，"一个老朋友。我已经谢过他了，你不用管。"

宁悦没有追究，继续和儿子在地上玩起来。胡成居高临下地看着，心思却飘远了：难道真的没有通知宁悦吗？为什么没有通知？

田秋子笃定地告诉胡成，裁员名单上有宁悦，也许宁悦只是不愿承认罢了。胡成认为宁悦没必要做如此打肿脸充胖子的事情，她说没有就一定是没有。田秋子忽地冒了火气："你就那么相信她也不相信我吗？"

胡成莫名其妙地看着失控的田秋子，不明白她为什么突然这么不讲道理。

而且，胡成心里也明白，田秋子这个问题没法回答。他觉得目前最重要的不是相信谁，而是宁悦到底在不在那个名单上！

胡成的口气不觉有些严厉："你现在不应该查查到底宁悦有没有被裁吗？"

田秋子被一种莫名的伤害感笼罩着，她做了这么多，为了胡成的老婆跑前跑后，忙来忙去，最后还要被质疑，到底自己是为了哪般！

胡成问得理智，却正中田秋子痛处："你到底爱不爱我？"她形状凄楚，声音微颤，令人闻之心碎。

奈何胡成的心思不在怜花惜玉上，他听到之后，拿看神经病一样的眼神瞅了一眼田秋子，浓浓的剑眉毫不客气地拧起来。虽然没说话，却已经明白无误地表达出"你是不是有什么病发作了"的意思！

田秋子更加心痛："如果我查出来宁悦在撒谎，你会怎么办？"

胡成终于听到一句能懂的话，却觉得这句话很白痴，强忍着不耐烦说："她就算撒谎也不过是不想说，没什么怎么办的。"

宁悦的好强胡成早就领教过。细想想，即使她辞去工作在家带孩子，好强的性子依旧没一分减少。单就怒辞保姆后，自己在毫无经验的情况下一人带娃，无论多辛苦也不念一句牢骚来看，当妈后的宁悦依旧是当妈前的那个女子！

田秋子的眼泪一下子流下来了："胡成，我为了你什么都不要了！你知道单位里的人都怎么看我？你知道我现在连家都不敢回吗？我除了你什么都没了，什么都没了啊！"

她一边哭一边说，上气不接下气，一看就是动了真情。胡成固然莫名其妙，毕竟是懂些女人的，知道其中有些误会，现在扯不清也不是扯清的时候，耐着性子，转缓和了口气说："你别胡说了！好好的怎么哭了？别哭了，有话可以好好好说。"

本来他要是吼一嗓子，田秋子说不定还能吓清醒了。偏偏这一温柔，好像完全承认田秋子是委屈的！田秋子得了承认，心里更加难受，情绪上来，眼泪控制不住地流下来，人也瘫软在沙发上起不来了。

胡成本来就是耐性子去说的，看田秋子不跟着台阶下，心里恼火。更知道今儿要么听她哭完，要么现在就走，效果没什么区别。他一个大老爷们儿，忙的事情那么多，哪儿有闲工夫听她哭！

一甩手，胡成走了！

爱情里的一腔孤勇，田秋子都给了胡成。

她经济独立，挣钱买了三套房子还有投资。她美丽有趣，一张五分的脸可以画出九分的效果，加上谈吐，整个就是十分女人。她还长袖善舞，善于察言观色，每个和她相处过的人都如沐春风（除了宁悦）……如果按照朋友圈鸡汤文的标准来套，田秋子是女人中的极品，二次元鸡汤世界里跨界到三次元的代表。

可是，她栽在了爱情上。一头扎进去，心甘情愿地埋进尘埃里，毫不犹豫地把自己变成一坨屎来养护自以为美丽的那朵花。

胡成口气的一点点变化，或者情绪的一丝丝波动，她都能敏感地察觉，然后放大成洪水火山，在心中爆发。

在感情上，女人和女人其实是相通的。她们彼此敌对，却彼此了解。她们能稳准狠地找到的对方的伤口，皆因那不过是自己的镜子。

宁悦在睡觉前，收到田秋子的一条短信时，前后事情稍一联系，就明白了田秋子的心态，一种隐隐的快感在她心底酥酥麻麻地传递着。

短信很简单，只有一句话："你明明被裁了，为什么撒谎！！！"

三个强烈的感叹号，可见发信人是多么的激动。如果对方还是田秋子那样的十分女人，那她一定都激动得失控了。

宁悦看着这条短信，好像一个将军在看着自己的战利品。她很少回复田秋子的讯息，这一次却让她有必需回复的冲动，就好像你的敌人终于倒在地上，然而你一定要追上去再踹两脚一样！

宁悦回复的很简单："？"

她不知道田秋子和胡成究竟是否亲密到可以共享手机通信，但是她始终防着田秋子把自己的回复拿给胡成看。不，她防着胡成从其他任何人的手机上看到自己的回复！

"我当然知道！胡成不希望你工作，让我去找人体面地辞掉你！你根本已经被开除，为什么撒谎！”

宁悦深吸一口气，猜测得到印证的时候不管是否令人欣喜，总有种如释重负的轻松。然而就像窗外的夜色，即使有晚风轻拂，也无法减轻黑色的浓重。宁悦的心思全都集中在接下来该如何应对裁员一事上。田秋子又发来一条讯息：“你为什么不离婚？他已经不爱你了！你何必死缠烂打，这样有意义吗！”

这句话问到宁悦的心里。

“我婚姻的全部意义，就在于孩子。无关聚散，只为孩子。”

这话她不会对田秋子讲，甚至也很少跟自己讲。在宁悦看来，这不是真理，而是一个选择。一个经不起质疑的选择，一个稍稍解释就连自己都会放弃的选择。可是，她依然这样做。

因为，她只有这样做了，才能发自内心地感到安全，才能在一片冰冷中感到那么一丝久违的温暖，才能有一种从心灵深处满溢出来的不懊悔、也不羞耻的和平与喜悦。

收回眼神，看着对方质问，宁悦冷冷地笑了。

“田秋子，你还不明白吗？我们之间根本没有任何战争！你我的敌人，都是胡成。谁爱上他，谁就输了。我曾经输过，现在正在慢慢扳回来。你呢？”

第二天是胡子渊的出院日。没人问，宁悦也没对任何人讲。先是护士来做最后的检查，确认孩子身体的确没事了，大夫给开了出院证明。宁悦收拾好东西，让胡子渊在房间里玩儿，她则去前台结账。护士们这时都忙，腾不出手，好在胡子渊对电视里的节目很感兴趣，乖乖躺在床上看。

结账的人有点多，宁悦花了些工夫才办完。回来时看到儿子依旧在看电视，先是欣慰地吐了口气，然后又懊恼起来。不由自主地想着若干年后，一个成年男子不争气地窝在沙发里啃老的样子！好在这不是第一次着恼，宁悦控制了冲动，和胡子渊商量必须关电视这件事。

自从各种育儿文章号召家长们“制怒”“戒吼”不让打孩子以后，不知多少家长愁光头发。每到这个时候，宁悦总是很怀念自己小时候挨打的光景，还是自己的老娘爽啊！

车已经叫好了，就停在楼下。请人帮忙把收拾出来的三个大包五个小包都运到车上去，带着胡子渊出了医院。车上给爷爷打了电话，请他们到单元门口接一下。果不其然，在下车的一瞬间，迎接她的又是奶奶的抱怨“怎么不提前说一声”！

宁悦一点都不意外。这个家里就是这样，无论你做好做坏，总会被挑出不对的地方。最好的办法，就是当它们不存在。

不过，在走近家门的一瞬间，宁悦还是忍不住回头看了一眼。穿过层层高楼叠叠屋顶，透过无数窗户，落到那个住了七天的小房子里，还真有点舍不得离开！那里虽然很累很心焦，但是她可以卸下武装，可以让心缓缓松绑慢慢落地。

回来了，就要重新武装起来了！打点好情绪表情，调整好心态，迈进了家门。

胡子渊回家以后如鱼得水，老少二人玩儿得不亦乐乎。宁悦把一切安置妥当，吃饭时顺便提了一句明天要去上班。胡子渊听后，立刻小脸一垮，眼里多了两泡泪！

“宝儿乖，好好吃饭，不说这些！不说这些！”婆婆很生气，边说边瞪了宁悦一眼。

宁悦叹口气，没想到儿子的反应这么大，也只能低头扒拉饭。

出院后的第一顿饭，吃得索然无味。

胡成今天有事，赶回来已经是半夜。他们夫妻早就分房，宁悦听到开门的声音也没有任何反应。第二天早上，听说了宁悦要去上班，胡成没有任何反对的表示。

胡子渊抱着晚走的胡成，眼巴巴地看着宁悦离开。说好了不掉眼泪，却藏不住一张“想妈妈”的小脸。

迎面春风暖人，已经快入初夏了。宁悦深深地吸了一口气，她还有一场硬仗要打！

办公室里一如既往。每个人就像不知道一样和宁悦打招呼，秦灿还没来。宁悦下楼买了咖啡，正要上来的时候，被何宽叫住。

何宽说，他辞职了。

他本来就是技术人员，有自己的核心技术并不意外，又做过市场，接触过程中发现商机，一飞冲天并不稀奇。

宁悦只是有点吃惊，随即释然，笑笑恭喜他。然后两人站在打卡机的外面，谁也没动。最后何宽说："我自己开了家公司，自己的技术。希望能有突破！"

宁悦想了想："专利还是商业秘密？"

何宽说："专利，但是核心技术是秘密。"然后他补充了一句，"我们会不断升级，总是模仿我们的人威胁不大。"

宁悦笑了，"那就先恭喜啦！勇敢的创业者。"

两个人都笑了。

有希望的时候，即使云多，也会看到光线如琴弦一般从云间透过的壮丽灿烂。分开的时候，何宽说："如果你做的不舒服，可以去我那个公司。虽然很小，也有很多事，还是有事可做的。"

宁悦眨了眨眼，拒绝了："不了，你创业不易，我就不去拖累你了。"

"不不不！没有！你真不会拖累我们。我是说，我们其实面临很多侵权问题，你去了非常有帮助。而且，外面的律师那么贵，你来我们求之不得。"

宁悦摇头："算了。一个总是请假，只有百分之三十的心思放在工作上，半点加班都不接受的员工，跟米虫也差不多了。我还是留在这种大公司混日子吧。"

"可是……"何宽看了看电梯方向。

宁悦深吸一口气："放心，我总要为自己争取一下。毕竟，我是想工作的。"

话已至此，何宽也只能点头放弃。

祝彼此好运，保持联系吧！

看着宁悦走进秦灿的办公室，潘洁收回自己的目光。原本什么都不在乎的脸上，写满了心事。她知道田秋子是谁了，也在朋友圈的聊天中找到田秋子的故事，并迅速对上了号。

可是，这些她都不在乎。她只是想不通，秦灿怎么就对宁悦另眼相看呢？

潘洁懒得去一一细数宁悦的优点，那会让她更痛苦。虽然她有点喜欢秦灿，可真的犯不着为了秦灿让自己难受。但是感情就是这么奇怪：你越不想在乎它，它就越是勾着你。宁悦不过是走进秦灿的办公室，自己就下意识地抬起头直勾勾地瞅半天。

“想什么呢！”钟天明的声音响起来，“不会是思春了吧？”

潘洁脸一红，虽然知道他不过是没正经地瞎逗，可心事被戳破总会有点尴尬的反应。

钟天明可没那么敏感，说完以后忧心忡忡地说：“你说，老秦会怎么跟宁悦谈呢？”

潘洁敏感地追问：“你也担心宁悦？”

钟天明无知无觉，还点了点头：“担心谈不上，但是宁悦平时真挺好的。虽然说总请假吧，可人家工作也认真。说实在的，比上次那个来了就化妆的安吉拉强！”

潘洁哼了一声，“她还总能买你喜欢吃的午餐。看把你给肥的！”

钟天明一拍肚子，“别说！我最近真的长肉了，我妈都看出来了！还问我是不是你喂的？我说怎么可能？有好吃的潘洁能给我？她自己都先吃了！”

一块山楂迎头打过来，钟天明夸张地接住，笑嘻嘻地打住话头，回自己座位上了。他是听到潘洁叹气才起身来看，既然潘洁已经笑了，那任务也就完成了。

办公室有一面墙是落地大玻璃。现代办公楼，讲究的就是个敞亮。当初这个楼的某一条走廊被设计师别出心裁地弄出个透明地板，虽然得了许多设计界的夸奖，却因为被诸多女员工投诉，而不得不重新盖住。无他，一到夏天，这条透明走廊的下面就聚满了许多休息的男员工，纷纷做缓解颈部疲劳的仰头动作……

太出格虽然不行，亮堂的基本诉求还是刚性的，一个落地窗，凭着外面的风景还是能分出部门间的三六九等。秦灿这个级别，窗外就是一堵墙，还是一堵南墙。曾有人调侃，难怪秦灿满身刺，能坐在这个办公室里的人，注定都是撞南墙的主。

宁悦打量着房间里熟悉得不能再熟悉的格局，秦灿背公文一样的声音流水似的从耳边略走。

终于秦灿停了下来。宁悦知道，该自己了。

秦灿停下来，看着宁悦，手指下意识地转动着夹在指间的签字笔。这是他学生时代的毛病，自从当学徒时在法庭上转笔被法官说了一嘴之后，他一度戒掉了这个毛病。

笔在指间像齿轮一样转动，秦灿犹豫着要不要说出自己的那个不是方案的方案。就算是表明一下自己的诚意，也好吧？

那就说吧！秦灿深吸一口气，正准备说话，就听见宁悦开口了。

宁悦说："秦主任，我知道我在这里的工作态度并不算积极。而且，您一度也对我不很满意。不过，单就这个岗位本身的需要和我以前完成的情况来讲，您觉得我适合吗？"

"虽然你经常请假，从不加班，不过你完成得很好。学习能力很强，效率很高。而且……"秦灿顿了顿，他的确曾经很不满意，但是仔细一想，"我想我对你的不满，更多的是在于你没有发挥出自己全部能力的惋惜。你本来应该在更重要的岗位上，承担更多的责任。"

宁悦笑了笑："谢谢！如果您觉得合适，我有一个建议，不知可不可以商量一下？"

"你说吧！"秦灿有点心不在焉。就这么放弃了啊？不知不觉，秦灿想起很久以前，也有一个女人微笑着对他说："开除就开除吧，再找也行啊！"

开除了，再找工作其实很难的。秦灿心里一抽，莫名的痛呼地压迫下来。他有一种立刻阻止宁悦的冲动：不要再说了，你知不知道重新找一份工作很难？你知不知道你没有工作会被自己的小孩看不起！

宁悦却说："我看过我的劳动合同，也看过公司制度。合同中对于裁员时的情况并没有详细的规定，但在'其他'一项时，提到应当按照劳动法和公司规定，如果与法律法规和公司规定不一致时，以法律法规或公司规定为准。"

宁悦侃侃而谈，秦灿愣了一下，难道她不是要放弃？听着听着，秦灿脸上的肌肉慢慢放松了。

什么叫心有灵犀？这就是。你想到的，对方也想到了。你想说的，还没说出口，人家已经用类似的逻辑组织出来了。

秦灿沉浸在了解的放松里，等着宁悦的结论。

宁悦说："既然秦主任也认为我还可以一用，那么我们可不可以签个外包合同，我继续在这里做？"宁悦笑了笑，又补充了一个台阶给秦灿，"其实我也无意让秦主任为难，规定都是死的，如果秦主任真的认为我不合适，我也不强求。只是我的确很希望保留这份工作，我也很喜欢咱们部门的工作氛围。所以有这个建议，希望秦主任能考虑一下。"

秦灿心想："不不不！你不用给我这个台阶，我本来就是这么想的。"

这念头一起，秦灿忽然从共鸣中醒悟，他想起邱经理的话，神色又凝重了。像宁悦这样好久没出来工作的人，知不知道外包是什么意思呢？

"可是，你知道外包意味着什么吗？"

宁悦点点头："知道。简单地说就是干活、背锅、不享福的人。"

说完，两个人不约而同地笑了。

宁悦并不知道秦灿的想法，以为他还在犹豫，于是继续说："我知道部门雇佣外包人员，是要走部门自己的费用。所以，薪水方面，我也可以适当降低。"

"不……"秦灿猛然醒悟，"不如这样，你就先在这里做着。外包的事情我去找人力商量一下，看看怎么操作。"他不自觉地挠挠头感叹，"我这部门，尤其你这岗位，都是门子硬的。还真没找过外包！"

说到这里，他有点诧异，随口问道："宁悦，你是不是得罪人了？"陡然放松之后，说话有点不走脑子。

宁悦一挑眉，秦灿咳嗽一下，却依旧直视宁悦。

看着掩上的门，秦灿长长地吁了一口气。宁悦没有叫他失望！可是，他对一个行政助理该有什么期望呢？秦灿皱眉，自问自答：她本来应该做得更好，我这是帮她！

帮一个全职妈妈重新走向职场，一如当年，如果有人帮自己妈妈一把，也许她就不会走得那样艰难，不会那么早离开。

甩甩头，秦灿不愿想太多。心底却有一个声音不断地说：“如果我不帮她，还有谁能帮她呢？谁会帮一个超过四十岁的家庭主妇重回工作岗位呢？没有人的。甚至连他们的孩子，她们的丈夫，都不会帮助她。”

秦灿摊开电脑，想投入工作，却无法摆脱脑中杂乱的思绪。

“我这是移情作用吗？我让感情代替理智了吗？我没有错，我不需要赎罪，我只是……不想看到……”

秦灿长叹一声，把笔扔到一边，猛地扯开衣领，站到窗前，对着那堵南墙，直勾勾地看着。他想像过去一样，把眼眶看到干裂般的痛，却拦不住汹涌的酸涩。当泪水涌出的刹那，他只能无奈地锁紧眼皮，徒劳地拦住它。一如他不肯承认的事实，即使千遍万遍的解释，也无法改变的事实。

因为他的指责和选择，母亲万念俱灰地结束了生命。

抗　争

宁悦以外包的方式留下来，消息很快传进相关人的耳朵。

吃过外卖送来的晚餐，照例低声抱怨秦灿的没人味儿之后，钟天明站起来，敲敲栏板，不可置信地问潘洁："真的假的？她傻啊？"

潘洁也很费解，但她手头还有点事，一边浏览屏幕，一边随口把心里的问题说出来："如果是别人也可以理解，可她自己就是律师，就算没工作离婚也能分到钱啊！"

钟天明皱眉道："什么？离婚？宁悦离婚？外包跟她离婚有什么关系？"

最后一句，成功地引起端着咖啡正准备进办公室继续加班的秦灿的脚步。不过，钟天明背对着通道，并不知道秦灿扭过头看他。钱律师也很奇怪，正想八卦，抬头看到秦灿过来。聪明如他，立即咳嗽了两声，缩进自己的工位干活。不过，他就在潘洁的隔壁，说什么都能听到。

钟天明和潘洁都没注意队友发来的警告信号，潘洁不耐烦地说："废话！你不觉得奇怪吗？好好的一个富贵闲人，又那么爱孩子，为什么非要来工作！"

钟天明"切"了一声："人家积极进取，努力上进，做个独立女性呗！闲得不行吗？"

"你闲她可不闲。"潘洁对宁悦的感觉很复杂，此刻心里一股酸水悄没声地泛了一下，不该说的话就那么溜了出来，"孩子病着，老公跟别的女人度假，公司还要开除她，这叫闲？这叫焦头烂额还差不多！对了，要是我没猜错，她被裁员八成跟她老公在外面的女人有关。”说到这里，潘洁笑了，她一边扫尾，一边说着，“对了，钟天明，那女人你认识，还是你梦中情人。”

“我梦中情人？”钟天明一头雾水，“你？”

在 diss 潘洁这方面，钟天明简直是随时随地张口就来。

“呸呸呸！要死啊！”潘洁厌恶地吐着，抬头说，“田、秋、子啊！”

“啊”的一声，戛然而止。钟天明顺着潘洁僵硬的目光扭头看去，看到秦灿铁青着脸，站在他们身后。

“田秋子是谁？”秦灿问，随即想起来似的，加了一句，“就是那个负责集团香港上市那部分的投行的负责人吗？”

潘洁默默地点头，心里想：“果然是男人，见到美女过目不忘。”

秦灿想了想，自言自语：“我就说这次裁员来得奇怪！如果有这层关系，倒也能解释了！”他眉心攒起一个川字，哼了一声，“什么乱七八糟的人都能伸手搅和，那个老女人简直无能到家了！”

钟天明和潘洁面面相觑，重点不应该是宁悦外包吗？为什么秦主任还有闲心 diss 罗总？

看着秦灿彻底离开，钟天明把心中的问题问出来，倒是一直没说话的钱律师来了一句：“要是真这样，就算是外包，对宁律师也是好的。”

为什么？两人四只眼好学地看着钱律师。

钱律师尴尬地摆摆手：“等你们结婚就知道了。我也是以前在所里，接了一些离婚案子才知道那么一点。”

“可是，秦主任为啥那么积极？”钟天明锲而不舍地追问。

钱律师一瞪眼：“我哪儿知道！秦主任想帮她呗！”

“为什么想帮她？”钟天明继续问。突然旁边飞来黑乎乎一物，毫不客气地敲上他额角，他叫了一声，连凶器是啥都没看清楚，就听潘洁叱责：“快干活！报告写完了吗！”

他肩膀一沉，直接被潘洁隔着栏板摁进座位里。

秦灿开会回到办公室，立刻打电话让潘洁进来："你通知一下宁悦，老女人要见一下她。她在哪儿，我怎么没看到？"

"秦主任，宁悦已经下班了。"潘洁无奈地瞅了一眼墙上的挂钟。

"哦，那你就这么跟那个老女人说吧！"秦灿直接甩锅。

潘洁点点头要出去，秦灿忽然问："你说的那个田秋子什么的，是真的吗？"

潘洁赶紧把自己如何无意中在宁悦手机上看到田秋子发来的照片，又是如何查出田秋子这个人的，怎么得到她的八卦，原原本本地说了。说完了不经意一回头，发现门留了一条缝！一颗、两颗，乌漆漆的人头嗖地一下闪没了。

秦灿没有注意，兀自沉吟着："如果是真的，离婚就是了。她是律师，更会保护自己的权益。"

潘洁立刻接上："所以呀，我就一直奇怪，为什么不离婚！她那个老公，好多人都知道，特风流！"说完潘洁赶紧补一句，"不过能力也挺强的！自己开一个公司，据说挺有钱的。"

秦灿厌恶地哼了一声，没接话。

潘洁只好继续说着自己的推测："要不就是宁悦有把柄，离婚不利。"

秦灿立刻否定："不会！宁悦不是那种人！"他想起那张脸：寻求工作机会时的恳切，疲惫时的隐忍，还有那层淡淡的微笑……是的，就是这种似曾相识的表情让他开始留意的吧？那样平和的眼神投过来，无论你怎样的算计，都有一种被看穿同时又被宽恕的感觉。就像小时候打碎了家里唯一的瓷盆，嗫嚅嗫嚅时偷偷抬眼，看到妈妈的眼神。

秦灿心里一酸，妈妈的话响在耳边："虽然那东西重要，但你已经吓坏了，哪能再打！"说这话的时候，妈妈因为要照顾去邻县上高中准备高考的他，放弃了一份很好的工作。随他去了邻县，选择做临时工。那时候，他爸爸呢？秦灿腮边的肌肉抖了抖。那是他不愿想起的过去，是他极力忘记的事情，可是，就这么想了起来。他爸爸和另外一个女人，家乡的所有人都说，他们是真爱。即使他的母亲，也从不说那两人一句不是，所以，秦灿也一直这样告诉自己。

真爱，让倔强的母亲从此没有家庭的真爱。

但是，就在刚才，听到宁悦家里的事，那些被刻意忘记的事情，不按顺序地翻腾起来。他忘了为什么是真爱，他忘了自己怎样仰慕父亲，他也忘了看到父子之间那些真挚的互动，那一瞬间，他只想起了妈妈。

爽快地离婚，一分钱没要，独自带着秦灿生活的妈妈，一切的生活工作都以秦灿为主。不管是他六岁，还是十六岁……父亲呢?

父亲带着“情投意合的最佳伴侣”随着自己事业重心的转移去了外地。那几年，除了定期寄回来的钱，父子之间并没有什么交集。他只是从母亲嘴里，听到自己有一个很能干很伟大的父亲，让他向往之偶像之最后投奔之!

父亲寄来的钱，除了为他交学费，母亲一分都没动。后来随着他学业的变化，母亲也随着他在省里各处辗转。即使生活清苦，她也没动过那些钱。如果不是国外留学费用惊人，这些钱足够他在国内念完书了。

那时，母亲一直就是这样的眼神。淡淡的，看透却不说破，不解释，不强求。这样的眼神日日夜夜，在他身边流转，熟悉到就像呼吸的空气。直到有一天，它消失了，秦灿过了很久才从濒死的感觉里挣扎出来，却依旧不知道，生命里是什么丢失了!

夜深了，摩天大楼里灯火通明。抬头望去，一面面宽大的落地窗变成一扇扇小格子。大楼里的人像乐高世界里的玩偶，在窗户后面活动着。没人注意，有一扇窗户前站了一个人。他一动不动地站着，站着，好像在和时间较劲……

秦灿沉浸在回忆里不能自拔的时候，胡子渊正黏在宁悦身上，坚决不肯下来。宁悦已经抱了两个小时，手臂酸麻。她坐在床边，把孩子放在两腿间，抬高手臂托着他的头，另一条手臂则放松环抱着他。

胡子渊很排斥这样的姿势：“妈妈！我不想睡觉！”

“没让你睡觉啊！妈妈真的累了，抱不动了。这个姿势可以歇一歇手臂！”宁悦没有强迫胡子渊必须离开自己。

她记得很清楚，自己小时候是如何渴望妈妈下班的。那时候，妈妈特别忙，下班后要做饭要收拾家里，只能在进门的时候轻轻地拥她一下。仅此一下，宁悦已知那其中的温暖。所以，当胡子渊黏上来时，她没有推开。然而，胡子渊的反应不太对。应该不仅仅是想自己吧?

宁悦狐疑，问道：“你怎么不和爷爷玩儿了？”

胡子渊低下头，宁悦的眼前是一个小小的头顶的形状。额前宽宽，后脑勺圆圆。伸出手，在孩子的头顶按照一定的方向摩挲着，不知道什么时候变硬变黑的头发已经取代了软软的黄黄的胎毛，但是形状还是原来的形状呢！这个“原来”，几乎可以追溯到他在妈妈肚子里的时候，第一次从B超的影像上看到完整的胡子渊，那个动态的小人儿的头，就已经是这个形状了！

或许是头皮的按摩放松了胡子渊，又或者是愉悦了他，原本抬起的小肩膀微微向下沉了沉，宁悦感到手臂上的压力变重了。然后胡子渊转过头，依旧躺在宁悦的臂弯里，抬起眼皮，瞪大了眼睛，向上看着宁悦，认真地说：“我不喜欢爷爷！”说完小嘴一噘，似乎受了莫大的委屈。

“哦！”宁悦抬了抬手臂，让孩子几乎与自己平视，口气如常地问，“不喜欢爷爷什么呢？”

胡子渊说：“爷爷让我在你和爸爸之间选一个，我说选妈妈，他说错了，应该选爸爸！”

宁悦心里“咯噔”一下。

胡子渊等了一会儿，疑惑地抬起头，小手伸出来，手掌贴着宁悦的脸颊，认真地说：“我才不要！我选妈妈！爷爷才错了！”

宁悦深吸了一口气，本想轻轻搂搂他，揽到怀里才发现用了好大的力气，松了松力道才说：“谢谢！不管宝宝怎么选，妈妈都会爱你的。后来呢？”

胡子渊似乎很享受贴在宁悦胸口的感觉，脸蹭了蹭，才说：“他说，爸爸有钱，可以给我买很多玩具和书，还能让我上好学校住大房子。我说，妈妈也有啊。爷爷说妈妈没有工作，挣不到钱。如果我跟了妈妈，就只能喝西北风，住破房子，上烂学校，将来都没有出息呢！爷爷说，选爸爸才是聪明的孩子该做的。”

“嗯，然后呢？”

“我说，爸爸有钱，能给我买个妈妈吗？爷爷说能，能给我买个更漂亮更温柔的妈妈，还能全天陪着我。我说我不要，我只要我现在的妈妈。爷爷就生气了，说妈妈没钱。如果我选了妈妈，爸爸不会给妈妈一分钱！”

宁悦火冒三丈，几乎就要冲到外面找老头儿算账！

这时，胡子渊突然像想起了什么，怯怯地问："妈妈，爷爷说这是我俩的秘密，不让我跟你讲！如果讲了，他就三天不让我玩游戏！"

宁悦耳朵嗡嗡作响，心口像被一个大锤一下一下擂着！她深吸一口气，努力压下心头的怒火。就算自己有什么意见，也不能现在去找人算账。即使胡子渊还是一个小孩，也有自尊。

宁悦点点头说："你放心，我不会和爷爷讲的。这是咱俩的秘密。"

胡子渊开心地笑了，又紧紧地搂了一下宁悦。大概是想表达"妈妈我真没看错你"这类意思。而宁悦，如果不是抱着胡子渊，她只有两个选择：要么冲到老头老太太的房间里，撕破脸大吵大闹一通。要么，忍下这口气，但这样的气一晚上准能憋死她！

宁悦低下头，微微摇晃着怀里的孩子，她好像撑不住似的，将脸颊贴上胡子渊的头顶。小头发硬刷刷的，却没有成年人那么刺人。扎在宁悦的脸上，带着点麻麻的刺痛，神奇的一点一点地消弭着内心的愤怒。不知过了多久，泪水从眼里滚落，滴在孩子的头顶，宁悦悚然一惊，抬起了头。迅速地扭过去，用空出的手擦干了眼泪。

胡子渊躺在宁悦的怀里，随着摇晃的节奏，已经沉沉入睡。宁悦细细地擦干净落在孩子发顶的泪，不让一丝可能的水滴造成一场不可预测的感冒。

机械般的寻找与擦拭不知过了多久，宁悦停下手上的动作时，神情有些茫然。她好像刚刚与死亡有过一场擦肩而过的约会——只是她抱着孩子，不能如期赴约。

同时，宁悦也想明白了自己的愤怒因何而来。

她所有的努力，都是为了孩子，孩子一个家。在她不惜一切代价甚至愿意承受丈夫一次又一次的出轨，在孩子面前维持这个家的和谐与完整的时候，居然有人就这么轻易捅破了窗户纸，还把如此残忍的问题赤裸裸地端给孩子！

是可忍，孰不可忍！

但是，冷静下来之后，宁悦也承认，除此之外，爷爷说得没错。那都是胡成或者胡成代表的这个家，在那个时刻来临时，必然要做的。

宁悦把子渊轻轻地放到紧邻大床的小床上。尽管孩子已经不小了，可宁悦依旧能够抱着他，然后稳稳地放下，只让床板发出轻微的嘎吱声。

这是只有妈妈，才能做到的。但凡自己带孩子的妈妈，身上或许很多脂肪，或许还有很多“肥肉”，一眼看上去非常臃肿。但是，与孩子相关的那几块肌肉，绝对是世上最发达的，也绝对是仅适合自家孩子的。

直起腰，站在孩子床前，宁悦想：原来大家都知道了！

田秋子住在位于CBD的一个高档社区内。房子并不大，却因位置而有令人咂舌的价格。最重要的是，房子是她全款买的。不仅如此，她对投资市场的敏锐也使她自己获益。在郊区，在学区，都有她为自己投资的房子。在房市政策逐渐收紧之后，田秋子或者变现，或者调整方向，资产也相当可观。

在宁悦眼里，她只是个自私懦弱又可恨的小三。可在同事，在下属，在客户眼里，她是个精明凌厉不折不扣的女强人。

而田秋子的内心呢？

她喜欢粉色，自己的房子内，到处都可以看到粉色的痕迹。她喜欢玩偶，甚至专门有一个架子，放她的各种可爱布绒玩具。她最爱超大的泰迪熊，一个卧室一个，每个都有一人高。胡成不来的时候，她把两个大泰迪围拢在自己周围，无论是在看电视，还是写东西，或者睡觉，都会拖着这些超大玩偶走来走去。

今天晚上，胡成有应酬，是他自己那个公司的。田秋子刚刚放下陈总的电话，那笔钱又向后拖了拖。在她的计划落实之前，她不打算动这笔钱。即使那么爱胡成，她也知道在金钱上，胡成不仅是个小人，还是个恶人。

不过，这不是今晚她要考虑的事情。

田秋子躺在贵妃榻上，虽然已经是春末夏初，膝盖以下依旧盖着一张纯羊绒的薄毯。两个大泰迪忠实地围着她，厚厚的毛茸茸的肩膀正好托住田秋子的头。

宁悦的消息自然到了她的手里，为了避免上一次的误会，她甚至答应了陈总的要求，牺牲了一顿晚餐。放在两天前，她都会在第一时间把这个事儿告诉胡成。可自从胡成摔门走人后，田秋子心里起了微妙的变化。看着胡成决然离去的背影，有那么一瞬间，她忽然觉得自己才是宁悦！这个想法让她出了一身冷汗。

田秋子慵懒地躺着，眼前反复出现胡成离开的背影："难道，他还有一点点爱宁悦？不会的。他只是爱那个小孩子罢了。"

"宁悦就像孩子的保姆，谁会爱一个保姆？"这可是胡成的原话。想到这里，田秋子心里安定了一下。

宁悦在田秋子心里，一直就是蓬头垢面疲惫不堪的中年大妈形象。这样的形象，根本谈不上智商。即使被宁悦威胁过，也不过是一个粗暴无礼的狰狞样子。

可是今天，听到这个消息之后，田秋子先是一晒，觉得终究是家庭妇女，一点没有职场概念，自甘下贱！可回家一琢磨，却觉得自己好像忽略了什么？自己本身的能力，再加上假手陈总所拥有的力量，把宁悦从现有的岗位赶走，绝对就像碾死一只蚂蚁！然而，错了。宁悦留下了。虽然很不体面，但再狼狈的留下也是留下。

田秋子甚至想起了一句话：留得青山在，不怕没柴烧。

宁悦，为什么一定要留住这份工作呢？

田秋子出神地想着。当田秋子这么想的时候，她已经不再是那个胡成的情妇，而是一个纯粹的女人。她这么想着，站在一个女人的立场，回望千疮百孔的婚姻，摇摇欲坠的现实，留下似乎是唯一的选择。不，应该是救赎吧？

田秋子出神地想着。若她是宁悦，也许会更激烈！想得太投入，连胡成打电话说晚上留在公司加班不回来了，也只是微微遗憾了一下，没有多留恋。最重要的是，田秋子漏掉了宁悦留下的消息——她没有在第一时间告诉胡成，宁悦以外包的方式留住了那份工作。等她想起来，胡成的电话已经挂掉。拿起手机，漫不经心地敲着：

"宁悦要求以外包的方式留下，公司已经同……"

田秋子停住。胡成不是那种随时看手机的人。如果他看到这条消息的时候，已经从别人那里知道了，他会怎么责备自己呢？和胡成在一起的时间越长，就越发现胡成是个不容易满足的人。无论你做什么，他总能挑出错误来。连他自己睡觉落枕了，都会埋怨你买的枕头不对！而且，越是亲近的人他越是挑剔，反倒那些跟他不太亲近的人，他不仅宽容而且非常重视人家的意见。绝对点说，胡成是那种把陌生人当成祖宗供着，把亲近的人当成敌人压着的人。

田秋子深吸一口气，随手拿起移动小桌上的红酒杯，轻轻啜了一口。对着手机发呆，直到屏幕突然黑了，她才如梦初醒。犹豫了一下，把刚刚键入的话删掉。一甩手，手机落入身边一只米色穿粉裙的大泰迪的怀里。田秋子躺到另一侧深咖色穿着深蓝色夹克的深棕大泰迪的怀里，歪着头看那只米色泰迪怀里的手机，好像那里过一会儿就能开出花来！

良久，田秋子突兀地一笑，伸出细长的手指，虚空中点了点，笑着说："就不告诉你，看你怎么办！"收回手指，抬起头，表情又变得有些伤感。抬头看着打着背光灯的天花板，喃喃自语："我连他都要算计吗？不，这不是算计。我要让你知道，你离不开我！"

想到这里，田秋子猛地直起身，不顾形象地爬过去，从泰迪怀里掏出手机，拨通了一个电话号码："喂，陈总吗？怎么又加班哪！注意身体啊！嗯嗯，是，谢谢……对了，上次您让我找一下举报韩主任的那个人是谁，我好像听到点风声。您要方便，明天见面聊？现在？您开玩笑？嗯，明天见！"

韩主任是技术中心里负责跟采购接口的人。他被举报之后牵出了上面的人，掀起了内调风暴。陈总一直想找出举报人，可是案件都快审结了，也没有半丝举报人的信息。这只能说明，举报人还有用，还在被保护着。那么，一个举报人的用处……

对陈总来说，这样的人简直太可怕了！他不敢在公司里打听，于是托对公司很熟悉，并且有自己渠道的田秋子去问。但以田秋子的精明，何尝想不到内里的关节！这种事能不沾就不沾。像今晚这样主动提起，是第一次！

挂了电话，田秋子自言自语："你以为你和钱明成交往，我就不知道吗？我只是不说罢了！"田秋子勾了勾嘴角，颇为不屑地说，"男人啊，还是不要太自负的好！我对你那么好，你不珍惜，只好让你吃点苦头。回头姐会疼你的！"说到这里，田秋子妩媚一笑，好像她的对面就站着胡成。伸出手，在泰迪熊的头上轻轻抚摸着。

田秋子的一番心机，却在无意中成全了宁悦，让她可以从容地布置。

不过，所有的偶然背后都有必然，差别只是出现的早晚罢了。以胡成的为人，他身边的女人迟早会有这样的心思或“不小心”。宁悦是，田秋子也是，未来还会有！

秦灿看到宁悦修改后的外包合同，目瞪口呆：“你疯了！你怎么这样签？”

宁悦压了压眼角，无奈地笑了：“表明一下诚意吗！至少我是不会主动辞职的。”

宁悦改了一个条款，“如果乙方主动辞职，愿意承担 3N（N= 自入职起工作的月数）且不低于 50 万的赔偿金。乙方已充分了解本条款所列内容，并充分理解本条款的后果及其风险。”

外包合同，是宁悦同外包公司之间签订的。但是因为外包公司是集团指定的，为了控制风险，法务部也会把外包公司的劳务合同拿过来审。作为格式合同，一般不会看和某个人签的具体协议，但是宁悦这个，外包公司看了之后，主动拿过来请秦灿把关。

秦灿叹了口气：“你这又是何必呢？”欲言又止，那终究是人家的家里事，他一个外人真不能说什么。但是……

秦灿是谁啊！

“对了，你看今天的新闻了吗？”

宁悦一愣？怎么突然摆开家常了。

秦灿不理，继续说：“金番茄网今天的股价下跌，原因你看了吗？”

宁悦摇摇头，她没有刷手机时间。

“因为昨天金番茄网的创始人的离婚判决出来了。曹明洋的老婆，一个大字不识几个的女人，也没参与公司运营，分了将近一半的家产，还拿走了上市公司 0.5% 的股票。”

宁悦眼神一闪，看着秦灿不说话。秦灿迎着她的目光，继续说：“曹明洋老婆的代理律师慕晓是我的好朋友，非常厉害。她对我说过，社会应该承认家庭主妇的社会价值。女人即使没有外出工作，她在家里也是创造价值的。”

说到最后，秦灿的表情严肃起来。看着宁悦，就差没直接说“你要离婚，我帮你找人”的话了。

宁悦听完，眼皮一沉，躲开了秦灿的目光：“我……我该去订餐了。”不等秦灿说话，就起身匆匆离开。

秦灿双眉紧拧，在他看来，当年如果母亲不是净身出户，也不至于有后来的麻烦，更不必面对社会的冷眼。在他看来，宁悦的问题，不是工作，而是经济基础，是她十几年婚姻所创造的价值应该获得回报和承认。然而，宁悦的拒绝，也是秦灿无法理解的。就如同他现在都不能理解，母亲当年为什么什么都不要就离开了那个家！

宁悦听说过曹家的事，在妈妈群里。所以，关于这件事背后的许多事，她也听说了。这是一场打了九年的离婚官司。曹明洋要守住自己的产业，他的妻子发誓这辈子不让曹明洋好过。两人打起来天崩地裂，曹明洋直接报警，这场景堪比宫斗。曹明洋手下跟着创业的人相继离职。然而，这都是夫妻的事。

宁悦印象深的，是这些轰轰烈烈事情里的那些孤立到几乎没人注意的事：曹明洋的二女儿得了抑郁症自杀了三次，现在被人看管起来。他们的大儿子，高中去了国外之后，就再也没回来过。采访的记者问他，他说：“跟我有关系吗？给我钱就好了。”而三儿子沉迷赌博，下落不明三年了。

宁悦当时就在群里问过：“他们就没想想孩子吗？”

有个妈妈的回复得到的支持最高：“孩子就是软肋，要想在离婚大战里获胜，就不能心软！”下面一片附和。

宁悦当时就看着在小床上安稳睡午觉的胡子渊，暗暗下定决心：“我不要离婚！如果必须离婚，我要先保护孩子，哪怕输掉自己！”

是的，无论胡成做了什么，她都不会轻易离婚。除非胡子渊对她说：妈妈，咱们走吧！我不喜欢你们在一起！

这些事宁悦不会和秦灿讲，但是如果秦灿听到了，也许会勾起一些往事：他曾经对他妈妈说：“妈妈，咱们走吧，我们不要和爸爸在一起。”或者，他不会记得这些话。但对他妈妈的眼泪一定有印象吧？

如果胡成真的立即知道宁悦以外包的方式留下来，那真说不好会发生什么事。但是，他不知道，没人告诉他。

田秋子没有吭声，陈总得了田秋子的提示，知道扳倒韩主任的可能跟韩主任挡了别人的财路，那人又跟销售中心的钱总有关系时，就对钱总起了提防。钱总自顾不暇，跟胡成平时联系的就不多，这个时候就更不会为了某一个分公司行政助理的去留单独见一下胡成！

胡成并不经常回家，别说宁悦上班了，就是宁悦不上班是怎样的，他也不太清楚。

所以，宁悦签了合同后，平平安安地过了一个月，就被秦灿利索地转正了。

"你说，秦主任这么着急，是不是？"内调接近尾声，秦灿开始忙活一些自己的事情。钟天明和潘洁他们也终于得了空闲，可以时不时聊会儿天。宁悦经常待在档案室里，几乎揽下了所有最基础的资料查阅的工作。这会儿作为最后的收尾，把所有报告涉及的细节和事实要再核实一遍。这是最琐碎，最枯燥，最容易出错的工作。宁悦主动揽下来并承诺 deadline 的时候，钟天明激动得差点抱住她！

潘洁摇摇头，瞪了一眼钟天明："别瞎说！你一个大男人，怎么嘴巴这么碎呢！"

钟天明急了，"我真不是瞎猜！"他神秘地看看四周，"我一朋友在慕晓那个律所里，说最近见秦灿找慕晓几次，会不会是为了宁悦的婚姻？"

潘洁顿了顿，负气似的一推桌上的书资料："谁知道呢！有钱人的想法，咱们猜不到！"

"你说宁悦是有钱人啊？"钟天明露出不屑的表情，"她老公虽然公司不错，可是负债也高啊！我一投资公司的朋友说了，好多投资人一看他的资产表都吓跑了。不过……"钟天明有点犹豫，"我朋友也说了，这有点不正常。"

潘洁烦躁地问："你怎么那么多朋友呢！东家长西家短的，你干脆当侦探去得了！"

"我还真有一哥们，是侦探！相当牛的！"钟天明兴奋起来，"那个著名狗仔都拍不到的东西，找我哥们想办法，就给整出来了！人特专业，就要钱不要名。到现在都没人知道。”

“没人知道，你怎么知道？你不是人！”

“我这不是和他哥们儿吗！”钟天明挠头，“对了，他和宁悦居然是初中同学。”

潘洁忽然开始打量钟天明，“我怎么觉得你也很关心宁悦啊？这说来说去，怎么都绕着她讲？”潘洁忽然扭头去问在一边打游戏的钱律师，“钱律，来，说说，你有啥宁悦的消息？”

“宁悦？宁悦是谁？”沉浸在消消乐中的钱律师茫然地回了一句。

潘洁瞪着钟天明，一副“你老实交代”的表情。

钟天明讪讪地说：“我这不是看你挺关心的，所以就到处问了问……”

“我的事不用你管！”潘洁硬邦邦地甩了一句，转身出去了。

潘洁心情烦躁，先去楼下咖啡厅里买了杯咖啡。端着上来，走到办公室门口又不想进去，犹豫了一下，直奔烟民集中的天台。虽然她不抽烟，但是想着被烟熏一下，体验一下迷幻的感觉也不错。

半开放的天台上烟熏雾绕，潘洁进去就被呛了两口。她有点后悔自己为什么跑过来当净化器，转身要走的时候，忽然发现靠外面有一个熟悉的身影。

她并不喜欢宁悦，在知道一些事情后甚至有点讨厌她。但是今天，鬼使神差地向她靠了过去。

她听见宁悦在打电话：“这件事就拜托了，谢谢！哦，钟天明？我认识……没关系。不过不知道他们是怎么知道的……可见人言可畏……不不不，谢谢，不用查的。都是同事，这样做不好，谢谢，不用问他了。本来我的事也就是个笑话，能博大家一乐，也是价值所在。”很长一段时间的沉默之后，宁悦才深吸一口气，抬头看着远方，对着电话说，“也许等到子渊不能在这个家得到爱的时候，我会带他离开。但是绝对不是现在。不管胡成爱不爱我，不管他的父母怎么对我，他们爱子渊，子渊也爱他们。他们是子渊的亲人，我不会因为自己而分开他们……将来，如果有一天，子渊觉得他们比我重要选择留下，我不会强求。”宁悦顿了顿，声音突然有些哽咽，“子渊是我的全部。就算这样是错的，也让我错到底吧。”

宁悦收了电话，依旧静静地站着。潘洁慢慢后退，悄悄地离开了。

宁悦不离婚，居然是为了孩子！这么老土，这么陈旧，这么可笑而又可怜的答案，居然发生在她身边！都什么时代了，居然还有这样的女人，还是律师。

太荒谬了！

潘洁像干杯一样喝净咖啡，泄愤似的扔进垃圾桶。现在，她对宁悦充满了愤怒：你怎么能这么愚蠢！作为女人，真是太丢脸了！

宁悦转过身来时，看到了潘洁的背影。那个高高翘起的马尾辫实在太有辨识度，宁悦一眼就认了出来。她四周看了看，从不抽烟的潘洁茹果想在这个地方立足，大概只有自己的旁边或者——身后了吧？

宁悦没回办公室，直接去了档案室。在往期的合同中，宁悦发现了一些奇怪的合同。也许她不懂会计，但加减乘除她还是可以算的，而且她也不是完全不懂会计，基础会计的系统学习还是有的。最重要的是，这些原始合同讲得可比数字细致多了。宁悦需要查一下那些公司，来印证心里的想法。

简单地说，她怀疑有人通过与这些公司设立假的贸易合同，把钱转出去一段时间，然后再通过另外一些公司转回来。从公司的账面上看，没有任何损失，但是钱出去了几天，转了一圈又回来了，意味着什么？

如果继续深究，还可以问，是什么级别的什么人在操纵？

宁悦不想做反腐斗士，她关心这些公司，只是因为胡成的也列名其中！

不过，宁悦也知道，这种事一旦触及，风险和危险都很高，不到万不得已，她绝不想碰。因此，即使在档案室的查找，她也是小心翼翼的。为了稳妥起见，她还请钱律师和钟天明过来帮了几天忙。

除此而外，她还能有什么办法，应付田秋子和胡成的“骚扰”呢？也许只有让他们自顾不暇，自己才能安生两天吧？

宁悦想了想，拨了银行的客户经理的电话，幸运的是她今天下午五点之前都可以拿到自己想要的东西。

接孩子送回家，宁悦匆匆忙忙出去，胡子渊却死活都要跟着宁悦。放在平时，宁悦也就答应了，可是今天她要见的是田秋子啊！

六岁的胡子渊，完全可以描述清楚一件事！

宁悦转了一个念头：若是让胡成通过胡子渊知道田秋子在骚扰自己，会怎么样呢？

随即打消了这个念头，比起她正在计划的事情，这样带有随机性，并且取决于胡成的反应，这种不可控状态的事，风险太高了！

宁悦只想了几秒钟，就回了田秋子，临时取消了。

田秋子接到宁悦的取消短信，气得差点把手机砸了！在她看来，这种临时取消的行为，简直是没道德没品行的烂人才做的事情！田秋子在心里大骂宁悦。骂完了，喘口气，念头一转：难道宁悦是真的扛不住，才主动找自己谈判来了？但是又不甘心，才这样反反复复！

如此一来——田秋子的火气瞬间熄灭了。作为即将收获全面胜利的一方，她还是有些耐心和胸襟的！

田秋子忍不住设想如何在最后的收官之战中把宁悦彻底打倒，但也担心宁悦这个泼妇在拒绝了她各种无理要求之后，再一次当众撒泼！有那么一瞬间，田秋子甚至想让胡成介入进来，看一看宁悦撒泼的丑态，可是她还是很理智地叹了口气：比起看到宁悦撒泼，胡成可能更介意宁悦是怎么知道的？

田秋环抱双肩，对着办公桌上的鲜花长长地吐了一口浊气：在与宁悦的战斗中，无论如何，她都处于被动的下风的地位。而这并不是她的错——是宁悦死活不肯离婚的错！

田秋子浑然忘了，在她和宁悦之间划界限的，不是宁悦，而是胡成！而田秋子——没有一丝察觉，早就被胡成控制得死死的。

这才是她处在下风的原因！

夜深了，胡成又没有回来。二老的房间关着房门，灯光从门缝下面透了出来。宁悦去客厅接水，听到房间里隐隐传来打电话的声音和婆婆高兴的大笑声。今天公公晚上有事留在老房子那边，只有婆婆自己在家。不过，看起来，她的心情一点不受“空房”的影响。胡成如果回不来，总会在父母睡觉前打个电话，聊一聊问一问。老太太不怕老头子出远门，就怕到点接不到儿子电话。

在做人子女这方面，胡成其实做得很好。他是一个好儿子好父亲，毋庸置疑。

宁悦顿了一下，轻手轻脚地走进书房。胡子渊正趴在地上画画，看到宁悦进来，便嚷嚷着妈妈帮帮忙。

宁悦也坐到地上，放下一天的心事，专心地和孩子玩起来。

夜色愈发浓重，时间无声地过去。城市里层层叠叠的高楼，缀满了家家户户的灯，然后又一一灭去，渐渐归于黑暗。

宁悦长长吁了口气，看了一下床头的表，已经十点半了。满腹心事，一堆要计划的安排，都要等到胡子渊睡去才能做。可是胡子渊就像吃了兴奋剂一样，好不容易上床，讲完故事等着他睡着，他却又哼哼唧唧地唱起歌来！

宁悦的拳头都握起来了，死死地摁在身侧没有举起来。心里烦躁的后背一层一层出汗，接连几个深呼吸都压不住想吼他一嗓子。

“妈妈，我睡不着怎么办呀？”

“啊呀，妈妈，我一点也不想睡！”

胡子渊跳着翻身时，全身砸在床上。小小一张床，宁悦被颠得晃悠了又晃悠，连带着那压抑着的不耐烦也跟着往嘴边跑……

“妈妈，你睡了吗？”

不理他，不理他，千万不要张嘴！

宁悦满心都是这样的告诫，眼睛闭得紧紧的，嘴巴更是动都不敢动。

没得到回应的胡子渊不甘心地又打了几个滚，自己玩去了，慢慢地动作小了，安静了……小呼噜响起来了。

宁悦听到呼噜放松了没有三秒钟，立刻忧心起来：“不会是腺样体肥大吧？不然怎么这么小的孩子打呼噜呢？或者太胖了？会不会积食了？”

所有的女人在成了妈妈以后，都变成半瓶子醋医生，宁悦也不例外。她忧心忡忡地摸摸孩子的额头，又揉了揉肚子，才回到书房。门是不敢关的，她要时刻听着隔壁卧室的动静。尽管有床栏挡着，胡子渊也干过睡着觉自己翻过床栏，摔倒地下的奇葩事。

宁悦打开手机，翻出一张图片，是一个女人的照片。眉眼间自带忧愁，天然一股风流情态。女人身边依偎着一个十三四的小女孩，模样相似，一看就是母女。但要论起来：女儿更显清丽秀美，妈妈胜在气韵迷人。

宁悦拨通了电话，田秋子的声音从听筒那边传过来："真没想到，你也会主动给我打电话。你就不怕胡成接了吗？"

宁悦笑了："他不在你那里。"

"他回家了？"田秋子的声音透着浓浓的敌意和醋味。

宁悦笑了："他不在我这里。田秋子，你跟我较劲是没用的，就算我和胡成真的如你所愿离了婚，你也是为他人作嫁衣。"

"你什么意思？你说谁？你……"

宁悦笑了笑，挂了电话。

男人的战争讲究纵横术，女人呢？情敌的情敌就是自己的盟友。

唐时高宗宠信萧淑妃，王皇后将武氏从感业寺接入宫中，成为后面诸祸肇始。世人多责怪王皇后识人不清，甚至连自己都被武氏所害。宁悦却不这样看，王皇后所做没有错，错只错在她不能离开高宗罢了。

哪怕离不开那个牢笼，至少可以离那个男人远点。她是个争强好胜的女人，但对感情她更喜欢顺其自然的平淡。对胡成，她早就放手了！

所有的女人，在感情的布局方面，都是天生的高手。

处理完田秋子的麻烦，宁悦又看了会儿书——司法考试。虽然她早就过了，但是那么多年没有动过，如今肚子里的墨水早就干涸。这种考试速成抓重点的东西，用来激活记忆最好不过。沉入书中的世界，不过一瞬，抬起头，已经十二点半。

"咕咚"！外面传来一声钝响，随即没了动静。

有人！宁悦的汗毛都立了起来！站起来就要往卧室抱儿子。到了门口，又觉得不对劲儿。

——太安静了！

小心地关好卧室房门，蹑手蹑脚地走了出来。

这是一套使用面积达到一百七的平层公寓。进门是一面风水墙，左手是客厅，右手是餐厅和厨房还有向右翼延伸的储藏室、保姆间、设备房。绕过风水墙是一个方形的小空间，延伸下去是一条过道，两侧分布着四个卧室、三个卫生间和一个步入式衣帽间。

两个老人的房间是他们自己选的，离餐厅最近的客卧，说是早上起来做饭方便。而且，他们不喜欢卧室里有卫生间，说是浊气重。所以他们用的厕所位于厨房的旁边。宁悦带着儿子睡在最里面，是带卫生间的客卧。两个卧室之间隔着一个书房。而最大的主卧和衣帽间则盘踞了对面的位置，是胡成回来时住的。

宁悦关好卧室门，沿着通道一直望到风水墙，影影绰绰各种熟悉的家具墙壁，没有一点活物的痕迹！

听错了？

宁悦很想就这样确定下来，然后走进卧室紧紧搂着儿子睡觉。可是，一股莫名的力量推动着她，一步一步地挪到前边。

甬道没人，小方厅没人，客厅没人，厨房没人，再往前……宁悦突然停住脚步，抬起的脚步迟疑的收了回来。她微微顿了一下，扭身回头向下看——宁悦差点没喊出来：地上黑咕隆咚的是什么！

等宁悦意识到一个人躺在地上的时候，她连灯都没开就认出是谁——婆婆！

她怎么一动不动？

宁悦紧紧捂住嘴巴，生怕喊出声惊醒睡梦中的儿子。定定神，宁悦打开一边的壁灯。昏黄的灯光下，婆婆双目紧闭，倒在地上。宁悦赶紧蹲下，伸手一摸脉搏，居然没有？

死了？宁悦整个人都晕了！拿着电话，却无法拨出号码！终于 120 接通了，里面传来的声音宛如天籁。

接下来就是等车来，宁悦也有点冷静了。从听到声音到现在，不过五分钟。婆婆平日身体非常好，血压血脂都正常，也没听说心脏那里有什么问题。如果按照急救常识进行对照检查的话，婆婆更像是心脏方面的急性发作，而不是中风。如果这样……一个念头在心里倏忽出现：我只要这样等着，十分钟之内她就会彻底凉掉。从今往后……

“但是，你其实会急救。”

“胡成不知道你会！没人知道你会！120也没让你做急救！”

“她是胡子渊的奶奶！她在你坐月子时照顾你！她真心疼着胡子渊！”

“可是她会抢走胡子渊！如果离婚，她会蛮不讲理地抢走孩子甚至藏起孩子！”

“胡子渊爱她！”

“宁悦，你是宁悦！你的良心呢！”

宁悦哆里哆嗦地伸出手，乱七八糟地解开衣扣，当她的手碰到冰凉的胸口时，她忽然冷静下来了！什么都不想了！只有急救知识在脑海里流过！

屋子里安安静静的，只有粗重的呼吸在空间里回荡。医护人员赶到的时候，宁悦瘫坐在地上，两条胳膊像断了似的。那时候，婆婆已经有了脉搏。

一屋子人吵醒了胡子渊，看着赤脚走出卧室的儿子，宁悦好像突然之间有了力量，立刻从地上弹起，飞到儿子身边。一把把他抱起来。没抱动！再使劲儿，夹起来了。她把儿子送到卧室，简单地说奶奶身体不好，妈妈必须马上送奶奶去医院。你是在家等爸爸，还是跟着妈妈走？

胡子渊哇地就哭了：“我跟妈妈走！”

宁悦知道自己说得太急，吓到孩子了。可这也不是操心这些细节的时候，趁着医护人员转移老太太，宁悦给孩子穿好衣服，拿上钱包手机，一起跟着出了门。

关门的时候，她拿着钥匙想把门反锁上，却半天也捅不进钥匙眼，只好放弃。看着莫名其妙的胡子渊，宁悦笑着说：“看来爸爸讲得对，我们该换智能锁了。”

胡子渊紧紧拉住妈妈的手，跟着一起上了救护车。缩进妈妈的怀里，胡子渊说：“妈妈，你别怕，有我呢！”

不知为什么，本该松一口气的宁悦，听了儿子的话，心像被什么东西重重地撞了一下，眼泪出来了。

拯　救

阳光透过窗户照进雪白的病房，胡子渊依旧偎依在她身边。宁悦的两条胳膊，从肌肉到关节到骨头，都像散了架，软软的不受控制地垂在胡子渊的身前。整个人坐在角落的椅子上，几乎也是瘫着的样子。带着孩子忙活了一晚上，爷俩的电话都是早上七点以后才接通。不是不开机，是睡眠太好，或者放得太远，都没听到。

不过，这不影响他们此刻表达自己的关心。胡成和公公围在婆婆的病床边。三四个医生站在那里，回答着两个大男人连珠炮似的问题。在两个大男人的保护下，一直说自己没事的婆婆好像也突然意识到自己身体不舒服了。

的确是突发性心脏病，但是现在这不是最主要的问题。在两个男人看来，更严重的是老太太的两根肋骨断了！

不错，宁悦在做心脏急救的时候，把老太太的肋骨压断了两根。

在医生反复确认肋骨断了可以续上，老太太已经没有生命危险之后，胡成和他爹还有老太太自己，终于放医生走了。

胡成一转身，皱眉对宁悦说："你怎么那么不小心，连肋骨都压断了！你就不能等到护士来了让护士做吗？"

宁悦垂下眼皮，没有解释的欲望。她甚至有点恶搞地想着，要不要告诉他其实自己压根就不想这样做呢？

婆婆哼哼着发出颤音："疼……"

公公迟疑了一下，说："胡成，也不能那样讲。医生不是说了吗？幸亏抢救及时你妈才能脱离危险。"

胡成眉头皱得更紧了，对着宁悦说："留你在家，你怎么照顾的妈？怎么能让妈这么晚摔倒在外面！"

宁悦心想：幸好房间是你妈自己选的，幸好你妈因为房间里不能有卫生间还跟人装修师傅吵了一架，幸好这一切我都没插手，不然如今都是我的错！不过，看起来也没大用。谁让昨晚就是我和老太太自己在家。想到这里，宁悦迎着胡成责备的目光凉凉地说："要不咱们找个住家保姆，晚上爸妈上厕所也要有人搀着点！"

胡成更生气了："你胡说什么！我妈至于那样吗！"

宁悦一撇嘴，头扭向一边。

"胡成！"婆婆出声了，"不怨宁悦，我是自己上厕所，不知怎么就什么都不知道了。"

"你平时也没事，怎么就突然闹这么一出？"

那一家人又说到一起了，宁悦低头看看怀里一脸担心的胡子渊，低声问："困不困？"

胡子渊摇摇头："妈妈，我们什么时候回家？"说完，打了个哈欠。

宁悦站起来告诉胡成，自己要带胡子渊回家，孩子也折腾了半宿没睡觉。

胡成只摆了摆手，胡成妈说："你看你，让孩子也跟着折腾。小孩子睡不好觉，闹病怎么办！"

宁悦被责备了半天，现在连胡子渊睡不了觉都要怨自己。她不干了，站起来说："哦，您是说让我把子渊自己放家里睡一晚上吗？"

胡成妈噎了一下："你可以给胡成或者你爸打电话替你啊！"

"他们不接啊！"

"多打几遍啊！"

"打了……"

"你就不能少说两句！非要气死妈吗！"胡成突然插嘴，打断宁悦的话，还狠狠地瞪了一眼宁悦，似乎她犯了什么不可饶恕的错误。

宁悦的话戛然而止。她看着胡成，眼底跳跃的火焰慢慢地熄灭。如果这片大火燃烧起来，未来或许还有希望，但火焰熄灭了，剩下的只有漠然，只有徒劳挣扎后的绝望与了悟：“这里真的没有我说话的地方！”

宁悦一秒钟都不想留。她缓缓地扫视着屋里的每个人，大家都在忙自己的事情，没人注意到她突如其来的沉默。当目光最后落到胡子渊身上时，宁悦心头一痛：这个时候，也只有这个小孩子注意到自己了！

胡子渊看着妈妈，茫然的眼神被渐渐浮起的泪水遮掩。宁悦走过去抱起他，轻轻地拍了拍，低声说：“没事了，妈妈带你回家！”

什么世道啊？救了陌生人，还有可能当个恩人，被人感谢。救了自家人，不被骂死就算万幸了，别说感谢，给你个“原谅”都是高抬贵手！

罗雅婷放下电话，有点无奈地笑了。自从上次想找宁悦谈话之后，就被各种出差和开会耽误。等到她终于得了空，想找宁悦聊聊，得到的消息居然是宁悦请假了。

“请假系统里没有啊？”罗雅婷还记得自己拿着电话认真地看了一下考勤记录。

潘洁在电话那边说：“她家老太太半夜晕倒了，还在医院急救，所以今天过不来。”

“但是一天呢，下午总能来吧？”

“说是孩子半宿跟着没睡，所以她得留在家里照顾孩子。”

罗雅婷皱起眉头自言自语：“这样的人，就该留在家里！出来工作什么！耽误事！”

敲门声响起，进门的是秦灿：“听说你找宁悦好几次了，有什么事？跟我说一样的。”

秦灿坐在罗雅婷桌前。罗雅婷斟酌了一下，“宁悦这样的工作状态，真的适合上班吗？”

“谁家里都有个事儿。”

“她请假的次数也太频繁了吧？”罗雅婷倒是不着急，细声慢气地问。

秦灿忽然笑了，直起身子，认真地说：“要不，咱们也弄个 homework 吧。在家上班，还给公司节约资源。配台电脑就行。”

“一个后勤行政在家能做什么？”

“这就是我想找你谈的。秦灿拿出一份简历，“宁悦完全可以做更多的事情。我们部门正好还需要一个律师。”

罗雅婷看都不看，笑了：“她什么水平，我还不知道？不过，再厉害的老虎没了战斗力也会被狼咬死。”迎着秦灿不解的目光，罗雅婷说，“这个圈子很小，当年她做一个案子的时候，和她唱对台戏的是我的同事。”

秦灿点点头：“那你想叙旧？”

罗雅婷忽然不知道该怎么回答了，扭头看着窗外，默然不语。连秦灿什么时候走的，都不知道。她找宁悦说什么呢？

聊聊胡成吗？当年那个伤透她的心的男人，如今可还安好？那一场轰轰烈烈的爱情，痛彻心扉的感受，让她从此在所有的甜蜜面前噤若寒蝉！

在她对宁悦起了好奇心，翻查她的简历和八卦的时候，除了小三田秋子，还找到了宁悦背后的男人——胡成。

罗雅婷的前夫——一场维持了四十二天的婚姻的男主角。

宁悦带着孩子在家里补觉休息，下午又捡着太阳好的时候，出门晒了晒太阳，跑了跑。一进门就看到胡成父子俩坐在沙发里，一副累瘫的模样。

看到宁悦进来，胡成说：“宁悦，妈说医院给做的饭太难吃了，外卖她嫌油，以后你给妈送饭吧。”

宁悦真想翻白眼。这是转性了吗？胡成妈在家做了一辈子饭，最爱吃外面的饭。总说人家做得好吃家里比不上，得空就想去饭店里吃。如今这样说，分明是冲着她来的。不过，考虑到病人吃不得油腻，宁悦也理解。点点头说：“早饭和晚饭，我可以送，那中饭呢？”

“当然还是你做了。”胡成皱眉，“有什么问题？”

“我还得上班，赶不回来。”

“你不是被裁了吗？”胡成先前确认过宁悦的确被裁了，连赔偿金也给了。

宁悦淡淡地说：“我又回去了。”

“不可能！”胡成莫名其妙。

宁悦说：“无非是 cost down，去掉一个员工的名额，改成外包，降低成本罢了。”

“什么！你答应了？”

“对啊，反正都是那些活。钱也差不多，外包不外包的，有区别？”

“当然有！你丢不丢人！说起来我胡成的老婆给人家做临时工，你有病啊！缺你这点钱吗？”

宁悦怒，刚想反驳，忽然觉到有人拉自己的手。低头一看，胡子渊怯怯地抬头看她。伸手拍了拍儿子，宁悦压着火，轻声说：“工作我是不能辞的。如果你觉得家里真的不缺钱，就雇个阿姨。就算我给妈做饭，爸每天吃饭也需要人来做。而且，我这十几年在家里没做过饭，你确定我做的东西能吃？”

胡成语噎：“不管吃不吃，这份工作你必须辞掉！哪怕你再找别的，都不要这样做了。家里现在更需要你。”

宁悦不理胡成，牵起胡子渊的手：“走，妈妈带你去书房画画。”

胡成刚想拦住宁悦，胡成爸忽然出声了：“胡成，你过来一下。”

胡成走过去，胡成爸一直等到听见书房传来关门的声音，才叹了口气：“胡成，上次子渊生病，我半夜给你打电话，接电话的那女的是谁？”

胡成忽然想起来，似乎大家一直都回避这个话题。

胡成爸说：“一个男人，如果不能让女人感到安全，她就不会依靠你。宁悦希望出去工作，你今天让她辞了，明天她还会找。有时间，多回家住住。这儿才是你的家！子渊是你儿子！”

胡成心里翻江倒海。宁悦打过电话了，她从来没说过，但是她一直坚持上班。为什么？两者之间，难道有什么关联？宁悦想干什么？答案呼之欲出，胡成突然发现桌上的茶壶盖子不知什么时候被拿了下来。他绕过去，捏起精致的小壶盖，仔细地盖上。

“咔嗒”一声清脆的响声，在安静的客厅里回荡。

宁悦和胡成早就分房，胡成躺在自己的大卧室里，翻来覆去睡不着。索性披衣起身，去宁悦和儿子的卧室。

门把手微微动了一下就卡住了。

胡成一愣，他不记得宁悦什么时候有锁门的习惯，还是这根本就是针对自己的？念头一起，胡成一夜的辗转都变成了愤怒。抬手就要砸门，手落下，还是变成了咚咚咚的敲门声。尽管如此，在这样的一个时刻，也显得格外突兀。

门很快开了，宁悦带着一脸的不悦，恼火地阻止他再发出任何声响。

“大晚上的你锁什么门！”胡成压低声音质问。

宁悦眯起眼睛，抬头看了他一眼，胡成明显地感觉到一股不耐烦和不屑扑面而来。

宁悦说：“有事吗？都快两点了，有事吗？”

胡成这才想起自己本来是想温存的，他设想的是自己悄悄走进去，躺在宁悦身边，就像很早以前那样，温柔地搂住她，用吻唤醒她……可这一切，都被眼前锁住的门破坏了！不仅破坏了他的计划，甚至让他无法说出口！

胡成张口结舌，一时竟没了言辞。宁悦打了个哈欠，挥挥手：“早点睡吧，别折腾了。”

胡成看她要回去，一伸手攥住了宁悦的手腕，突兀的动作吓了宁悦一跳，猛的瞪大了眼睛，低声吼道：“干什么！”

“跟我回房睡去！”胡成霸道地往自己卧室里拖宁悦。

宁悦一惊，下意识地抱住墙边挣扎着。胡成毕竟力气大，一把扯开她的胳膊，直接拽了出来。宁悦踉跄了一下，心中却更加惊恐。扭着身子向后拖的时候，撕拉一声，睡衣竟然被扯破了！

雪白的皮肤在朦胧的夜色里带了一层淡淡的珠光，显得更加撩人，陌生而熟悉的体验席卷而来。宁悦曾经令他愉悦沉迷的身体从记忆深处来到眼前，她冷冷地看着他，带着疏离和不屑，像对着一个陌生人一样躲着他——他能感觉到细微的厌恶！他迫切地需要把那种令人不快的陌生去掉，他迫切地需要再次证明自己的所有权，他必须在这具躯体上再次宣誓自己的占有和成功！如果刚才胡成还有一丝犹豫，还有一些勉强，还有一点哄人的算计，那么现在只剩下迫切的本能了！

胡成的变化令宁悦惊恐，他们已经两三年没有夫妻生活了，尤其是最近，胡成哪怕靠近一些，宁悦都有恶心想吐的感觉。此刻胡成那么近地扯着她，向着卧室的方向拖进，目的一目了然！

不！宁悦惊恐地一脚踹起，居然正中胡成的肚子，趁着胡成弯腰的功夫，宁悦转身想跑回自己的卧室。就在门要被关上的时候，胡成又冲了过来！不管不顾地伸手卡住门，侧身一挤，探手一抓，已经攫住宁悦的肩膀，“咣”的一下，宁悦先是脑袋被撞在门上发出闷响，接着整个人就被拽了出去！

黑暗中起风了，有野兽在暗处潜伏……宁悦被一拳打倒在地，眼前是纷飞的金星，耳边是胡成喘息：“敢踹我？长本事了？想跑？你试试！”

宁悦等着，等到力量再次到达指尖，胡成正拖着她往主卧走。宁悦一抬手，反手握住胡成的手腕，手指曲起如鸡爪，新剪的指尖锋锐的边缘就划出一条红色的肉棱子！胡成缩回手，宁悦翻身连滚带爬地往自己的卧室跑！可是剧痛再次传来，头发被胡成揪住，胡成恶狠狠地说：“如果儿子醒过来——”

宁悦忽然不动了。她的余光里，户外小区的景观灯从全遮光窗帘的下边透了过来，静静地铺在地上，晕染在雪白的天花板上。这两者之间，是一张上下子母床。下铺已经空了，上铺隐隐约约有个小小的一团，紧紧地锁在一起。

宁悦像一团烂肉沉到了地上，任由胡成拖进了主卧。然后，像一条死鱼一样，被扔到一张冰凉的床上……

当喘息在压抑的吼声里消失的时候，短暂的沉寂之后，突然“啪”的一声脆响——巴掌声！

宁悦只觉得脸上火辣辣的，一股怒火本能地让她挣扎着想还手。可是，四肢已经被胡成死死压住，她只能睁开一直紧闭的眼睛，努力地瞪大着，瞪到眼角火辣辣，瞪到眼球的血管要爆裂，瞪到要把脸上的火焰全部引到那个面对面和她赤裸相对的人身上！

可是，黑暗中，她只看到一个模糊的轮廓，那些无形的火焰除了钻进她的心里，焚烧着她的理智和尊严，什么也做不了！

胡成的声音响起来，被搅动的黑暗变得更加浓稠：“明天，辞职！”

宁悦没有说话。如果此时有光照在她的嘴上会显出死亡的白色，如果灯光可以多停留一会儿，会看到在一片死白色的下缘，会慢慢变红，然后一丝细细的艳红如蛇一般游出来，沿着死白色的边缘游出来，仿佛向死神的镰刀献祭的贡品，带着绝望的解脱主动而缓慢地走向黑暗！

“不！”宁悦的声音带着些微的嘶哑，听起来那些被声带压缩的空气又被牙缝挤压着送出来。

一只温暖的正在慢慢变凉的手，抚上宁悦的脖子，慢慢地收缩。没有言语，没有选择。曾经压缩空气的声带，正被强大的外力慢慢挤压变形。当宁悦的身体发生不受控制的抽搐时，那股外力停顿了一下：“辞职！”

宁悦咬紧牙关，闭紧嘴唇。求生的本能冲击着她的大脑，她能做的只是用仅余的理智拒不发声！这种沉默激怒了胡成。他的手仿佛突然被猛兽控制，死死地咬住了宁悦的喉咙。胡成忽然感觉到身下那股时时存在的抗争之力突然消失了！他猛然惊醒，忽地撒开了双手，惊恐地瘫坐在宁悦的腿上！

宁悦发出一连串的咳嗽声。然后，她捂住了嘴。咳嗽依旧从指缝间溢出来，宁悦拼命扭动身子，试图把声音埋进柔软的枕褥之中！

胡成低头俯视狼狈扭动着上身，拼命抑制咳嗽声的妻子，观察良久，才从嘴角扯出了一抹微笑：“原来如此！”

他弯下身子，双手撑在宁悦身侧，温柔地说：“子渊该到上学的年纪了，你说我是送他上寄宿，告诉他妈妈太忙照顾不了他呢，还是你辞职继续接送他上下学呢？”

宁悦停下来，肺部火烧火燎，却依然无法抵挡席卷而来的绝望：他才是决定一切的人，这场婚姻她输掉的不仅是事业和前途，还有做人的尊严和家庭里的地位！

胡成伸手捏住宁悦的下巴，粗鲁地扭过宁悦的头，继续用温柔的声调一字一顿地说：“听我的话，好好带子渊。我答应你，你永远是他的妈妈。否则，我总有办法让你变成一个养不起孩子的女人！”

胡成从宁悦身上下来，仰面躺下。席梦思轻轻地上下震荡着，胡成的肩膀微微下沉落在枕头的下缘，彻底放松下来。他闭上眼睛，淡淡地说：“滚！”

都解决了，无论是自己出轨的问题，还是宁悦辞职的麻烦，都解决了。而且，最主要的是，胡成有些释然：他知道宁悦想要的是什么了！

无论是生意场上的对手，还是家里的亲人，他最擅长的就是抓住弱点，然后予取予求！

即使深夜，卧室也不是完全的黑暗。因为胡子渊第一次自己在小床睡的时候，提出要晚上醒来时，可以看到妈妈。医生说小夜灯不利于孩子的发育，各种权衡之下，宁悦把窗帘下面的那条流苏去掉，使光线可以从下面透进来。

宁悦靠在窗户边，隔着纱帘向外张望。楼外就是小区的中心景观，一部分景观灯彻夜亮着。假山笼在景观灯的光晕里，又将光线散射出去。

房间里因此变得朦朦胧胧，树的影子，床的影子，被子的影子，孩子的影子……宁悦凝视着床头的某个位置，那里有一个半圆形的东西。只是个形状，看不清里面是什么。宁悦却知道，那是一朵永生花。美丽的玫瑰，封禁在有机玻璃的透明框架里，安放在天鹅绒的平面上，生命永远停留在高贵、美丽、迷人的那一刻。可是，那不过是死亡，永恒的美丽是以死亡为代价换来的。她是别人口中幸福的主妇，又是拿什么换来的！

泪水早已经流干了，宁悦拉好窗帘，轻轻躺回自己的床上。头顶的床板发出轻微的咔咔声，胡子渊在睡梦中翻了个身，嘴里嘟囔着不知道说着什么。她瞪着干涸的眼睛，空洞地看着眼前看不清形状的永生花——慢慢地伸出手，拿过来，揭开底座，撕碎了。

一大早，宁悦带着胡子渊出门吃的早饭。胡成还在酣睡，胡子渊没有问爸爸为什么不吃，一路上紧紧拉住宁悦的手，不停地说着幼儿园里的事情。宁悦有点心不在焉，没听出孩子话里的紧张。直到来到幼儿园门口，宁悦才意识到有点不对劲，问胡子渊怎么了？胡子渊犹豫了一下说：“爸爸不好，打妈妈。”

宁悦的眼泪夺眶而出，把孩子紧紧揽进怀里。

昨天晚上，他看到了吗？看到了多少？

“妈妈。”胡子渊有点迟疑的声音，从宁悦的后脑勺传过来，“我会保护你的。”

宁悦不敢回头，她怕自己的眼泪吓着孩子，哽咽堵住了喉咙发不出声音，只能重重地点头。

良久，宁悦才深吸一口气，把胡子渊重新拉到面前，郑重地告诉他："爸爸和妈妈之间，的确有些问题。不过，这是大人的事情。妈妈会处理好的。相信我！”

胡子渊伸手摸了摸宁悦的脸，轻轻地点了点头。他生了一双像极了胡成的眼睛，已经蓄满了泪水，水波后面，是无法掩饰的惊恐。

宁悦拿出纸巾，擦干净孩子的泪水，放缓了口气："无论爸爸妈妈之间发生了什么，爸爸妈妈都爱你，这一点谁也改变不了。尤其是妈妈，妈妈永远爱你！”

"我不要爸爸妈妈离婚！”小孩终于忍不住了，哭着扑进了宁悦的怀里，然后呜咽着说，"我不要爸爸打妈妈！”

宁悦从医院出来，手里拿着一份诊断证明，是自己脖子上伤痕的还有妇科的一些诊断。把诊断证明小心地收进档案袋里，袋子里已经存放了几张刚洗出来的照片，是她脖子上伤痕的自拍。

踏进办公室的时候，宁悦习惯性地看了看表，已经迟到一个半小时了。同事们惊讶地抬起头看着她，潘洁说："罗总找你。”

宁悦点点头，这些都不重要了。

她走近秦灿的办公室，秦灿奇怪地问她怎么来得这么晚，是不是家里有什么事？宁悦说："我要辞职。”

秦灿露出你疯了的表情。他当然记得一个半月之前，宁悦是怎么坚决要求留下这份工作的。现在宁悦面无表情的进来，又是那么坚决地说——辞职！

宁悦又重复了一遍。

秦灿终于找到了嗓子："为什么？是不是孩子有什么事？你如果需要请假，我可以允许。”

宁悦的表情终于有了一丝裂缝，她摸了摸扣紧的领子，目光移向别处，低声说："没什么，还是辞职吧！"

"我记得你很希望保留这份工作啊！而且……"秦灿有点手足无措，他正在做一个 hongwork 的设计，如果申请成功，他打算第一个名额就交给宁悦。秦灿顿了顿，没有定论的事情就说出去，不是他的风格。他犹豫了一下，想起另外一件事，"你的劳动合同上，有很高的违约金。而且，你自己修改的结果——基本上是不能引用显失公平，或者格式合同之类抗辩的。"

宁悦说："我知道。而且，我赔不起。"

秦灿一愣。

宁悦说："所以，公司必须起诉我。"

秦灿摇头："不不不！如果你真要辞职，我也会允许。合同无非是双方合意，我们签个补充……"

"不，秦主任，公司必须起诉我。"宁悦忽然激动起来，"如果您想帮助我，就一定要起诉我。"

秦灿仔细地打量宁悦，最后目光定格到她的脖子上。尽管衣领扣的严实，但若仔细看，仍然能在领边看到些微青淤色。秦灿不是菜鸟，他在律所实习的时候，也接过治安刑事或家事案子，对伤痕有一定的认识。

"你脖子怎么了？"秦灿一只胳膊支在办公桌上，身体不由自主地前倾，好像要看得更仔细一些。

宁悦的手指在领子边缘划了一下，"没事，我自己会处理。"

"你做过律师，应该怎么处理，还记得吧？"秦灿追问，神色凝重。

宁悦点头。秦灿看出宁悦的拒绝，犹豫着坐回椅子："如果你需要帮助，尽管告诉我。"

"那就打劳动仲裁，让我按照合同赔钱。"宁悦说，"我在合同里说明了，为了保证赔偿金的履行，愿意以个人房产作为担保。你们可以申请执行。"

秦灿摇摇头："荒谬！"

宁悦点头："的确。不过，只要有动作就行。如果您这样做了，也许我还能回来。我求您了！"宁悦的神色变的悲戚，过于恳切的样子让她此刻显得有些无助而慌乱。

秦灿的目光在宁悦脸上停留了一会儿，“好，我会这么做的。但我个人不认为这是个好办法！但是，如果你真的想回来，又不能回来，一定要跟我商量。总会找到办法的。”顿了顿，秦灿说，“包括孩子！”

宁悦的瞳孔猛地放大了一下，随即恢复正常。无奈地摇了摇头，苦笑：“我就这么明显吗？”

秦灿叹了口气：“你家里的事，我们多少都知道一点。大家同事这么久，你也别太见外。”

宁悦愣了一下，想了想，“潘洁吗？她家里有亲戚和田秋子认识。”

秦灿也愣了一下，他没想到宁悦居然能知道得这么清楚。

宁悦只是笑了笑，并没有多说什么。既然田秋子不遗余力的折腾她，她如果连田秋子的底儿都摸不清楚，那真是愧对自己的职业了。

秦灿固然聪明，毕竟没有结婚。除了一些社会新闻和鸡汤文的描述，婚姻中男女的战争究竟有多惨烈，他根本没有触摸的途径。所以，见宁悦显然暗地里做了不少工作，有些吃惊。同时，站在朋友的角度，也多少有些放心。

中午，宁悦拎着做好的午饭，送到胡成妈的病床前。看到宁悦如此听话，胡成妈反而有些迟疑：“宁悦，你没事吧？”

宁悦低头笑了笑，把做好的饭菜推到老太太面前：“您尝尝，合不合口。”

胡成妈正要说什么，电话响了。宁悦听着老太太说话，知道是胡成打来的，嘴角一勾，露出了一丝冷笑。

窗外繁花似锦，温暖不了她内心的阴冷凄凉。胡子渊都看到了！爸爸打妈妈，会对孩子产生什么样的影响！让儿子看到或者感受到母亲受到虐待，然后在这样的阴影里长大？不，这不是她维护这段婚姻的初衷。她要的是一个温暖的家，胡成给也得给，不给？那她抢也要抢一个回来！

宁悦轻柔地抚摸着自己的脖子，全身的关节都在疼。宁悦狠狠地压了一下伤口，强烈的痛楚像火热的烙铁，把正被本能试图抹去的昨晚，再次烙印在记忆里！她要让自己记住这一晚，永远都不要忘记！

胡成，你只有一次机会，而且，已经用完了！

出　局

田秋子对着电梯最后一次检查了一下自己的妆容，确认每点的颜色都完美无误后，才深吸一口气，转过身正对着电梯门站好。

门开了，转身是一家公司的玻璃门。门内，前台小姐的妆容在耀眼的灯光下，显得完美无缺。田秋子踩着高跟鞋稳稳地走过去，她的心怦怦直跳，她的手冰凉得几乎让大脑要切断与它的联系，她的脚除了控制步速，已经没有任何知觉，她什么都不敢想，她怕自己会忍不住突然冲进去，把那个前台小姐的衣服撕碎，会像一阵台风，捣毁眼前能看到的一切，然后披头散发毫无形象地站在胡成面前失声痛哭！

她有毁灭全世界的力量和勇气，却没有动他一根毫毛的胆色！

胡成正和老娘通着话，听说宁悦送了午饭过去，他感到非常满意。还是老话说得对，男人要管着老婆。女人就是这样，三天不打上房揭瓦。今后，他要纠正一下自己的观念，打老婆和打孩子一样，都是为了这个家实行管教的一部分。他满意地想着，甚至因为回忆到昨晚的某些细节，还有些悸动。不由闭上眼，想仔细地回味一下。

档案袋敲到桌子上的声音惊醒了，睁开眼看到眼前的丽人，胡成愣了一下才认出是田秋子。他心情不错，没有被田秋子激烈的动作激怒，反而笑着问：“秋子？怎么了，谁惹你了？”

田秋子没说话，双手撑在老板台上，单手将档案袋缓缓地推到胡成的面前。

胡成狐疑地看了一眼，打开了档案袋，第一张照片是他和一个女人肩并肩地走进一家饭店。

“她是谁。”田秋子开口。这不是问题，这只是一个开场白。

胡成的脸沉下去，干脆打开袋子，把里面的东西都扫了一遍。不多，几张照片而已。看了看，也只有一个女人。

“你想干吗？”胡成“啪”的一声把档案袋甩回去，靠着老板椅，斜睨着田秋子。

“离开她。”田秋子也是干脆利落，直击核心，毫不拖泥带水。

胡成冷哼一声，没有否认，也没有承认，只是低头转了转无名指上的婚戒，不屑地看了一眼田秋子。

田秋子笑了，直起身左右看了看这间不大但是精致的办公室：“第二轮融资的钱花得差不多了吧？好像还没找到下一家？可是，昨天陈总又催我了。就算不还本金，那笔钱的利息怎么着也该还了。”

胡成眯起眼睛，想了想。以田秋子的工作，知道这些并不难。心底有些恼火，他大概明白田秋子的意图，被一个女人这样钳制，简直是奇耻大辱。

“田秋子，你疯了吧？你把我胡成当成什么人了？”胡成站起来，绕过桌子，走到田秋子面前说，“你算老几？敢这样威胁我！我胡成什么时候轮到被你这种人威胁？”

田秋子很想冷静理智地谈下去，可是方才胡成转动婚戒的动作已经让她痛不欲生，此刻听懂胡成话里话外的意思，泪水一下子就涌了出来，挡也挡不住！

“我这种人？哪种人？”田秋子哭着问，“胡成你说我是哪种人？”

一落泪，人就没了气势。田秋子握着一手好牌，可惜没有必胜的信心，转眼拆得乱七八糟，只剩下输的份儿！

胡成得意地扯了下嘴唇，伸出手指轻佻地捏住田秋子的下巴，抬起头，说道：“姓陈的那里，我也明白地告诉你，咱们连合同都没有，你让我怎么还！

你忘了，那笔钱是以我的名义直接入的资！不过，如果第三轮融资，你能帮我找到，我可以看看能不能帮你交差。如果没有……”他指了指桌子上的档案袋，“在你滚蛋前，咱们一起算算总账！”

田秋子被推倒在地，所有的完美就像不堪一击的瓷器，碎得稀里哗啦。头发打着绺挡在眼前，发丝间隙，可以看到胡成倨傲地转过身去，说：“你最好慎重点。如果老陈知道他拿给你投资的钱放到了我这里，还带着赤身进来……”胡成没再说下去，转身回到自己的座位，看起了文件。秘书进门，看到梨花带雨的田秋子，面无表情地扶着她出去了。

田秋子精心准备了两天的一场战争，就像《三只小猪》里的那栋草房子，被一口气吹了个七零八落。

从医院出来，宁悦踩着点走进 D&D 咖啡厅，卓浩正在那里等她。

看到宁悦进来，卓浩焦急地站起来，招了招手，还没坐定，就问：“到底发生什么事了？”

宁悦不答，反问道：“我托你找的东西，找到了吗？”

“哦，有。那个好找，给。”卓浩拿出一个雕着精致花纹的狭长的深绿色塑料条，“你可不能带着这玩意儿过安检啊，过不去的。”

宁悦摸到上面的一个圆形凸起，并没有摁下去：“开刃了吗？”

卓浩抿了抿嘴，有点不情愿地点了点头，有点着急地问：“到底发生什么事了？好好的，你找这玩意儿干吗？”

宁悦打量着卓浩，忽然叹了口气，自嘲地笑了：“你知道吗？我现在觉得，能有人知道自己的秘密是一件很幸福的事。”

她深吸一口气，抬手解开衬衫的领口。

卓浩来不及想宁悦的话，就被眼前的伤痕吓了一跳！那片瘀青和那个位置，对常年和这些瘀痕打交道的卓浩来说，只一眼就几乎可以瞬间还原场景！

卓浩忍不住倒吸一口凉气：“谁干的？胡成！王八蛋！我找他去！”

卓浩冲动地站起来，被宁悦一把拉住：“坐下。坐下。”

卓浩不解地坐下：“你傻啊！告他啊！告不死丫的！”

宁悦说："别冲动。这世上，我也就只能和你聊聊了。"宁悦忽然有些茫然，一些模糊的记忆闪过又消失，她眨了眨眼，压下去翻腾的情绪，"这笔账，当然要算，但不是现在。我忍了那么久，都是为了孩子。可是我发现让孩子留在一个破裂的家庭里，看着谎言和暴力充斥生活，并不幸福。我要离婚。"宁悦叹了口气，顿住了。

卓浩也记得宁悦父母去世的情况，一个独生女，父母因为一些事和亲戚朋友都断了关系，然后父母去世了，留宁悦一人，的确没人可以说。卓浩眼眶酸了酸，少年时那个爱笑的女孩怎么就变成眼前这个阴郁无助的中年女人了呢？

卓浩按捺住翻滚的心绪，问道："你想怎么办？"

长久的压抑，在此刻突然有一种喷涌而出的冲动，宁悦不由自主地开口："平心而论，就咱们这里的法院，就那几个法官的尿性，我这点伤，再加上我家现在的情况和胡成那德行，不可能做出有利于我的判决。不仅胡成这么说，法官也会认为，我是个没有抚养能力的家庭妇女，不会把孩子判给我的！"宁悦的话里不自觉地带上几分粗鲁，此刻的她瞬间有一种锋芒毕露的锐利，手一哆嗦，"啪"的一声，从那精美的塑料短棍里弹出一只锋利的刀子。刀刃闪着淡淡的蓝光，开刃但还没见血。

刀子天生的杀气似乎压住了宁悦的冲动，她安静了一会儿，也收敛了那股锐气，慢慢地说："所以，如果我要离婚，就必须先收拾胡成。本来我想有份工作总可以证明自己的抚养能力，但现在也行不通了。所以，我只剩下一条路，那就是证明胡成不适合抚养孩子。不过，我不想让孩子受伤。"

卓浩深深地叹了口气，斟酌了一下，才说："小悦，我的委托人里百分之九十的客户都有这样的要求，结果呢？没有一个孩子不受伤的。"

宁悦定定地看着卓浩，良久才苦笑一声，点了点头："我知道。"

"那你打算怎么办呢？"卓浩尽量客观地说，"而且，如果你把目标对准胡成的话，可能——会有比较严重的后果。离婚终归是好聚好散，对孩子有利。"

"你知道的严重后果，有多严重？"

卓浩想了想，“你做过律师，还记得那个夫妻同归于尽的案子吗？”

宁悦不再说话，她记得那个案子。不是她做的，但是挺有名。也是家暴，妻子一方没有离婚，最后忍无可忍，两个人一起死了。

“可是，你觉得，好聚好散的离婚，胡成能让我带走胡子渊吗？如果我带走胡子渊，他会善罢甘休吗？”

卓浩帮着宁悦断断续续地调查胡成很久了，对胡成的经济状况和为人处事，也很了解。他当然清楚，宁悦说的都是轻的。以胡成的为人，甚至不需要等宁悦离婚，只要宁悦露出这个苗头，他就会毫不犹豫地置宁悦于死地！

看到卓浩沉默，宁悦说：“我并没有十足的把握。但是，这么多年和胡成在一起生活，也学会了一些东西。每个人都有自己的弱点，只要抓住了对手的弱点，你就是赢家。胡成的弱点……”宁悦顿了顿，仿佛要在心里确认一下才能说出来。

卓浩看着宁悦，眼前这个女人皮肤暗沉，嘴唇微微有些泛白，眼皮已经有了松弛的迹象，只有眼神，锋利尤胜当年！宁悦嘴角一勾，冷笑着说：“他缺钱。”

卓浩不解地看着宁悦，这不正是导致宁悦不敢离婚的原因吗？否则，她完全可以通过离婚，获得一笔共同财产，而不必如此忍耐。宁悦是怎么想的？

宁悦放缓了神色，低头呷了一口茶：“只有让他顾此失彼，我才能有时间和空间转圜。好在，他得罪的人不少，足够帮我了。”

卓浩听完以后，很长时间没有说话，他看着宁悦，忍了又忍，终于开口：“小悦，我是一定会帮你的。但说实话，我不喜欢你现在这个样子。”他摇摇头，没有说下去。

宁悦苦笑，低下头，没有回应。倒退五年，她会很在乎这句话，但现在，她已经四十了，她的情感已经被鸡毛蒜皮压缩成一条狭窄而坚硬的乡间小路。即使如此，这条小路两边还林立着重重叠叠的树木，阻挡着各种来自外面的侵扰之风。能在这条路上，让她悠然前行的，有且只有亲情了。

胡子渊，是她唯一的亲人。

谋 划

罗雅婷收到秦灿的邮件时吓了一跳，然后很愤怒地接入秦灿的内线，劈头第一句就是：“姓秦的你想干什么？这是公司，你拿公司的制度资源当玩儿呢？你还有没有点职业素养？”

秦灿疲惫的声音从电话那头传过来：“这事儿，我需要你帮忙。什么时候有空？”

罗雅婷准备了一肚子的训斥，听到这句带着几分示弱意思的话，瞬间都憋了回去，撇撇嘴，看了看行事历：“要么十点以后，要么六点到六点半。”

秦灿说：“我请你吃饭。你要不想来就算了。”

电话那头传来咣当摔电话的声音，秦灿看了看听筒，放到了一边。两手插进头发里，深深地低下头。扪心自问，这不是一场多难的官司。但是，这不合规矩。他问自己：“秦灿，你到底想干什么！”

这不是理智问题，秦灿也不认为是感情问题，他对宁悦绝没有半分男女的冲动。但是他的确想帮助她，的确忍不住想安慰她，他觉得这样莫名其妙的冲动，太可怕了！而这场宁悦自己发起的劳动纠纷，他该以怎样的心态面对呢？

或者，可以让罗雅婷去做？

秦灿忍不住退缩了。

宁悦一如既往地接孩子放学，老爷子似乎也感觉和儿媳住在一起不方便，每天看望完老太太就回自己家住。曾经人满为患的大屋子，突然变得空空荡荡。宁悦亲自下厨，带着胡子渊做了一顿晚饭。吃的还在其次，胡子渊玩得很尽兴。平时奶奶爷爷不让做的，妈妈都由着他，只要他最后都收拾了就行。一顿晚饭，花了两个小时。陪着孩子把课外班的作业做完，就到了睡觉时间。宁悦看看表，又看看一直安静的手机，笑着陪孩子刷牙洗漱。万籁俱寂的时候，宁悦独自坐在书桌前，看到手机上有一条幽幽的新信息。

"我在你家楼下，有时间吗？"田秋子的号码。

宁悦想了想，回复道："太晚了，明天吧。"

"你赢了，我现在一无所有。不想感受一下胜利者的喜悦吗？"

"谢谢告知。晚安！"

田秋子那傲气的性子，一旦发作，注定是一去不回头的。当她把那句话说出来的时候，宁悦已经笃定了这个结果。

那个秘密保险箱里的资料已经满满的，几乎装不下了。这么多年来，宁悦也许不能对胡成做什么，但是她仍然可以关注着胡成身边的每一个人。她冷静地看着她们或者他们，一开始是愤怒，后来是沮丧、绝望……但是当时间慢慢拉长，这些人的资料渐渐堆积起来的时候，宁悦眼前看到的，仿佛是一部时间拍成的电视剧。看它起朱楼，看他娶娇娥，看他楼塌了，不过短短几年，这么多人的起起伏伏凑在一起，居然有一种五十年兴亡看遍的沧桑！

宁悦的心情的确像田秋子所说，是胜利者的心情。然而，她也是悲凉的。因为时间告诉她，没有田秋子，还有田春子，田冬子……在她的生活里，田秋子的退出，不能带来任何实质性的改变。充其量，她只是神仙打架，遭殃的凡人罢了。

兔死狐悲之情，悄然而生。

宁悦看着手机，思忖良久，删删减减，想要说些什么。最终还是什么都没发出去。在自己的生命中，他人不过是过客。但在田秋子的生命里，自己也不过是路人甲。怎样总结自己的生命，是自己的事情，轮不到甲乙丙丁指手画脚。

最后，宁悦索性收拾睡下了。

秦灿等着罗雅婷的答复，一串接一串地吃着不知道什么滋味的烤肉。等到他吃的密密麻麻的签子把桌上的付款二维码全都盖住的时候，罗雅婷才慢悠悠地开口：“这个宁悦，为什么要这样要挟家里？她家里，发生了什么事？”

秦灿松了口气，他已经做好准备去迎接罗雅婷关于他这一举动动机的奚落，因为他也解释不清为什么这么关心宁悦。有的时候，他觉得自己就应该承认那可能是爱情，但一旦这么想的时候，他就有一种罪恶感，让他产生强烈的否定情绪。

秦灿在心里把自己知道的宁悦家事捋了一遍，确定其中没有自己推测的部分，才一一说出来。如果总结一下，应该也很简单，女的有一份工作，但看起来遭受到了某种压力，必须辞掉这份工作。而女子的丈夫似乎有外遇。所以从总体上看，女子在不得不辞职的情况，想通过这种巨额赔偿的方式，使整个家庭同意她继续保有这份工作。说完了，秦灿习惯性地推测罗雅婷接下来的问题。大概是要么配合他讨论怎么扮演这个施压者的角色，要么就是干脆拒绝。没想到罗雅婷问：“出轨，离婚或者原谅就好，干吗弄得这么复杂？”

秦灿愣了一下，这个问题好像不太符合罗雅婷一贯的专业形象啊！但是，他还是说：“宁悦不想离婚。”他考虑着要不要把潘洁打听来的事全说了。

罗雅婷忽然接话：“那个出轨对象田秋子，是不是跟咱们公司有什么关系？我怎么觉得这么耳熟？”

田秋子，胡成的情人。罗雅婷并没有意识到，自己正在打开一条讨论宁悦家事的路，而这条路本来不是她来的初衷。

秦灿随口问了一句：“是某投行负责咱们公司上市部分的经理。不过，你怎么知道是田秋子啊？”

然后，秦灿吃惊地感受到了罗雅婷瞬间变化的气场——尴尬、难堪，还有慌乱！

罗雅婷伸手抿了抿纹丝不乱的鬓角，站起身说：“我知道了，我会好好考虑的。不管怎么样，我们不能让个人的情感凌驾在公司的利益之上！”

最后一句有点重了，但是秦灿丝毫没有争论的意思。他觉得这个反应很正常，他见过其他女子，不对，是人——被人说破秘密的人——在这种慌乱之下的反应，甚至有人直接把茶水倒他身上的。罗雅婷只是刺了他一句，他已经很知足了！

望着罗雅婷的背影，秦灿想：难道罗雅婷和宁悦有什么关系？还是……

秦灿吓了一跳：不会是和宁悦的老公有关系吧！

他想起一个流言：当年他和罗雅婷相亲前，曾听人隐晦地提到罗雅婷似乎有过一段短暂的婚姻！

不会这么巧吧？

田秋子打了几遍电话，都是“电话已关机”的提示音。深吸一口气，重重地把自己抛向座椅靠背，闭上眼睛。明亮的路灯下，重重叠叠的阴影里，可以看到田秋子被眼影的颜色勾勒出深浅颜色的眼皮，在迅速地抖动着。好像那双眼睛不甘心就这样被遮挡，正在奋力地试图拨开沉重的眼皮。

良久，田秋子突然重重地把手机抛出去，“啪”的一声撞到了挡风玻璃上。一个小小的白点，立刻出现在平滑透明的玻璃上，然后蔓延开许多不规则的细线。

“谁也别想好！”田秋子从牙缝里挤出一句话。

胡成吃了一顿热气腾腾的早餐。这是一顿普通的早餐，包子，油条，豆腐脑，金丝麻仁，再加一份热腾腾的刚出锅的热牛奶。

胡成吃饭一般不挑，但是早餐和睡觉前一定要有一杯热牛奶，这是从小养成的习惯，他也没有任何要改变的想法。

这样的早餐，胡成并不陌生。在妈妈身边，可以做得比这个还丰富，在田秋子那里，可以做得比这个还精致，在宁悦……胡成的筷子停了一下。他发现认识到结婚这么多年，除了头几年，宁悦从没给他做过饭！

“不可口吗？”柔细而有点沙哑的声音传过来，带着小心翼翼的确认和明显可见的卑怯。

胡成摇摇头，扭头向说话的女人安抚地笑了笑，继续低头吃饭了。

这是一个普通的女人，甚至还有点显老。眼皮已经耷拉下来，部分的遮盖住了原本杏核形的眼睛，眼角已经有了明显可见的皱纹，嘴角的法令纹也深刻得像两条东非大裂谷，记录着曾经有过的艰辛。只有高挺笔直依旧秀气的鼻梁和嘴唇清晰婉约的轮廓，诉说着她曾经的美丽和诱惑。这张脸，就是田秋子档案袋的照片里女主角。

胡成快速吃完，抽出纸巾擦了擦嘴，问道："今天去公司吗？"

女人点点头。

"明明的学费准备好了吗？不要动店里的钱，手里不够的话我凑给你。"

女人表情微微变化，随即变得平和，说道："不用了，你给得够多了，完全够了。"

胡成扭头看了看她，忽然叹了口气，"田秋子找过你了？"

女人露出尴尬的表情，笑了笑看向别处，显然不想谈论这个话题。

胡成摇摇头："不要管她。有什么事只管找我。"

女人只是笑了笑，然后摇了摇头，就好像他们正在讨论的是个不听话的孩子做了什么淘气的事，做过就过了，没必要再说一般。这个表情让一直暗中观察她的胡成松了口气，眼角眉梢向两边一扯，嘴角向上轻轻地翘了一下。

阮美英的家在一片普通的社区里。

这里原本是纺织厂的职工宿舍，后来纺织厂倒闭了，这里房子的主人也几经变动，不全是原来的职工和家属了。但是，一栋栋的红砖房不会变，一条条甬路的宽窄也没变。整个小区九栋楼，就像一个慢慢变老的人，渐渐地佝偻下来淹没在周围高耸的大厦里。然而，走进这个小区，粗壮的行道树炫耀着一层又一层的年轮，茂盛浓绿的树冠轻而易举地遮蔽了所有的空地。一到夏天，在炽烈的蝉鸣中，下棋的老人推动敲打棋子的声音，蹒跚走路的小娃娃咿呀声，汇成一支简单的和弦，日日奏响。门脸房里传出来的阵阵菜肉的香味，伴着社区主食厨房馒头大饼的香味，像寺庙里的烟火，盘旋缠绕着整个小区，袅袅上青天。

这里也是胡成长大的地方。

那时，他和阮美英坐在树荫下一个小时，彼此只互相看过一眼。胡成早就忘了聊了什么，他只记得蝉鸣声，下棋声，孩子的哭声，只记得窗户里透出来饭菜的香味，西瓜切开的果香……

他也不是总记得这些。

有那么一段时间，他是如此憎恨这片小区，就好像那些楼房不仅低矮了海拔，也低矮了他的人格。挣钱后的第一件事，就是买房子把爸爸妈妈接出来。他甚至很少跟人说起自己的来历，即便是和宁悦结婚，也很少提及过去。结婚买房，也是选了城里离这片小区最远的位置。

他的人生一直向上向前，直到偶然遇见了阮美英。那时的他已经功成名就，但看到阮美英的一刹那，他突然发觉自己一直少一样东西！过去的一切就像巨浪一样铺天盖地地扑过来，把他淹没了。那样强烈的情绪，不仅是炫耀，也不止于怀旧，而是一种终于找到根的安全感和激动，让他感到从未有过的脆弱！以至于当他心烦意乱的时候，只有站在这个小区里，站在这里的大树下，他才能安静下来，就好像这里的空气里都有镇静剂似的！

胡成把车停在了小区外面。这样每次他都可以在小区里走一走，也许他满怀心事的时候不会看到很多景色，但那熟悉的味道，足以让他感到满足，好像他还是那个白衬衫的少年。

手机微微震动，胡成看了一眼，是宁悦的微信。打开一看，他突然站住走不动了。怎么回事？不是已经辞职了吗？怎么还要打官司？赔偿金还那么高！还以家里的房子担保！宁悦搞什么飞机！她疯了吗？

胡成的怒火忽的一下烧起来，瞬间把理智化为灰烬。他已经忘了该继续走路，站在原地，给宁悦打电话。

电话接通，胡成劈头盖脸地骂：“宁悦你搞什么鬼？你不是律师吗？怎么会签那么高的赔偿金？你还敢用家里的房子担保，你疯了吗？”

电话那端安静了一会儿，就听胡成妈的声音传过来：“胡成你说什么？什么用咱家的房子担保？你不是已经把钱都还给银行了吗？”声音里带着颤抖。老一辈对“债”这个东西，有着天然的恐惧。

胡成有一种正在狂奔的时候一头撞到墙上的感觉。深吸一口气："妈？宁悦呢？这不是她的手机吗？"

胡成妈说："她去帮我问医生什么时候可以出院，手机没带在身上。我看来电是你就接了。你刚才说什么？宁悦做什么事了？她把房子怎么了？"

胡成突然很烦这种"不见外"地翻别人手机的习惯，尽管这习惯的执行者是他妈。以前翻爸的手机，他觉得理所应当。后来她翻宁悦的手机，他觉得无所谓。只有今天，他妈接起了这个电话，胡成才觉得这是个要命的坏习惯！

宁悦回来的时候，看到胡成妈正对着电话吼："你说清楚，房子到底怎么了？"看到宁悦进来，胡成妈一抬手把电话扔过来，正砸在宁悦头上。不幸的是，没有血流出来，所以，胡成妈只是愣了一下，就大吼："你到底把咱们家的房子怎么了？又押给谁了？你凭什么这么做？这是你的房子吗！你怎么敢？"喊着喊着，两眼一翻，背过气去。

在医院里，有些时候，死还真是不太容易。不到五秒钟，老太太就被急救过来。当然，她也不太舒服。毕竟为了观察是否有其他的问题，护士和医生给她身上插了点管子，想说话不太可能。

宁悦坐在病房外面的椅子上静静地等着。事情按照她预想的慢慢进展着，但似乎每一步的幅度都超出了她的预想。坐在那里，她也假设过，如果抛下一切离开胡成离开这个家，也许就没这么多折腾。可是，这世上所谓的"抛下一切"，都是有前提的！

胡子渊，她和他的孩子，她割舍不下的骨血。

不是没想过把孩子留给胡成，可是那是一个能"爱"孩子的人吗？

没有人比宁悦更了解胡成，认识胡成之后，宁悦才知道世界上真的有那种爱自己爱到骨子里，自私到天经地义的人！对于胡成来说，心血来潮和孩子玩没问题，给孩子创造一个有利的大环境没问题，为孩子出头打架也没问题。但是让他关注孩子的生活细节，他没有时间。照顾孩子的心理发育程度控制自己的情绪，他没耐心。如果孩子因此想博得他的注意，不断挑战他的忍耐，结果很可能让他毫不犹豫地厌憎。那样，胡子渊和胡成极有可能成为仇人。这时候如果再有一个后妈……宁悦不相信一个女人会无缘无故地去爱另外一个人，哪怕那个人是个可爱的孩子。没有人比宁悦更清楚：小孩子，都是天生的魔鬼——睡着的时候例外。她不希望自己洒脱地转身走了，留下孩子一个人去面对父亲的另一面和陌生的后妈。如果这样，她宁可自己继续在这个泥潭里挣扎。

“妈怎么样了？”胡成匆匆忙忙地赶过来，看到宁悦，第一句话问完，紧跟着就追了一句，“你怎么这样气妈？”

宁悦耷拉着眼皮，头也不抬地坐着。额头上被手机砸到的地方火辣辣的疼，护士虽然给她简单地包扎了一下，但并不能止痛。

胡成推门要进去，宁悦站起来往外走。胡成一把扯住她，厉声问：“你干什么去？”

宁悦猛地扭过头，她不知道自己的眼此刻很红，但她必须把眼睛瞪到足够大，才能蓄住憋了很多的眼泪！

胡成被宁悦的表情吓了一跳，手上的力气不由自主地松了一部分，宁悦推开他的钳制，只说了一句：“买手机去。”

“妈都这样了，你还有心思买手机？”

“妈把我的手机砸到我头上，手机砸坏了。”宁悦一字一顿地说，“是你妈自己不经允许拿我的手机，接我的电话。是你在电话里说的事激怒你妈。然后你妈拿我的手机砸我的头，你过来说我气你妈！你还会说人话吗？”

宁悦气到浑身哆嗦，她深吸一口气，才勉强平静下来：“如果子渊学校有什么事找我，我没有手机，怕联系不上。”

胡成退后一步，仍旧狐疑地上下打量着宁悦，终于看到宁悦额头上的白色绷带。但是，他只是瞥了一眼，就像什么都没看见一样去看旁边的墙。

医院附近就有卖手机的，宁悦把自己的手机卡装进去，刚调试好，就看到秦灿发过来的消息：“你的事需要公司出面，罗总已经答应负责。她希望尽快和你谈一谈。”

宁悦回复：“可不可以加上我先生？”

秦灿看着手机里的回复，半天没摁下去。他已经意识到，宁悦在一开始就等着这一刻。当宁悦肯把自己的丈夫推出来时，大概也是最后的时刻了。

秦灿一直把宁悦当成回归社会需要帮助的准单亲妈妈。也许潜意识里，在见到宁悦不久，他就把她当成单亲妈妈了。现在宁悦的丈夫出现了，秦灿略微有些恍惚，好像回到很久以前，他和妈妈的对面站着一个身影模糊的男人。

“可以。”他点了发送。

手机的屏幕黑了。无论是秦灿的，还是宁悦的。

胡成妈也是精明了一辈子的人，不过此刻有心无力。胡成一看情势不好，抬腿就出了病房，她鞭长莫及。胡成爸倒是留下了，但是翻来覆去就是几句话："你听错了，是宁悦辞职，公司要赔偿金。胡成觉得不合理，让宁悦不要答应。跟咱家房子没关系！你想啊，房子是咱俩出钱买的——嗯，就算是胡成把钱给了咱俩，以咱俩的名义出的吧，那也没写宁悦的名字啊！她弄不动这房子的。你好好养身体啊！子渊还等着吃你做的饭呢！身体重要！"

疲倦的身体架不住胡成爸没有音高音低的念叨，胡成妈一会儿就睡着了。

胡成爸看着妻子已经老去的样子，叹了口气，站起走出来。胡成在门外坐着，胡成爸也坐下，掏出烟在鼻子底下又放了回去："怎么回事？说吧！"

宁悦上楼来的时候，胡成父子刚刚简单讨论了一下。看到宁悦，胡成正要跳起来，被胡成爸按住。胡成爸让宁悦坐下，先问了问额头的伤势，说胡成妈做得不对。宁悦说没事。

大家都知道，这只是礼貌。道歉的没诚意，接受的也就是顺口一说。

“我都听胡成说了。宁悦，不说工作，单说这份合同。你是个律师，这种东西你也能签吗？”

宁悦苦笑，摸了摸额头的伤口：“我好多年没工作了，专业上的那点东西忘得差不多了。至于这个东西，我当时就想反正是个格式的东西，没什么效力的。而且，这么显失公平的条款，怎么可能生效。所以就没在意。”

胡成压低声音喊：“没在意？我怎么没见过别的劳动合同里押自己家房子做担保的！”

“公司说我没有良好的工作背景，不能保证有足够的偿还能力，所以需要提供担保。不过房子应该没问题吧，我又不是房屋所有人，这样的担保无效呢。”顿了顿，宁悦苦笑，“如果我们有人就好了。”

胡成好像没听见，追问：“他们还起诉吗？”

宁悦心里冷笑，面上却有些为难，“我也不知道。或者我真的业务生疏了，有什么地方遗漏了也不一定。”

胡成爸皱着眉头：“宁悦啊，你想工作我们当然支持，但是无论如何，签这个合同应该跟我们商量一下。”

宁悦扫了老头一眼，笑了：“大家都签字，跟流水线似的，我也没想那么多！当时我也没想到，这么快就不干了。”

胡成霍地站起来，指着宁悦：“你简直不可救药！”

宁悦慢慢悠悠地站起来，冷笑着说：“要不，我给你找块砖头，再冲我来一下，让你跟你妈一样解解气！”

胡成嘴唇哆嗦着哼了一声，看向别处。

胡成爸也站起来，语重心长地说：“你们别吵了，先把这事儿解决了吧。你们是两口子，做事要商量着来。不能想干什么，就一定要按着自己的想法做。这事儿好歹还有转圜的余地，万一家里真的需要你辞职，你又得赔这么一大笔钱，你说，咱们一家住哪儿啊？”说完，看了一眼宁悦。

宁悦心想：怎么可能？胡成名下是没有房子，可他控制的公司的名下，房子不止一套呢！如果最后真的要喝西北风，也只是我一人罢了！可惜，我也不想喝。想到这里，宁悦对胡成爸说：“爸，刚才公司来电话，说想和我先谈谈解除合同的事。既然您这么说了，是不是让胡成也参加？以免我再答应了什么不该答应的。”

胡成一扭脖子：“不去！我忙！”

胡成爸一瞪眼：“必须去！而且，实在不行，胡成，你就让宁悦继续上班吧！反正她这工作，看起来也不耽误照顾子渊。你妈那是矫情，你不能事事顺着她。”

宁悦低头不语。她知道，胡成是一定要去的，只不过在去之前，一定要给自己一个下马威。这种事，习惯就无所谓了。胡成瞪了一眼宁悦，什么都没说，转身走了。

胡成爸摇摇头，去了病房。

约好了第二天大家一起坐下来谈谈，时间安排发给了胡成，他也没什么异议。胡成妈表示看见宁悦就丧气，免了宁悦做饭陪伴床前伺候的事情。

然而，人不找事，事找人。不甘心又神通广大的田秋子在医院门口截住她，看到她头上的纱布，笑着问："遭报应了？"

这不是她俩的第一次见面，但这次的田秋子与上次的柔弱妩媚截然不同，如果一定要形容一下，可以想象成一朵艳光四射的玫瑰，不过正在一片片地凋零。这才是真正的田秋子吧？

宁悦想，如果不算那个人，胡成的审美还是比较统一的。他喜欢艳丽的、倔强的、强悍的、如猛兽一样的女人。这样的人臣服于他，会带给他莫大的成就感。所以，有时候，宁悦安慰自己的时候也会想，嫁给胡成千般不好，至少证明自己曾经很优秀过？

宁悦看着眼前的牛奶杯，小心地修正了一下自己的用词：那个人在年轻的时候，其实也是这样的。

"你把阮美英的事告诉我，什么意思？"田秋子大概已经无所顾忌，所以也没必要遮掩什么，开门见山地问，"你早就算好了，我会去找她，胡成一定会护着她，然后等着我被胡成嫌弃，对不对？"

宁悦拿起牛奶勺，轻轻搅动着，仿佛那一圈圈圆润的涟漪里，蕴藏着什么了不起的奥秘。

田秋子不屑地瞥了一眼，她牢记宁悦曾经的凶样，才不会把她眼前的沉默当成懦弱。何况此刻的她，在经历了绝望和疯狂之后，已经完全冷静下来。也许不是完全的冷静，但至少现在该干什么，她自己清楚得很。

"你想和胡成离婚，但是又怕找不到工作，养不起孩子，对不对？"田秋子不再讨论阮美英。

宁悦心里叹了口气，不由想起在哪里看到的一句话："你出招的时候，就是露出破绽的时候。"

田秋子，真的很聪明。如果不是田秋子和胡成两个人搞得自己几乎要没了工作，她也不会这么动手。不过，既来之则安之吧。

田秋子仔细观察宁悦的神色，微微有些迟疑。在她的心里，其实认定了，像胡成那样优秀的男人，是不会有女人想离开的。这样说，无非是诈一下宁悦。但宁悦默不作声的样子，让田秋子心里忽然没了底。正迟疑的时候，宁悦摇头笑了："我的婚姻很稳固，这一点你比我更清楚。否则你今天也不会找我。"

一句话打到田秋子的软肋。她因为擅自获取宁悦的联系方式，被胡成第一次抛弃。第二次又因为招惹胡成其他的女人，再次被胡成甩开。

宁悦看着田秋子，目光平和，"你和胡成在一起那么多年，难道还没看出来，只要老老实实地生活在他画好的圆圈里，他永远不会为难你。"

田秋子一滞。多年来的隐隐约约的感觉在这一刻豁然清楚，那些困扰她的想法也跟着清晰起来。

"你甘心？"田秋子的声音有些尖利。

"我习惯了。有了孩子，我甚至很欣赏他这种护家的品行。"宁悦的话里，带了几分嘲讽。如果田秋子听出来，也许就不会有后面的麻烦，但她没听出来。在她看来，宁悦和阮美英一样，都是懦弱无追求的女人！不，阮美英那种老女人没什么好说的，恐怕都绝经了。宁悦绝不懦弱，她只是被温水煮了太久，已经蹦不动了。

田秋子失望地叹了口气，靠向沙发，换了懒洋洋的姿态，斜睇着宁悦说："如果你想留住这份工作，我可以帮你。"

"为什么？"

"因为胡成不喜欢你有工作。"田秋子带着明显的恶意，直言不讳。

宁悦认真地思考了一下，"谢谢。不过，这是我的事，也是我家的事，不用你操心了。"

"好啊，如果不帮你，我就只能帮胡成了。"田秋子得意地坐直，"你那么费力地拆开我和胡成，不就是希望我不帮他吗！"

宁悦看了她一会儿，笑着站起来说："你想做什么随便吧。我该走了。"

"我可以让你们集团不起诉你，和胡成达成一个协议，取消巨额的赔偿金。毕竟你的工资那么低，这么巨大的赔偿数额，显然不合理，取消很容易。"田秋子信心满满。

宁悦点头：“是吗？如果可以做到，你就做去吧。”

田秋子也太小看一个公司内部错综复杂的关系了，何况那还是一个大集团！或者她以为这只是一个简单的流程问题，什么人插手都可以解决？

宁悦很想问问她，你是不是被爱情冲昏了头？怎么会自大到这种愚蠢的地步！难道你就不怕自己那点事儿被连累出来？宁悦开着车，脸上露出她自己都察觉不到的冷笑。想到田秋子的事情时，她的眼里闪过的阴狠，并不亚于田秋子的疯狂。

事情并不像田秋子想得那么简单。当她找到陈总的时候，陈总告诉她，这件事不知道怎么回事捅到罗雅婷那个老女人手里了，他不方便介入。同时，陈总告诉田秋子，两个月内，必须把钱给他转回来。田秋子问他原因，陈总说只是总有一种不好的感觉，而且最近销售补货催得格外急，公司的内调又迟迟不肯结尾，财务档案查得太细，他已经被法务叫去问了三次了！在这个节骨眼，他希望稳妥度过。

看着陈总不耐烦的样子，田秋子识趣地没有说什么。

当初为了帮胡成，她把陈总委托她打理的一部钱转入胡成的公司。这件事陈总不知道，而胡成当时也没多问，现在看来……

田秋子恨得指甲掐进自己的肉里：胡成当初什么都不说，不过是拿捏着自己，争取最大的便利。结果自己傻乎乎地连合同都没要，那么大一笔钱直接转给胡成入了新公司的资，成了胡成自己的钱！现在能不能要回来，全凭胡成乐意！

田秋子掂量了一下，如果自己垫钱，只怕要倾家荡产，也不过还个本金。利息部分还不知道该怎么跟陈总说！到时候，钱还不起还在其次，自己的声誉怕是要栽进去。这个圈子就这么大，她还怎么面对新老客户！况且，如果陈总真要是因为挪用公款进去了，她田秋子能不能独善其身，也是个问题！一夕之间，田秋子好像老了十岁。

而在同一天的上午，姗姗来迟的胡成终于走进了会议室。

在此之前，宁悦已经和罗雅婷见过面。重要的话都在后面说，虽然是上下级的第一次见面，但情景特殊，宁悦也没有特别的拘谨。打了招呼，握了握手就心事重重地坐下。

秦灿仔细打量着宁悦，他觉得今天的宁悦看起来怪怪的。无论是凌乱的额前头发，还是低垂的眉眼，包括那件灰色的开衫，都给人一种怯懦无能的感觉。宁悦为什么要这样？秦灿心里隐隐有些不安。扭头看看罗雅婷，宁悦听说罗雅婷介入这件事时毫不犹豫地答应，此刻看起来也有些疑点？

罗雅婷不动声色地打量着宁悦。如果不是这个场合，略微有些诧异。她忍不住低头又看了一遍手中的资料，宁悦已经四十了。自己不过比她大五岁，而且一直很认真地保养，但是看起来好像差得不止五岁？

一丝细细的嫉妒爬上心头，罗雅婷不由得一笑。坐在旁边的秦灿被她这一笑弄得心里毛毛的，低声问："资料有什么问题吗？"

罗雅婷干脆直说："宁悦是吧？如果只看本人，真不知道你已经四十了。"

宁悦尴尬一笑："一直在家带孩子，可能不怎么费心吧。"

"你的工作表现不错。"罗雅婷由衷地说，"无论是对外谈判，还是内调完成，你完成的都不错，不仅仅完成了助理的本职工作，还协助你们部门的同事，完成了大量的工作。我很欣赏你的能力。"

"谢谢！"宁悦依旧低着头，仿佛心事重的抬不起来，"本来是想好好工作的，还是给公司添麻烦了。"

罗雅婷不由皱了皱眉头："秦灿已经跟我讲了，你这样其实有点不妥。"

不知为什么，"滥用诉权"四个字在她脑子里冒出来，然后被她迅速扔到一边。她想，自己其实并不是那么愿意"帮忙"吧！

宁悦点点头，没有争辩。

秦灿有点着急，心想："罗雅婷你这样讲不对啊？咱们虽然是诉讼双方，但其实是在演戏，目的是帮助宁悦通过诉讼压力使家里让步。您这上来就指责宁悦，调子不对啊！"他念头一转，心一紧，"难道罗雅婷忽悠我，她不想帮忙？想起两人一贯对立，此次罗雅婷突然答应，秦灿立刻有了后悔之意。"

果然，就听罗雅婷说："从公司的角度，兴讼也不是一件轻而易举的事。

你这件事，我很担心会影响公司的形象。”

宁悦低着头看着眼前光亮的桌面，任她说一千道一万，她自默然无语！

“如果你先生坚持，或者合情合理，我们会考虑一个双方都能接受的和解方案。”罗雅婷说出自己的想法。她不喜欢被人牵着鼻子走，在宁悦的事情上，她发现自己被牵着走的时候太多了。这一次，她必须按照自己的想法去做，哪怕会有人因此受到伤害！

秦灿手里的笔“啪”的一声扔到桌子上，甩头去看白板。宁悦似乎一点都不吃惊，不仅没有坚持提出诉讼或者仲裁的要求，反而露出感激的神色，点头说：“知道。罗总肯为我周旋我已经很感激了。”

罗雅婷心情好一些，放柔了声调说：“你想继续工作，家里不同意，用这种方法就算成功了，以后你工作没有家里的支持，也会很难办的。”

宁悦点点头。这是任何一个正常人，在此时此刻唯一能有的表情。

罗雅婷收起从一开始就体察到的那份隐隐的不安与不快，深吸一口气，缓和道：“当然了，家家一本难念的经，我们能帮忙的还是要帮忙。秦主任对你的工作能力和未来发展的潜能非常看好。本着为公司留住人才的原则，这件事，我还是会尽力为你周旋的。我也希望，这件事之后如果你留下，希望你能承担起更多的责任。”

宁悦低眉顺眼：“谢谢！这件事麻烦大家了。”

胡成走进会议室的时候，屋里的气氛已经僵持了一阵子。秘书在前面引导，一推门就感觉到浓浓的寒意，微一侧身让进胡成，自己站在了门口。

罗雅婷抬头示意她可以，秘书立刻关门离开。作为跟了罗雅婷八年的铁杆心腹，仅仅这一瞥，也足够她立刻发现罗雅婷的异样——罗雅婷的手交叉着紧紧地握在一起。这是她紧张的表现，而这个动作已经很多年没见了。

罗雅婷把注意力转到胡成身上时，毫不意外地看到惊讶的神色。她微微一笑，这样的相见，似乎已经在她梦里出现了很多次：公事公办，我与你傲然相对。你混得不错，我活得也很好。当然，如果你混得不是很好，我过得顺风顺水，那就更好了。

宁悦抬头看了一眼胡成，果然是那副神色。她十分感慨。人和人的缘分就是这么奇妙，有缘的时候，千里可以相会。无缘的时候，天天擦肩而过都不见面！

本来应该怒气冲冲，或者强装镇定的胡成，此刻挂在脸上的居然是吃惊！而罗雅婷，在见到胡成之后，嘴角一勾，露出一丝冷笑。

秦灿的目光也在两人之间来回扫了一圈。心里的惊疑愈发扩大：罗雅婷和胡成真的不像初见面！不仅如此，两人之间似乎恩怨颇深！再看宁悦，清秀温和的脸上依旧平静无波。但是在这个时候，看到这种场景，作为妻子，她不是应该流露出吃惊或者愤怒的表情吗！

宁悦的表情太平静了，平静得就像一个已经提前知道结局的观众，在默默地等待大幕的拉开。正在这时，宁悦忽然扭过头来，冲着秦灿微微点了点头。在那副面具一般的表情里，终于添加了一丝情绪——歉意？

胡成在认出罗雅婷的刹那，心口忽地被塞了一堆狗毛：十几年没见，老死不相往来的两个人，居然为了现任老婆的事，在会议室里成了谈判对手！

而罗雅婷依旧靓丽精干的外表，和她眼里闪烁的熟悉的嘲笑，无时无刻不在提醒胡成：不管你怎么努力，这世上总有一个女人甩了你！

往事如潮，怒涛席卷。胡成眯了眯眼，坐在了宁悦身边。心里满满当当的，都是复仇的怒火。他不介意失败，也能忍受羞辱，但是这一切唯独不可以来源于女人。对于女人，他是无往而不胜的！尤其是那些曾经臣服于他的女性，一朝匍匐，终身为奴！但凡有谁脱离了他了控制，那就是胡成眼里最不可原谅的叛徒！

他狠狠地瞪了一眼宁悦，宁悦却冲他微微一笑。胸有成竹的样子，就像一勺纯油，浇到了胡成的怒火上——这两个女人，难道是联起手来骗自己！

他再次打量罗雅婷。没错！以罗雅婷那种睚眦必报的个性，如果知道宁悦和自己的婚姻关系，就算什么事都没有，她也会想办法兴风作浪的！他太了解这个女人了！

罗雅婷，胡成的前妻。婚期，四十六天！

破　镜

会议室里诡异的沉默。原本该站起来握手客气自我介绍的人，统统把目光甩向了不相干的地方，或者低头看文件，或者扭头看白板。宁悦望了一眼秦灿，秦灿正皱眉看她。宁悦扭头又看了看胡成，这位爷满身的寒气几乎要把人冻死。胡成的腮帮子微微抖动着，这是他强忍怒火时的动作。宁悦仔细想了想自己的事情，如果胡成知道所有的安排，大概会气成这样，但是目前以胡成所知，不该如此。她不动声色地扫了一眼胡成的眼睛——目光如炬，集束点都不在她这里。

从一个异想天开的构想，到落实为计划，再到今天步步为营地把两人拉在一起坐下，这里面有太多的巧合。宁悦甚至不止一次地想过放弃，也有那么一段时间放弃了这个想法。然而，当这一刻来到的时候，宁悦还是有种魔幻的感觉。

她的目的，当然不是看他们“破镜重圆”，不过这对男女碰面后的“天雷地火”却是她希望能借到的。是否能淬炼出她需要的那把利剑，还要看老天能否成全。此刻，她能做的，也只有祈祷了！

宁悦看了看焦点的位置，罗雅婷的冷笑更明显了，而且还带着显而易见的居高临下的味道。

被人看轻了啊！虽然做好了心理准备，此刻也难免不舒服。宁悦低下头，刚开始因为涉及别人产生的那点内疚，消散得干干净净。心底冰凉凉的，最终的目标和可能的手段在心里过了一遍。

她握紧了手里的包。

最先打破沉默的是秦灿。用一句“人到齐了吧？那我们先互相认识认识”开场，接下来，却是又一阵沉默。

秦灿无奈，干咳一声，指着罗雅婷说：“这是我们法务中心的总裁，罗律师。我叫秦灿，是宁悦的直接领导。宁悦的离职涉及违约金的金额比较大，所以我们罗总需要出面了解一下。”

胡成夸张地冷笑：“得了吧，这事儿明摆着。她不过是个助理，你们才给多少工资，怎么离个职就要人家把房子都赔进去！抢劫也没你这么不讲理的吧！”

罗雅婷笑着，敲了敲桌子，“胡先生自己经营公司，当然知道合同，就是你情我愿。这违约部分，可是您妻子自己提的。”

“虽然我不懂法律，可是我也知道，公司规定好的什么合同，员工是很难改的。凭我老婆一个人去修改你们的格式合同？说什么自愿！”

罗雅婷：“我们是有格式合同，但是宁律师这份……”

“咳咳！”，旁边一阵猛咳，罗雅婷回头看了一眼秦灿，深吸一口气，慢慢收住了话头。

宁悦应该没对胡成说实话吧？所以胡成才以为是公司的格式合同，而不知道这份合同当初就是一份特殊的被宁悦自己背书的合同。罗雅婷借着停顿，让自己冷静一下。自己是怎么了？是帮助宁悦兴讼施压，还是与胡成讲和？

讲和？跟胡成？开什么玩笑！也许在看到胡成之前，罗雅婷还有几分公事公办，告诉胡成公司的立场不想打官司，希望和解。那么在见到胡成之后，这个想法就像灰烬一样被吹得无影无踪！

你横什么横！把柄是你老婆送上门来的！你不来求我，反而一幅高高在上的样子。我罗雅婷以前不理会你，现在照样不会低头！你要战，那便战！

不不不！这种想法太荒谬了！罗雅婷不被人察觉地摇了摇头。十几年了，难道她还没放下？她和胡成，不过是缘尽分手而已，没仇恨的，又何谈伤害或报复呢！现在，胡成于她不过是个已经走过的路人，偶尔的交错交给回忆，何必又拽出来让自己烦心呢？

此念一生，罗雅婷顿觉自己出现在此时此地实在无聊。她有那么多重要的事，为什么要浪费在一个自己看不起的前夫和他不争气的老婆身上呢？罗雅婷觉得自己再开口就是要找个由头离开这里，重新投入自己本来美好的当下生活里。然而，她那里心思电转，在座的每一个人都不是省油的等。在这一瞬间，每一个人的心里都打了千万个主意。罗雅婷想顺利地说出自己要说的话，包括离开这里，都不见得由得了她！

果然，罗雅婷一顿，宁悦说话了："是我的错。我希望和解。"

胡成本来就火冒三丈，此刻看宁悦先认了怂，仿佛自己被人摁着头给罗雅婷磕头！立刻吼了一句："谁让你说话了！"

其实，按照他的个性和精明，放在平时的商务谈判中，势必要把罗雅婷话里流露出的这份合同的疑义挖出来、敲实了，再进行自己下一步的战斗。可是，也许正因为对手是罗雅婷，也许正因为讨论的是他老婆失误或者愚蠢造成的错误，也许是宁悦那么利索地向罗雅婷求和的态度，让他完全无法专注于合同，他心里更多的是一种复杂的情绪，一种沉淀多年的耻辱被挖出来的尴尬和恼火！他只想压住罗雅婷，事事站在罗雅婷的上风处，让罗雅婷看到自己的威风，让她后悔，让她沉服！

在他的潜意识中，罗雅婷是不配成为对手的。这个曾经臣服于他，被他骑在身下婉转承欢的女人，是不配坐在这里和他讨价还价的！换句话说，他打心眼里觉得，自己如果和这个女人多讨论半句，都是对自己人格和智商的侮辱！

你很宠爱家里的宠物狗，对不对？但是，你会坐下来和你家的狗狗讨论家里的财务支出，商量该不该花钱买那套房子吗？而且，作为曾经主动离他而去的女人，胡成认为应该是罗雅婷跪在自己面前求原谅，痛哭流涕地请求胡成宽恕自己！像现在这样坐下来谈判，简直是对她"背叛行为"的宽恕！所以，胡成不仅心情烦躁，而且隐隐地已经触及愤怒的边缘。不经意的，那些理智冷静精明的一面，就在胡成脑子里悄然而退了。

他错过了罗雅婷说到一半的话，不耐烦地说："不用啰唆了。告诉你们，离职我们是离定了！要钱，一分没有！"说着，他站起来，一把捞起宁悦的胳膊就要拖出去。

这句话，把本来已经心灰意冷的罗雅婷突然激怒了。

多么熟悉的画面！当年自己不过是说了两句他妈妈做得不对，他就是这种根本不想听的样子，不耐烦地张嘴："那是我妈，你想怎样！"

从那一刻开始，罗雅婷就意识到，胡成从来不愿意为这个婚姻做什么改变。他没想过自己在增加了丈夫这个角色后，应该承担怎样的义务和责任。他就像一个孩子，拖着小朋友一起按照自己的心意搭起积木，然后小朋友说："这里不太好，要换一下。"他就生气地骂对方："这是我的积木，你不能碰！叫你来玩，你就乖乖听我的！"

婚姻是爱情的堡垒，但也是脆弱的。因为它真的是一块块积木搭成的。这些积木藏在茶米油盐里，藏在家庭中每个人的一举一动一颦一笑中，藏在每天的每一分每一秒中。在岁月的流逝中，这些积木自然的堆积在一起。但是，这样的堆积并不是固定不变的。它随时可以坍塌，也随时可以调整。每一块积木都可以挪动位置，每一块积木都可以黏合或者拆开，每一块积木都可以甚至都可以暂时离开一会儿，放在一边待定……然而，所有这些都需要人去主动去做。如果你只是站在那里看着，习惯于维持过去的样子，固执地不肯改变，任由它随机地搭配堆积，婚姻这座房子，迟早会塌。

这么多年了，胡成一点都没有变！还是那么霸道、固执、目中无人！

这一瞬间，就连被胡成粗鲁地拽起来，差点被椅子绊倒的宁悦，也成了点爆罗雅婷怒火的点。

"如果自己不离婚，是不是今天坐在对面求助的，就是自己了！"

这个念头一升起来的，罗雅婷瞬间全身冰凉。宁悦狼狈的样子，变成多年后的她。那是她四十六天婚姻里的噩梦，是她十几年来反复琢磨的可能，是阻止她走向婚姻的一块无法逾越的绊脚石！不！绝对不能让胡成得逞！

秦灿已经站起来伸出手正要阻止，罗雅婷的话音却在这时陡得调高，冷厉地说："你今天敢这样走，明天就等着接法院通知吧！"

宁悦被拽得踉踉跄跄，听了这话也忍不住抽空瞅了一眼罗雅婷：劳动纠纷，应该先走仲裁吧？她到底有多生气？连基本的常识都没了！

“你敢！”胡成一手扯着跟椅子纠缠不放的宁悦，一边怒视罗雅婷，“你告一个试试！”

罗雅婷声调放平缓，嘴角的冷笑却更浓了，一字一句清晰地问：“我凭什么不敢？胡先生！”她故意强调胡成的敬称，“你说不许，我就不敢吗？那是你身边的女人，不是我！”

“你！”胡成干脆放开宁悦，转身正对罗雅婷。但是，面对罗雅婷，他一如既往没有还嘴的机会。

罗雅婷说：“你忘了吗？从来你说不许的时候，都没用！”罗雅婷脸上的笑容放大了。而胡成的面孔却立刻扭曲起来。显然，随着这几句话放出来，他们两个都坠入了往事的河流中。

宁悦趁机站起来，拉开与胡成的距离，却悄悄地离门更近了。秦灿察觉到罗雅婷和胡成之间不同寻常的互动，后知后觉地皱起眉头，仔细观察起来。

胡成原本就薄的嘴唇，此刻被咬成一条直线。他眯起眼睛，连连深吸几口气，试图让自己冷静下来。罗雅婷却要乘胜追击，“需要我提醒你吗？当初是我坚决要求离婚的。是我，甩了你！”

罗雅婷已经不冷静了，四十六天的婚姻，和胡成的妈妈吵了四十八天，多出来的那两天，是离婚后的骚扰。最后罗雅婷直接报警，胡成怕丢脸，才出面劝住了他妈，从此老死不相往来。对胡成妈的怨恨，如今，全部甩给了胡成。这里，已经不再是讨论宁悦离职的会议室，而是罗雅婷和胡成这一对怨侣了结前尘的战场。只是，对宁悦而言，城门失火，怕是要殃及池鱼了。

秦灿这边也是恍然大悟。只是这样的巧合让他有一种出门踩狗屎的憋屈！早知如此，他说什么都不会把这件事拿给罗雅婷商量。想到找罗雅婷出面还是自己的主意，秦灿歉意地看了一眼宁悦。

只这一眼，让他愣住了。

他看到宁悦正以极细微的动作打开手机的录音功能！若不是太熟悉那黑色的黑色界面，还真发觉不了她在干什么。

那么往深里想一下：宁悦的包里是不是还有录音笔或者其他什么呢？

虽然根据非法证据排除的规则，这样的取证没什么意义，那也得看用在哪里。不是所有的证据都是交给法庭的，也不是所有的非法证据都会被排除的。

在这一瞬间，秦灿恍然大悟：眼前这个场景，宁悦绝不是没有准备的！他甚至觉得：莫非宁悦一手安排了这一切！

一丝恼意钻进秦灿的眼神，冰冻了他的歉意。在这剑拔弩张的时刻，他双手环胸，靠着椅背，真正做起了观众！

这时候，彻底被激怒的胡成反而冷静下来了，他嘴角噙着冷笑，慢悠悠地坐下来，坐好，甚至靠在椅背上寻了个让自己惬意的角度。

他摊开手，皮笑肉不笑地说：“好！那么，开条件吧！”

罗雅婷和宁悦都明白，那个精明的胡成回来了！

过度的自卑和敏感，铸就了胡成的自负和固执，但也淬炼了他的韧性。当他放下面子，忍住怒火，躬起腰的时候，并不是他在向你表达臣服，而是一头野兽开始致命攻击的准备动作。

罗雅婷也顺势整理了一下自己的情绪，心头不由划过一丝懊恼。明明已经决定离开这趟浑水，怎么反而落入中心了？她瞅了一眼宁悦，灰突突的不起眼的一团，只能看到头顶的黑发，一股异样的感觉在怒火中游走，却很快被燃烧殆尽。罗雅婷冷冷地斜睇着胡成，用沉默维持着刚才的气势。她知道冷静下来的胡成有多难缠，而她并不打算让步！

胡成坐下的时候，猛甩开了宁悦的手。宁悦不提防，本来半蹲着站立的姿势，一个不稳，踉跄了两下，勉强稳住。虽然没有摔倒出丑，可狼狈的样子，依旧让人不忍直视。宁悦低着头，伸手把鬓边的头发抿到耳后，低声说：“你轻点，差点推倒我！”

胡成瞪了她一眼：“推到了你又怎样？看我回去怎么收拾你！”

赤裸裸的威胁和轻蔑，让准备作壁上观的秦灿看不下去！秦灿说：“胡先生，其实，作为宁悦的直接上司，公平地说，走到今天这步，我也不想看到。宁悦的工作能力很强，学习能力也很强，对新事物新内容接受的能力都非常快。而且，她在我们部门和同事们处得非常好。我们还是希望，宁悦能尽量留下来工作。虽然因为要照顾家里，宁悦不能百分百地投入到工作中，但是谁没有自己的家庭呢？这一点，大家都能谅解。但是，合同就是合同。如果我们在宁悦离职的问题上开了口子，怎么处理今后员工的离职问题。有合同不能遵守，我们法务部门，也无法向公司交代！”

胡成哼了一声，“能力强？你说的是那个商务谈判吧？把法务和商务分开谈，初入你们这行的都知道。算得了什么！她就是个家庭妇女，家里才是她应该全身心投入的地方。如果真的公平讲，你们就应该让她回家。”胡成眼睛眯起来，“至于那个合同，你们当初审查不严，宁悦根本就是不是房主，抵押无效。这个问题，应该由你们自己来承担，和我们有什么关系！”

秦灿道：“首先，公司有用人制度，劳动合同在这里摆着，宁悦要离职，这个合同绕不过去。第二，抵押是否有效，您有您的说法，我们也有我们的观点。不管怎样，宁悦是您的妻子，你们是有合法的夫妻关系的。最基本的，表见代理是可以成立的。所以，这件事，也未必如您想得那么简单！最后，抛开这一切，我们平心而论，胡先生，宁悦是您的妻子，她照顾家庭照顾孩子已经付出了那么多年。这其中甚至已经包含了她最好的年华，时间过去，已经回不来了。如果她再不出来工作，可能以后都没有工作的机会了。即使她现在自己提出要回家里，我这个外人都觉得，不应该再让她继续牺牲自己了。孩子大了，她可以有自己的选择的机会了。您是她的丈夫，难道不更应该支持她吗？”

“您这个外人，想得可真多啊！”胡成嘲讽地翘起嘴角，讥诮地说，“怎么样？我老婆虽然四十了，是不是还算漂亮，放在你们那堆女人里，是不是还算有气质？动心了？”

“你放尊重点！”秦灿差点拍了桌子，却强捺住火气解释，“我知道这样说有点过分，但是，我母亲曾经也和您妻子一样为家庭为孩子牺牲了太多，她错过了选择的机会……虽然她从来不后悔，但是我经常想，如果那时候有人肯伸出手，给她一个机会，结局或许会完全不一样！”

胡成压了压，笑着说：“秦主任言重了吧？据我所知，秦主任的亲生母亲是离婚的。但是，宁悦还没离婚呢，还有这个家呢，怎么着也轮不着您说的那种情况。莫非，您一直撺掇宁悦离婚？”胡成心里突的一沉，扭头去看宁悦，一股巨大的危机忽然闯入脑海，但他还来不及抓住，就被罗雅婷打断了！

罗雅婷道：“你？宁悦靠你？那我倒是好奇了，如果靠你，宁悦当初为什么出来找工作？”

胡成瞪了一眼罗雅婷，阴沉地说：“出来玩玩而已。”

罗雅婷笑了笑，对秦灿说：“我记得宁悦过来的那个介绍人好像是叫田秋子，对吧？怎么不是你胡先生帮你老婆找工作呢？田秋子是谁呢？”

“一个朋友而已。”

“胡先生真是交友广阔。”罗雅婷兴致勃勃地站起来，在屋子里走动。走到宁悦身边时，拍了拍宁悦的肩膀，突然伸手拿过宁悦的手机。

宁悦吃了一惊，手机正在工作状态，罗雅婷不需要密码就打开了短信息。她的手指迅速地向上翻动着，显然在有目的地寻找！宁悦沉着脸站起来，伸出手道：“罗律师，我的手机有问题吗？”

罗雅婷抬头笑了笑，“你的手机当然没问题。只是我在找胡先生刚才那句话的答案。他说什么来着？你不需要工作，因为你有他，有他为你创造的那个家。哈！”罗雅婷打了个夸张的哈声。

秦灿皱紧眉头，这个罗雅婷和平时简直是判若两人。那么明显的敌意，那么夸张的嘲讽，仿佛急于证明什么！

那边罗雅婷在打完一个夸张的“哈”声后，又开口：“估计宁律师一直是不好意思开口吧？我了解，能在那种家里生活了将近十年的女人，今天还能开口说话都不是一件容易的事。对不对，胡先生？”她把宁悦的手机推倒胡成的面前，一张他和田秋子海边亲密合照的照片清晰地摆在他面前，罗雅婷的声音清脆而欢快：“这就是你给你妻子的保障吗？她一辈子的依靠？”

罗雅婷笑了起来，宁悦突然探身夺走了自己的手机。秦灿以为她会说上两句，宁悦却只是默默地把手机关好，握放进包里，沉默地站在那里。

所有的压力，并没有因为宁悦的动作而有任何的减轻。相反，因为宁悦的沉默，胡成似乎真的有必要给一个合理的解释了。

胡成慢慢地把目光转向宁悦，沉沉地问："你什么时候知道的？"

罗雅婷愉快地站起来，嘴角挂着微笑，扭头歉意地向宁悦点点头，脚步轻快地走回自己的座位。罗雅婷感到久违的身心舒畅！她又做到了：即狠狠地扇了胡成的脸，又让他无暇顾及自己。因为胡成太聪明了，太懂得权衡了，这几乎已经成了他的本能。危险来临的时候，大耳刮子算什么呢？她罗雅婷可以随便扇，狠狠扇！他们之间，一直都是这样的，这也是胡成一直恨她的原因。

胡成很聪明。罗雅婷固然过分，但她揭出来的事情才是最致命的。宁悦要么就是彻底的懦弱，要么就是一直隐忍不发。那她刻意隐瞒自己的，绝对不止这一件事！想到宁悦一直在家里，而自己这么多年的出轨，她一直表现出一无所知的样子，胡成感到后背一阵阵发凉！他绝对不相信，宁悦会懦弱到不闻不问！

"我最后一次问你，有没有这种事？"

"没有。"

"好！没有，那就没有吧……"

多年前那个争吵的夜晚的话，今天想起来，胡成才发现，重点应该是最后一句。

"那就没有吧！"有没有无所谓，问不问无所谓，她已经有了别的计划，也不再相信他了。

胡成站起来，略带探询，却目光阴沉地看着宁悦问："你知道？"

宁悦深吸一口气："知道。不过，我说过，你说没有，我就信你。"

"即使看到这些图片？"

宁悦无法回答，她看着胡成，忽然笑了，原本有些佝偻的腰忽然挺直了，竟然略带戏谑地问："你希望我信，还是不信？"

胡成心里已经闪过无数的推测，他扫到宁悦身边的双肩包。那个因为经常装着孩子的水壶，而比别的双肩包都要稀松突起的侧兜，格外引人注目。胡成恍然大悟："子渊！"

许多年以后，宁悦再回想这一刻，都忍不住为自己叹息：她再恨，心里还是期待着胡成的一个承诺的。

宁悦慢慢地点点头："对。你不离，我不弃，给孩子一个家。"

"即使现在？"胡成的口气带着明显的迟疑。然而，正是这份迟疑，表明他对宁悦的话，心里多少是有些相信的。因为他看着宁悦如何照顾孩子，如何为孩子牺牲，他相信宁悦有可能会为了孩子留在这段婚姻里，而不是有其他的恶意图谋。

至亲至疏夫妻，不过如此。宁悦没有立即回答，良久，才叹了口气："对。但是，我需要一份工作。"她亮出底牌，接受，从此大家维持一个体面而无情的家。不接受……那就是一条不归路了。

胡成眼睛一眯，下意识地扫了一眼罗雅婷和秦灿。突然心生警惕，断然否定："不可以！你必须回家！"

这不仅仅是一个简单的决定，还是一个标志：标志着他胡成，对这个家、对宁悦，至高无上的、绝对的控制权。

此时此刻，所有人的底牌，都亮了出来。可笑的是，因爱而结合的两个人，在最后亮牌的时刻为婚姻存留设下的条件里，竟没有一丝爱情的痕迹！

宁悦微抬下颌，挑衅地看着胡成："如果我必须保留这份工作呢？"

胡成冷笑："可以。但子渊不会跟着你。"

宁悦不再说话，眼神变幻莫测。秦灿皱紧眉头，他隐隐有些明白。今天来的人，除了他没人是为了谈判而来。

秦灿思量着，这一切会不会是宁悦故意安排的？早在她签下合同的那一天起，就已经准备着这一场剑拔弩张的见面？如果是这样，她目的何在呢？

宁悦僵在那里！她想到会是一个彼此憎恨的局面，却没想到会如此直接地切入到孩子身上。胡成那句"子渊不会跟你"，就像一发炮弹瞬间击碎她的理智。宁悦一言不发地站起来。秦灿一愣，胡成也跟着站起来，喝道："站住！你去哪儿？"

宁悦没有说话，直奔门口而去。她离门口很近，眼看就要搭上门把手了，胡成也跟着大步迈过去。门开了，宁悦冲出去又被拽了回来！

胡成揪住宁悦的手腕，大力地拖了回来："你干什么去？"

宁悦被拽得晕头转向，一抬头，看到胡成的脸。这大概是他们夫妻自从那个噩梦般的晚上之后，第一次如此近距离的对视。可惜，这一眼，却是愤怒对绝望，是瞬间燃起的烧死对方的烈焰。

胡成被宁悦的眼神吓了一跳，手上的力量略微一松，就被宁悦借机挣脱。宁悦冲了出去，胡成略一沉吟，突然明白宁悦要去干什么，“站住！你给我回家！不许去接孩子！”

话出口，原本只是快步走的宁悦猛地一顿，好像被吓住了一般，随即撒腿就跑，半长的头发疯狂地甩动起来，如同逃命一般向前冲。胡成说话的时候，已经跟着追了出去。秦灿在胡成粗鲁地拽回宁悦的时候，已经准备过去阻拦，此时立刻跟着追出去。

会议室的外面就是开发部的格子间办公区。开发部主要负责公司新产品的开发，是比较重要的部门，三十多个人呢。

电梯在会议室对角线的位置，旁边是安全出口的铁门。无论走哪里，宁悦都要绕过一个角，跑过一条长边。胡成一直保持着健身的习惯，身高腿长，撒开速度追上宁悦并不难。

宁悦快到安全门的时候，身后一股大力，已经被胡成拽住。一个踉跄，宁悦差点摔倒在地上。胡成喘着气，叫道：“你给我站住！”然而，就在他看到转身站稳的宁悦时，心里突然有种不好的预感。一股冰凉的锐气透过他的胸口，森森的寒意让胡成的心脏突的滞了一下。他的目光微微下移，一点白芒颤巍巍地点在他的胸口。

胡成僵在那里，以眼神试探宁悦的意图。宁悦虽然一脸的狼狈，但目光镇定。

胡成的手在目光对视的一瞬间，松开了。那一句“你要干什么”还没问出口，宁悦忽然诡异一笑。那把刀子就那么一转一绕，居然塞到了胡成手里！胡成还没想明白怎么回事，胳膊不由自主地向前一送，宁悦一个踉跄，就撞到了刀子上！

“啊！”痛苦的尖叫让原本关注的人更加的好奇，人们站起来伸长脖子去看，靠的最近的一个女生猛然发出更为凄厉的喊声：“杀人啦！”

秦灿三步两步冲过来。正看到宁悦推开胡成，手捂着腹部一侧，两人都踉跄着后退。胡成撞到了后面的格子间栏杆，手里还拿着那把刀。刀上的血滴滴答答地落下来，在灰色的地毯留下一条颜色不明的轨迹。

胡成悚然一惊，伸手去抓宁悦，“你站住，我没杀人！”却抓了个空。

宁悦头也不回地跑着，胡成扑空之后，继续扑向宁悦，嘴里疯狂地喊着。秦灿迎面堵过去一把抱住胡成。胡成奋力把他甩开，踉跄着追向宁悦。

电梯门正好打开。何宽为了推广自己的产品，来到老东家，正和开发部的梁主任讨论产品适配的问题。

梁主任坚持一定要一套软件实现跨区域覆盖，而何宽却认为那得要两个授权。两人说的几乎要红脸时，被迎头撞过来的宁悦撞地转了两个圈。谁也没看清是谁撞的，晕头转向地站定了，只看到电梯门已经关上。

两人莫名其妙地相视一笑，转过身，骇然发现一个疯子一样的男人正迎面冲过来，手里拿着一把明晃晃的刀子！然后“吧唧”一个干脆的狗吃屎，彻底的趴在两人面前，后背居然还趴着一个人？

“秦律师！”何宽低头叫道。

秦灿扑倒胡成，一抬头，看见两个傻乎乎地站着的人，气急败坏地大喊：“报警！”

不远处的工位群里，一个男生战战兢兢地举起手机，“已经报警了！”

胡成勉强抬起头，声嘶力竭地喊着：“我没杀人！宁悦，你给我回来！我没杀人！”

罗雅婷站在胡成身后不远的地方，扶着围栏，一张俏脸煞白。何宽手里的笔记本“吧嗒”一声掉在了地上：杀人？宁悦？

摊牌

白天的城市是刚硬的、棱角分明的。宁悦用车里的风衣裹着自己，先从幼儿园把子渊接出来。到了医院里，子渊被留在帘子外面，几次好奇地想探头张望，却被护士挡住了。

刀子从腰侧滑过，留下一个深深的口子。医生说，幸好只是皮外伤，如果再偏左一点，就扎到内脏了。说这话的时候，医生意味深长地抬头看了一眼宁悦，希望她能说些什么。可是，宁悦只是倒吸冷气，忍着痛，一只手摆弄着自己的手机。手机似乎接通了，宁悦说："嗯，我在医院，没事的。哦，被警察带走了吗？我知道了，我马上过去。好的！没关系，以后再说吧，再见。"

宁悦挂了电话，伤口也包扎好了，她要了病历，带着子渊离开了医院。

宁悦没有直接去派出所，而是先回了自己的家收拾东西。电梯里，子渊拉着宁悦的手问："妈妈，爸爸又打你了吗？"

宁悦顿了顿，低头看了看儿子。她本想像过去一样蹲下来，与他齐平视线。可是才一动，伤口处便以剧痛提醒她，身体已不容许多余的动作。

子渊说："有天晚上，爸爸把妈妈打哭了。早上我看到身上还有青的地方。"

宁悦摸摸子渊的头。原来连孩子都知道了，只是自己一厢情愿的掩饰啊！

她叹了口气："如果爸爸妈妈必须分开，你愿意跟着谁呢？"

子渊一把抱住宁悦的大腿，带着哭声说："我要妈妈，我不要你们离婚！"

电梯门开了，子渊抬头看着宁悦，阳光照在那张稚嫩的脸上，“我去和爸爸讲，让他不要再打你了！爸爸最听我的了，好不好？”

宁悦嘴唇动了动，却没有发出声音。

卓浩看着眼前专心看电视的小孩，又低头看了看自己的手机，默默地叹了口气，坐在小孩旁边，一起看起了《熊出没》。

胡子渊扭头看了一眼卓浩，冷冰冰地说：“你没机会当我爸爸的。”

卓浩哭笑不得，“我怎么就想当你爸爸了？”

胡子渊看着电视，一本正经地说：“奶奶说，接近我妈妈的男人都是坏蛋，想把我爸爸赶走，欺负我！”

卓浩翻了个天大的白眼，却想起一件事，带着那么一点的报复心，问胡子渊：“如果你爸爸欺负你妈妈，你向着谁？”

胡子渊说：“当然是妈妈！可是，他们不会离婚的！我爷爷说了，他们是夫妻，夫妻打架很正常！”

小孩气呼呼地抱起卓浩特地为他打开的 ipad 跑到一边，卓浩看着被打得晕头转向的光头强，想起了那天同样被吓坏的宁悦。

宁悦被胡成打了的第二天，就找到了卓浩。卓浩通过关系，在熟悉的地区帮她搞来介绍信，让她做了个伤情鉴定。在不惊动胡成的情况下，做了备案。

在卓浩的办公室里，惊魂未定的宁悦提了三个要求：第一，帮她找一把刀子，防身用。第二，告诉她，如果必须挨一刀，在身体的哪个部位挨刀对健康影响不大，流多长时间的血不至于晕倒？第三，教会她，如何才能看起来像是别人捅了自己，而不是自己撞上去的？

那时卓浩就觉得，宁悦有点太异想天开了。可是宁悦说，离婚是迟早的事。但是，家里的财政大权在婆婆手里，收入来源都是胡成掌握，所有的银行密码自己完全不知道，除了一张信用卡附卡，她没有任何经济上的支撑。一旦离婚，胡成让她分文不得简直太容易了！没有经济能力，没有财力支撑，再加上胡成和他父母的强势，她根本没把握获得孩子的抚养权。她能做的就是让胡成有一个钱也弥补不了的污点。

那时，卓浩问她什么是钱也弥补不了的污点？宁悦低头不语。良久才说，也许那并不现实。卓浩见她伤心，没有追问。

现在卓浩明白了：这个污点，就是暴力。也许是胡成施暴，提醒了宁悦。让她发现了这个方法，也许从更早之前，宁悦本质上就有暴力自伤解决问题的因子，今天宁悦用自己的血，把胡成污染！

曾经家庭暴力，再加上众目睽睽之下的持刀伤害。这样一个男人，正常的法官都不会把孩子判给他，哪怕他再有钱！甚至如果可以，宁悦可以申请禁止胡成靠近她和孩子！就算宁悦搜集的那些胡成投资和收入的来源最后被法官否认，只要能留下孩子，宁悦已经满足了。

报案，做笔录，去做伤情鉴定，等到宁悦走出派出所大门的时候，天已经黑了。

秦灿陪着她走出来，站在路边，忍不住长长地嘘了一口气，默然无语。他本来是觉得愤怒的，一种被人算计的愤怒，一种不被信任的悲伤，一种难以名状的失望。可是他扭头看着宁悦苍白的脸色，秦灿说不出口。他知道她为什么这么做，如果别的人还能责备宁悦不去找人帮忙，秦灿不能。他太知道这样状态的女人，是不可能获得多少有价值的帮助的！因为，如果可以的话，他母亲当年也不会那么狼狈，甚至也许他后来不会说出那样的话？

秦灿有些出神地想着，愤怒悲伤失望在往事的冲刷下，慢慢变成一种期待。他再次低头看着宁悦，眼神明显带了一种热切——是的，宛如重回当年的时光，他的母亲不再那么狼狈地离开，不再说走就走，而是一步一步地走出来！

“接下来，你打算怎么办？”

宁悦茫然地看了看铁灰色的夜空，“离婚吧！我希望请慕晓慕律师做我的代理人。”

秦灿点头答应：“我马上联系她。你的事，我早就和她提过。她也说过只要你同意，愿意为你代理。不过，其实我一直不明白，既然那么不舒服，你为什么不离婚呢？就算是为了孩子，你是律师，至少应该知道，你是不可能净身出户的。只要你坚持，胡成不可能一分都不给你的！”虽然接受，但秦灿还是不能真的理解宁悦的做法。何至于如此血腥呢？何至于如此艰难呢？

什么事不能商量着来呢?

宁悦笑了笑，似乎秦灿问了个很幼稚的问题。但她只是说："他的确不可能一分都不给我，但是给我多少，却由他做主。可以是钱，也可以是债。但这些都不重要，重要的是，孩子的抚养权。"

"你是妈妈，孩子那么小，胡成又有身家，交给你抚养，他支付抚养费，完全合理啊！"

"合理的未必是可行的。他们胡家人的字典里，从来没有好聚好散这个词。离婚，是对他们最大的背叛。怎么可能把孩子放心地交给一个'叛徒'抚养?更何况，他们认为孩子是胡家人，我这个外人没资格带走孩子的。而且，若是把孩子被留在胡家，那今后我在孩子心里的记忆恐怕就会被抹掉吧?"宁悦无奈地笑笑，"对一个当妈的女人来说，失去爱情或者丈夫的时候，还可以有孩子表明自己在世上被人需要着。可是，如果连孩子都抛弃你了，那真是……"宁悦顿住了。不是她无法表述，而是这样的情景于她而言太过残忍，即使想一想都觉得无法忍受！

她摇了摇头，带着点自嘲地说："别人怎样我不知道，我会觉得自己很失败。那种彻底的、无可挽回的失败。"

秦灿脑子嗡的一下空白了！"生无可恋"四个字直接闯入他的脑海，顶替了宁悦的话！

生无可恋，所以才会放弃，对吗?

秦灿闭上眼：不是的！如果生无可恋，为什么要留下那么多信，让爸爸定期寄给我，装作你还活在世上的样子?你分明还留恋着，还顾虑着，还担心着！根本不是宁悦说的这个样子！你没有生无可恋，你不是因为我选择回到父亲那里才自杀的。对，不是因为我的选择，跟我没关系。你只是压力太大了，生活太失败了，打败你的是生活，让你失去求生意志的是社会的歧视。

秦灿慢慢睁开眼，眼前的黑色在微微旋转，过了一会儿，才听到自己说："你大概不会说胡成的坏话吧?"

宁悦摇头："他是他的父亲，如果我把他说的很坏，胡子渊会觉得自卑，会困惑，对孩子的影响不好。"

秦灿听见声音不受控制地从自己的嘴里跑出来："我妈也从没说过我爸的坏话，她说我爸是世界上最好最优秀的男人，足以做我的父亲。"

宁悦没有察觉秦灿的异样："越是爱孩子的妈妈，就越不肯讲爸爸的坏话。"

秦灿闷哼了一声，不置可否。宁悦担心着子渊，问秦灿是不是可以离开了。

宁悦去接子渊的时候，孩子已经抱着 ipad 睡着了。卓浩有点不好意思地说："我这儿有点事就忘了，让他看了那么久，不好意思！"

宁悦摆摆手："难为你了。现在的小孩已经不是一本书就能打发的了，别说你，就连我没有 ipad 的时候，也不好打发他。"

见宁悦没有怪他，卓浩松了口气，然后问出了自己一直想问的问题："除了打官司离婚争取孩子的抚养权，这段时间你怎么办？"

宁悦眨眨眼，"家是不能回了。胡成现在只是扰乱社会治安，行政拘留十五天。但是我估计孩子爷爷正满世界找我，找孩子。胡成也有一些朋友，能帮助他。我不想这么早让他知道孩子在哪里。"

"你父母留给你的房子早就被你卖了，那你能住哪里呢？"

宁悦捂住额头，摇了摇："今天事情很突然，我也没想那么周全。也许租个房子？我得先找个宾馆住下。"

卓浩双手按住有点慌的宁悦，"算了，你要不介意，就住我这里吧！"

宁悦摇头："我们住这里？那你住哪里？"

卓浩的房子是一套一居室，典型的单身汉房间，能吃能住能遮风避雨，别的都不讲究，也没有多余的。

卓浩笑了："我住办公室。你别忘了，我这工作，在办公室的时间可比家里的长。说实话，办公室的床比家里的都舒服。"

宁悦去过卓浩的办公室，是一个套间，里间的确可以休息。想想不过是临时住两天，等自己找到合适的出租屋，很快就会搬出去，宁悦也就不再推辞。

看宁悦答应了，卓浩松了口气，开玩笑地说："你放心，我这里虽然简陋，不过安全设施好。万一真有人骚扰你，你还是能挺到我来的。"

宁悦却是一怔，颇为勉强地笑了笑。

孩子，她是先下手为强抢过来了。那么接下来呢?

这场官司会打多久，胡家人会纠缠到什么程度？即使拿到抚养权，胡家人会尊重判决，心甘情愿地放弃吗？手机亮了又灭了，数不清的未接来电，还有微信图标右上角不断增加的未读信息的数字，胡成爸应该在找她吧？胡成妈还在医院里，她知道了吗？胡成现在是不是恨死自己了？他会怎样反击呢？最后，这一切的一切，又该怎样和一个六岁的小男孩解释呢？

漫漫长夜才刚刚开始，宁悦看着身边睡得正香的儿子，满腹心事难以入眠。

睡意迷蒙时，她仿佛又回到了派出所。一脚踏进门槛，就听到胡成的咆哮："宁悦！你说，是不是你自己撞上来的！"

宁悦转头去看胡成，他被铐在暖气片上，涨红了脸，努力地想站起来，却只能半弯着腰，嘶吼着。

宁悦下意识地摸了摸腰间，新包扎的伤口隐隐作痛，厚实的绷带硬硬的撑住。然后就听到胡成大喊："你不就是想离婚吗！我告诉你，你别想从我这里拿走一个子！儿子也不会跟你，我掐死他，也不会交给你！"

宁悦本已拿起笔，准备签字。听到这句话，放下了笔，走到胡成面前。有个女警一下子站起来，喊着："干什么！"

宁悦没理她，对胡成认真地说："你敢动我儿子一根汗毛，信不信我让你爸你妈都去陪葬！还有你，千刀万剐我都可以做到！"

她和胡成互相瞪着，如果目光可以杀人，他们现在早就下地狱几百次了。

最后胡成咬着牙狞笑："你要想，也得能啊！就凭你？你要有这本事，早干吗去了？装什么狗屁大度，还不是想着多占点我的钱，多享受享受我给你的生活！是我养着你，是我供着你，是我让你天天闲着养尊处优！你这个贱人，不说谢谢我，还处处算计我，你对得起我吗！"

"所以，我是占了你的便宜了？我还得感谢你呢？"宁悦咬牙切齿地转身去做笔录了。

如果说，在这之前，她还有任何为了孩子的犹豫，那么从此而后，她对胡成已经没有任何留恋！该面对的，总要面对。

分　离

一大早，面对起床就是一脸惊恐的胡子渊，宁悦把他揽到怀里，轻轻摇晃着。熟悉的气息安慰了孩子，母亲的怀抱给了他勇气，胡子渊紧紧缩在宁悦的怀里，终于抬起头了头，怯怯地问："妈妈，爸爸呢？"

宁悦说："爸爸办事去了。子渊，妈妈遇到了麻烦，需要你帮忙。"

"什么事？"

"爸爸和妈妈，不能再在一起了。但是，妈妈想要你和我一起生活，爸爸也是这样想的。我们都希望能和你生活在一起。"

"那为什么你们不在一起生活呢？这样我们都可以在一起了。"胡子渊的声音带了哭腔。

宁悦没有说话，孩子的小手正好落在了伤口包扎的地方："爸爸又打你了？所以，你不能和他在一起了？"

宁悦点点头："妈妈很怕他。"

这是实话，她怕胡成。这么多年下来，尽管她一直维持精神的独立和自己的个性，可是因为胡成和整个胡家造成的天然的居高临下的地位，对她还是产生了不可磨灭的影响。畏惧都如影随形。

胡子渊抓紧宁悦胸前的衣服，不假思索地说："爸爸坏！我和妈妈在一起。"

宁悦放弃解释胡成是否是个坏人的话题，她迫切地需要胡子渊再肯定一遍这句话。有了这句话，她之前的努力和冒险，之后的勇气和坚持，才有源泉和根本，“你确定吗？还有奶奶和爷爷，你和妈妈在一起之后，可能不能经常见到他们。”

“我要妈妈！”胡子渊钻进宁悦的怀里，毫不迟疑地说着，并努力地把身体的每一部分都贴近宁悦的身体。

宁悦紧紧地搂住孩子，闭上了眼睛。泪水从缝隙间渗出来，一滴一滴汇聚成行。

从今后，纵有千般苦万般累，心无所悔！然而，大人能想明白的事情，对孩子而言可能就不是那么回事。刚在床上声泪俱下地表明只要妈妈的胡子渊，在看到宁悦做的早饭的时候，戳着盘子里东西，嘟囔：“不好吃！一点都不好吃！没有奶奶做得好吃！”

宁悦只能沉默。

胡子渊发泄够了，开始意识到妈妈不同寻常的沉默。他悄悄地看了一眼宁悦，撇着嘴，慢慢地开始吃东西。但是，那一脸的委屈，却是怎么也盖不住的。

宁悦只觉得肋间胀痛。胡子渊大约吃了六七口，放下勺子，噘着嘴说：“我吃不下了。”然后怯怯地看着宁悦，眼睛里慢慢浮上一层水光。

宁悦扫了一眼孩子，被那层水光一漫，心底掠过一阵叹息。她伸手摸了摸胡子渊的头，强迫自己牵着嘴角露出个笑容：“饱了就好，漱口洗手，玩儿去吧。”

胡子渊没动，依旧看着宁悦，好像在确认什么。宁悦想了想，说道：“从今往后，都是妈妈做饭。妈妈做的可能没有奶奶好吃，但是妈妈会努力的。我希望你也能尽量适应妈妈的口味，这样你才能吃得更舒服一些。”

胡子渊点点头，问：“奶奶再也不会给我做饭了吗？”

宁悦抿紧了嘴唇，摇了摇头。如果你能吃到她做的早饭，可能就再也见不到妈妈了。这样的推测对一个孩子而言，未免太过残酷，还是事到临头再说吧！

胡子渊有点失望，但小眼珠一转，眉开眼笑道：“可是，以后能天天吃到妈妈做的饭了！这不也挺好的吗！”小家伙站起来，兴冲冲地奔向洗手间。

宁悦看着自己做的早餐，勉强又吃了几口，便收拾起来。

胡子渊跟在她后面问："妈妈，我们要去幼儿园吗？"

宁悦愣了一会儿，才说："不，这几个月你都不用去了。"

"耶！太棒了！我们去哪里玩儿？"

宁悦这才发现，自己居然什么都没想好。接下来，该如何藏好胡子渊，该如何分配陪孩子的时间，离婚的时间，还有上班的时间？自己居然一点头绪都没有！宁悦带着胡子渊走进办公室，办公区里静悄悄的。保洁阿姨已经打扫完毕，空气里充斥着墩布沤了的味道。宁悦摸了摸办公桌，湿漉漉的，已经擦过。她拿起抹布，准备去秦灿的办公室打扫一遍，准备接下来的工作。她的衣襟儿被人轻轻拽了一下，扭头看到胡子渊紧紧地贴着自己。宁悦半蹲下来，把抹布放在一边，把办公区里各个格子间介绍了一遍，又牵着他的手带着他在办公区里走了一圈。胡子渊对文件柜上装乌龟的玻璃缸很感兴趣，趴在那里不知道研究什么极为专注地看着。

趁这个机会，宁悦匆匆走进秦灿的办公室，开始紧张地工作。

"我可以进来吗？"门被推开，探进来一颗小脑袋。

宁悦环顾四周，走到门口，"不可以的。这里有很多重要的东西，如果你进来玩儿，万一有东西找不到了，说是你弄丢的，你怎么解释呢？"

胡子渊随着宁悦慢慢向外走，边走边说："那我哪里都不能去啊！"

"是啊！办公室是工作的地方，玩儿的话可能不太合适。"

"以后我也来工作，不打扰你们，是不是就可以常来了？"

"可以啊！只不过我担心你会觉得没意思。"

"不会的！我可以写作业！正好我有一本画册没有画完，在你这里可以画完它！"

宁悦摸摸儿子的头，勉强笑了。抬头看看依旧没有动静的办公室大门，心里忐忑，不知道同事们看到自己带孩子上班，会不会有意见？那时自己该怎么办呢？思来想去，一旦那样，似乎也只有厚着脸皮硬顶下去一条路了！

同事们陆陆续续到齐了，看到胡子渊大家都有些奇怪，但都涵养很好的没说什么。

宁悦很敏锐地感觉到潘洁过来的时候多看了两眼，她的心立刻提到了嗓子眼，下意识地就想拉起胡子渊介绍一下。可潘洁什么都没说，连一秒钟停留都没有，就走过了。宁悦手足无措地坐在那里，脸颊热辣辣的。胡子渊抬头看看宁悦，纯洁的眼里写满了问号。

宁悦伸手轻轻地摸着儿子的头，毛茸茸的略微带些扎手的触感刺激着神经的末端，神奇地抚平了宁悦的心情。最后，她的脸上甚至浮出一丝笑意。

“办公室好不好玩儿？”

“嗯，好玩儿。看，我画的好不好看？”

和儿子讨论了一下涂色画得细节该怎么用笔，宁悦看了看表，叮嘱儿子不要闹，便下楼去为秦灿买咖啡。

“宁悦。”

宁悦端着咖啡正准备上电梯，身后有人叫她。扭头一看，愣了一下，一个西装革履，宽肩细腰，看起来风度翩翩的男士站在她身后——是何宽。

何宽的表情和他的衣服大相径庭，先是不自在地拉扯了一下领口的领带，又带着点磕巴解释说：“一会儿要去见几个投资人，他们说，嗯，他们说应该穿成这样。唉，跟捆起来似的！”说完，又松了松领口。

不知怎的，宁悦忽然想起邻居家那只被逼着穿上毛衣的小狗，也是这样晃动着想给自己松绑。

宁悦笑着说：“是吗？那可要恭喜你啦！看来我的朋友里面要出一个亿万富翁，荣幸荣幸！”

何宽见宁悦并没有盯着自己的外表，松了口气，神情也自在下来，挥挥手：“开玩笑了，我你还不知道吗？就那两下子，正好赶上有人看中了，挣俩钱罢了！”

宁悦道：“你那两下子可不简单，我是很崇拜了！不用谦虚了，提前祝你旗开得胜，马到功成！”

何宽高兴地咧开嘴，显然他把这次见面看得很重。得了这样一个好彩头，心里开朗得很。

宁悦看了看时间，正准备结束这次招呼，何宽赶紧说："嗯，我这次来，是这样的！"他吞吞吐吐，最后终于说明，原来是听说宁悦被刺伤的事，特地赶来看看。

宁悦嘴上客气着，心里却很温暖。又想起那朵永生花，脸上的笑容更加真切起来。

"宁悦！"

这次是一声近似凄厉的惊呼，何宽吓得一闪身，竟挡在了宁悦面前，宁悦也就错过了第一时间看到来人的机会。不过，即使听声音，她也知道究竟是谁！

她微微错身，让出何宽半步，宁悦说："爸，您来了！"

何宽琢磨了一下，记得宁悦父母早就去世，那这个"爸"可不就是她的老公公，胡成的父亲吗！

胡成昨天刚刚在办公室刺伤了宁悦，今天他爹又找来，能有什么好事？何宽戒备地看着对面的老头。

那老头意味深长地打量了何宽一眼，才对宁悦说："这到底是怎么回事？子渊呢？我去幼儿园，老师说他没来！"

快到秦灿上班的时间了，宁悦没浪费更多的时间。直接告诉胡成爸，胡成在办公室误伤了自己，现在在派出所，自己把胡子渊接走了，暂时不方便他们见面。

老头斩钉截铁地说，"不可能！胡成怎么可能伤你！刀子是你的，你自己撞过去，怎么能怨胡成！你把孩子送回来，一家人有事家里讲，不要闹得让外人笑话！"说完，他警告性地瞪了何宽一眼。

何宽心情本来很好，听了这话，一百个不爽："大爷，照您这么说，是宁悦把刀子放到您儿子手里，然后自己撞过去了？我听说她是您儿子的妻子，这么说自己的家里人，恐怕也不合适吧？"

宁悦心里跳了一下，面上却没有变化。

胡成爸说："我不管你是谁，这是我家里的事，我跟我的儿媳妇说话！宁悦，子渊在哪里？你交给我。你妈在医院里，听说这事儿又犯病了，我带子渊去看看她，兴许她看到孩子，能好一些。”

宁悦叹口气：“爸，事到如今，咱们都不用瞒着了。您的打算，我的打算，谁不知道谁呢？还是您真的当我是傻子？我还要上班，不能陪您聊了。”宁悦向何宽点点头：“你赶紧忙去吧，别耽误了正事。”

何宽有点不放心，宁悦笑笑安抚他，突然想起一事，对胡成爸说：“对了，您跟妈说，好好保养身体。万一她有个三长两短，我这里胜算就更大了。”

胡成爸愤怒：“你怎么说话呢！”

宁悦索性放开了：“我一直就这么说话！妈是什么人，我就说什么话！您要是不习惯，那只能说明是我过去不好，给您留太多面子，不晓得真话长什么样了！”说完，宁悦长出一口气，整个人立刻精神了不少。

何宽吃惊地看着宁悦，他印象里的宁悦低调沉默，压抑而温柔，和眼前这个犀利到近似刻薄的人，完全不同！

宁悦向何宽抱歉地点点头，没有解释。她只想快点走，伪装了那么多年，似乎已经变成了真的。这些伤人的话固然让她惬意，之后却是止不住的后悔和惭愧。

胡成爸上前一步，拦住宁悦：“宁悦，你还没和胡成离婚呢！就你这点工资，就你那份工作，能养活子渊？难道你想让子渊连买个本子都买不起！”

宁悦看了一眼何宽，露出尴尬的表情，干脆绕过胡成爸，一边向里面走，一边说：“随便您怎么讲吧！我的生活，包括孩子，从此以后由我做主。”

“你休想！”胡成爸激动起来，跳着脚去抓宁悦，却被站在一边的何宽一把抱住。宁悦立刻斥责站在旁边看热闹的保安：“看什么看？有人来大厦里闹事，你们不管吗？”

旁边的一个主管模样的人赶紧招呼两个保安拦下胡成爸往外面带。

胡成爸口不择言，喊道：“宁悦！你是不是和他好上了！那个男的是不是你奸夫！我告诉你，你别想拿我们胡家的钱养汉子！子渊永远是我们胡家的孩子，你别想带走他！我就是抢也得抢回来！他绝不会跟了你们这种奸夫淫妇的！”

喊声引来人们的侧目，宁悦无奈地对何宽说：“对不起，连累你了。”

何宽道："没事，本来我还有点犹豫，刚才看到这个样子，我倒是决定了。你来我们公司吧！等我说完！我们公司不像这里有那么多规章，只要你完成工作，可以申请homework，也可以带着孩子来。对了，公司里还有一面墙，全是零食。相信你家孩子一定会喜欢的！"

宁悦瞠目结舌地看着何宽，指着门外兀自喝骂不休的老人说："你没听到他说什么吗？你这是自找麻烦！我！我现在不仅帮不了你，还会拖累你！"

何宽按捺着心底的激动，说道："我不在乎！只要你答应，我做什么都不需要别人评价！"

宁悦仔细地看着何宽，良久，才笑了："我不去。"她坚定地说，"谢谢你！如果有一天，我可以去了，我一定会主动找你。但绝不是现在。"

何宽有些失望，但宁悦已经不再给他劝说的机会，转身跑进电梯，随着缓缓合上的门，消失不见了。

宁悦先回座位看孩子，发现座位里空荡荡的，心里一惊。胡子渊已经从拐角跑了过来，"妈妈，看！叔叔给了我这个！"

宁悦抬起头，钟天明半趴在自己工位的护栏上招了招手："我让小胡同志帮忙喂下乌龟，报酬是一颗糖。他说妈妈不让吃糖，我说你可以留着跟别的小朋友换东西，他才收下。"

宁悦刚想说谢谢，钟天明隔壁的潘洁突然站起来，招呼钟天明赶紧去开会。钟天明吐了吐舌头，抱着资料走了。

宁悦看着潘洁的背影，又看看专心跟乌龟做着精神交流的儿子，微微叹了口气。办公区里一时安静下来，钱律师的工位处传来隐约的翻动文件的声音，宁悦没想到反对的人居然是平时很好说话的潘洁，一时间反倒没了主意。潘洁算是她的对口人，宁悦没来的时候，潘洁兼着行政方面的工作。来了以后，宁悦做行政，潘洁经常指点她该如何去做，包括秦灿的一些习惯，都是潘洁如实相告，她才能很快入手。

现在潘洁似乎有些不对劲，宁悦不想对她耍无赖，却又真的不知道该怎么办？孩子是不能送进幼儿园的，但是家里又没人能帮忙，如果真不能带进公司……宁悦咬着嘴唇，心里不住的纠结。

“宁悦？怎么在这儿站着？”秦灿从外面进来，一阵风似的刮过，“到我办公室来一下。”

宁悦心里一惊，难道秦灿也不同意带孩子来上班！看着胡子渊小小的背影，宁悦提醒自己：秦灿凭什么同意？就算他以前帮过你，以后也要帮助你吗？你是谁？宁悦，你不过是一个年过四十，连工作都难保的女人！

你是已经枯萎的树，拼命想庇护树下乘凉的孩子，却长不出一片绿叶，开不出一朵鲜花。宁悦慢慢地走向秦灿的办公室，仿佛走向一条逐渐变窄向中心挤压的路。所有的柔软被挤出去之后，她告诉自己：就算这样吧，至少我还可以搭个架子，让别的树的叶子长过来，让别的花开在我的架子上，这样我的孩子还是可以得到庇护的！她站在秦灿的门口，闭了闭眼，深吸了一口气：是的，我一直在利用秦灿的同情心！现在，我仍然要这样做！我要的不多，之一线生机就够！抱歉，我必须这样走！

宁悦推开门，走进秦灿的办公室。

现在流行平行组织结构，据说可以降低管理成本，提高效率。于是新来的集团领导一通捣鼓，弄出了很多中心。人事起起落落，最后不过是又一轮权力洗牌。好在法务部只是改了一个名字，变成了法务中心。大家的官称变了，工作内容和职衔都没变。连最开始大家希望的可以趁机涨点儿工资的愿望，都落空了。罗总说，涉及真金白银的时候，哪个领导都不会因为玩概念骗死自己。

潘洁看着眼前那个大肚男一张一合的嘴，思路一直飞到天外。直到钟天明捅了她一下，她才“哦哦”地应一声。无奈，钟天明说：“冯主任，您说的有道理，这四个项目我们会及时反馈给秦主任的。不过最近的确人手紧张，所以很多项目不能提供完全的支持。但是无论如何，您说的这几个事儿，我都记下了。具体完成时间表，秦主任会尽快给您一个回复。”

“那我直接找你们秦主任就好了，咱们还开这个会干什么？”冯主任口气相当不善。连丢了几个单子，火气没处发，这几个小律师撞到了枪口上。

潘洁已经回过神，闻言哼了一声：“冯主任，您要是直接找秦主任，秦主任也得找我们商量。毕竟直接经手的是我们，怎么多，做多久，没有我们的反馈，秦主任也答复不了您。不过，我看您这么着急，不如直接申请这几个项目不必法务参与，那多好！您看呢？”

“你怎么说话呢？”冯主任也是老资格了。而且，最近部门变中心的调整中，他 PK 掉原来分公司主管销售的张副总，顺利成为集团销售中心的主任，原来的张副总成了他的手下，正是春风得意的时候。如果不是因为业绩一落千丈，他可能会上天。他刚想继续发飙，冷不防潘洁眼皮子抬了抬。眼风儿就像刀子一样甩了过来，全扎进老冯的心里。他突然意识到，这两个小兵，有点特殊。

法务部在公司里是一个比较特殊的部门。即使和别的部门一样阶层分明，但因为法务工作的特殊性，在具体的事情上，法务人员之间的层级其实并不十分清楚。最高的法务主管在介入项目时，也得从基本的情况了解甚至做起，而最底层的法务经理，也可能因为对事项的整体把握更准确及时而能直接参与最高决策的会议。

当然，这并不意味着法务部的职责是混乱的。相反，多高的层级承担什么样的责任，有多大的决策权，法务部是最清楚，也是执行最好的。之所以如此，并不是因为对权力的恐惧，只是法律人先天对规则的敬畏罢了。

用钱律师的话说：咱们当律师的，眼里没什么 CEO 什么保洁大妈，只有法律服务，只有当事人。就这么简单！

冯主任把嘴边的话在舌尖上转了转，还没考虑好要不要说出去，潘洁开口了：“和天华公司并购的这件事，一直是总部的贺律师负责，冯主任不应该不知道。您不找贺律师找我们，是什么原因啊？立夏集团拖欠款的事情，我记得上个月财务部已经明确说了，用他们的海外应收款抵了。里面的具体操作，如果冯主任觉得不合适，应该找财务中心商量。让我们去找立夏集团，干什么？四达无垠的合作，两个月前已经签了合作框架。如果销售中心这边没有具体的业务，我们也推动不了什么。最后这个……”潘洁笑了笑，露出戏谑的表情，“的确是我们的律师帮你们处理的。好像是宁律师，对吧？”潘洁扭头问钟天明，钟天明莫名其妙地点点头。

潘洁继续说："当时一直是王总在管，具体负责的是何宽何经理。哦，何经理走了。怎么他没跟你们交接吗？"

冯主任一噎。何宽是姓张的一手提拔上来的，走的时候自己不方便直接问，没想到他手里藏了这么大一个单子。在那个项目中标后，应该紧跟着一个大项目，可是也不知道是没交代清楚，还是真的自己那个销售太蠢，一片大好的情况，居然就丢了。偏偏交代接手的又是自己欣赏的一个销售。现在出了事，又不好直接责问。现在上面追下来，他只能尽量拖着，同时让自己人赶紧去找人，尽量废了那个标。

如何拖延？就想到了法务部这边。因为最近公司里对法务部的效率抱怨很多，高层会上也有反应，冯主任琢磨自己凑这个热闹正合适。没想到潘洁三言两语，不仅不接盘子，还推脱说他们销售中心内部失责。想起刚刚结束的内调，冯主任有点后悔。

第一，不该找法务部的碴儿。

第二，刚才就该顺坡下驴，不该耍威风。

看冯主任掏出手绢擦汗，潘洁说："这样吧，我把这五个项目拿给秦主任看一下，怎么处理，看他怎么说吧！"

她说完，拉起钟天明就要走。

冯主任混了这么多年，早就是老油条，能屈能伸，立刻换了一副笑脸拦住潘洁。好说歹说，把这五件事要了回去。

"不麻烦秦主任了。"

连潘洁都这么明白里面的条条框框，姓秦的能不明白？潘洁只是在这里说说，姓秦的是出了名的破坏王，要是趁机搞自己一下，只怕上面轻则对自己不满，重则就从此失宠。他可不愿意冒这个险！

钟天明紧追着潘洁的脚步，看左近无人，压着嗓子问："你今天是怎么啦？吃火药了！"

秦灿来的时候，就已经和他们讲明白，遇到这种耍赖推责任的部门，统统交给他去处理。以前的采购部也发生过这种事，潘洁当时说的话就是今天钟天明讲的。秦灿收到之后，连消带打，连罗雅婷都压不住地捅到总部那里，搞得当时的陈总灰头土脸。之后，再也没人敢拿法务部当挡箭牌了。

如今钟天明也想原样复制，却被潘洁直接给怼了回去。可是，这样能不能起到杀一儆百的效果呢？钟天明更怕秦灿知道以后，责备潘洁处事急躁，甚至有了越权的念头那就更糟了。

潘洁“哼”了一声，没理钟天明。电梯打开，摁下办公室所在的楼层，看着电梯门缓缓关上。潘洁才对钟天明说：“你上班专心点，咱们也不至于被人说效率低！”

“我，我哪儿不专心啦？”

“不专心你跟小孩儿玩儿什么！”

钟天明挠挠头，“那是宁悦的小孩儿，挺可爱的，我就和他说两句话不行？”

“你那是两句话吗？”潘洁声色俱厉地说，“宁悦出门买咖啡，你一直在和那小孩玩儿！知道的是说两句话，不知道的还以为你带孩子呢！真把咱们部门当幼儿园了！”

钟天明上下打量了两眼潘洁，若有所思地说：“知道的明白你是说我呢，不知道，还以为你跟宁悦说话呢！”

钟天明只是不求上进，但并不傻，很多时候，他甚至比潘洁看得还要清楚。

潘洁立刻愤怒了，“你什么意思！我说她干吗？她一个助理，工作工作干不好，家里家里搞不定，还弄到公司同事帮她出面，我敢说她什么！”

钟天明鼻子耸了耸，戏谑地看着潘洁，说道：“好大的酸味儿！”

潘洁被噎住，正好电梯门开了。她气哼哼地走出去，理也不理钟天明。钟天明看着潘洁的背影，深深地叹了口气。

宁悦走出秦灿的办公室的时候，脑子还有点蒙，她甚至有种冲动，要返回去告诉秦灿：不用这样帮自己，自己本来就是在利用他。

秦灿把她叫进去，只是布置了几件事：第一，他的朋友慕晓有房子出租，价格好商量，只要求承租人须得她看顺眼，且对男人没需求。秦灿已经答应慕晓，今天下班以后带着宁悦去看房子。第二，刚才在楼下他遇到何宽了，何宽请他过去帮忙，他的条件是带着宁悦跳槽过去。第三，一会儿罗雅婷要见宁悦，秦灿个人认为，那个疯子就没必要搭理，他已经帮她回绝了。

说完第三条的时候，秦灿气得把笔扔到了桌子上。宁悦本来想拒绝所有的条件，看他怒气冲冲的样子，一时又犹豫了。和胡成在一起生活了那么多年，虽然骨子里的烈性并没有彻底消失，但性子里已经习惯了权衡忍耐和沉默。不在别人有情绪的时候对着干，更不会说他们不爱听的话，就是其中之一。就这样，宁悦错失了第一时间表达的机会，等她想再说的时候，秦灿已经接起了电话。

平心而论，秦灿给她的选择都是为她着想。但是，考虑到秦灿只是自己的同事，这样的安排就有些过了。宁悦一直觉得，秦灿在自己的问题上表现很奇怪。潘洁隐隐约约提到过，秦灿是单亲家庭，不过秦灿现在很明显跟他父亲关系不错。她甚至听到秦灿给他的继母打电话说回家吃饭。如果不是关系好，到了秦灿这个年纪，不必如此殷勤。宁悦也记得自己的同学提到过，秦灿是跟着母亲长大的，后来他母亲在他高中时过世，所以他才回到父亲的身边。

秦灿对自己好，大概是因为他小时和母亲的经历，让他对单亲妈妈有一种同情吧？宁悦只能这样想。

胡子渊的兴趣已经从乌龟身上转移到办公室里的绿植。宁悦把他叫到身边，摸着他的脑袋，想着心事：放在十几年前的宁悦身上，这样的帮助是绝对不会接受的。可是，现在的宁悦还有这样的骨气吗？低头看着孩子，宁悦鼻子一酸。

她甚至不能让自己的孩子安安稳稳地上幼儿园！

办公室的大门被推开，潘洁和钟天明一前一后地走进来。宁悦抬头看到潘洁，刚想笑着打招呼，潘洁就像是没看见一样过去了。

如果潘洁知道她准备接受秦灿那些帮助，会不会更瞧不起自己？宁悦正想着，秦灿走进开放办公区，敲了敲护栏，看大家都在看他，他清清嗓子说：“这几天宁悦家里有点事，我同意她带着孩子来上班。你们有什么意见吗？”

钱律师一脸茫然地看着大家，这也算个事吗？

钟天明扭头看潘洁。潘洁低着头，看不清脸上的表情。

“没意见就这么定了。”秦灿一锤定音，潘洁突然说，“公司里没有类似的规定，让别的部门的人知道了恐怕不好。”

“法无禁止即为可行，谁有意见找我来！”秦灿斜了一眼潘洁。潘洁抿紧嘴唇，但是这样的沉默任何人都不会当作认可。秦灿诧异地看了一眼，“潘洁，一会儿我开完会，你来我办公室一趟。”

潘洁不再吭声，这事儿就这么定了。秦灿拿着笔记本出去开会，办公区里安静下来。胡子渊抬头看看宁悦，宁悦伸手摸摸他的头，苦涩地笑了。

“我能和你谈谈吗？”潘洁走过来，面色僵硬地问。钟天明跟在她后面，想拽回潘洁。

宁悦点点头，低头对胡子渊说：“乖乖把今天的字描好了，下班妈妈带你去游乐场。”

“我要捞鱼！”

“可以，但你得坐正了，用握笔器写字，好不好？”

“好！”

宁悦说完抬起头，发现潘洁已经不见了。钟天明指了指茶水间。宁悦冲他笑笑，起身追了过去。

“你这样会害了秦灿！”潘洁开门见山，一点不客气地对宁悦说，“我知道你现在需要人帮忙，可是为什么一定是秦主任呢？你知不知道，他这样帮你就是毁了他自己！”潘洁忍了半天，“绿茶婊”三个字终于咽回肚子里。

“如果是你，你会怎么办呢？”宁悦一点也不着急，慢慢地说。她为潘洁沏了一杯茶，自己倒了一杯白水。

“你就没有一个亲戚，一个朋友，可以帮忙？”潘洁质问，“凭什么是秦灿！他只是你的同事！一个同事这么做，你知不知道会在职场引起多大的风波？上面会怎么评价他，同事们会怎么看他，甚至同行会怎么看他！我真后悔告诉你秦灿的事情！你利用他对他母亲的愧疚，利用自己和他母亲有相似的经历，为了你自己能顺利离婚获取财物，利用他利用得那么彻底！你太算计了！

你简直吃人不吐骨头！”

宁悦的脸热辣辣辣的，她甚至无力反驳。以前，她最讨厌“我弱我有理”的人。如今自己走到山穷水尽，就把秦灿当成最后一根稻草拽住不放，还理直气壮地让潘洁设身处地地为自己考虑，真是多年以后活成了自己讨厌的样子！

可是，她该怎么办？在这个时候，很有骨气地站出来辞职，表明自己不愿意拖累秦灿的决心？那她住到哪里去？她的副卡已经被冻结了，工资卡里只有当助理一年半的收入，加起来不足六万。在这个城市里，就算她可以露宿街头，孩子呢？找个宾馆。那么在找到合适房子之前，一直住宾馆？钱呢？这个城市里，谁相信房子可以一夕之间就找到！

她没钱，没房子，没有亲人，甚至没朋友，还要在法院判决之前把孩子藏好！她举步维艰，自身难保，在这个时候讲骨气？把送上门的帮助拒绝掉？为了所谓的高贵优雅不使用可以用到的资源？更何况，宁悦相信自己并未逾越底线。

宁悦仔细打量潘洁。她有多久没见过如此直言不讳地发飙了？那个家里，除了婆婆，所有人的火气都很大，维持着表面上一派祥和安乐，连她自己不也学会了忍耐和择机而动吗！

这个姑娘曾经帮助过自己。在自己不了解甚至怀疑秦灿的时候，帮助自己了解这个办公室里的人。自己工作不能尽全力，她也从没有抱怨，只是乐呵呵地把工作接过去做完。当自己需要请假或者早退的时候，也是这个姑娘默默地帮自己遮掩或者抹平。想到这里，宁悦决定以实相告。对潘洁这样的姑娘，不管她的动机是怎样的，最真诚的沟通方式就是实话实说。

宁悦开口：“你说得对，我是在利用秦灿。利用他的经历，利用我正好能勾起他同情心的契机，我这样做是不对的。如果我可以评价自己，我一定会骂自己，是个绿茶婊。”宁悦苦笑了一下，“但是，我和那些绿茶婊是不一样的。这也是我一直犹豫的原因。”

宁悦继续说下去：“我没什么姿色，人老珠黄用来形容我更合适。我对金钱也没什么特别强烈的欲望。如果一定说有，就是对自己的这份工资比较执着。我也不怎么黏男人，当然我儿子例外。如果一定要和绿茶婊挂钩，可能就是我在这件事里看起来比较有心机，非常的自私，为了自己的利益，无视了可能对别人造成的伤害。就像你说的，我带着孩子来上班，会影响部门的形象，会对公司的管理造成不好的影响，甚至如你所说，会影响秦灿在这个公司里的前途。这些，我没什么好反驳的。”

潘洁依旧严肃地看着宁悦，但她的眼神说明她认可了宁悦的话。

宁悦说：“我只想告诉你，我想过拒绝秦主任的帮助，但我真的很需要帮助。就像你问的，我没有亲戚吗？没有朋友吗？我告诉你，没有！真的没有。因为我家的特殊性，在我小的时候，家里的亲戚朋友就都断绝了关系。父母也去世很多年了。结婚以后，我的社交圈子变得非常狭窄，那时候也没什么微信朋友圈，同学同事的聚会我从不参加，后来就慢慢都断了。可能还有那么一两个，”她想起卓浩，“他们已经尽力帮我了。然而，我需要更多的帮助。因为，在这场离婚大战里，我丈夫很强。他有钱，有人脉，有家庭，有能力。甚至包括我现在的工作，都是他帮我找的。你也看到了，他甚至不需要出面就可以让我失去一份工作，而我想保住这份工作却不得不把自己降到外包的地步！可以说，他拥有整个世界，而我只不过是他世界里的一道风景。如今我要独立出来，却连属于自己的空间都没有。”

宁悦摇摇头，“还有，你刚才有一句话说错了，我不要财物。我只要一样：孩子！我做的这一切，都是为了让我自己看起来有抚养孩子的能力，我不能等着别人施舍给我这个机会。我必须全力以赴地拿到这个机会！因为，一旦我失手，我就会永远失去他。”宁悦摇摇头，“你不是母亲，不知道一个女人可以为自己的孩子疯狂到什么地步。我不能想象自己失去这个孩子的生活，在我还能争取的时候，我不会放过任何机会！”

“可是，你这个样子根本养不好这个孩子！为什么不自己出来，等你挣个身家，再去找孩子呢？”

宁悦苦笑：“孩子是不会等你的。他们迅速成长，迅速地去认识世界，我只怕自己一转身的功夫，回来他已经面目全非了。”

“面目全非就面目全非呗！你都自身难保了！”宁悦的老公刺伤宁悦的

事情全公司都传开了，潘洁自然也晓得。

宁悦低头笑，然后看着潘洁，坚定地说：“我可以不要我的命，也要这个孩子！尽管这样做很傻，很不理智，但是我一直就不聪明。”她笑了，“我如果足够聪明，就不会嫁给胡成，就不会为他生孩子，就不会在看到真相以后，还继续相信他！可是，我觉得，一个人的生命，不是由聪明和利益决定的。对我而言，我只有四个字：问心无愧。这场婚姻，我失去了一切，但我尽了最大的努力，我对自己的爱情问心无愧。而现在，如果我放弃了孩子，我只知道，无论我将来赚了多少钱，我心里都会不安的。”

“可是你养不起他！”潘洁一针见血。

宁悦微微点了点头，“对，你说得对，目前看我是养不起他的。冷静地想，他的父亲能提供给他的远比我多。甚至因为我这个母亲的缺失，而给他带来的情感上的亏欠，似乎都能通过他爷爷奶奶的照顾，弥补大部分……但我不会放弃！就算这是一个母亲的自私吧，甚至你说我疯了也好，我不放弃！只要有任何一个可能的希望，只要能让我留住孩子，我都不会放弃。”

“所以你宁可伤害秦灿！”潘洁恨恨然。

宁悦看着窗外，眼底隐隐浮起水光：“我的父母已经不在了，我的家已经散了，这世上我唯一的血亲就是这个孩子。”她转向潘洁，微微摇头，“我活了四十年，我见过友谊随着时间消失，见过爱情如何被谎言摧毁，唯独没见过亲情的中断。如果有，那也是死亡。我是个胆小的人，但我并不怕死。对我而言，比死亡更可怕的，是没有家人。”

两人都不再说话，彼此的目光都躲闪到一边。宁悦看着手边的白开水，潘洁的手指在桌子上漫无目的地画圈。

良久，宁悦才长长地叹息一声，说道：“对秦灿，我很抱歉。如果他不肯帮我，我不会勉强。但是他伸出的橄榄枝，我一定会接，那是我的救命稻草。”

这一次，潘洁没有反驳。

胡子渊看到宁悦，兴奋地举起手机说：“妈妈，刚才爷爷打来电话，我帮你接的哦！”

宁悦心里呼的一沉，勉强露出笑容问："哦，妈妈的电话你也敢接了啊！那爷爷说什么了？"

"我是看到是爷爷的来电显示才接的，别人的我才不动呢！"胡子渊撇了撇嘴，似乎有些委屈。然后就兴奋地向宁悦表功："爷爷问我在哪里，我说在妈妈的办公室。爷爷问我不回家住在哪里，我说在一个叔叔家。爷爷问叔叔家在哪里，我说在许多楼里。门前有一堆垃圾。"

胡子渊颠三倒四地说着，宁悦听着，心里略微有点放心。老人家想从孩子嘴里掏出话来，但是孩子太小，清楚地说出一个陌生的地址有点困难。想到这里，宁悦居然笑了。胡子渊一看妈妈笑了，立刻小脸放光："妈妈，你终于笑了！你一直不笑，吓坏宝宝了！"

胡子渊五岁以后就不怎么自称宝宝了，但是六岁生日过后，他似乎找到了一种表达方法：每次想撒娇的时候，都会自称宝宝。

宁悦顺着儿子的心意，任由他钻进自己的怀里，配合地圈住小小的身子，苍凉的心慢慢温暖起来。

潘洁看着宁悦母子的互动，一种陌生而又熟悉的情感在她心里滋生。她不了解母亲可以疯狂到什么地步，但是她记得，自己初二时被校外的小流氓要求交男友，妈妈是如何找那个小流氓交涉的，如何在一群半大男生的围攻起哄中坚决地要求对方离开自己的女儿的。如果不是警察及时赶到，妈妈也许真的会被这些被激怒的半大男孩打伤。可是，事后妈妈只是说，早就知道会这样，之前就已经拜托派出所的叔叔了。从那以后，一直到她高中毕业，每天上下学妈妈都会在校门口等她。

潘洁想着，忽然意识到，也就是从那时起，一直风风火火经常出差跑业务的妈妈似乎就不怎么提工作的事了，也没再出过差，直到退休她也不过是个普通工人。

母亲可以为孩子付出什么？

全部。如果牺牲生命显得太过宏大而变得虚幻，那么放弃前途和尊严，理想和奋斗，算不算呢？按下个人的野心，忍住与生俱来的欲望，看别人起高楼，看别人风流娇艳，默默地自愿地无怨无悔地牵着一只小蜗牛在时间的洪流中悄然前行。

这样的选择，放在人生的背景下，不算牺牲吗？潘洁默然不语，坐在自己的位子上发呆。钟天明戳戳她，秦灿已在办公室里等着。

“有什么想法，现在就说吧。”秦灿两手交叉放在身前，靠着椅背，微微斜睇着潘洁。

潘洁对宁悦不是没有同情，刚才和宁悦谈过之后，潘洁也有些理解宁悦的难处。对自己的坚持，有了几分不确定。可是，这些不确定，在看到秦灿和他摆出的姿态之后就变味了。潘洁皱了皱眉，说道：“我觉得个人的事情应该和家里的事情分开，这里毕竟是办公室。”

秦灿点点头，“我同意。然后呢？”

潘洁心里觉得有点不对劲，但还是继续说下去了：“公司里不只是宁悦一个人带孩子。有孩子的同事一大把，钱律师家里也有个三岁的宝宝，如果允许宁悦带孩子上班，别人再提出类似的要求怎么办？又不是开幼儿园的！”

“有道理，然后呢？”

潘洁诧异地看了一眼秦灿，迟疑了一下才说：“就算宁悦目前处于特殊阶段，可是谁还没有个特殊情况呢？今天宁悦离婚可以带孩子上班，还能迟到早退，那过两天我大姨妈来了，身体不适是不是也可以早点走，以后每个月都能早点走？每个人都因为自己个人的特殊情况，而被特殊对待，工作还怎么做？”

秦灿点点头，示意她继续讲下去。

潘洁咬着下唇，看了一眼秦灿，心一横，道：“现在公司里面有很多议论，我听说高层的例会也专门提到我们部门的效率问题。就在刚才，销售中心的冯主任还拿这个做法子……我知道我只是一个行政人员，管理层的事情轮不到我来操心，可是……”她偷偷地看了一眼秦灿，秦灿已经站起来，走到窗前，看着窗户外面的那堵玻璃墙默然不语。

潘洁欲言又止，最后还是决定说出来，这是第一次，也许也是最后一次，但无论如何，说出来就不会有遗憾了，“可是，我们是一个 team，我不想看到您或者谁被牵连！”她的脸火辣辣的，原本鼓足了勇气要直白说出的话被藏在了团队的名义下！即便如此，潘洁的胸腔也像揣了一只小鹿，砰砰乱跳。

然而，秦灿只是默默地站在那里，没有任何回应。良久，他才好像突然醒悟一般，嗯了一声，扭头问道："没有了？"

潘洁摇摇头。

秦灿深吸一口气，才说"如果宁悦这次没有遇到我，她会是怎样的情况？"

潘洁愣住了，这个问题好奇怪。不过，她还是实话实说："早就被开除了。"就像宁悦说的，即使她老公不想法逼她辞职，公司也不会继续用她。

"然后呢？如果她离婚了，又被公司开除，没有工作，怎么办？"

"再找呗！"潘洁皱眉，感到隐隐的不快。

"能找到什么工作呢？"秦灿看着潘洁，"你如果是一家公司的人力，你会给她机会吗？"

潘洁讪讪地摇了摇头，随即又否定道："总会有工作机会的！或者自己创业什么的。"

秦灿笑了："你忘了她孩子才多大吗？创业？她有那个时间吗？"

潘洁低头嘀咕："只要努力，总不会饿死的。"

秦灿忽然叹了口气："当然不会。可以做保洁，可以做临时工，可以去做短工，可以一份份地换工作。"他扭头去看窗外的墙，"这一辈子就这样过去了。"

潘洁吃惊地抬起头，然后惊骇地发现秦灿的眼角亮晶晶的。秦灿说："谢谢。我知道你是好意，叫你进来也是告诉你，你想的和做的都不是你的错。希望你能在这个部门一如既往地开心工作，不要因此而有什么担心。不过，在宁悦的问题上，我已经决定了。至于我的未来……"秦灿熙然一笑，"如果不能做自己的想做的，如果做的事情不能让自己心安，这样的工作有什么意义！"

潘洁已经被弄蒙了，秦灿到底想干什么？听完秦灿的话，潘洁只能木木地点头。临出门的时候，她突然扭头问秦灿："秦主任，您说不是我的错，是有谁错了吗？"

秦灿点头："是的。不是你的错，是我们的错，每个人都错了。"

潘洁不解，秦灿也没有继续解释的意思。

下班以后，秦灿果然拽着宁悦带上胡子渊，直奔慕晓的办公楼。秦灿说，那附近有一家亲子餐厅，胡子渊可以进去玩玩儿。

宁悦好笑地看了他一眼，作为一个连女朋友都不知道在哪里的单身汉，居然知道那里有一家亲子餐厅，感觉实在诡异。

秦灿不自在地解释，他是从美食地图上看到的。

“谢谢！”宁悦真诚地说，想起潘洁的指责，她忽然觉得自己做的也许真的太过分了。

就在这样各怀心事的情况下，宁悦见到了慕晓和她的助理。宁悦一进门就感受到小助理充满敌意的目光在秦灿身上毫不保留地扫射着，第一句话就是：“又没啥业务，你老来干吗！”

秦灿瞪了他一眼：“你就不能讲点人话！”

胡子渊拽拽宁悦：“他们在吵架吗？”

小助理立刻半蹲下，对胡子渊笑眯眯地说：“小朋友，叔叔脾气可好了，从来不吵架。但是他就不一样了。”他指指秦灿，“他几乎不会心平气和地讲话。”

胡子渊摇摇头：“你骗人，秦叔叔可好了。你才是披着羊皮的狼！”

大伙一愣，宁悦尴尬地解释：“呃，他刚听过这个故事，还不太会用。真的，意思绝对不是我们通常以为的。”

慕晓笑着说：“小朋友一针见血，你这个叔叔啊，还真是一只披着羊皮的狼。别看他天天笑眯眯的，说不定哪天就偷偷地把小羊吃掉了。”

胡子渊吓得躲到宁悦身后，有点恐惧有点好奇地打量他。

慕晓让自己的助理把剩下的工作处理好，并保证一定会把所有的剩饭和骨头渣子都给他打包带回来。秦灿补了一句：绝对让你吃得像猪一样丰富。

在一片哄笑声里，大家一起离开了。宁悦拉着胡子渊的小手，手心传来小男孩特有的温热和湿润，心情难得的轻松起来。胡子渊看着妈妈的脸色，觉得今天真是美好的一天！

秦灿找到的真的是一家标准的亲子餐厅。除了各种适合小朋友的桌椅餐具，还有一个小型的游乐场。胡子渊只吃了一点，就呼啸着冲进了游乐场。在办公室里憋了一天，他需要有个地方发泄一下过剩的精力。

慕晓果然按照秦灿说的，和宁悦商量起租房的事情。然而，宁悦的回答却出乎大家的意料。

宁悦希望慕晓代理自己和胡成离婚的事宜，但是房子她并不打算考虑！

“那你住哪里？现在找合适的房子多不容易！”秦灿立刻急了。

宁悦看了他一眼。如果秦灿知道，就在前一秒钟自己都是准备答应，只是开口说话的一瞬间决定拒绝，会不会气疯了？然而，她终须给出一理由。

宁悦想了想：“我有一个同学，目前我在他那里暂住。在找到房子之前，我们会住在他那里。”

“可是慕晓的房子很适合你。”秦灿脸黑黑的。

宁悦没看他，笑着说：“以后慕律师会经常与胡家人打交道。我不希望子渊被更多地卷入。”

换句话说，胡家人肯定会注意到慕晓的存在，甚至打听到慕晓的住址，宁悦带着孩子住在这里，也会被胡家人知道。接下来会发生什么，宁悦不知道，也不想发生。这个理由很充分，秦灿哑口无言。慕晓点点头，“没关系，如果你找不到更合适的，可以再考虑一下我。虽然可能会被骚扰，但至少我可以帮助你们。”

宁悦点点头，从随身的电脑包里掏出一个硬盘，交给慕晓：“这是我这几年请人调查的胡成出轨的证据，和他财产的来去情况。您看看哪些能用，哪些不能用吧。有些原始文件，都在银行的保险柜里。找机会我们一起把东西取出来。”

慕晓看了看硬盘，眼神沉了沉，问道：“什么时候开始的？”

宁悦看着远处玩儿的不亦乐乎的儿子，低声说：“最早的资料是七年前。调查是从四年前开始的。”

慕晓接过硬盘，“好，我会仔细看的。不过，我想问一下，既然那么早您就准备，为什么到现在才离婚？”

“开始是因为对他还存幻想，希望一切能往好的地方发展。后来是因为孩子，觉得就这么凑合着过也没什么。”宁悦顿了顿，“想离婚的时候，发现自己几乎没有什么能和他抗衡。我想体面地结束这场婚姻，包括孩子和我自己。所以才拖了又拖。如果不是……”她摸了摸自己的腰部，“也许还会拖下去吧？

慕晓点点头，收好硬盘，又拿出几张纸：“麻烦您看一下，如果没问题，签下字，我就可以开始工作了。”

这是一份委托书。宁悦看了一遍，直接签字了。

慕晓打趣地说：“我以为您会习惯性地改一些。”

“很久没工作了。那些职业习惯都被生活习惯代替了。”宁悦解释。

将近十年的家庭主妇生活，她已经习惯了沉默，习惯了逆来顺受，习惯了把自己的观点隐藏起来，习惯了尽量接受别人的意见……

秦灿除了宁悦拒绝租房的时候说了两句，后面一直没怎么说话，也没玩手机。宁悦无意中扭头，看到他正呆呆地看着远处的游乐场，不知道想什么。

宁悦依旧回了卓浩提供的住处。不知道为什么，她不能接受秦灿的帮助，却可以安心地住在卓浩这里。也许是因为打小建立的熟悉，时间积淀的了解，让她觉得安全。

玩累的胡子渊倒头就睡，看着儿子睡得憨实，宁悦既欣慰又担心。

朋友圈里转发的关于单亲妈妈疏于和孩子交流造成的各种成长缺陷的新闻，在她心里起起落落。时而觉得跟自己没关系，时而又觉得自己似乎正在经历，只是事情尚未累积到那个程度而已。

儿子的睡颜像个小天使，在这个万籁俱寂的夜晚，带着些微的鼾声，安抚着宁悦紧绷了一天的心。

暗沉的夜里，一栋栋高楼在夜色中遮盖了这个星球的天空。在他们的身上，一扇扇窗口透出或昏黄或苍白的灯光，组成另一片无边无际的星光。灯影、楼影，连绵不绝，浩瀚无边。有人会注意到，某一个小光点里，爆出一声突兀的玻璃碎裂声。除了一个小男孩，在睡梦中突然痛苦地哼哼了两声，翻了个身，然后一切又归于寂静。

白　头

早上，宁悦接到慕晓电话，说她最近案子不多，助理小聂基本没事做。本着对客户负责的态度，她建议宁悦可以把孩子送过来，交给小聂同志带去森林游乐场玩一天。下午四点之前再还给她。

宁悦很想有骨气地推辞，可看着无精打采的儿子，又听慕晓说今天还有事情商量，她终于没志气地答应了。

被田秋子拦在公司楼下的时候，宁悦心里划过一丝庆幸。如果这时候胡子渊在楼上等着，自己无论如何是没那么多耐心的。

田秋子一扫之前的颓废，带着几分胜利者的姿态告诉她，自己已经帮胡成请好了律师。而且胡成的爸爸已经报案，说自己的孙子丢了，让宁悦等着被警察叫去谈话吧！

听田秋子说着，看她神采飞扬的样子，宁悦忽然发现自己居然一点都不生气。她微微点了点头，“好啊！胡成一定很感激你。经过这件事，他爸爸也一定会接受你了？恭喜你了。”

田秋子一愣。

宁悦说：“祝你早日嫁给胡成。”

有一种折磨叫白头到老。

有一种诅咒叫愿你与渣男终成眷属。

这一切，都被站在16楼的落地窗前，抱臂向下观望的罗雅婷收在眼底。她饶有兴趣地看着，想象着两个人的对话。不经意间，宁悦扬起了头。太远的距离，看不清表情，但那敞亮的肢体语言，还有田秋子扭动身体的样子，告诉她：宁悦很开心，田秋子很挫败。

这个时候，难道不是情人上位的绝佳时候吗？罗雅婷扶着下颌：毕竟胡成出来以后，还是那么有钱有才有颜，依旧是女人倾慕的对象。宁悦一个过气老女人，有什么可高兴的？

这一切，在见到宁悦后，得到了答案。

宁悦吃惊地看了她一眼，笑着说："我以为你应该比我了解。再有钱再有颜那也是个渣男，失去有什么好伤心。那些自以为抢到宝，难道不该被我嘲笑吗？"她顿了顿，似笑非笑地对罗雅婷说，"见到我时，你难道没有这样的心思吗？"

罗雅婷赧然，抿嘴一笑："有！但或许时间太久，不如你看得明白。所以对不起！"其实，她并没有完全的释然。胡成是渣男，但她走得太匆忙，心底还是有些留恋他的魅力。

"没关系。"

这是前妻和即将成为前妻的两个女人的开场白。

尽管秦灿拒绝了罗雅婷，但罗雅婷还是找到了宁悦，宁悦也没有拒绝见面。她们在办公室里谈了半个小时，宁悦就出来了。那时，秦灿还在外面开会。潘洁看到宁悦走回自己的工位，倒是仔细地瞅了两眼，可惜没发现什么有意义的表情。

宁悦接到电话，跟潘洁请假，说要去一趟派出所。潘洁点点头，没说什么。钟天明问宁悦要不要带上老钱一起去，被潘洁瞪了一眼。

到了派出所，宁悦看到一脸伤痛的胡成爸。他果然报案说孙子丢了，媳妇人不见了，希望派出所帮忙找一找。所长出面调停，客气有礼但是很坚决地让宁悦把孩子带出来让老人见一见。看来在宁悦来之前，对方已经把家里的事情了解了一遍。至于是怎样的解释，宁悦懒得猜。

宁悦直接打开手机，里面的放出胡成爸在公司楼下的喊叫。

“子渊永远是我们胡家的孩子，你别想带走他！我就是豁出这条命也要把孩子抢回来！他绝不会跟了你这种奸夫淫妇的！”

胡成爸霍然站起，抬手要抢手机，宁悦侧身闪过。胡成爸撞在桌子上，捂着腰呻吟起来。

派出所所长家长里短的处理多了，见这样子，连劝带架，扶着胡成爸往外走。胡成爸指着宁悦说：“她弄伤我了，让她送我去！”

宁悦眼皮一耷拉，连话都不说。

所长说：“您还是去医院看看吧，别管谁送的，万一有个好歹，就算孙子回来，您也看不了啊！”

“你才有个好歹呢！”老爷子怒目圆睁，“你这个警察，怎么说话呢！还懂不懂尊重老人？我要找你们领导，我要投诉你！”

所长倒是好脾气，端着茶杯喝了一口，说：“行啊！您去分局投诉我也行。我这里有监控录像。您要不着急，您媳妇又不肯动，不如我们看看监控录像，到底您这腰是怎么伤到的？明确一下责任，咱再说谁来承担，好不好？”

胡成爸看了看头顶角落里黑色的圆形装置，不吭声了。

一场闹剧结束，派出所并没有按照胡成爸的意愿要求宁悦把孩子交出来。宁悦向所长致歉以后，准备离开时。胡成爸走到她身边，恶狠狠地瞪着她，嘀咕着：“等着瞧吧！等胡成出来了，让他收拾你！”

宁悦立在派出所的台阶上，看着老头恨恨离开的背影，叹了口气。

很久以前，她试图从这对老人那里求支持，把胡成拉回来时，她得到的只是一个教训：在这一家子面前，错的永远是别人。在这对老人眼里，错的永远是媳妇。

宁悦走出办公楼，看看头顶湛蓝的天空，想起罗雅婷给她的东西，拨通了慕晓的电话。

慕晓的办公室里，电脑正反复放着一段视频。

视频是某个角度的监控录像。青灰色的影像记录了宁悦的刀子从胡成的脖子上滑下来，宁悦的手一抖，与胡成手交握在一起。胡成一脸的惊恐，宁悦似乎拽了一下，胡成本能地抽手，然后两人来回拽了一下，宁悦一闪身，镜头被遮住了。宁悦弯下腰，胡成连连后退，手里握着那把有点发黑的刀子。

慕晓看了两遍，按下暂停键，回头问宁悦打算怎么办？

显然，根据这段视频，宁悦受伤是她自己拽着胡成的手戳向自己的。罗雅婷也是因为看到这段录像，才把宁悦叫过去。出于某种敏感的心理，问宁悦自己该如何处理？

宁悦很爽快地承认，并且认怂，希望罗雅婷帮帮自己。不需要向警方说谎，只是不主动交给警方，不提示警方，如果警方索取，尽可能给自己一点时间。

罗雅婷很聪明，“你还有计划？”她立刻显得兴致勃勃，“你打算怎么做？”

宁悦苦笑着否定了她，就算真的有计划，也不告诉罗雅婷。这个女人分明是看热闹不嫌事大，在被宁悦利用之后，只怕一心想看他们夫妻演一场世纪末离婚大戏，值回个票钱！

而慕晓，更是见多了这样的手段。每当这个时候，她都庆幸自己不将就不结婚的独身主义是多么明智。

宁悦挺了一下腰，说：“如果这段视频被胡成拿走了，会怎样？”

“出来呗！证明他不是故意的。不过如果你愿意，这个视频也不足以说明他无辜，至少误伤还是有可能的。但是就离婚这件事来说，你们夫妻关系肯定是没必要存续的。”

“如果没拿到呢？”

慕晓看了一眼宁悦，说：“其他的相关证据形成证据链的情况下，看你的伤情。这个不用我解释了吧？重伤入刑，轻伤的话，赔偿是最主要的。”

“我应该让他往中间扎一点。”

“那样你只能躺在医院里，孩子怎么办？”

宁悦这才第一次正眼看慕晓，从方才的游离状态走出来，苦笑着摇了摇头：“他打过我。你看到了，那堆资料里有。”

慕晓点头：“如果不是丈夫的身份，足以构成强奸了。”

“我们不支持婚内强奸。”宁悦露出痛苦的表情，“为了防身，我找了一把刀。后来我想离婚，却担心得不到孩子的抚养权。我看着刀子，就想，如果胡成有暴力倾向，那不管他有没有钱，我能不能挣钱，孩子都得归我？”

宁悦的语气平和，讲到这里她闭上眼睛，顿了顿，“我知道罗雅婷是他前妻，在我进公司不久就发现了。所以我一直尽量避免和她见面，因为我不知道那是个什么样的女人。后来的事情一步步的似乎就那么发展起来了，我利用罗雅婷激怒胡成，然后制造胡成在盛怒之下伤害我的事实。时间、动机、事实、证人都有，你说我能不执行吗？”

宁悦深吸一口气，靠向椅子：“可是，真的我不敢！即使我真的把刀子拿出来了，架到他脖子上，我还在犹豫。那时我甚至想，只要他有一点点的犹豫，我都会放弃！我还是像以前那样生活，只要他让我工作，我就完全接受他的所有女朋友！可是，他太了解我了。他说我不敢，他往前走，刀子在他脖子上，他笑，一点都不在乎！”

慕晓把茶杯推到宁悦面前，宁悦端起来喝了一大口，才说：“我不敢！伤了他，我要承担责任，我要坐牢，我还有孩子，我怎么敢！所以，他有恃无恐，他步步逼我，他嘲笑我！但是他忘了我是谁！我把刀子塞进他手里，趁他慌神，拽着他的手，捅进我自己的身体里。”

宁悦冷笑一声：“我现在才发现，自己混到这个年纪，还是依靠自己的身体去争取利益！我学了那么多年的法律，积累而那么多的工作经验，到了最后，依然要靠卖身来挽救自己的失败！”

沉默弥漫开来，宁悦的眼角湿润了。但是她没有擦，就那么呆呆地看着手里的杯子，一动不动。

宁悦有些恍惚地走进公司的大楼，腰间一阵抽痛。她窝进角落里的沙发，闭上眼睛。

慕晓从朋友那里问出来，胡成这个是不会被立案的，已经在走流程了。接下来，她是否有提起自诉的打算？宁悦自然没有。孩子妈告孩子爹，然后请求赔偿？这又不是美国！但是她流血换来的机会，绝不会就这么罢了。

她问慕晓，她拿到孩子的监护权的把握有多大，能取得多少财产？

慕晓敲着那一大堆资料笃定地说：“一个富有但是有明显暴力倾向和前科的父亲，显然不是合格的监护人。至于财产……目前看胡成在国内的资产还是负值。国外的部分，恐怕很难执行。”

她意味深长地看了宁悦一眼，宁悦只是点点头，没有说什么。慕晓觉得这是自己接的最轻松的一个案子，当事人自己把什么都搞定了，自己只管穿好衣服上庭就行。然而，她又有种直觉，这将是她接手过的又一个“危险”的案子。

宁悦却觉得自己就像在做梦一样。阳光透过玻璃窗落在她的眼皮上，暖暖的，柔柔的，就像少年时，懒懒地倒在课桌上，对着窗户发呆的感觉。她想，也许这一切真的就是一场梦。一睁眼，眼前还是学校那陈旧的绿色窗户，窗外是稀疏的树影。

电话响了，宁悦没舍得睁眼，直接懒洋洋的，放在了耳边。里面传来卓浩的声音：“你说的胡成的资产，我只能查到这个份上了。抱歉啊！”

“没关系！有那套房子就够了。”宁悦不情愿的睁开眼，说道，“谢谢你！”

“客气啥，你早就该这样！”卓浩爽朗的声音从电话那端传来，就像阳光一样，铺进宁悦的心底。

“不是说这个。”宁悦的声音有些疲惫，但亮着通透，“是你告诉我的，留在那个家里，胡子渊一定会被胡成带坏的。”

宁悦笑了，卓浩骂她不争气时气急败坏的随口一句话，竟对她产生难以想象的影响，改变了她已经固定的思路。

卓浩讶然：“我说过吗？好像是我会说的。要是那样，你可真得好好谢谢我！”

“必须的！”宁悦没有承诺具体的答谢。现在不合适，卓浩也不需要，但她会记在心底。所有帮过她的人，都会被她珍藏起来，不仅是她，连胡子渊也应该感谢这些叔叔和阿姨！

“你该做体检了。”对面有人坐下，声音很熟悉。

宁悦笑着摇了摇头，“没事，自己的身体自己知道。”她看看身边，“你要出去吗？”

秦灿没穿外套，白衬衫，深蓝的西裤，领口敞开着，毫不客气地坐在宁悦对面。宁悦知道，在办公室的柜子里，有一根领带架，上面挂着七条领带。如果他出门，一定会打好领带，穿好西服外衣，弄出一本正经的样子。如果不出门，那就是现在这个样子。敞着领口，挽着袖子，露出衬衣所有皱皱巴巴的部分。但是，这个样子的他几乎从不出现在办公室之外。

总体而言，秦灿还是一个很重视外表的人。

宁悦忽然想起一句话：每一个缺乏安全感的小孩，都会格外重视自己的外表。那么自己呢？自己似乎不太重视穿着啊？

秦灿啧了一声：“拉倒吧！你看看你，又神不守舍了。只要你是这种魂不在的样子，我就知道你累了！还硬挺着！”他摇摇头，露出不屑的样子。

宁悦释然，她的躯壳大概也神不守舍吧？一旦撑不住的时候就把思想缩进幻想里，假装什么都没发生。

两人调侃了两句，秦灿问宁悦：“我估计胡成三四天就能出来。即使你提起自诉，胡成也不会太在乎。他的律师会跟他说明白的，而且他拖得起。”

宁悦点点头：“对，他底牌很厚。我到现在都没有十足的把握，能从他手里抠出钱来！”见秦灿撇嘴，宁悦道，“不是因为吝啬，而是因为面子。就算胡成不在乎，还有他父母。钱都在其次，凡是我需要的，他们都会不遗余力地阻拦。”

秦灿嗤笑：“怎么有种战斗军团的感觉？”

“有家就是好啊！”宁悦感叹，“无论你做什么，对或不对，爸爸妈妈永远都会支持你，无条件的。”

秦灿也沉默下来。宁悦顿了顿，抛开感叹，继续说：“所以，我想让他拖不下去。”

“哦？怎么做？”秦灿抬起头，眼睛亮亮的。

看他这般模样，宁悦忽然意识到，他不仅是帮过自己的朋友，还是自己的上司，潘洁的斥责又回响在耳边，宁悦一时犹豫了，“我还在考虑。”

秦灿有点失望，然后歪着脑袋自己琢磨起来。宁悦看看他的侧脸，又把目光移向窗外，秦灿长成现在这个样子，他妈妈的在天之灵一定会欣慰吧？以母亲对母亲的身份起誓：我不会伤害他的！

自从聂从风带着胡子渊玩过后，胡子渊就把聂从风引为知己，天天吵着要找聂从风玩儿，甚至还偷偷用宁悦的手机给聂从风打个电话发个视频什么的。宁悦只能一次次地道歉，然后更小心地保管好手机。可她一个人，哪有那么多精力顾及小朋友！胡子渊依然有机会进行他的计划。

现在，按照聂从风和胡子渊的商量，胡子渊用自己的零花钱付给聂从风作报酬，聂从风带他去外面玩儿。宁悦自然嗤之以鼻，看到胡子渊坚持，宁悦又想着给孩子找个伴护，被胡子渊拒绝了。他说："你要是把我扔给阿姨，我就自己找我爸爸去！"

这是宁悦最不想听到的威胁，也是最有效的威胁。

聂从风告诉宁悦，慕晓让他在完成宁悦委托的离婚事宜之前以陪伴和保护胡子渊为主要职责，钱都包括在代理费里。宁悦接受了慕晓的好意，私下里长长地松了口气。

胡成迟早会找到自己，把胡子渊带在身边，其实并不安全。

就在胡成出来的那天下午，在地面停车场，自己的车旁边，宁悦看到了胡成。那一刻，她很庆幸，孩子留在了慕晓那里。

"怎么样？我的车还好开吧？不过有点费油，买得起吗？"胡成拍了拍奔驰的前车盖，"还有停车费，不知道你住的地方多少钱？"

宁悦远远站着，没有吭声。

胡成已经收拾利索，短袖T恤加长裤，一如既往的帅气，看不出任何曾被拘禁的痕迹。只有发青的面色，透着浓浓的阴鸷。

看宁悦不吭声，胡成嗤笑了一声："你不是挺能整的吗？连自己的老公都弄进局子里了。现在怎么哑了？"他用手指点点宁悦，"你呀！你以为你是谁？"他慢慢地走近，"子渊在哪里？"胡成的声音不大，但是充满威胁的味道。

“在我这儿。”宁悦眼皮都不抬，充满抗拒地站着。

胡成的身子凑得更近了，手掌暧昧地从宁悦的头发摩挲到额头、到耳根，到脸颊、嘴、下巴。胡成突然狠狠地揪住宁悦的脖子，“还给我！”

然后，他吃惊地感到腰间被什么东西顶住了。这一次，胡成冷笑：“怎么，你又想让我捅你一下？来啊！放心，我一定会捅死……”

他松开手，低头去抢腰间捅着的东西，却停下了。

宁悦的声音没有变，眼皮抬起来，看着胡成，说：“这不过是把钢珠枪，弄不死你。不过……”她猛地一顶胡成的腰，“咔嚓”保险栓拉开的脆响落进胡成的耳朵，吓得他踉跄一下。这下换了宁悦紧紧逼近，“足够让你从此以后五脏六腑变成残废！”

胡成恶狠狠地看着宁悦，却不敢造次。这时，有人从旁边经过。宁悦另一只手突然把包拽过来，人已经离胡成远远的。

胡成点着宁悦：“算你狠！下次你给我小心点！”

看着胡成离开的背影，一直到消失不见。宁悦才松了口气，脸色煞白，站在原地缓缓。当她挪动脚步，来到车门，准备开门上车的时候，突然停下了。

宁悦好像想起了什么，围着车转了一圈，没发现任何异样。这才打开车门上去，可是，就在发动汽车的一瞬间，她又犹豫了。拿起车钥匙仔细看了看，宁悦干脆关了火下车。

宁悦拨通电话，卓浩的声音响起来：“怎么？胡成找你去了？孩子没事吧？”

“没事。你那里有没有什么办法，可以检测出来我的车里被装了类似定位追踪的东西？”

“谁敢装？”

“胡成刚才在车场等我。我记得家里还有一把备用的车钥匙没有拿走，但是最后他也没要车就走了。我担心他在我车里装了什么，定位我的位置。”

“好，我一个小时以后到。”

“那我先去接孩子，一个小时后见。”

慕晓送宁悦母子离开，聂从风夸张地叹了口气：“我的天啊！小孩儿都是什么做的？跟永动机一样，没个停的时候！老板，这个工作太辛苦了！”

慕晓无所谓地一挑眉，往办公室走。聂从风跟在后面，喋喋不休地叫苦。他说够了，才忽然口气一变，问道：“这个宁悦真的什么亲戚都没有么？我记得别的客户，遇到这种情况，都是把孩子送回老家。”

慕晓摇摇头：“看样子是没有。”她若有所思地把手放在门把上，“所谓一个人带孩子，其实都还是有人帮忙的，像她这样的——”慕晓摇了摇头。

聂从风问：“如果像她说的，只要孩子不要钱，结果——”

“那个结果是最糟糕的！”慕晓断然说道，“我相信，就算是宁悦自己，也在努力避免这个结局。”

“她？她能做什么？”

慕晓笑了，向自己办公室方向努了努嘴，“就看那一堆资料，你说她能做什么？她应该还有一部分，不过是不方便让我们看罢了。”

“你怎么知道？”

“经验！别闲聊了。明天我要见见这个胡成，帮我整理一下东西吧！”慕晓一脸轻松，“听说是个帅哥！”

“切！还是个人渣！”聂从风撇嘴，“而且，根据我的经验，他一定什么都不会答应你。我建议你带我去，说不定他会迁怒你，要知道他可是有前科的！”

一扇关上的门一如既往地截住了聂从风的话尾，聂从风撇撇嘴，正要走开走开，冷不防门又开了。慕晓抱着一堆东西塞给他：“明天你带胡子渊去爬山，后天下午一点之前整理好，起诉书和保全申请书要随时都能递上去。希望这次可以省点劲儿，万一不行，我们只能抓紧时间了！”

聂从风翻了翻资料：“这么点钱也要申请啊？”

“主要是车和那个信用卡的还款账户，房子的银行还款记录。其他的，再想别的办法。”

慕晓忙去了，聂从风还在那里嘀咕：“那也没多少啊！”

胡子渊紧紧靠着宁悦，小脸上全是担心。一个又一个的路灯从车子前窗掠过，叔叔和妈妈都默不作声。在几次欲言又止之后，胡子渊终于忍不住问："车上装的那些小盒子就可以告诉爸爸我们的地方吗？妈妈你为什么不告诉爸爸我们住哪里呢？爸爸为什么要跟踪我们啊？是不是担心我们？"他抱紧宁悦的手臂，小心地说，"没关系，我跟爸爸说不用担心，不就没事了？"

宁悦低头摸了摸孩子的脑袋，勉强让自己笑出来。该怎么回答呢？还是不回答了吧！手伸进包里，想那个玩具出来转移注意力，却碰到了那把枪。

这是买给胡子渊的礼物，却被用来吓走了胡成。现在她只想把这玩意儿扔得远远的，再也不要看见，更不想让孩子拿去玩耍。

见妈妈没有回答，胡子渊没有了往日的自信，而是露出与他年纪不符的忧虑，直勾勾地盯着宁悦。宁悦努力让自己轻松起来："爸爸……"她顿住，该怎么说呢？这样一个伤透她的男人，还要继续在孩子面前维护他的形象？

"你爸爸要抢走你！"卓浩不耐烦地开口了，顺便瞪了一眼后视镜里犹豫的宁悦，"你爸爸不希望你跟着妈妈，想把你抢走藏起来，这样你就永远见不到妈妈了！"

"我不要！"胡子渊带着哭腔缩进宁悦的怀里。宁悦搂住他，轻声说，"放心吧，妈妈一定会好好保护你的！"

胡子渊眨眨眼睛："是因为你们要离婚吗？你不是说离婚你们也会爱我的吗？为什么爸爸不想让我见你，你也不让我见爸爸！"说到最后，胡子渊哭了，哭倒在宁悦怀里。

宁悦只能搂紧他，喃喃地说：对不起，对不起！

卓浩看了一眼，无奈地叹了口气。

第二天，宁悦带着孩子直接去了慕晓的律所。胡子渊穿戴得整整齐齐的，准备和聂从风一起爬山。可是他的脸上并没有往日的轻松。他回头看看妈妈，宁悦笑着送给他一个飞吻，孩子还以一个飞吻，似乎觉得不够标准，又飞了一个，又飞了一个。宁悦一个接一个还着，直到车子开远看不见了。

她低下头，鞋面上似乎有很多褶子，该擦鞋了。慕晓看她一眼，叹了口气：

“走吧！”宁悦点头上车，什么都没说。

看着宁悦一直盯着侧后镜，慕晓很好奇地也扫了一眼，没什么异样。

宁悦收回目光，对慕晓说：“麻烦你给聂律师打个电话，有辆车一直跟着他们。”

慕晓一惊，赶紧照做。挂了电话又赶紧向宁悦道歉，宁悦摇摇头：“没关系。我坚持自己带孩子过来，也是这个原因。胡成一定会派人盯着你们，好找到我的住处。”

慕晓点点头记下，打起精神开车。

这次见面，主要是商讨离婚的事情。本来宁悦可以不用来的，但是胡成说不来就没得谈，宁悦也就跟来了。

如果谈得合适，双方愿意，就重要的事情达成协议，那么直接到民政局做个备案，是最简单也是最经济的了。所以，不管双方崩到什么程度，只要不闹出人命，慕晓都会建议大家坐下来谈谈。

可是，这一次，是宁悦提出来的。说实话，慕晓心里是不希望的，但如果宁悦手里有别的牌就另当别论了。

果然，胡成的态度很嚣张，见到她们一脸的阴狠。旁边两位老人见到宁悦很激动。胡成妈更是毫不犹豫地扑过来，喊着：“我孙子呢！你把我孙子藏哪里了！”

慕晓万分庆幸自己听了聂从风的话，从所里借了一个男助理，小卢。

小卢是个好青年。刚从某著名国内顶尖大学毕业，有理想有追求很自律。司法考试成绩优秀，拿过学校篮球比赛的 MVP，每周都去健身房。这个时候，小卢挺身而出，像座山一样挡在中间。胡成妈愣了一下，扭曲的脸一下子变得正常，回头看了一眼儿子。

胡成走过来：“怎么，你敢打我妈？”

慕晓笑眯眯地说：“不敢！这边有监控，我们可以看看。对了，这位是我的助理，卢律师。”

胡成瞪了一眼小卢，转身走了。胡成妈看儿子不吭声，站在原地，万分不甘心。

宁悦忽然开口：“胡成，你不觉得过于激动会影响健康吗？我记得医生说过，情绪波动太大的话，保不齐还得住进去。”

“你咒我！”胡成妈尖锐的声音响起来，小卢赶紧又一个错步，挡住老太太试图挪动的脚步。慕晓心里暗暗点头，回去得给小卢加奖金。小卢和聂从风不一样的地方是他有理想却不排斥现实。不过，像聂从风那种排斥现实到病态呕吐的家伙，满世界也找不到一个！

宁悦也不看胡成妈，自顾自地带着慕晓找地方坐下。

胡成脸色变幻，最后把父母拉到一边，不知嘀咕什么。老太太一脸不愿意，倒是老爷子默不作声许久之后，终于点了点头。胡成松了口气，看爹妈走出咖啡厅大门，这才折回来找宁悦。

“我告诉你，我什么都不会给你的。你没钱没人，凭什么照顾好孩子。”胡成开场白气势惊人，“不过看在我们夫妻多年，你又是孩子妈的份上，我让你回家。”

“我要孩子的抚养权，同时要求分割夫妻共同财产。”宁悦面无表情。

“笑话！你凭什么分割我的钱？这家里有一分钱是你挣的吗！你天天在家闲着，连买袜子的钱都是我给你的，信用卡记得清清楚楚，是我的工资账户！”胡成愤愤而又不屑地说。

慕晓说：“宁女士不工作，不等于不挣钱。根据法律，夫妻共同财产的认定，跟宁女士工作不工作，并没有很大的关系。”

胡成一挥手：“别扯那些！我没钱！我一分钱都没有。要有也只有债务，我的公司赔了。还有一大堆债务呢，要不要你分一些？”

慕晓知道那些账户里，的确钱少得可怜，尤其是最近这几个月，几乎都没钱了。

宁悦说：“我的条件很简单，孩子的抚养权，和我应得的财产。我对你那些公司投资都不感兴趣，我只要两套房子。”

“我哪儿来的房子。现在住的都是我爸妈买的！”

慕晓拿出一堆资料，“虽然首付款是以您父亲的名义支付的，但是在支付之前，有一笔同样的款项从您的账户里汇到您父亲的账户。这是记录。另外，这是房子的还款记录，都是您婚后支付的。所以，可以认定这套房子不算赠予，是你们夫妻的共同财产。不过，宁女士主张的，是另外两套房子，虽然不在您的名下，但是是在您控股公司的名下。”

胡成半信半疑地拿过记录来看：“七年前的银行水单，你也能搞到？”他狐疑地看看宁悦，“还有这公司，你怎么知道的？你从什么时候开始弄的？”

宁悦没理他：“这是慕律师拟好的离婚协议，如果你同意，我们签字就可以办手续了。”

胡成拿过来，看都没看，三下两下，就撕成了碎片：“回家！”

慕晓看看宁悦，她依旧没什么情绪的波动，伸手梳了一下头发：“田秋子没告诉你，陈总正在催她把钱还回去吗？”

胡成脸色一沉，“关我什么事？”

“这笔钱是陈总挪用公司的钱交给田秋子投资的。田秋子做人情，连合同都没签，直接就交给了你，你拿来以自己的名义入了公司的股。现在你赖着不还，田秋子无法向陈总解释，陈总呢？天天担心被公司发现。而我和陈总一个公司，还是法务部的。”

“你到底想说什么？”胡成的手握成拳头，垂在身侧。

“即使陈总这里你不在乎他们进不进监狱，那么阮美英。如何？”宁悦又没头没脑地报出了一个人名。

胡成激动地站起来，厉声道：“姓宁的！你不要以为这就能吓到我！我也不是吓大的。既然你翻脸，那我告诉你，咱们骑驴看唱本，走着瞧！”

“今天下午三点前，把协议签了给我。慕律师会在法院等着，三点一到，她们就安排起诉了。”宁悦冷静地说着。

胡成已经气得说不出话了，但是慕晓能看出来，他的眼神里，透着说不清的惊恐。

胡成走了，宁悦没有立即起身。端起茶杯，喝了口水。可是不知道为什么，水杯端了很久，才送进嘴里。慕晓默默地等着，看着眼前的资料，给宁悦留出平静的时间。

良久，宁悦才说：“他能答应吗？”

慕晓扭头，宁悦低头看着茶杯，仿佛从没开过口。慕晓并不了解刚才那段对话的具体意思，只是大概猜着，宁悦拿住了胡成公司里的什么把柄，而且听口气，胡成公司里的税务和资金来源，都有问题。

宁悦忽然叹了口气，“晓律师，我们这样离婚的，多不多？”

慕晓斟酌了一下，“并不算少。”

宁悦顿了顿：“如果，我出国，会不会好点？”

慕晓只能职业性的提供建议：“一般来说，不应该妨碍父亲行使探视权。”

宁悦又叹气，笑着摇了摇头：“如果时间可以重来，就算我还会爱上胡成，也一定不要生孩子。”

“为什么不是不爱他？”

“他很有魅力，对女人的魅力。我不相信自己能拒绝他。您理解吗？”宁悦第一次扭头看慕晓。

慕晓眨了眨眼，她想起身边有只乌鸦天天念叨，假如有来生，不过是再一次爱上同一个人，所以重生什么的没有多大意义。然后，她笑了，点了点头。

“我现在的工作是他的情人帮我找的。”宁悦低着头慢慢地说。头发垂下来，挡住了她的脸，阳光落在头发上，乌黑的泛出一条条凛冽的银色光泽，“那时他需要钱，我不肯在抵押房子的文件上签字，除非他能帮我找到工作。胡成这个人很要强，也很自私。他知道我不可能全身心地去工作，担心把我介绍过去之后遭人埋怨，坏了他的人脉，所以一直以来都不肯。这一次，我也只是试试，不知道怎么就让田秋子知道了，于是她出面把我介绍到现在这家公司。后来，公司搞内调，我借查档案的机会，看了一些东西，发现田秋子帮胡成拉来的所谓投资公司，其实是个壳。是采购某个头头把部门小金库的钱借由田秋子的手，拿到外面投资生息，然后再还回来。而田秋子就擅自把这笔钱交给了胡成。这笔钱几乎就是胡成的初始资金。他为了逃税和避税，注册了不少公司。”

慕晓安静地听着。这种事在公司内部，尤其是大集团大公司，并不稀奇。要不怎么说欲壑难填呢！

不过，她也有点替那个情人好笑。宁悦不上班，你就真当宁悦是一个无知无识的家庭主妇么？她毕竟受过正规系统的法学教育，做过四年的专业律师，就算在家带孩子，她也会读书看报了解外面的变化。也许专业能力不能与时代同步，但基础还在。在这个世界上，0 和 1 是截然不同的。

宁悦不再说话，茶杯里的茶已经凉了，慕晓招来服务生把茶水换了，宁悦伸出手指，放在茶杯上方，看着氤氲白气缠绕着自己的指尖，喃喃地说："我以为他会当场答应，想不到他居然就这样走了。你说，他接下来会怎么做？"

慕晓等了等，见宁悦虽然不抬头却真的不说话了，清清嗓子说："我已经让小聂准备起诉书和财产保全申请书，明天到点我就让小聂递过去。不过，如果你不确定的话……"

宁悦摇了摇头，"没有什么不确定。对了，还有一件事，如果可能，看能不能向法院申请，禁止胡成接近孩子，或者禁止他父母接近孩子。"宁悦沉吟了一下，有些不确定。尾音拖了一下，最终还是咬住嘴唇，没有更改。

慕晓点点头，她会留意的。

这时，宁悦她终于抬起头，深吸一口气，"别的暂时没了。总之对我来说，拖得越久，就越不利。"

"胡先生一定也知道这一点。"

宁悦冷哼了一声，眼睛定定地望着虚空中的某一个点，好像正穿过这个黑洞，看见胡成。

从慕晓那里出来已经快三点了。

慕晓曾经隐晦地问过宁悦，有没有其他需要做的事情，宁悦摇头拒绝了。对慕晓的好意，宁悦告诉她，没有出的那一招，才是最厉害的一招。

慕晓理解这句话的意思，就是宁悦要么没有十足的把握，要么就是这些事情里面存在宁悦自己也会搭进去的危险。

胡子渊哈欠连天地坐在出租车里，紧紧依偎着宁悦，不甘心睡着的他前言不搭后语地讲着爬山的趣事，甚至还幻想出了一个姓黄的小朋友和他一路比赛。宁悦猜测着，胡子渊是不是想回幼儿园了？不知不觉，车子已经停了下来。

一进写字楼大堂，迎面走来一人拦住宁悦。宁悦先看了一眼胡子渊，然后才对来人说："我先送孩子上楼，有什么话等我下来再说。"

看田秋子一脸不信任的样子，宁悦冷笑："现在我还有躲着的必要吗？或者，你想跟我去办公室，到法务部去聊聊？"

"吓我！"田秋子丝毫不让，"宁悦，你别忘了，你这份工作还是我给你介绍的。"

"对，我还知道我几次差点丢了工作，都是拜你所赐。不过，我终究还是留下了，你后悔吗？"宁悦挑衅地看着田秋子。手边一紧，身侧忽然感到软软的暖暖的，是胡子渊柔软的小身子靠紧了自己。

田秋子大概也意识到和宁悦斗嘴占不到什么上风，最好的办法就是直接切入主题。她正色道："我知道你假装手里有一些东西，威胁胡成。可是你这样做是没用的！你没有证据！"

宁悦笑了："是啊，我没有证据。那你来干什么？"

宁悦感到从未有过的快意。田秋子终于自食恶果了吗？当初她自以为可以挤走宁悦的殷勤奉献，今天成了她一溃千里的起点。啊，不，她的人生都会因此玩儿完！如果田秋子知道自己那些香艳的照片会带来这样的后果——比如进监狱，还会不会那么得意而执着地发给自己看呢？

果然，迎着宁悦恶意满满的微笑，田秋子深吸几口气，心不甘情不愿却清晰地说："如果胡成同意把胡子渊的抚养权交给你呢？"

宁悦想，这是田秋子自己的意思，还是胡成派她来试探自己呢？

田秋子不耐地催促："问你呢！这已经是胡成最大的让步了，你最好接受！"

宁悦确定了。田秋子纵然跋扈，对胡成却是百分百服从的。没有胡成的意思，她不敢擅自答应或者提出这样的条件。但是，宁悦不打算接受这个条件。放在三个月之前，她也可以考虑。但是现在，尤其经过这几天的折腾，她深深地明白一个道理：一个女人要想自己带好孩子，必须在陪伴和工作之间做出牺牲，而财力的大小决定了牺牲的惨烈程度。她不希望儿子受一丁点委屈，那么在财产问题上，她将尽全力去争取！

“我的条件，都写在协议书里了。你有兴趣可以找胡成要来看看。”宁悦面不改色，尽量保持平和的口气，顺便低头给了儿子一个笑脸。胡子渊扬起的小脸上终于也露出放心的笑容。

“你别给脸不要脸！真以为这样就能拿住我们？”田秋子的咆哮吓了胡子渊一跳。宁悦揽住孩子，不满地瞪向她。田秋子却气得根本看不到，她近前半步，居高临下地压低了声音，“你以为那些东西能保护你？我告诉你，你这样做，得罪了很多人！能不能看到明天的胡子渊都难说！”

“啪！”一声响亮的耳光惊动了整个大堂里的人。咖啡厅里的小哥抬起头向这边看过来，保安瞅了瞅，动身走过来。

田秋子捂着脸，不可置信地看着宁悦。宁悦正像一头发狂的母兽，恶狠狠地看着她！

田秋子一甩头发，索性也放开了，捂着半边脸说：“你也害怕了吧？对吧！我就知道，这个小崽子是你的软肋！宁悦，我告诉你，你和胡成离婚，我求之不得，但是最好离我远点！惹急了我，我也不会让你舒服！我是爱着胡成，让你折腾。可是你要是敢动我！”她突然伸手，猛地一把拉过胡子渊，扯着说：“你看我敢不敢！”

宁悦脸色骤变。

田秋子话音刚落，胸口已经被冲上来的宁悦重重砸了一下，跌坐在地上。宁悦打完田秋子，立刻稳住同样踉跄的胡子渊，护在怀里，退到保安身边。此刻，她万分感谢卓浩督促自己坚持锻炼！

这时田秋子已经骂骂咧咧地爬起来：“你敢打我？你这个贱人，你以为我会怕你？你要毁了我，我先毁了你那个小崽子！”

宁悦杏眼圆睁，如一头愤怒的母兽。把孩子往旁边目瞪口呆的保安手里一塞，抄起旁边一个金属铝的椅子，冲着田秋子的腿就砸了下去。田秋子疼得再次跌坐在地，又哭又叫。宁悦却咬紧牙关一声不吭，连砸了三四下，才气喘吁吁地放下椅子，一把揪起田秋子的头发，半跪在地上，恶狠狠地说：“想欺负我儿子？就你那贱命，还不配！”

一口吐沫喷到田秋子的脸上，宁悦拍拍手，走到胡子渊身边，拍拍他的肩膀，说道："看到没，对待欺负你的人，讲道理之前要先打回去！"

"妈妈，打人是不对的。"胡子渊弱弱地说，煞白的小脸却多了几分血色。

宁悦道："法律允许正当防卫。"

田秋子还在地上呻吟，宁悦看都不看，带着儿子就走。保安上前拦住，有点为难地在田秋子和宁悦之间看了又看。

宁悦想了想，走到田秋子身边，挑眉问道："要我帮你叫个认识的人出来吗？"陈总如果知道田秋子在公司大堂里被揍，会是什么反应呢？或者，陈总还不知道宁悦已经知道他和田秋子的关系吧？

田秋子忍着疼，颤巍巍站起来，"疯婆子！"她很想原样打回去，但显然不能是现在。论年轻，论力气，她都不逊于宁悦，输就输在宁悦发动的突然而决绝，就像突然发病的疯狗，什么都不要，只要咬她一口！田秋子忽然明白胡成为什么会那么被动，宁悦就是一个疯子！

宁悦冷冷地瞥了她一眼，牵着孩子头也不回地走了。保安目送田秋子离开，张大的嘴巴勉强闭上。

一个小时以后，整个集团都传遍了。法务部有个女律师，在写字楼的大堂把找上门的小三暴打了一顿。两个小时后，小三的背景被挖了出来，竟然还和公司有业务往来。消息以电子邮件的形式，在不同公司的员工之间流传……

而此时，宁悦正在秦灿的办公室里，听着另一件她预料之外的事情。隔着半遮挡的玻璃墙，宁悦看到胡子渊正专注地玩着乐高。那是秦灿回来送给他的玩具，并且答应他，如果能拼出两种不同的东西，就送给他一个新的。小朋友找到了新的玩儿法，正在专心致志地研究。

宁悦不知道他的内心究竟记住多少方才的场景，那种暴力疯狂的场面，又会给孩子留下多少负面的影响，但是当田秋子把胡子渊拽走，露出狰狞的面目时，她的脑子嗡的一下，周围的一切仿佛一下子静止了！那一瞬间，她觉得自己特别冷静。冷静到眼里只有田秋子的身体，冷静到只用了一瞬间，就判断出如何击倒田秋子。她动手的时候只有一个念头，要让田秋子从此以后不敢威胁她的孩子！

“你在听吗？”秦灿的问话，拉回了宁悦。宁悦抱歉地笑笑，带着疑问看秦灿。

秦灿叹了口气，算了，反正也不是真的有什么工作要交代。不过是想问问离婚的进展，又觉得不合适，没话找话罢了！

秦灿顺着她的目光看到了专心致志的胡子渊，突然问道：“你会给孩子改姓吗？”

“如果很麻烦就算了。”宁悦当然明白改姓对胡家人的刺激是什么程度的，她有自己的目标，这种细枝末节并不计较。反正来日方长。

秦灿“哦”了一声，露出若有所思的表情：“我母亲姓秦。”他看了一眼宁悦，“虽然我母亲从来没说过我父亲一句不好，不过我回去以后也没再改回来。事实就是事实，我一直觉得正视现实才是最妥善最合适的解决办法——包括孩子。”

宁悦心里一愣。她早已想好，不管自己与胡成打成什么样，胡子渊不会从自己嘴里听到一句关于爸爸不好的话。

可是，孩子会怎么想呢？他们知道一切，他们有自己的评判能力，想起昨晚卓浩对胡子渊说的话，也许对一个正在长大的男孩来说，他们还需要承担事实的真相，体会充分的信任？秦灿说得对，作为孩子的母亲不能贬损父亲，可是过度的美化也不过是另一种谎言。孩子自己会看会认识，到时候会怎样？

宁悦不敢冒险，如何带大儿子，在她心里始终是个不确定的存在。但是，一念起而万念生，至少此时，秦灿的回忆提醒了她，胡子渊是个独立的人。虽然小，也有自己的认知和体验，有自己的需求和判断。宁悦忽然有些后悔方才的疯狂，越发忐忑起来。

宁悦的忐忑流露出来，秦灿以为是自己太过唐突，也有些尴尬。短暂的沉默后，秦灿清清嗓子，书归正传。

“陈总的事情，是怎么回事？”这是他把宁悦叫过来的主要原因。

宁悦愣了一下，想起自己忘了叮嘱慕晓不要对别人讲，有些恼火。

秦灿却接着说，“我查了你最近在档案馆整理过的文件的记录。虽然很多，但是只要知道你老公和田秋子的关系，再加上田秋子跟咱们公司的业务关系，要想找出你的关注点，并不难。而且，不是我一个人在看。罗雅婷也在看。”

原来不是慕晓说的。但是宁悦皱起眉头。

秦灿说：“跟你没关系的。罗雅婷是这个公司的法务总顾问，也是办公室一员。痛打落水狗，历来是办公室的铁律。你不过是刚好触发这件事的人。要说起来，从上次你被裁员开始，罗雅婷就一直盯着采购中心了。”

秦灿看了一眼宁悦，想了想：“罗雅婷一直盯着采购中心的陈总。而陈总是从我们这个子公司上去的。他上去之前的业务，都是我们配合的。如果罗雅婷找到了什么问题，我们没查到，到时候就不仅仅是被动的问题了。”

如果陈总的行为有问题，记录他行为轨迹的许多合同协议和文件可是经过法务认可的。这个责任，还真是不小！

宁悦心里一动，却没有立即说话。这是她不多的优势之一，她不想就这样放弃。

秦灿也没催她，“我已经把采购中心的系统权限开放给你了，你最近把东西捋一捋，我不希望被姓罗的抢先。”他看了一眼宁悦，似乎看透了宁悦的心思，“先下手为强，我们要争取立功。”

宁悦松了口气，秦灿没有难为她让她放弃。对秦灿找到的方法和途径，宁悦除了全力配合，别无选择！

崩　塌

胡子渊非常渴望建立一个自己的王国。妈妈的工位成了他的试验区，各种椅子都被他拉来，团团围住本就不大的区域。自己坐在正中间，皱着眉头把玩儿着乐高。钱律师又开始奔波在他出差的路上，潘洁依旧坐镇中枢，盯着屏幕砸键盘。钟天明本来端着茶杯，靠在护栏上，想跟胡子渊一起玩儿乐高。这是他一直以来的最爱，工作忙了才渐渐放下。此刻见胡子渊玩儿，心里又痒痒起来。奈何胡子渊一眼就看透了这家伙的目的，小身子一扭给了个后背，把乐高攒在身前的椅子上，挡着钟天明的视线——自己玩。

宁悦出来的时候，就看到钟天明围着护栏转来转去，却被各种椅子挡着，不能靠近胡子渊。宁悦心里好笑，没想到胡子渊的一时兴起居然也有用。

和钟天明打了招呼，伸手要拉开椅子进去的时候，突然想起在秦灿办公室时冒出的那个念头，手停下，问道："子渊，妈妈回来了，可以进去吗？"

胡子渊抬头看看，又往两边瞅瞅，确定钟天明已经不在，才点点头说："进来吧，别忘了关门。"

宁悦也就按他说的，坐到了工位的出口位置。然后告诉儿子，没地方关门了。胡子渊想了想，居然站起来，自己去了另一个挨着宁悦但是空着的位置，按原样布置好了，才对宁悦说："妈妈，你工作吧。这里是我的办公室，我们一起办公，好不好？"

宁悦点点头，心口被填得满满的，又有点酸酸的。

世间最难发现的是真相，跑得最快的是流言。

秦灿加班到晚上九点多的时候，收到一封罗雅婷转过来的邮件。一看发信人，已经密密麻麻一大堆，看不清都有谁了。内容很长。第一行是罗雅婷写的，只有三个字："拉到底。"

秦灿依言而做，看到了宁悦在来他办公室之前发生的事情。他拨通罗雅婷的电话，"你想干什么？"

"宁悦暂时停职反省。"顿了顿，罗雅婷说，"工资照发。"

"不行。"秦灿断然否定。

罗雅婷轻轻"咦"了一声，"你觉得她现在适合上班吗？"

秦灿看看外面还在加班的人，只剩下潘洁了。系统显示，宁悦刚刚登陆。这个点胡子渊已经睡了，显然是宁悦第二次工作的时间。

秦灿挠挠头："放一个月假吧，不要停职反省。

然而第二天，还没来得及通知宁悦，人力中心的苗崇礼就把罗雅婷请过去了解情况。苗崇礼说，对方虽然没有报警，但对公司影响不好。宁悦上次在公司内部造成流血事件，这次又公然打架，影响极为恶劣。问罗雅婷怎么办？

罗雅婷心里骂娘，嘴上却问："我记得公司的确规定过，员工参与刑事犯罪或者有不良社会公共影响的应该立即解除劳动合同。不过，说起流血事件，宁悦也是受害者。做我们这一行的，谁还没被威胁过。要说流血，苗总应该记得，我也在公司车库被人袭击过。"

苗崇礼嘴角勾了勾。那次是因为罗雅婷帮他们人力中心处理一宗离职诉讼，被当事人打了。

罗雅婷皱了皱眉头："不算流血的话，哎，我记得去年下半年，有个员工的母亲，在写字楼前举了两个月的牌子，上面好像提到了苗总。"

那是一个员工晚归遇到车祸死亡，在认定是否为工伤的时候，与家属意见不同。于是家属就举着"苗崇礼是吸血鬼"之类的牌子，在公司门前示威，还找来了不少记者。若说不良影响，这事儿都上报纸了……

罗雅婷看了看表，笑着说：“我还得去一趟部里，没事儿我先走了。”

苗崇礼默默地看着罗雅婷离开，打了个电话，“我让你帮查的那个匿名邮件的来源，找到了么？”

电话里是陈公哲的声音：“我去！你们公司这个妞太火爆了！能不能介绍我认识一下？”

“她四十了。说正事儿。”

“那么老！太可惜了。”陈公哲深沉地叹了口气，“我生君已生，逢君君已老……”

“说人话。”

“查到了。”陈公哲说了个地址。

苗崇礼放下电话，对着电脑键入几条命令。花花绿绿的电脑屏幕黑了下来，一行行白色的代码哗啦啦的出现。苗崇礼熟练地操作着，一会儿就找到了自己要的东西。苗崇礼去安保部要了监控录像，调整了时间，不一会儿从黑白的图像上，看到了一个人。

“王总？”苗崇礼自言自语，“胡成不是和陈总有关吗？销售中心的王明诚忙活什么？”

胡成不耐烦地对手机那头说：“我帮你压了那么多货，不过求你办点事儿，至于吗！”

“你帮我压货不假，可你也没少赚啊！当初你要公司找理由辞掉你老婆，我也按照你的要求办了。但是，以后你和你老婆的事，不要来找我了！”

胡成扑哧笑了：“别啊！王总，有什么难处，告诉兄弟。十几年交情，我什么人你还不知道吗？”

电话那端正是销售中心被冯主任压下来的王明诚副主任，胡成还是按照旧例，唤他王总，王明诚也很受用。

不过，这时候的王明城似乎有些心不在焉。他压低嗓子，神秘地说：“不知谁给韩董事长发了封举报信，好像指向了采购中心。老陈刚被训话，这会儿韩董已经把罗雅婷那娘们儿和财务中心的苗总都叫过去了。”

胡成脑子里忽然闪过宁悦那张毫无表情的脸，后背突的一凉。但还是镇定地说：“采购中心的事儿，您着什么急？”

“老陈和姓田的什么关系，用我说？昨儿在公司大堂你老婆揍那个姓田的，肯定不是因为姓陈的吧？胡成，你是个聪明人，在你把自己家事抖搂清楚之前，还是不要来找我了。对了，你要的那个折扣，老冯最近看得很紧，我拿不到了。抱歉，兄弟。我还要见个人，以后再说吧！”

手机里传来挂断的声音，胡成愣了一会儿，突然一甩手，手机砸到了墙上。

胡成的手机屏还没来得及修，田秋子就闯进了他的办公室，质问他为什么不接电话！

胡成斥责的话在看到田秋子鼻青脸肿的样子后吞了回去。他知道田秋子挨打，甚至借这件事做了篇小文章，想让宁悦因此被辞退。但是，田秋子被打成这样，实在让他怀疑出手人是谁？

田秋子顾不得自己的狼狈，只是催促胡成赶紧把那笔钱还给陈总。胡成恼怒，忽然想起宁悦说过的话，他立刻醒悟：“举报人是宁悦！”

田秋子不耐烦地摆手：“除了她还能有谁！只不过现在没时间收拾，必须把陈总的窟窿补好！”

胡成上下打量田秋子：“是啊，必须补。那么，你想想办法吧？”

田秋子深吸一口气，笑着说：“胡成，你真以为我就让你随便玩儿？他们查的是几个采购合同，还没到小金库的问题。但是那几个合同跟千城投资是有关系的，陈总只不过担心迟早会引起注意而已。而且，千城跟你的公司，有资金往来。这个，你不会也否认吧？啊，对了，就算你否认，我这里也有记录。”

胡成脸色变了变，突然打了个哈哈，站起来搂住田秋子的肩膀，亲昵地说：“这么多钱，我得筹集一下。给我多久的时间？”

田秋子其实已经心急如焚，她拿捏胡成不过是灵机一动，真的如何利用这里面的关联，她并未想清楚。而胡成放软态度，也不过是怕她有后手，实在是被宁悦最近一波波的出手弄得草木皆兵。不过，田秋子显然跟宁悦不是一个路数。她只是担心，自己是千城的实际控制人，稍微一查就能查到。万一出事，她就完了！

“一个礼拜吧！不！三天！”

胡成冷笑一声，他明白了：田秋子没那么多弯弯绕。但是，整个事件都是宁悦在折腾。就像她曾经说过的，内部查老陈，然后逼的自己还款。短时间内，借是难借到，借到利息也高，只能从自己控制的那几个公司走。只要自己这边资金一动，也就把自己所有的资产基本都暴露在宁悦的目光下了。

好算盘！

胡成抬眼看看兀自着急的田秋子，忍不住一阵冷笑，然后轻声道：“好，我知道了。跟老陈说一声，这事儿我会办妥的。”

田秋子松了口气，她是信任胡成的，见胡成这样讲，也是嫣然一笑，这才意识到相貌有些不妥，匆匆离开了。

胡成一个人坐在宽大的办公室里，环顾四周，寂静中的威严庄重令他自傲。这是他的世界，这是他的荣耀，这是他奋斗了很多年，才拥有的王国。

让他拱手相让？做梦！

还有宁悦和她手里的孩子，都是他的！

胡子渊站厨房门口，远远地看着妈妈做饭。虽然不过是几天的时间，小朋友已经慢慢接受了，即使饿得不行，也要给妈妈时间把饭做好。

“妈妈，我们为什么不叫外卖？”

“因为外面做的饭油大盐多，对小朋友的身体不好。”

“可是很好吃啊！”胡子渊看了一眼热气腾腾的锅，“比妈妈做好吃。”

“是吗？那妈妈努力学习，争取做出油小盐少又好吃的饭吧！”

蒸好的珍珠丸子端出来，煮好的小米粥盛在碗里，切成细块适合小朋友嘴巴大小的小白菜热气腾腾的出锅了，最后泼上醋，烹出满屋子诱人的醋香。

胡子渊忍不住咽了口唾沫，着急麻慌地去摆饭碗。

宁悦笑着看他急急乱跑，心里希望能借这个机会把他口重的习惯改过来。老话说，饿了吃糠比蜜甜。这样饿着，即使油盐少，应该也能接受吧？

宁悦正偷偷观察儿子吃饭的反应，门铃响了。

胡子渊像只小老鼠一样警觉，立刻停下手里的勺子。宁悦拍拍他的手，露出一抹微笑安抚孩子。胡子渊肩膀微微塌下去，低头吃饭去了。

宁悦站起来走到门口。打开猫眼上贴着的创可贴向外看，有点变形的视野里，卓浩的脸变的巨大无比。不停地在门口走来走去，还拎着一大包塑料袋。

宁悦开门请他进来，“你不是有钥匙吗？”

卓浩说：“那也不可以。”然后耸耸鼻子，“这么香？我来对时间了吗？”

胡子渊大声招呼他：“卓叔叔，我妈炒的小白菜和珍珠丸子，可好吃了！”

卓浩兴致勃勃地冲过去，一看盘子和菜量的大小，扭头冲宁悦苦笑。宁悦尴尬地说：“唔，你稍等一下。冰箱里还有昨晚炖好的鸡汤，我给你下碗面。”

“行！放点午餐肉、菠菜、鸡蛋，鸡蛋打碎啊！”卓浩一点不客气，“你炖鸡汤，那鸡肉还有吗？”

“老母鸡的肉，柴了。”

“没事，你弄细丝，烤一下。我吃那个！”

宁悦摇摇头，那种做法她知道。小时放学后，校园路边的小吃摊卖的鸡肉串，鸡胸不怎么样，仗着佐料味道重，学生们都爱吃。她陪着卓浩吃了几回，闹了一次肠胃炎，再也不吃了。

吃饱喝足，卓浩抢着洗碗。说饭你做了，碗不能再让你洗，然后拽过胡子渊一起洗。本来十几分钟就能做完的事情，宁悦忙活了一个小时，厨房里才洁净明亮。

熄了厨房的灯，关好门，客厅里卓浩正陪着胡子渊做作业。看宁悦出来，卓浩问：“他上的什么幼儿园，怎么还有作业？”

“还有一年就要上小学了，提前适应一下吧。”

卓浩看了一眼孩子，问宁悦：“我都听说了，银行那边我盯着，只要他账户动了，咱们都能知道。到时候，他手底下到底是不是还有别的咱们不知道的公司，或者收入来源，就一清二楚了。”

“如果他不动呢？”

“不可能吧？那老陈就垮了。”卓浩突然顿住，“对啊，老陈是田秋子的关系。可是，他真的能不管田秋子吗？”

宁悦叹了口气：“这个时候，我倒希望他对田秋子能多在乎一点。”

两人都不再说下去，不约而同地去看胡子渊。胡子渊赶紧眼巴巴地说："妈妈，陪我玩乐高好不好？"

卓浩也是乐高的好手，陪到胡子渊要睡了，卓浩才起身告辞。宁悦送走他，才想起那个大塑料袋。打开一看，里面满满的都是各种肉菜。

"妈妈，你今天看起来很高兴啊！"睡前，胡子渊这么说，"是不是因为卓叔叔陪我玩儿，你不那么累了？"

宁悦心里"咯噔"一下，自己的疲惫有那么明显吗？她略一沉吟，说道："妈妈上班的确很累，有些事很烦，有些事不知道该怎么办，有些事需要时刻惦记着，是很累的。不过下班之后能和子渊一起描红，一起读故事，一起拼乐高，就可以不去想那些事，对妈妈来说也是一种休息。要不，天天想那些烦心事，那才叫累啊！"

"所以，妈妈你一看到我就高兴了，对吗？"

"对！这几天事情尤其多，多亏宝宝陪着妈妈，妈妈才能坚持下去。"

"妈妈你谢谢我，我不介意多陪陪你的。"

宁悦放声大笑。胡子渊钻进宁悦的怀里。不知过了多久，宁悦以为胡子渊睡着了，忽又听他说："妈妈，以后别打架了。我怕怕！"

宁悦鼻子一酸，轻轻搂住儿子，慢慢地拍着他……

有目标的查账要找出什么结果很容易。宁悦带着孩子来到办公室，秦灿就把她和潘洁叫到会议室开会。钟天明赶紧跑到宁悦工位，要和胡子渊拼乐高。宁悦感激地看了他一眼，他笑着摇摇头，让她不必介意。

宁悦这才发现，潘洁已经整理出一份很详细的合同列表，并按照合作伙伴和交易关系、资金往来做了一份相关交易图，把陈总几年下来的进出列得清清楚楚。

宁悦是个大近视眼，但是，一瞥之下，只凭轮廓，她就知道潘洁的思路和自己的一样，做的东西也是一模一样的。

潘洁手里的光线笔移动着，红点在"千城投资"上画了个圈："我昨天已经查清楚，千城投资的法人代表是孙月霞。但是，她的身份证号和田秋子的非常相近。所以，我又找到田秋子在网上求职的个人简历，最早的家庭地址和孙月霞是一样的。为了进一步确定，我去了孙月霞住的地方。确定孙月霞是田秋子的母亲。”

“你怎么确定的？”秦灿忽然问。

潘洁一笑：“我找了个快递大叔请他帮我的。拿着我给的快件，要求田秋子本人签收。孙月霞开的门，说她女儿不在这里住。我就拿着快件又回来了。”

宁悦听着他们讲，心思却向另外一处飘：也许，她找错人了。老陈的死活，田秋子的来去，对胡成来说都无所谓。那么，她该找谁呢？

一张清丽而略带沧桑的脸浮现在眼前，宁悦心底一凉，沙哑而有磁性的嗓音在耳边回荡：“我不会介入你们的婚姻。我对胡成就是一个回忆，我自己很清楚……你容得下我，就是容得下胡成的过去，他会感激你的。更何况我比你清楚胡成和他父母的为人，他们家的事我可不想掺和。”

田秋子招惹了这个女人，胡成便对田秋子起了嫌弃之心。这意味着什么？

胡成把对家庭或者家族的未来的期冀放在胡子渊身上。把对现实生活的状态放在自己身上。那么“她”呢？过去吧。总得有个人，来自过去的人，见证他现在的荣光、未来的辉煌。否则对胡成那样一个在乎别人评价的人来说，努力奋斗将无异于锦衣夜行！

阮美英活在胡成的记忆里，无论她如何苍老，都已经凝固在胡成的少年。她只要安安静静地凝视着他的成功，适当地赞美和谦卑地顺从，就永远不会被胡成抛弃。

胡成身边的女人来来去去，唯独这个阮美英，岿然不动。

宁悦心底微沉。如果说这场婚姻里，还能有一个女人激起宁悦的怨恨嫉妒之心，那只能是阮美英。

“宁律师，你的意见呢？”潘洁硬邦邦的声音打破了宁悦的迷思，宁悦茫然地看了看大家，歉意地点头，“对不起，什么问题？”

潘洁“哼”了一声，还是重复了一遍：“虽然很明显，采购中心有人和千城投资存在着不正常的资金往来，但我们还缺少直接的证据。五年前他们就存在合作关系，资金往来看起来也很正常，但是除了有点频繁，我们并不能说他们的合作有什么样的问题。财务那边昨天就已经在查千城，但是今天还没有结论。以他们的专业程度，做的只能比我们快，那么只能说明一个问题，他们也没证据。”

秦灿说：“所以，如果我们比罗雅婷他们先找到证据，就能摆脱被动。”说完，秦灿看向宁悦。

宁悦点头：“好，我知道了。一会儿我就再去看看，能不能有什么新发现。”

秦灿没说什么，潘洁的笔却被猛地掷到桌子上，发出巨大的响声。

果然，散会后，潘洁在茶水间堵住了给胡子渊冲奶的宁悦。

“你为什么不把手里的东西拿出来？”潘洁咄咄逼人。

“我不知道你说什么。”

“别装傻了，都知道是你举报的陈总！你手里的东西肯定不止于此！”

宁悦顿了顿，看着潘洁说：“我不想说你需要有证据才能指控我那些话。就凭你刚才讲的，万一我出点什么意外，你怎么撇清？”

潘洁一愣，看着宁悦，目光惊疑不定。但当宁悦绕过她想离开，潘洁身子一横，不依不饶地挡住她的路：“我们会保护你的！”

宁悦嘲讽地笑，“真的吗？如果不是秦主任，我现在恐怕站不到这里吧？”看潘洁脸皮红一阵白一阵，宁悦也知道自己过分了，她最近情绪太复杂，很多情绪控制不住。深吸一口气，无奈地说：“我真的没有。”

潘洁并不相信道：“你看过档案，那些关联交易里有百分之七十都是秦主任签字的。”

“那是因为他三年前来当主任了。”宁悦看着潘洁，“千城的关系，早在五年前就开始布局了。”

潘洁仔细看着宁悦：“但他终究要签字，签字就要负责。”

宁悦认真地说：“正常的业务合同，签字的人需要负责什么呢？”

潘洁眼前一亮，又上下打量宁悦：“你是说合同没问题？可是，如果合同没问题，他们怎么……你到底什么意思？”

宁悦摇摇头，“没什么意思！实话实说而已。如果合同可以查出来问题，那就太明显了。你们也太低估田秋子的智商了。她只是爱错了人，并不是傻子。”她看着外面的胡子渊，决定把自己的猜测告诉潘洁，“千城投资是投资公司，我怀疑她是以投资回报的形式，把钱拿过来，然后以回报的形式转给胡成。老陈那笔钱也不会先给田秋子，如果你查一查往年注销的公司，也许能找到什么线索，我是没有这个能力。不过，老陈对田秋子可不是一往情深，他和田秋子之间对这笔钱怎么用怎么收益怎么分配，一定有个纸面的东西。如果能找到这个东西，问题就都解决了。”

“可是，这东西老陈一定会收好……”潘洁若有所思。

“不错。如果我能找到，还会让某些人狗急跳墙，给自己惹来大祸。所以，一切都是我的猜测，我不会碰更不会去找那些证据。”这也是她拒绝向慕晓提供更多证据的原因。说完宁悦歉意地向潘洁点点头，绕过她，端着奶瓶给儿子送过去。胡子渊还在和钟天明争执，他们试图把美国队长变成一辆月球车。

潘洁把宁悦说的话告诉秦灿，秦灿想了想，“宁悦说得对，这种要命的东西，老陈肯定藏得紧。不过，如果我们压力够大，田秋子会不会把钱还给他？这样不就有迹可循了吗？”

潘洁犹豫：“等着？”

“不，查。姓罗的把重点放在内部，我们就去找供应商聊聊吧！”

这些风风雨雨已经超出了宁悦的控制。她想起最早认识胡成的时候，好像也有这么一件类似的事。当时自己心里很害怕，是胡成一点点告诉她该怎么做，该如何应对，该如何思考，当她于心不忍的时候，也是胡成教给他，对猪队友的仁慈就是对自己的残忍。就算潘洁不知道，秦灿也应该明白重点在哪里。

陈总是不是贪污，关秦灿什么事？重点应该是罗雅婷拿到的证据有没有不利于他的！

不过，宁悦心里一想。以秦灿的性格，这种事就算跟他没关系，也要插手的。何况他已经陷身其中！他一定会玩嗨的！

中午的时候，宁悦接到胡成的电话。他说：“你放弃吧！就你那点本事，还不够我看戏的。回家，我什么都不计较。”

宁悦说："我等你到下午三点。"

下午三点，慕晓接到宁悦的电话时，她和聂从风都在立案大厅里。挂了电话，聂从风看着慕晓："看来不管用啊？"

慕晓没说话，径直往窗口走去。

一切都很顺利。

"剩下的就是等通知了。"聂从风一边收好凭据，一边说。慕晓却脚步一顿，转头问他关于胡成的投资情况查的怎么样了？

聂从风挠挠头："不太好。按照宁悦提供的资料，胡成直接或间接控制的公司，包括注销的总共有七家。这些公司之间主要有耀峰科技、茗都餐饮、立成安平和承平保世，另外还有以他父母的名义购入的房屋两套。耀峰科技是胡成一手创办的创业公司，目前已经拿到了天使轮的融资，公司业务不错，但是目前主要是烧钱，账面没有利润。茗都餐饮的经营人是阮美英。和胡成是早年的中学同学。目前，主要是阮美英为女儿上学方便，租的房子是胡成父母的，阮美英经营的餐厅、办公区，租的是承平保世持有的房产。阮美英在市区持有一套房子自住。立成安平主要是做代理，业务平平，略微有些亏损，和集团的销售中心业务往来有一些。承平保世比较复杂，由一家海外公司控股，那个公司可能是胡成控制的 BVI 公司。耀峰和茗都与这家公司有资金来往。主要业务有股票、基金和房产投资，另外还控股一些企业。业务一般，投资基本是平平。从账面上看，所有胡成直接投资或控制的企业，都是亏损状态。包括他现在的这家耀峰科技。"

"阮美英那边呢？"

"阮美英是胡成初中同学，也是胡成多年的邻居。胡成父母也认识她，所以租房子给熟人并不奇怪。奇怪的是租金高出同地区的一般水平。"

"这样茗都的一部分钱就能以租金的形式流回去。"

"是啊！如果胡成不是天天住在阮美英家里的话！"

"有证据吗？"

"我有阮美英家门口的监控录像，显示了胡成进门时间和出门时间。"

聂从风挠挠头，“不过有时候他也会住到市中心那套房子去。”

“茗都餐饮的资金来源查清楚了吗？”

“成立八年了，中间洗过几次。费点劲还是能查到的。初始投资是两百万，那时候阮美英正为孩子的学费发愁。在同学会后第二天就解决了孩子的学费，还张罗着开起了这家餐馆。我找到了当时的出资文件，胡成用的是立成安平的名义出的资。现在阮美英是主要投资人，胡成已经不是了。但是茗都的经营状况一般，税收报的很少。我去过店里，经营状况不错，粗略算一下，应该有相当的现金没入账。”

“和耀峰的手法如出一辙。”慕晓一边开车一边说，“钱应该在承平保世，但是那里有个外资公司挡着，不好查。”

“好在宁悦只是要房子，对财产的要求只是一次付清孩子的抚养费。”聂从风说，“我们多算点抚养费就好了。”他扭头警惕地看着慕晓，“这事搞不好就刑事了，你不会那么蠢吧？”

慕晓翻了他一个白眼！

慕晓赶回办公室，宁悦已经在那里等她了。看到宁悦，慕晓吓了一跳：“你怎么了？”

宁悦看看身上磨破的地方，摇了摇头：“包被抢了。”

“没事吧？报案了没？”

宁悦摇摇头，带着一丝诡异，笑着说：“不用。抢了也好。”

慕晓去拿简易创口处理的东西，宁悦看着窗外：这会儿，胡成应该拿到自己的包了吧？当他发现包里是一包完整的 A4 空白打印纸，会不会很激动呢？

宁悦抽出脖子上挂着的项链，慕晓才发现上面挂着一个略微有些夸张的珠宝挂坠。宁悦轻轻一拔，原来挂坠是个 U 盘。项链精巧纤细，平时都藏在衣服里，谁也没想到会藏着东西！

慕晓浏览着 U 盘里的东西，皱着眉头问：“这里面没陈总什么事啊？”

“陈总的事情，本来我也没准备做得太深。像这种隔着几个人的关系，是不会得到胡成的信任的。”宁悦解释，指着表格上的一个人名，“这个人，是税务局的。这是他的出境记录。这些是船票和购买记录的影印本。”

“赌博？”

“或者说洗钱。”宁悦面无表情地说，“胡成的钱，有相当一部分会在公海上洗干净。这个是他在香港和澳门的账户。”

慕晓仔细看了看，点点头：“明白了。这个人，王明诚是谁？”

“我们公司采购中心的。”宁悦冷笑，“立诚安平是我们公司的代理商，王明诚为了完成业绩，会让代理商大量购买设备充数，但是会以公司的名义给一个非常宽松的账期。对代理商来说，可卖可退，一本万利。”

“胡成这么做有什么好处？”

“他一般不退，而且会做一个很高的成本价。再卖出去的时候，基本都是亏损或持平。”

慕晓想了想：“这样，他的钱……”

宁悦点了点头。

慕晓看了一会儿，忽然抬头问宁悦：“你知道谁抢你的包，对吧？”

宁悦没吭声。

慕晓说：“这些文件的原本呢？”

“我今天早上叫了快递，应该在你们公司门口那堆快递包里。收件人是你们公司昨天生病没来的王主任，寄件人是我们公司统一印刷的。”

慕晓赶紧叫人去找标有宁悦公司名称的快递包，果然有两个包裹。捏了捏，感觉不到里面是什么。慕晓找了把美工刀切开，泡沫软包装里分门别类放了各种文件。有原件，有复印件，有公证书，有的甚至已经发黄……

慕晓的手扫过那些发黄的纸页，抬头吃惊地看着宁悦。宁悦苦笑着说：“那时我还没有下定决心离婚，只是觉得心里不安。带着孩子，我又做不了什么，只能收集一些看起来有用的信息。我一直不知道家里的财政状况，用的也是不需要我还款的副卡。胡成说起收入也总是愁眉苦笑说不好做，每个月都紧巴巴的。开始我也信，毕竟我以前挣得也不多。不过有一次，信用卡中心把还款电话打到我手机上了，胡成知道后背着我投诉了那边。我当时留了个心眼，发现他把我的联系人电话改成他妈妈。”

慕晓叹了口气，伸出手拍了拍宁悦的肩膀，表示自己明白，无须多言。

宁悦无奈地摇摇头，松了口气。

慕晓见多了这类事，从那以后，宁悦就没了安全感，她感到自己被隔离，潜意识已经察觉自己被丈夫防范着。幸运的是，她下意识地做出了自己当时能做的唯一正确的事——保留证据。

胡成后面可能经验丰富，转移资金的手法五花八门，但是初始阶段就没有那么多了，甚至非常直白。宁悦最直接的证据也是这个阶段的。后面的，更多的是间接证明材料。不过，这也足够说明，胡成并不像他说的一无所有满身债务。

看宁悦依旧忧心忡忡的样子，慕晓安慰她："没关系，就算离婚的时候财产分割完了。如果离婚后发现新的转移婚内财产的证据，还可以向法院申请。"

宁悦愣了一下："我怎么不知道？"

"新出的。"慕晓笑了。

宁悦摇头："我果然老了。"

两人相视而笑，气氛略微有些轻松。

"妈妈，我饿了。"胡子渊推开门，眼巴巴地看着宁悦。他在外面和聂从风玩了半天捉迷藏，出了一头汗。

"谢谢你。"宁悦看着孩子，忽然向慕晓鞠了一躬。慕晓吓了一跳，再看跟在胡子渊身后冒了个脑袋，同样龇牙咧嘴的聂从风，明白了宁悦的意思。看她眼眶红红的，慕晓也忍不住心里一酸。

回去的时候，慕晓让小卢送他们母子回去。宁悦没有拒绝。方才虽说对胡成拦截自己心里有准备，但手里拎着的包突然被大力拉动脱手随着摩托的轰鸣远去的时候，宁悦踉跄着跌倒在地上，看到跪在自己身边吓哭的儿子，突然意识到这是一件多么危险的事情！

那时候，她是真的魂都吓飞了！

从律所出来，在小卢的劝说下，原本对报案有几分犹豫的宁悦答应去报案。

派出所的民警都认识她了。基本信息录入完毕，年轻的女警员问她包里都是什么？宁悦说，原本是交给律师的关于自己丈夫财产来源和去向的证据材料，出门时换成了一包A4纸。警员露出恍然大悟的表情，但宁悦不再说话，她扭头和同事低声交流了几句，便客客气气地安慰了一下宁悦，送走她了。

目送宁悦离去，所长从里屋出来，年轻女警员说："不就是个离婚吗？至于这么折腾吗？"

女警员还单身，对婚姻的想法不太复杂。在她看来，合则聚不合则离是再正常不过的事情。

老所长喝了口茶，看了一眼女警员叹了口气："你呀，还是需要历练！就说这个女的吧，丈夫外遇、家暴、转移财产，都多少年了，她一直不离。为什么？"

"为什么不离？"女警员好奇，"这么渣的男人，为什么不离婚！"

"四十了，带这个孩子，又是家庭主妇。那个男人精明得披上层毛就是猴，一家子都是！如果离婚不能得到足够的经济基础，你让她离婚以后怎么带着孩子生活，甚至还有可能连孩子的抚养权都拿不到。那她前半辈子的付出，一辈子的牺牲，就全都废了。活着还有什么意思！能轻易离婚吗？我说你们随随便便就把'离婚'挂在嘴上，稍一不如意就问人家为什么不离婚。我告诉你们，不了解情况就建议离婚的，都是耍流氓！她们受的苦，总是超过你们想象的！"

女警员吐吐舌头，顺口接道："可是现在她还是要离婚。"

所长说："涉及钱和孩子，有的人会豁出命的。"

"不会吧？"真要出了大事儿，他们的奖金可就悬了。

"所以啊！多走访一下，多了解情况，和胡成那个区的保持沟通，随时掌握动向。但愿不要出问题。"所长转身回去，突然顿住，"这个宁悦住哪里？"

警员一愣："她登记的地址，好像是写字楼。"

所长慢慢地点点头，又长长地叹了口气，走了。

女警员皱着眉头，还是不解："这么麻烦。要什么钱啊！还有孩子，多累赘！要我啥都不要，自己过自己的，才爽呢！"

站在公司楼下，宁悦目送小卢离开，伸手招了一辆出租车。正要说出家里的地址，看了一眼后视镜，她说了一家购物中心的地址。

“妈妈带你去玩儿，好不好？”宁悦低头告诉胡子渊。

胡子渊眼睛一亮，却又偎进妈妈的怀里，闷闷地说：“不要了。妈妈今天摔了一大跤，还被坏人抢了东西，我们回家休息吧！”

宁悦摸着儿子毛茸茸的头，感觉到孩子最近虽然还是又笑又闹，可是眼神里已经不再像以前那么纯净。

“谢谢宝宝为妈妈着想。不过，妈妈觉得去游乐场散散心，然后吃点好吃的，也是不错的休息方式。你觉得呢？”

胡子渊这才抬起头，露出满足的笑脸。

最后把她们娘儿俩从游乐场接走的是卓浩。

卓浩最近只要没事就去宁悦那里蹭晚饭，今天回去敲门没人应，打了电话才知道宁悦母子在外面玩儿。

在车上的时候，卓浩也知道了宁悦东西被抢的事。气得卓浩要找人查，被宁悦拦住了：“你帮我，没人知道。但是你一查，保不齐就有人注意到你。何必因小失大呢？”

卓浩悻悻的，总觉得不解气，又和胡子渊聊了一通男子汉应该练的强壮一点，因为他们必须保护身边的人云云。胡子渊也认真地听着，最后狠狠地抱怨了一通宁悦在商场的时候没给他买那个玩具小哑铃。

卓浩说，要什么玩具的啊，叔叔这里有真家伙。最小的那个你能拎得动，回去拿给你，好好练，揍死那些欺负你妈妈的人。

听着他们聊天，宁悦有点恍惚，随着汽车的节奏慢慢地晃动身子，不知不觉中竟悄悄打了个盹。

胡成看着桌子上那包 A4 复写纸，仿佛看到宁悦坐在对面正嘲讽地看着自己。但是这一次，他的怒火并没有变成攻击性的暴力举动。胡成的手指摩挲着掌中崭新的手机，露出若有所思的目光。

秦灿果然有两下子，从供应商入手，居然找到一份顾问合同。从那份合同顺藤摸瓜，已经摸到老陈的狐狸尾巴了！

电话响了，胡成看了一眼来电，并没有立刻着急接起来，而是带着欣赏的目光，看着放在桌面上的手机，仿佛一只看着老鼠在掌中翻滚的老猫一般，有一种从容的得意。屏幕变黑了，胡成耐心地盯着看。然后屏幕又亮了，亮光投映在他的瞳仁里，亮晶晶的，然而他仍然没接。直到最后，一条微信进来，有人请他方便时即刻回电。

他等着。

现在是你求我，不是我求你。

他当然会帮陈总，但必须按照自己的方式。既不会是宁悦要求的，也不会是田秋子希望的。女人，都是愚蠢而狭隘的。他永远不允许自己被女人牵着鼻子走！

胡成这边正在算计，办公室的门被“嘭”的撞开，秘书和田秋子拉拉扯扯地进来了。看到胡成，秘书着急地想解释，胡成挥手让她出去。

“胡成，你到底还不还钱？”田秋子一甩头发，气势汹汹地逼问。不等回答，田秋子又说：“别跟我说没钱，我问过会计了！”

胡成垂下眼皮，面无表情地说：“我不知道你让我还什么钱？我借过你的钱吗？如果你是指千城的那笔投资，咱们都是有协议的。我得到的是投资收益，我欠你什么了？”

“你明知故问！那笔钱本来就是我借给你的！你怎么不认账！”田秋子丝毫不让，美丽的杏核眼透着疯狂，“胡成，别把我逼急了！你把我和陈总算进去，黑掉这笔钱，那么接下来的呢？你以为我在投资界就没有人，不会讲故事吗？”

胡成一挥手，笑着说，“别着急啊！如果你真缺钱，我可以给你点。但是你看，我这儿真的没钱！原本账上还有一百多万，这不，也刚付出去八十万。”

“最近什么项目，要付这么多？”

“饭钱！员工的三餐，公司请客吃饭，赊了人家饭店的钱，总得给吧！”

田秋子突然不说话了，嘴唇微微颤抖，眼睛眯起来。半天才从牙缝里刺出一句："你付给茗都了？"

"啊！对啊！"

"你都给了阮美英那个贱人了！"田秋子突然冲过去，使劲摇晃着胡成，"你把我的钱，都给了那个贱人了！我给你拼了！"

胡成不耐烦地把她从身上扯下来："够了！来人！"

秘书早就把保安找来，在门口等着。听到里面在喊，立刻推门进去，拖着田秋子往外拽。这大概是田秋子这辈子都没遇到过的待遇：她的鞋，她的项链，她的衣服扣子，都留在了胡成办公室的某个不知名的角落。她衬衫的一角露在裙子的外面。而裙子的扣子已经扯开……

田秋子被拖开的时候已经全都不顾了，她哭着求胡成把钱还给她，那不仅是陈总的，还有她自己的全部积蓄……

秘书等着胡成的指示，胡成却只是摆了摆手，什么都没说。

宁悦揉着眼睛从房间里走出来，客厅里的微弱的灯光对她而言还是有点强。适应一下，才发现卓浩依旧坐在沙发上看电视。

"嗯？看什么呢？好看吗？"宁悦说着走到一边倒了杯水，润了润嗓子。

卓浩放下遥控器，"没什么好看的，打发时间。胡成最近到处在找他儿子，也找到我了。"

宁悦低下头，把被子摆正："他想怎么做？"

"我担心，只要你们固定地住在一处，他很快就能找到。"

"那怎么办呢？"

"后天搬到我父母那里吧。家里有老人，他们也喜欢小孩，可以帮你看着。住一阵子再说。"

宁悦抬头认真地看了看卓浩，卓浩微微扭头，把眼神闪到一边。宁悦叹了口气："我累了。子渊变化很大，心事重重的。"

"那你打算放弃吗？还是按照胡成说的，重新回去！"卓浩忽然很激动地问。

宁悦摇摇头："怎么可能！我只是想，这样一个男人，为什么可以在世间活得如此潇洒！他不仅对妻子不忠，对情人也没什么信义，他自私自利唯利是图，为什么没人惩罚他？为什么我只是要求我应得的就需要用尽全部的力气去争取，那不是我的么？我不知道他做对了什么，就可以坐享其成。我也不知道我做错了什么，要每天生活得像只老鼠！”

“宁悦！”卓浩声音微颤，情不自禁地伸出手臂，将宁悦揽入怀中，“阿乐。”他低声唤着宁悦的小名，埋头在她的发丝间。

宁悦的眼泪渗入卓浩的衣衫里，疲惫地倒在这个怀抱里。此刻，她不想算计，不想计较，不想绷着，她就想靠一会儿，就靠一小会儿。

宁悦每天早上五点半不用闹钟就能醒。但是她今天醒来时，天光已经大亮。一看表，六点半了。

宁悦撑起身子，发现自己躺在沙发上！这才想起，昨夜自己好像……嗯，她哭得昏昏沉沉的，后来就什么都不知道了！

摸摸脸，有点烫。房间里传来动静，宁悦立刻收拾起心情，以最快的速度恢复到平时的反应和情绪上，蹑着脚来到卧室门口，胡子渊翻了个身说了句梦话还在睡。宁悦走过去拍拍他，见他又睡沉了，才去了厨房。

卓浩……

哎，果然是自己的年纪大了，白送上门都没人要啊！切着菜，宁悦忍不住这样想。脸上的微烫，立刻变得火辣辣的，不是害羞，而是丢脸！以后还是远离男人吧，至少可以为自己保存些颜面！

宁悦默默地总结经验教训，丝毫不知此刻在办公室里辗转半宿没睡的卓浩，已经悔得肠子都青了：“唉，如果我多留一会儿呢？如果我多等一会儿呢？哪怕我多说一句话，就当是劝劝她。”卓浩看着天花板，想起了很久以前，也想起了和宁悦再见面的那一瞬间。然而，印象最深的，却是宁悦坐在他的对面，平静淡定地说：“我想离婚，帮帮我！”

那个时候，家庭主妇宁悦终于露出问题少女阿乐的真面目。

一直隐藏的心意，从此无法压抑。

为　母

接到受理通知书的时候，已经过去五天了。这五天宁悦过得并不平静，先是秦灿告诉他，陈总那边没什么问题。财务查了个遍，账务全对上了。和千城投资之间的关系，就是正常的应收账款，而且款项已经按期支付。供应商那边的顾问合同的确有些出入，可是最后盘账也没有什么问题。就是说，账目和现金是对得上的。

宁悦想，胡成付钱了，可是为什么卓浩那里没动静?

紧接着，宁悦在法务中心的例会上，听到秦灿接了一个新任务：某科技公司涉嫌剽窃公司的产品，该创始人系公司离职员工，其产品可能是在工作期间受公司委托完成的但是谎称未成功，私自带出去牟利。

宁悦听了心里咯噔一下，想找秦灿私下打听一下，秦灿已经告诉她了：是何宽的公司。秦灿还问她，愿不愿意接手这件事?

宁悦拒绝了。她的理由很堂皇：时间和精力都不允许。

秦灿听了，很长时间都没说话，手里的笔不停地转着，然后说：“我以为你需要一个起来的机会。这次不仅能让你自己证明你有能力继续工作抚养孩子，还能帮助你的朋友。他说你看过 the good wife 吗? 你完全可以成为 Alicia。”

“Alicia 的孩子已经大得可以自己找成人网站了，我儿子连男女都分不清。

而且，Alicia 并没有离婚，她还有个婆婆帮忙带孩子。”

沉默在两人之间蔓延。这一次，宁悦清楚地看到秦灿眼里的不认同。她出门的时候，秦灿说：“你自己如果不努力的话，没有人可以帮你。”

宁悦看见田秋子的时候差点没认出来。她满脸憔悴，看到宁悦，她下意识地拢了拢鬓边的碎发，挺了挺胸，“你满意了？我的客户没了，在行业里臭名远扬了，工作没了，积蓄也没了，男人也不要我了，我终于一无所有了！你赢了，彻底赢了，高兴吗？”

“你还有房产投资，不像你想象得那么差。”宁悦没有针锋相对，当然，她的表情并没有那么友善。

“没了！”田秋子摇头，“股市好的时候，胡成把我的房子能抵押的都抵押了，然后拿去买了股票。”

“是不是都赔了？”宁悦略带讥诮地问。

田秋子点头。

宁悦犹豫了一下，看着田秋子仔细想了想，说：“你信吗？”

田秋子眯起眼睛，看着宁悦：“你什么意思？”

“有一个叫作承平保世的投资公司，也是胡成现在这个公司的投资人之一，不过总投资额不太多，也不显眼。有兴趣你可以查查它的资金来源，尤其是股票投资方面。”

“跟我有什么关系？”

“跟你没关系，但他也是茗都委托的理财公司。”

“阮美英？”田秋子脸立刻涨红了。

“茗都是餐饮公司，流水大，现金比高，这些经济的东西你比我清楚。如果想做些什么手脚，没有比这样的公司更方便。你的钱，阮美英的钱，又没有写你们的名字，谁亏谁赚还不是别人一张嘴，会计一支笔。”

“你凭什么知道这些？”田秋子问得很奇怪，显然已经不怀疑宁悦的话。她问的，也许只是她自己内心都不想承认的东西。

“凭你，凭胡成，凭你们所有人加于我的伤害。”宁悦淡淡地说，“你们以为介入别人的家庭不需要付出代价吗？我自保采取一些措施有什么可奇怪的。否则你以为我靠什么打发这些年呢！”

胡成没有再找宁悦谈判，并不等于他会束手待毙，等着判决结果。更不等于他的父母就会这样安静地等待着。

宁悦第五次在公司大堂看到胡成妈的时候，刚刚和慕晓从法庭回来。递交证据，庭前调解。胡成没有出席，他的代理律师否定了家暴，否定了出轨，否定了夫妻感情破裂，坚持要求宁悦回家。胡成的证据也很充足：医院关于宁悦患有抑郁症的诊断证明，和宁悦五年来购买和服用抗抑郁药的单据。并有医生证词，宁悦可能有被害妄想症。

慕晓问宁悦抑郁症的事是怎么回事？宁悦抱歉地说，一年前就没吃药，后来我就忘了。对不起，在离婚这件事上，我做不到一个律师的专业性。

慕晓理解地点头，尽管如此她也需要时间去考虑应对。

因为只是庭前调解，法官也是考虑到这个案子可能涉及比较复杂的财务问题，才让双方提前过来聊聊，所以并没有立时给个结论。

慕晓带着宁悦离开，宁悦心里没什么把握。不过她也没追问慕晓，说白了，律师帮你大官司，最终的结果不由他来定。

看到胡成妈，宁悦没有绕开，而是径直走了过去。那天，胡子渊被聂从风带去玩儿了，她想如果必须要面对，应该在这个时候。

“宁悦，我求求你，把子渊还给我吧！”老太太一见宁悦就哭了。涕泪俱下，又惊动无数人。

宁悦小心地退后一步，“我会好好照顾他的。胡成会再有孩子的。”

“你怎么照顾他？你上班才挣多少钱？子渊吃饭上学穿衣走路哪个不花钱，你能行吗！还有你出来上班，谁照顾子渊？他病了怎么办？自己躺着！谁给他讲故事？谁喂他喝水？宁悦，你是他妈妈，你不能这么自私！”老太太抹了一把眼泪，“他爷爷说你在外面有人了，我不信。这么多年，你是什么样的人，我心里有数！都是女人，我知道你心里的苦。胡成是做得不好，可是怎么说他心里也是向着这个家的。这是子渊的家，也是你的家。你回来，让胡成去挣钱，我帮你照顾子渊，让子渊好好的长大，好吗？”

老太太讲得掏心掏肺，宁悦听得眼睛发酸。眨一眨，扭头看窗外。风景正好，绿意盎然，这一片勃勃生机，如何不是她灰暗生命最渴望的东西！可这一切，都隔着一层厚厚的玻璃。永远无法触及的，冰凉凉的玻璃。

“宁悦，算了，回来吧！”

胡成妈柔声说，向前一步。

宁悦没吭声，默默地向后退了一步。

胡成妈的脸猛地一沉：“那把孩子还给我！”她的声调猛地拔高！经验丰富的保安立刻戒备起来，稍有苗头就冲过去，绝对不能让自己的地盘再次有人打架！

“我是孩子母亲，我来抚养。”宁悦一字一顿地说。

胡成妈摇摇头：“你是家庭主妇，除了给胡成添堵，吃我们喝我们，现在你都四十多岁的老女人了，你还指望自己能挣钱养孩子？”她压低嗓音，恶狠狠地说，“你卖都没人买！”

宁悦忍着怒气道：“我敬您年纪大，不和您计较。下一次，我不会让你有机会这样说话！”

“你还想打我？”胡成妈又撩高了嗓门，拍着自己的胸口，“我刚从医院出来，心脏架了个桥，血压还不稳，你想让我死，现在就可以！”

保安互相使了个眼色，瞬间没影了。安保主任刚走过来，听见这话，一扭头去检查消防设备，顺便叫走了其他人。宁悦眼皮耷拉下来，转身往刷卡的闸机走。过了闸机，老太太就没机会跟着她了。

可是——一声惊天动地的哭声突然响起来，宁悦发现自己的腿动不了了。

胡成妈倒在地上，抱住宁悦的腿，一边哭一边喊：“宁悦啊！我求求你回家吧！别闹气了，把孩子带回家吧！我求求你了！我活不了几天了，你就让孩子回家吧！”

宁悦又尴尬又气恼，站在那里，无法移动！

早上班的同事已经陆陆续续从闸机方向走出来，看到这一幕，露出或吃惊或好奇的眼神，更有甚者，干脆站在一边看下文。咖啡厅里很快坐满了人围观。

宁悦听到了自己的名字，看到了婆婆泪光下得意的笑容，她狠狠地闭紧了眼睛，掏出电话，拨下了一个号码。

围观的人越来越多，连罗雅婷也神色莫测地站在了人群里。

钟天明来了，叹了口气，扭头看看潘洁，走了。

钱律师来了。他看到厚厚的人墙，一点兴趣都没有的绕过去，匆匆进了电梯。

秦灿来了，他皱着眉头要上前，被潘洁拉住。不知说了什么，他悻悻停下。

秦灿看到宁悦好像一个雕塑一样站在人群中间，一动不动的任哪个老女人哭诉，毫无反应的任围观者指责，她就那么站着，好像眼前的这一切都与她无关。他想冲过去，把宁悦拉走。或者帮她申诉，告诉所有人事情不是他们想象的那样。但是潘洁说得对，没人关心真相，他冲出去，只能让宁悦更难堪！

可是，他做不到像个看客一样站在一边。他已经见证了一个女人的绝望，不想再对另一个女人的尴尬无动于衷。可是，就在他再次准备走出去的时候，他看到宁悦的嘴角勾了一下。那是一个诡异的角度。可以是笑，也可以是哭，更可以是嘲讽，或者类似的什么。秦灿猛地愣在那里，他认得这个笑容。当他因为不能送同学生日礼物不得不拒绝心仪女生生日聚会邀请的时候，妈妈告诉他，自己真的没本事，不过并不是没有办法。

那时，他母亲就是这样的笑容！嘲讽的，绝望的，苍凉的。

之后，他见到了父亲。父亲和继母相继加入到他的生活里。他从一个一穷二白的臭小子，一跃成为学校里的富二代……

很多年以后，许多记忆都模糊了。唯独他妈妈的这个笑容，越来越清晰。那是认命了，那是妥协了，那是无所谓了，那是什么都不在乎了，一切都可以放弃，不再挣扎的表情！

不可以！秦灿在心里说，微微摇头，人已经要冲出去。

然而，宁悦接下来的举动让所有人惊呆了！

她突然蹲下来，抱住婆婆痛哭起来。

婆婆一愣，没料到她的举动，竟被抱了个结实！

秦灿一愣，宁悦要干什么！

宁悦本来是假哭，但伤心事太多，不需勾起只要一个机会，就变成泪水狂奔而出。好在她没有丧失理智，犹自还能说出话："妈！不是我不回去啊！你们让那个女人在家里养胎，我伺候不起啊！"

哗！围观者一片哗然！都什么年代了，小三居然明目张胆地在婆婆家里养胎，婆婆还让正牌老婆回去伺候！

胡成妈急着辩解，奈何被宁悦抱得结实，嘴被严严实实地堵住，说不出来。她憋得脸红脖子粗，脑子有点昏。

人群被分开，一队白色的人冲进来。胡成妈恍惚中看到宁悦晃着自己，喊着："妈，你怎么了！"

她好像还看到一个年轻男人和一个年轻女人冲过来，拉住宁悦，慢慢退进人群里……

秦灿和潘洁拖着宁悦趁着混乱退到安全楼梯间。

宁悦已经不哭了，坐在地上一动不动地发呆。秦灿和潘洁面面相觑，不知道该如何劝解。过了好一会儿，宁悦忽然问："都走了？"

秦灿下意识地点头："嗯，都散了。"

"我去接孩子。"宁悦擦了擦脸，发现泪水都已经风干了。一张湿巾递到眼前，宁悦接过来擦了擦脸。潘洁半蹲下，问她："接下来你打算怎么办？"

宁悦有点茫然："接孩子吧？"

潘洁说："田秋子跟胡成闹翻了，好像还被打了。"她啐了一口，这个不顾形象的动作吓了秦灿一跳，潘洁毫不客气地翻了个白眼，对宁悦说，"这么说吧，田秋子跟我家有点渊源，要不然她也做不了咱们公司的生意。虽然我一直看不惯她，可是大家都是女人，打人不打脸，所以，你也能理解对吧？"

宁悦依旧呆呆地看着她，好像没听懂她在说什么。

潘洁干脆坐地上："这么说吧，我知道你老公家里是不会放弃孩子的，我也知道田秋子现在琢磨的就是怎么把你的孩子弄回他奶奶家，这是她自认为可以挽回的唯一的路。"

宁悦的表情终于有了一丝裂缝，却是冷笑。

潘洁叹了口气："你小心点最好，田秋子快疯了。另外，这里是公司，老这么闹，也不合适。"

宁悦终于扭头了，看着潘洁苦笑："不然怎么办？把我的住址告诉她们吗？"她环顾四周，低下头。有句话她没说出来：这里的虽然是素不相识的同事，但只因为她是这里的员工，站在这里，她会觉得安全。

胡成一大早就眼皮直跳，心烦意乱。开车去上班，又遇到了下雨，路上各种堵。公司楼有停车场，但停车费太贵。对面是个老小区，隔着一条小街。小街的两侧停满了各种私家车。老校区看着楼都要塌的那种，但私家车都气派不凡。奔驰宝马就那么随便地停 在一边，保时捷的帕纳梅拉黑车都快脏成灰车了，乌突突地被人信手停在路边。挺合适的一条街道，活生生挤成单行道。

胡成也喜欢把车停在这里。颇似老厂区的红楼和各种形状的格栅，再配上扎眼的豪车，让他每次停车都有一种衣锦还乡的荣耀感。

好不容易开进小街里，刚停好车，马路对面传来吼叫。一个男人喊着："谁让你停那里的？我等了半天了，谁让你停的。"男人油头粉面，五短身材，颇似发财的武大郎。一边吆喝一边狠狠摔着白色宝马 X5 的车门。

停进车位的是一辆黑色的奔驰 ML400，一个中年女子正拎着孩子的书包从车上下来，一条腿已经落地。听到喊话，犹豫了一下，反身钻回了车内。

胡成看到车子，忽然想起了宁悦开走的那辆。那个女子手里拎着的书包，也让他想起了许久未见的儿子，不由顿下脚步。

雨丝越来越密集，行人本就稀少，在上班的高峰末期，人就更少了，原本拥堵的路，在连着过了几辆公交车后，也敞亮起来。

胡成听到男子不耐烦地挥着手，冲女子喊："走开走开！"已经返回准备开车的女人，突然降下车窗，质问道："你会不会说话？这是你租的还是你买的！"

胡成摇摇头，每天早上都会有的抢车位大战又要开演了。那边还在吵，他已经了无兴趣。刚走了两步，就听那男子的声音拔高怒吼："你敢停！你停一个试试？你个臭不要脸的老娘们儿，瞧你老的那德行样，出来卖都没人要！”

女人已经升起车窗，隔着那一瞬，胡成似乎看到后座坐着一个孩子。他摇摇头，有点犹豫。也许是许久没见胡子渊，也许是绵绵细雨，让他多了几分柔软，竟有些想劝劝的意思。

可是，那男子已经大吼起来：“有本事你给我下来！你敢下来，看我不揍死你！我连你那小崽子一起揍！”

胡成皱眉，身子一转，便要走过去。突然那辆奔驰启动了！

男子也吓了一跳，闪到了靠近路中心的位置，涨红了脸喊着：“有本事你撞一个试试！”

奔驰绕过他，扬长而去。一直到七八百米开外的学校门口才停下，从车上下来一个女子，然后从后座接下来一个孩子。孩子还在哇哇大哭，扑在妈妈的怀里，不肯下地。胡成明白了，一定是孩子吓着了，女子才妥协。

胡成这边感叹着，无意中扭头，突然发现那个男子正靠在已经停入车位的白色宝马 X5 旁边，捂着胸口，一脸痛苦的样子，一只手在兜里掏啊掏。胡成的目光正好对上他，男子张了张嘴，似是求助。胡成还没动，那人身子一软，倒在地上。

胡成想去帮忙，忽又想起那个哇哇大哭的孩子，心里顿时硬起来，准备离开。

午饭的时候，胡成听说小街上压死了一个人。

胡成一听描述就知道是那辆白色宝马车的车主。他不由自主地想，若自己当时援手，这个人就算病死，也不会被压得死无全尸。不过，他心里冷冷的。那个男人威胁小孩子的话又回荡在耳边，而被威胁的小孩，已经变成了跟着宁悦飘在某个不知名地方的胡子渊！

胡成心不在焉地吃着饭，心里想着，胡子渊跟着宁悦，会不会也碰到这样的人？宁悦那种女人，能保护胡子渊吗？眉头不由自主地凑到了一起，原本要放弃抚养权的念头此刻又坚定起来。正盘算着如何打击宁悦，手机响了。

医院打来的，说他妈妈被送急诊了。

胡成把老娘接回家。一路沉默的胡成妈坐在沙发上时，似乎也下定了决心："胡成，你和宁悦离就离吧！但是我不管你用什么办法，你把子渊带回来。他是咱们老胡家的孩子，你和谁生，生多少个，我都不管。但咱们老胡家的孩子，不能让野女人养了去！"

胡成爸说："我和你妈的意思，就是不管法院怎么判，子渊必须回来。你明白吧？大不了我们带孩子出国，去海南，回老家！孩子不能给宁悦！"

胡成忽然又想起那个开奔驰的女人，想起那个哇哇大哭，不肯下地的孩子，郑重地点了点头："你们休息吧，好好养身体。子渊回来还得你们带。"

胡成妈下垂的嘴角终于微微抬起，看着高大的儿子，露出满意的目光。

再次开庭，胡成依然没有出庭。慕晓出示了医院给宁悦做的健康评估以及精神状态的评估，证明宁悦已经完全恢复健康了。胡成的律师还在纠缠抑郁症对宁悦的心理健康的影响，和对孩子的成长的影响。

慕晓举手示意法庭，表示自己这里有一些照片证据，可能会引起部分人的不适。但是鉴于该证据可以证明申请人宁悦的发病原因，希望法庭准予出示。

法官几乎没有犹豫就答应了，站在角落的法警嘴角抿了抿，眼里闪过一丝戏谑。律师这样说的时候，出示的证据多半少儿不宜，基本上都是可以正大光明看"小剧场"的时候。

果然，幻灯片打出来的照片，男女交缠，令人血脉偾张，还有一些短视频，令人不忍直视。不过，慕晓的声音专业而冷静，提示大家注意时间：这是七八年前的视频和照片。

胡成的代理律师立刻站起来反对，表示这些证据的取得方式有问题，应该作为非法证据排除。慕晓请法官和对方律师注意几张截图，显示这些照片和视频，是在这七八年里，通过不同的邮箱或手机或微信，伸直邮寄给宁悦的。慕晓更近一步提示各位注意邮箱的拼写，同时请大家比对证据附件第三十二到四十页的证人证词，说明这些照片和视频，是胡成当时的情人，发给宁悦，骚扰宁悦的！也就是说，宁悦从怀孕到现在，一直生活在丈夫背叛的阴影里，一直被丈夫连绵不断的情人骚扰着！胡成才是宁悦抑郁症的主要原因！

胡成的律师质疑证词和照片的真实性，表示这不是一个正常女性愿意做的事。

慕晓说："审判长，下面我想请一位证人出庭。"

宁悦微微一愣，她没听说慕晓说过，还有什么证人？

证人推门进来的时候，旁听席的角落突然有什么东西掉落，发出巨大的声响。宁悦下意识扭头扫了一眼，那熟悉的身影立刻就认出来——胡成！

他只是没有出庭，但他一直遮掩了自己，偷偷旁听。

宁悦低头思量了一下，没有打扰慕晓的辩论。而旁边传来证人说话的声音，宁悦几乎不敢相信自己的耳朵：田秋子？她怎么来了！

站在证人席上的就是田秋子，她正在作证："这里面有许多是我发的，我爱胡成，想嫁给他。可是他老婆就是不离婚，所以我想发给她，让她知道她老公在外面的事儿。可是，她一点动静都没有。开始我以为她没收到，就不停地发。后来我发现她知道，只是装傻。于是我就发了许多刺激的给她。我看她还能装傻到什么程度！"

慕晓盘问："你这样刺激宁悦持续了多久？"

"一直到她流产，胡成发现了。"

"然后呢？"

"胡成知道后就跟我分手。那是我们第一次分手。"

"后来呢？"

"胡成有事需要我帮忙，我们和好了。我才知道他老婆后来又给他生了一个孩子。

"这些最近的照片谁发的？"慕晓挑出几张很刺激的。

"都是我发的。"

"为什么？"

"我想和胡成结婚。她要装傻，我就刺激她，恶心她。女人谁能忍受自己的老公在外面胡来。就算能忍受的，看到这些照片和视频，我就不信她能忍！否则上次她就不会流产！我还听说，老生闷气的女人，容易得癌症。她最好气死，得癌症病死，最好！”田秋子恶意满满地笑着，扭头挑衅地看了一眼宁悦。宁悦面目表情地看着她，好像什么都没听见。

胡成的代理律师站起来，问田秋子：“证人，你知道站在这里作证，对你来说是一件不名誉的事情。”

慕晓立刻起立：“反对！”

法官提示胡成的律师：“请注意询问方式。”

胡成的律师微微点头：“证人，你是否还爱着胡成胡先生？”

慕晓立刻反对：“反对，问题与本案无关。”

法官允许，告诉田秋子可以不回答。

田秋子却习惯性地扬起下巴：“为什么不回答！我当然爱，我爱的我都恨我自己！胡成不仅抛弃了我，还毁了我，我为什么要帮他隐瞒？他就是个人渣！他就是个混蛋！他玩弄我的感情，骗走了我的钱，毁了我的人生！我就是爱着这样的混蛋！我有什么办法？”田秋子涕泪俱下，“没人知道我爱得有多苦！我找不到地方说！除了这里，我不知道还有谁会这么安静的，不加评判地让我说出来。我更不知道。”田秋子突然扭头指着法庭的角落，“他会这么安静地听我说！我爱你！你打我、骂我、轰走我，我都没法不爱你啊！”

田秋子掩面痛哭。

宁悦低声问慕晓：“你怎么找到她的？”

慕晓说：“你有一个同事叫潘洁，跟她有点拐弯抹角的亲戚关系。告诉我了一些她的情况，我想虽然她不会帮你，但一定需要一个渠道发泄。”慕晓顿了顿，“对不起，我没告诉你。”

“没关系，你是为我考虑。谢谢！不过，你怎么知道胡成这次会来？”

“他上次就来了。”慕晓嘴角挂着笑意，“要是连法庭里有谁我都看不清，这活儿就不能干了。”

宁悦嘴角轻轻勾起，紧绷的心底放松下来。田秋子的哭声已经不能影响她什么，填满宁悦心底的，是默默地帮着自己的潘洁，是可以完全依靠的慕律师，在这个世界上，父母已去的她并不是完全的无依无靠！

想起父母，宁悦眼底酸涩。

“你们在天有灵，可以放心了吧？我有很多朋友，我找到他们了。我可以的，你们放心吧！”

庭审结束，胡成的财产结构复杂而精细，宁悦增加提交的证据几乎是上次的一倍。法庭宣布择日开庭，慕晓陪着宁悦走出法庭。

阳光下，宁悦舒展了身体。

慕晓微笑着说：“如果没有更有力的证据，你的抚养能力是优于胡成的。”

宁悦苦笑：“是啊！一个没钱的正常妈妈，总比一个有钱但是充满暴力的爸爸好！”

“接下来财产分割，你确定只要那些吗？”慕晓问。

宁悦看着不远处：“开始我是这样以为的。但是现在我不太确定了。”

慕晓顺着宁悦的目光看过去，胡成正在慢慢地走近！

“你要离婚也可以。”胡成说，“孩子归我。我把房子给你。”

宁悦看着胡成，好像在看一个不认识的人。原来他也有妥协的时候，原来他也有向自己让步的一天！虽然知道迟早有这一天，可这一切真的发生的时候，宁悦却有一种不真实的感觉。一丝难以察觉的悲哀在心底弥漫，那个当初令她沉醉的男人，已经渐渐远去不可见了！

“听见没有！”胡成不耐烦地催了一声。

宁悦闭了下眼，睁开已是一片清明：“你的律师大概还没告诉你我提交的证据都有哪些吧？你最好和你的律师好好看一下，商量一下，然后给我回复。我要的东西不多，你的资产乱七八糟，我也没兴趣。我只要两套房子，孩子的抚养费一次结清。如果你觉得可以，我们签协议，这些证据到此为止，不会向外扩散。”

胡成眯起眼：“你什么意思？”

“承平保世。”宁悦吐出一个名字。

胡成脸色一变，突然揪住宁悦的领子拎了起来。慕晓猝不及防，一惊之下，赶紧拉住胡成：“胡先生，这里还是法院，请您克制！”

胡成惊怒交加，却不得不松手。宁悦整理了一下衣服，看都不看胡成。

胡成恨恨地瞪着宁悦，半晌儿忽然一笑，“好啊！你那个相好，叫何宽什么的。我原本还想给他一个机会，现在看来，没有必要了。”

宁悦猛地意识到引起何宽诉讼的人，居然是胡成！

胡成狰狞着说：“让你们去查他，不过是给你一个警告。你不会以为我连你们是一伙的都不知道吧？不过，你们公司这么快起诉，的确出乎我的预料，我以为以你的聪明会阻止这件事。没想到你这女人为了自己的名声，撇得还真清！不过，你以为就是起诉过家家那么简单吗？我告诉你，现在他何宽正在融资，如果他的投资人听说他们的主打产品版权有问题，甚至还被起诉，会投资吗？可怜啊！何宽已经没钱发工资了，眼看就要融到的一笔钱，又因为你的无情鸡飞蛋打了！而且，以罗雅婷的性子，这种向高层表现的机会，她一定要利用到底的！”

胡成得意地笑起来。宁悦的手猛地抬起来，胡成下意识地闪了一下，却发现宁悦并没有打出来。胡成更得意了。

宁悦平复了一下情绪，说道：“你说得对，罗雅婷一定不会放过表现自己机会。但是一个可能的侵权或者员工违反竞业禁止的 case，和一个公司内部高层贪污洗钱转移财产的 case 相比，哪个她感兴趣呢？”

“你说陈平章吗？那是田秋子的事儿，关我屁事！”胡成冷笑。

宁悦摇摇头：“丽阳公主号。”她微微前倾身子，露出从未有过的亲昵微笑，“还需要我说更多么！”

一巴掌结结实实地落在宁悦的脸上。宁悦被巨大的冲力掀到一边，慕晓手脚极快，一把搂住她，两人总算是没有摔倒。

即使如此狼狈，宁悦还是捂着脸，很开心地笑了：“胡成，你背叛我的时候，就应该想到这一天的。我提醒过你，我信你。可是你就没想过，我既然可以无条件信你，也可以彻底地调查你吗？八年，我给了你八年的时间来挽回这个家。你呢？你却给了我八年的时间来收集证据！还能有什么是我不知道的？你说呢！好自为之吧！我再说一遍，下次开庭前，你还有机会和解！否则，再开庭，起诉人就换成检察院的了！”说完，宁悦头也不回地走了。

胡成看着宁悦的背影，终于明白她为什么那么胸有成竹了。他也终于意识到，从她拒绝房屋抵押签字的那一天开始，就已经启动了走出这个家的计划！

胡成强迫自己冷静下来。宁悦这张底牌一旦递出去，自己所有的一切都完蛋了。不仅是事业，他的人生可能也会到此结束。余生，若还有余生，大概就是监狱了！

何宽是宁悦上班后才认识的，可宁悦的话里却透露出，她八年前就开始调查。那时候，她怀了他们的第一个孩子，出不了门，会是谁帮她？胡成想起自己居然被人默默监视了八年，忍不住浑身颤抖，几欲发狂！

果然最毒妇人心，宁悦，够狠！

离开的时候，慕晓犹豫再三，还是叮嘱了一句“小心”。她知道承平保世，但是对什么“丽阳公主号”却一无所知。但是，根据胡成的反应，慕晓很清楚，宁悦点在了他的死穴上。

不过，宁悦的表情很平淡，或者说慕晓就没见她怎么激动过。

这也不奇怪。对于大多数女人而言，尤其是宁悦这样的，用八年的时间一分一秒地去磨灭希望，这样的残忍足以让她看淡任何打击。世界上最可怕的，不是世界末日来临时铺天盖地的山崩地裂，而是每一分每一秒的挣扎都是徒劳。那种凌迟一样的惩罚，以时间为单位细细地割下你的每一分希望，你的任何反抗，都清楚地呈现给你“无用”二字！

在婚姻的维持和解除之间，有一条神秘地带，它的名字叫荒原。在那里爱情已经死去，只有孤独的灵魂。它在荒原上游荡，没有方向，没有时间。有的灵魂就在这样的游荡中被魔鬼吞噬，以深渊为家，永驻黑暗。有的灵魂则幸运地找到自己的摆渡人，进入彼岸。而大多数灵魂只是孤独地跋涉着、挣扎着。这一段路程，时间已经无法丈量。短的，只有一瞬。长的，可能是一生。佛说，回头是岸。在荒原里，你尽力扭头脖子，甚至摆动身躯，却不知道哪个才是“回头”。

慕晓并不认为自己是那个摆渡人，但是她的确是这片荒原的见证人。有人湮没，有人重生，还有人终生被囚禁于此！

宁悦呢？

慕晓清楚地看见她的挣扎，却不知道这样的挣扎，带来的是机会，还是死亡？

对慕晓的提醒，宁悦只是笑了笑，转身走了。她有一种强烈的预感，胡成最暴戾的一面已经被自己逼出来了。如果之前还能求助于人，还能通过法律和平解决冲突，那么往后，她必须做最坏的打算了！

“如果我辞职以后，还想回来，可不可以？”宁悦心惊肉跳了一夜，第二天早上一看到秦灿进办公室，就赶紧过去，试着提了这个问题。

“怎么了？昨天开庭不顺吗？”秦灿没有坐在办公桌后面，端着咖啡斜倚着办公桌，立在宁悦面前。听了这个问题，眉头皱起。昨天晚上他打电话问过慕晓，没什么问题啊！

细细打量宁悦，忽然弯下腰，问道：“你的脸怎么了？谁打的？胡成？”

宁悦扭过头，把受伤的部分藏起来，低头说：“狗急跳墙，难免的。”

秦灿没有立刻说话，若有所思地打量了一会儿宁悦，然后端着咖啡，在屋子里踱步。大概转了两三圈，才说：“陈平章的那个匿名举报人，肯定是你，对吧？”

这个问题不需要回答，宁悦安静地坐着。

秦灿继续，但语速明显放缓，并且虽然在走动，目光却一直锁定宁悦，说：“何宽……何宽违反竞业禁止同时侵权的事，你应该也知道是怎么回事吧？”

宁悦摇了摇头：“我怎么会害何宽，他那么帮我。在开会之前，我的确不知道他的事情。不过，昨天胡成倒是承认了。”

宁悦忽然顿住，看向秦灿。这次，秦灿到有些摸不着头脑。宁悦问：“何宽的问题，是怎么发现的？”

“还能怎么发现，匿名举报呗！”秦灿冷笑一声。

宁悦知道公司内部有个合规通道，那是一个内部公开的邮箱，任何内部员工都可以通过这个邮箱直接反映问题。这个邮箱邮件的阅读权限，不仅是法务中心的主管经理和主任，还有董事长、ceo、人力、财务这些重要部门的一把手。但是，这个邮箱只接收内部邮箱发过来的邮件。用外面的邮箱向这里发送邮件，会被屏蔽掉。

宁悦举报陈平章，采用的是纸质邮件快递的形式，一方面是匿名的需要，另一方面也是防止被陈平章直接截住自己的信，徒生周折。

秦灿说完，也意识到宁悦问的不仅是匿名举报，而是知情人是内部人还是外部人的问题。他回忆了一下，赶紧打开邮箱看了看，摇摇头："不是那个邮箱发来的。没有。"他沉吟着，"罗雅婷手里也没什么纸质的东西，开会的时候，她就是口头说了说。难道有人给她打电话？"

秦灿顿住，他并不知道罗雅婷在监控视频的问题上帮助宁悦的事，依然视罗雅婷为胡成一伙了。宁悦立刻摇了摇头，"如果罗总知道是胡成在背后搞鬼，她宁可放了何宽！"说到这里，宁悦顿了顿，好像突然有点走神。略略整理，才继续说，"胡成不会露面的。"

到此刻，宁悦忽然意识到，自己苦苦寻找的机会，就这样摆在面前了！她一直无法查清的，胡成陪着谁去的丽阳公主号，答案似乎已经近在咫尺！

秦灿兀自莫名地等着宁悦的解释，宁悦挣扎了两秒钟，果断放弃不把秦灿拖进来的想法，改变了主意。她说："他一定通过谁，把事情告诉了罗雅婷。而那个人必定是他信任的，也不会向任何人透露彼此关系的人。"

秦灿并不傻，把宁悦的话在心底一过，眯起了眼睛："除了陈平章，胡成在这里还有朋友？"

宁悦盯着秦灿，慢慢地说："陈平章是田秋子的朋友，跟胡成，没有关系。"她微微摇头，"你还记得，你要开掉我那一次，是谁出面，导致你改变主意的吗？"

秦灿想了想，走回办公桌后面，没有立刻回答宁悦的问题，只是仔细地看着宁悦，良久才说："你还知道什么？"

宁悦摇了摇头，叹了口气："我知道的并不太多。胡成是个很谨慎的人，从不在家里讨论工作的事，接电话都要把自己的关在房间里。我只知道，公司的代理商里有个叫立成安平的，胡成是这个公司的实际控制人。因为我以前在胡成偶尔带回家的文件里看到过这个公司的名字，所以内调的时候，我发现这个公司时就多留心了一点。他的法人是另外一个人，我查了一下，是胡成一个朋友的亲戚，在乡下种地。”确切地说，是阮美英的一个远房亲戚。不过，宁悦并不打算说这些，简单带过后，继续讲，“立成安平的业绩一直一般般，在代理商里并不显眼，但是在公司内部架构没有改革之前，就已经在了，资格非常老。”

“冯主任？”秦灿迟疑道。

宁悦摇头：“我没从公司的文件里查出来什么特殊的地方，一切都合规合距。不过，如果这次举报何宽是他所为，那么帮他的人应该在销售中心。”

宁悦瞒下了丽阳公主号的事情，但说的话也不算撒谎。

秦灿深吸一口气：“你为什么不早说？”

宁悦一摊手：“我没有证据。如果不是内调让我有机会接触档案，我甚至连立成安平都挖不出来。”

“罗雅婷，可以相信吗？”秦灿忽然问。

宁悦毫不迟疑地点头，“完全可以！”

“好！我这就去找她。”秦灿已经隐隐约约地感受到，采购中心陈平章贪污的事情也许还没有结束，线索就在这个销售中心的神秘举报人身上。

秦灿走到一半，突然转身问宁悦：“胡成是因为这件事打你的吗？”

宁悦摸摸脸，轻轻地点了点头，又摇了摇头。胡成是因为丽阳公主号，一旦揭开这个盖子不仅要牵涉众多人进去，胡成多年的经营也会毁于一旦！

宁悦害怕！她无法掌握那样的局面，她不知道一旦置身那个旋涡里，还能不能保护好身后的娃娃？

秦灿执着地等着，等了很久，宁悦一直低着头，深深地低着头，泥塑木雕一般，没有任何回应！

宁悦走出办公室，才想起自始至终，自己的问题都没有解决。看着已经习惯办公室生活的儿子，不安的感觉再次浮起来。接下来，胡成会采取什么举动呢？自己已经把手里的底牌亮出来了，那么该怎么打下去呢？

慕晓下午打来电话，问宁悦是否要根据新提交的证据，申请冻结。宁悦问有多少钱？慕晓犹豫了一下，说基本都是空的。

“阮美英？对么？大多数都是阮美英。”宁悦问。

慕晓说是。

宁悦叹了口气，问：“他那么信任阮美英，为什么不娶她做老婆，反而祸害我呢？”

慕晓无言以对。所谓至亲至疏夫妻，对胡成那种多疑的人来说，枕边人大概才是最让他害怕的吧？可是这些，怎么向宁悦解释？又或者，宁悦根本不需要答案。

宁悦让慕晓等一下消息，放下了电话，拨通卓浩的手机。卓浩也在找她，他告诉宁悦有人在查宁悦的消费记录，可能跟自己有关，估计是胡成想从这里打开缺口。宁悦告诉卓浩，自己都是付的现金，胡成可以查出来他损失了一大笔取现的费用。

那时候，她频繁取现，胡成也问过用途。当时的解释是菜市场和小卖部没有刷卡机，自己的手机也不经常带，所以还是有点现金方便。胡成并没有怀疑。

“胡成找到你银行的保险柜了。”

宁悦谢了他，没说怎么处理。卓浩没有追问。他想起是宁悦给自己的打电话，忙问她有什么事？

宁悦说承平保世的钱都是胡成以阮美英的名义委托理财的，现在没办法弄出来。问卓浩有没有办法？

承平保世和胡成的关系就是卓浩查出来的，资金流向他自然最清楚。卓浩想了一下，说：“如果走法律程序，费时费力，而且就算法院确认了阮美英和胡成的委托关系，估计钱也都走了。有部分钱是外流的，但是帮他弄出去钱的那部分人最好不要碰。”

宁悦想了想：“胡成早就有海外置业的打算，以他现在国内的发展情况来说，为了投资把钱弄到海外，并不现实。所以，极有可能是买房了，很有可能是加州的学区房。你能帮我照这个思路查一下吗？”

“他买国外好的学区的房子，肯定是为胡子渊考虑，难道没跟你商量过吗？”

宁悦沉默，她微微抬头，看到桌上儿子的照片，“他眼里没我。”

在胡成眼里，胡子渊是第一位的，也是唯一的。孩子的母亲？提供子宫，提供劳力，唯独不必提供脑子，甚至都不必有人格。

“妈妈，可以陪我玩一会儿吗？”胡子渊走过来，轻轻扯了扯宁悦的衣袖。宁悦微笑着从抽屉里拿出一本《声律启蒙》，“走，我们出去晒晒太阳，妈妈给你讲一个凉州词的故事。”

胡子渊原本有些小心戒惧的小脸，立刻灿烂起来，牵着宁悦的手走出办公间。

钟天明抬头看了看旁边，潘洁正望着那对母子消失的背影发呆。他想说些什么，可许多事大概都得先自己想明白才能听得进别人的劝吧？

钟天明低头去忙自己的，办公室里又恢复了安静。

“‘冯妇虎’讲的是一个叫冯妇的人，他原来力气特别大，可以上山打死老虎。”

“妈妈，打老虎是犯法的。”胡子渊认真地纠正。

半楼的天台上，下午的阳光暖暖的照在母子俩的身上，小朋友认真地纠正着妈妈的“错误”。宁悦愣了一下，笑道，“古代老虎多人少，能打虎的都是为民除害的英雄。”

“啊！以前的人真厉害，能打老虎才能当英雄。现在的打打老鼠就算除害了。”

“啥？”

“天明哥哥讲的。除四害啊！”

宁悦嘴角一阵抽搐，这个好像没错，但听起来怎么那么不对味儿呢？

笑声从身后传来，宁悦扭头去看，见罗雅婷正站在身后。宁悦站起来，胡子渊也拉着她的手，咬着下唇盯着罗雅婷看。

罗雅婷扫了一眼胡子渊，立刻把目光挪走，只看着宁悦说：“原来冯妇是个人名啊？我还以为是个姓冯的老女人呢。”

宁悦笑笑，问：“罗总找我吗？”

“秦灿都跟我说了。如果真的有那种事，而我们却查不出来，那就真的得自己走人了。”罗雅婷顿了顿，看着宁悦问，“何宽的事情，你去处理。然后交给我一份报告。”

“可是……”

罗雅婷已经走远了。

宁悦无奈地叹口气，心里却并没有面上的那么着急。接下来她要做的，就是在何宽和公司之间搭一座双方都能接受的梯子，各自鞠躬下台就好。比起找碴儿，她其实很喜欢这种和稀泥的事儿。

胡子渊摇摇妈妈的手：“冯妇到底是男的还是女的啊？”

宁悦斟酌着：“如果看原文的话，其实孟子也没说冯妇是男是女。只是说这个人力气大的可以打死 老虎，但是后来书读得特别好，成了一代大师。你觉得冯妇一定会是男的吗？”

胡子渊歪着头，认真地想着：“我们幼儿园的 lily 力气就特别大，我看她长大了就能打老虎，夏夏特别聪明，老师都说她是小博士，啊呀！力气又大学习又好的，一定是女生啊！”

小家伙拽着妈妈的手，一路嘟嘟囔囔地返回办公室。宁悦听着，嘴角的笑容挂到一半却又僵住。这孩子，怕是想小伙伴了吧？

宁悦后来补充的材料，主要是针对国内房产的资金来源做的进一步详细调查，以及茗都餐饮和其他承租人支付的租金情况。这些都是慕晓和卓浩里应外合拿到的，没有慕晓申请的法庭调查，银行不敢给。没有卓浩的明察暗访，法庭也不知道该找谁要。至于宁悦口头对胡成说的那些，纸面上是体现不出来的。正如宁悦说的，还有机会和解。否则就不是宁悦而是检察院来提诉讼了。

宁悦自然不是吓唬人。至少现在，秦灿和罗雅婷已经行动起来。陈总陈平章已经是惊弓之鸟，王明城此刻一定会找胡成的。胡成就会知道，宁悦说的是真的。

胡成安抚完王明城，感到身心俱疲。这么多年，宁悦在他心里的存在感是越来越弱，有时他甚至觉得自己和阮美英更像是夫妻。

想起阮美英，就会想起她拿手的毛血旺，想起厨房里飘出来的母亲做不出的味道，想起虽然俗气却让人放松的铺着白色绣花针织外套的柔软沙发。

宁悦呢？那个家里的一切都是他儿时就熟悉的，包括味道、陈设、风格，甚至洗发水都是他妈妈身上常年保留的。没有宁悦的东西，没有她的味道，没有她的风格，她生活在这里十几年，却没有留下一丝个人的痕迹！

他记得刚开始好像有那么一段时间宁悦是有味道的，是有自己的影像的。但是不知道从什么时候起，他变成了一块夹心板，母亲的房间和宁悦的房间总是他必须做的一道选择题。然后宁悦就不吭声了，关上门，也把他关在外面。

那个家，是他妈妈的家。

阮美英这里，才是一个有妻子的男人应该生活的地方。

宁悦安安静静地从那个家里抹去了自己存在的痕迹，同时也抹去了一个成年女人营造自己家庭的机会。因为婆婆的强势和嫉妒，因为丈夫的背叛和谎言，她怀着寡妇一般的心态生活在那里。而胡成，则在彻底忽略了宁悦的需求后，打破了宁悦关于安全的最后希望。一切，从那时候开始，就变得不一样了。

宁悦动起来了，一步步，强势而不容置疑地走到他面前，然后走开。胡成并不愿意打破这种平衡，然而他的挽留换回来的，是宁悦最凌厉的攻击。

胡成想，宁悦做得对，这才是真正的宁悦。田秋子没有她通透，阮美英没有她狠戾，为什么自己一直会以为她是最没用的那个呢？

电话响了，胡成看了看，是阮美英打过来的。

胡成想起来，几天前阮美英打电话说，半个月前看到一个男的老在门口转悠，瞅着面熟，后来想起来是曾经来餐厅做了几天短工的赵远。不过他看起来像不认识自己似的。而且女儿租房子的那个小区的中介还说有人以前打听过那房子的租金，问她愿不愿意转租？自己当着玩笑就多问了一句，没想到中介说有意要租的人叫赵远，这也太巧了！问他该怎么办？胡成说让她下次见了照个照片，阮美英说餐厅用人有存档，这几天有时间找找。现在电话打过来，赵远的照片找到了。胡成看着照片，左看右看，总觉得自己似乎见过这个人！

他正看着，胡成妈走过来，瞄了一眼，说：“啊呀，这不是宁悦的同学吗？我见过他来找宁悦。”

“哦？什么时候？”

“两年前了。没进门，就在门口跟宁悦说了两句就走了。不过我看的清楚，就长这样。”

“您怎么知道是宁悦同学的？”

“我问宁悦，宁悦自己说的，叫卓浩。”

“您怎么记这么清楚？”

“宁悦来家这么多年了，尤其是怀孕以后，接触过的男的，除了快递，大概就他一个人了。唉，上什么班啊！好好在家守着多稳当！非要去上班，什么乱七八糟的男人都能碰上！”

胡成心里堵，听不下去抱怨，含糊地应了几句，起身回了书房。

胡成妈瞅着儿子关上房门，转身回屋问老头子：“你说胡成和小阮不会也……”

胡成爸看了老婆一眼：“没影的事儿，别瞎猜！还嫌不够乱！”

胡成妈完全屏蔽胡成爸的警告，自己嘟囔：“唉，不会的，胡成绝对不会做出这种事！兔子还不吃窝边草，小阮不是田秋子那个狐狸精，不会带坏胡成的。”

胡成爸看了老婆一眼，欲言又止。

未　来

宁悦做好了晚饭，胡子渊吃得很香。然而直到孩子都睡了，给卓浩留的饭还是没人来吃。难道今天卓浩不回来了？

一般来说，如果不回来，卓浩会打个电话或者发个信息，怎么今天一点动静都没有呢？

莫名的不安笼罩着宁悦。她翻开书，对着黑色的字体发呆，良久才发现自己连第一行都没有读懂。干脆拿出 mp3，打开德语听力，摊开纸笔，强迫自己集中注意力完成一天的听写任务。

电话震动起来，宁悦一把揪掉耳机，抄起手机一看，却是一条留言："你马上开门我到了，报纸在门口顺便拿了，警务周刊 4 也到了。"

宁悦纳闷地想：什么警务周刊？从没见卓浩往这个地址定过杂志啊？她一寻思，大惊失色！赶紧翻出卓浩留给她的一个电话。刚入住的时候，卓浩就叮咛她，遇到紧急情况，给这个朋友打电话比直接报警管用！

门口传来开门声，紧接着是钥匙转动的声音。宁悦后背冷汗涔涔，回头看看儿子睡觉的房间，安安静静地没有动静。

"砰砰砰！"有人敲门。

宁悦早就关闭了房间所有的灯，趴到猫眼儿上看，门外走廊灯已经自动点亮，卓浩立在门外，神情疲倦。宁悦试图看清楚左右，却只能看到巴掌大的一块地方。这扇门和对面的那扇门只有三步远，来人都是从左侧拐过来。猫眼儿的视线也不过这三步的距离。

“开门，我回来了。”卓浩的声音有些嘶哑。

宁悦没吭声。

过了一会儿，手心里传来震动，是卓浩的来电。宁悦依旧没理。静夜里，她能听到自己的心跳。她想拿把菜刀不顾一切地打开门！但是身后有一条长长的尾巴被门夹住，剧痛告诉她，不能动，绝对不可以！就算这时候蹦出七八个人，拿刀捅卓浩，你也不能开门！

装！就当屋里没人！

走廊的灯灭了。几声钝钝的闷哼传来，门重新被敲响。

宁悦慢慢后退，她把注意力全部集中在这扇门没装门铃，不会有太大的声音这件事上，然而一声声的敲门声，还是像重锤一样在屋里回荡。宁悦惊恐的一遍遍在卧室和门口之间扫视……突然一声细微的声响从卧室里传来，宁悦转身冲过去，在卧室门口轻轻停下，打开门，借着外面的广告灯光，看到儿子只是翻了个身。

宁悦重新关好门，冲到客厅的窗户向外看。一眼就看到青灰色的树顶闪着红蓝交替的光晕，再向下看，一辆警车静停在那里！一直吊着的一口气突然松了下来，宁悦两腿一软，瘫坐在椅子上。

门外一度变得嘈杂，呼喝声、碰撞声、巨大的关门声和追赶声，大概十几分钟后，一切都归于平静。

宁悦收到了一条消息：“没事了，好好休息！”

宁悦爬上窗户，看到几个人正走进那辆警车，其中一个人影一瘸一拐地正准备上车，却又突然停下退了出来。直觉让宁悦抬起手，贴在了窗户上。

然而夜色朦胧，什么也看不清。

第二天一早，宁悦领着孩子打开门准备上班，却惊讶地看到秦灿靠在门口的墙边睡着了！

听到开门声，秦灿哼了一声睁开眼。看到宁悦和胡子渊，先和胡子渊打了声招呼，然后对宁悦说："走吧，我来接你们。"

胡子渊睡地神完气足，大声得说："老板，你来得好巧！妈妈今早煮的馄饨你都没吃上！"

秦灿看了一眼宁悦，"好啊！算你妈妈欠我一顿，好不好？"

"嗯！妈妈还包了包子给我带，我中午请你吃好不好？"

秦灿摸摸胡子渊的头，对宁悦说："你把他教得这么大方，不怕将来吃亏吗？"

宁悦微笑着低头对一脸莫名其妙的胡子渊说："我们对自己喜欢的人才大方，不喜欢的才不理，对吗？"

胡子渊重重地点头，一边走进电梯一边说："对！我连屁都不给他！噗！给个假的！"

秦灿最后一个进来，听了这话大声地笑了出来。

车上，秦灿说："卓浩给我打电话了。他已经被人盯住了，不放心你们，让我过来接一下。"

宁悦摸着儿子毛茸茸的小脑袋，没有立刻搭话。昨夜失眠，她一边包包子，一边想着对策，对今早可能的情况做了许多预设，唯独没想到秦灿会来。

"你什么时候到的？怎么不进来？"宁悦问。

"接到电话就来了。怕影响孩子休息，就没敲门。后来睡着了，你开门才醒。"秦灿眨眨眼，似乎还有些困意。

宁悦点点头，默默接受了他的好意。大家都在不遗余力地帮助她，沉沉的压力落在心头，让宁悦一时不知如何说话。

宁悦的工作现在已经不仅仅是行政助理，潘洁把许多钱律师的案头工作转给宁悦，基本上，宁悦又兼职了钱律师的助理工作。钱律师最近正在协助公司调查销售中心的事情，宁悦本不愿意被牵涉，此时也不得不参与。她开始怀疑，自己是不是被人设计了？

"田秋子怀孕了。"茶歇的时候，潘洁找到天台，对领着孩子晒太阳做运动的宁悦如是说。

胡子渊抬头看看妈妈，宁悦瞅了一眼潘洁，没接话茬，继续为胡子渊打着节奏跳跃。

潘洁也看了看胡子渊，正对上一双乌溜溜充满探究的眼神，原本的情绪里突然多了一丝迟疑。

两人就那么站着坐着，沉默在此间蔓延，却并不显得尴尬。

胡子渊重新沉浸到欢乐跳跃中，这是他在体能课上学的内容。虽然不上课了，但宁悦一直按照老师教的程序，尽量让胡子渊运动起来。实在没有器械的，她也找来桌子椅子，扶着孩子上上下下地跳。一通折腾，母子两个都气喘吁吁，亮晶晶的汗水在宁悦和胡子渊的额头闪烁。宁悦掏出毛巾，细细地擦拭，然后又擦干孩子的后背，顺手隔着衣服在后背从上到下呼啦了几下。

潘洁忍不住好奇地问：“为什么要这样？汗不会把衣服弄脏了吗？”

宁悦笑着解释：“衣服脏了可以洗。但是这样搓两下，可以防止因为出汗造成的衣服变凉激到毛孔打开的后背，避免感冒。”

潘洁羡慕地说：“你这孩子带的，讲究真多！小时候要是我妈做这个动作，多半是揍我！”

宁悦也调侃道：“现在都不让打孩子了呢！超羡慕以前的爸妈，一巴掌解决所有问题。”

胡子渊不高兴了：“不能打小孩！找警察叔叔抓你！”

宁悦笑着回应认真的小孩，顺手为他披上外套，招呼潘洁走进办公间。

胡子渊抱着手机开心地去玩游戏，这是他努力锻炼换来的奖励。只有宝贵的十分钟，连钟天明招呼他吃东西都顾不得。

宁悦和潘洁走到另一头，抱歉地说：“对不起，孩子大了，大人的事不好当着他面讲！”

潘洁已经不介意，“这几天看你带孩子，真挺不容易的。我要碰上你这种事儿，别说控制着不打孩子，就连笑脸我都给不出来！”

宁悦摇摇头：“本来一切就是为了他，如果再让他受影响，我几年就白牺牲了。对了，你找我什么事？”

潘洁仔细看了看宁悦才说："本来是有事的，但是现在已经没事了。"见宁悦不解，潘洁继续解释："我最近看你不顺眼，甚至很讨厌你。你知不知道你自己有点卖可怜，让大家帮你？我很看不惯！"

宁悦脸上热辣辣的，但还是诚实地点了点头。

潘洁说："田秋子跟我家有点关系，她知道我是你的同事，有些事也是故意让我知道，包括她怀孕的消息。"

"我知道田秋子希望我知道，可是你为什么愿意告诉我？"

"我也不知道。或者我只是好奇你会有什么反应吧？"潘洁顿了顿，终于说，"我同情田秋子！"她咬着下唇，等宁悦的反应。

宁悦只是点点头，并没有什么评价。

潘洁说："我不同意她的做法，但我理解她。她只是爱上了不该爱的人，这种事谁也没办法控制。"潘洁原本搭在挡板上的手臂忽然环抱，语气倒也还平常。

宁悦看了一眼她的手臂，点点头："理解。我也曾经爱上过不该爱的人。"

潘洁挑眉。宁悦苦笑，冲着胡子渊一挑下巴："他爹。"看潘洁露出不以为然的表情，宁悦说："这和结婚没关系。看人不长眼，自己管不住自己，结不结婚都已经错了。你觉得，我比田秋子幸福吗？"

潘洁不说话了，良久才叹口气说："你是知道的，对吧？"等了一会儿，才自言自语似的，"你觉得我真的错了吗？"

"他是个好人，但是好人和适合你的人是两回事。罗雅婷嘴巴刁，但还是很有眼光的。她的评价，你应该考虑。你可以无条件在心里美化一个人，把他当作完人供奉起来，去惦记他一辈子，都没问题。但是，如果要把爱说出来或者做出来，就要想一想这个人的缺点，是不是你能接受的。"

潘洁低头沉默许久。宁悦等了一会儿，见她还在发呆，微微摇头，想去找已经到时间的儿子，忽听身后细细的声音说："谢谢！"

钱律师拿回来一堆的合同和协议，让宁悦帮着分析一下。一上午，宁悦也没做多少。钱律师电话追过来，隐晦地催着宁悦。宁悦才知道，罗雅婷她们似乎已经找到什么很重要的线索了。钱律师这边进度太慢，被罗雅婷点名批评。秦灿去开会一直没回来，估计也是这件事。

宁悦的进度的确很慢，因为她早就知道真相，现在所做的不过是用来向胡成施加压力。从表面上看，胡成把这件事弄得很平。从账面上看，王明诚做的可能有点问题，但都是为公司，不会出现大的纰漏。除非王明诚还和别人有勾连，否则问题不会出在胡成这边。但是，宁悦也不着急，她要的就是这种压力。胡成那边没歇着，罗雅婷这边追得急，对宁悦是一件好事。

吃过午饭，潘洁主动把文件要去一大半，说是提高效率。

看到她的笑脸，宁悦心里一轻，这孩子心思转得还真快。再看钟天明又贱兮兮地趴在护栏上逗潘洁，宁悦笑了。有错就改，什么时候都不晚。

秦灿是个不错的对象，但他心里有一大片阴影，不是随便哪个女人可以承受的。

两点多的时候，慕晓打来电话，告诉宁悦收到法院再次开庭的通知了，在三天后。估计这次应该能判了。放下电话，宁悦想起昨晚，又看看一边玩耍的儿子，微微闭了眼：不管怎样，终于要走到结局了。

同样的时候，胡成也说出了同样的话："没关系，她总不能这样一直带着孩子！总得去送孩子上学吧？总得去让孩子学的东西吧？她那种人，能舍得一直这么关着孩子！"

胡成妈搓着手："可是万一法院判给她呢？你说什么都晚了啊！"

"法院？法院判得太多了！哪个管用！"胡成冷冷地说，"判了才好呢！正好让那女人放松下来，我们就能找到子渊了。只要孩子在我们手里，隔上几年见不到，心里也就没那个娘了！"

胡成爸点点头："是这个道理。胡成，你要小心。我看宁悦好像找了些帮手，她虽然是个女的，但是既然敢用刀子伤你，那心眼儿也是狠的，你可要想明白！"

胡成说："爸，你放心，我对她没什么感情了。她即使要回来，我也不想要了。等我找到子渊，就找个阿姨，帮着你们好好带孩子。其他的事情，慢慢再议。"

胡成爸点点头。

胡成妈在父子俩之间看了又看，几次欲言又止了。在胡成走后，还是忍不住嘟囔了一句："那没妈的孩子，唉！"

胡成爸瞪了一眼老婆："这时候你还想什么！孩子没妈，不是还有我们吗！"

胡成妈撇了撇嘴，站起来去了厨房。

这时，门铃响了。胡成妈顺便去开门，看到来人，她愣了。

田秋子笑面如花地站在门口："阿姨，我来看看你。"

胡成妈扭头看看沙发上的老头，又看看田秋子，有点不情愿地说："你来干什么？我家被你折腾得还不够吗！"

田秋子说："阿姨你可冤枉我了。我来是有件喜事告诉您。"

"什么事，你就在这儿说吧。"

田秋子看了看屋里。胡成爸坐在沙发上没动，胡成的影子也没见到，胡成妈还是那副嫌弃的嘴脸。压了压火气，田秋子才笑眯眯地说："我怀孕了，是胡成的孩子。您看我是进屋说呢，还是站在这里说？这里里外外都是邻居的。"

胡成妈眨了眨眼，愣在那里。田秋子一个轻巧的侧身，进了屋，大大方方地找了个椅子坐下了。

胡成坐在办公室暗暗得意。能够以牙还牙，是一件多么爽快的事情！

当初宁悦一刀把他送进了拘留所，给他安上了家暴的帽子，彻底切断了他从合法途径取得孩子抚养权的机会。现在终于轮到他来有样还样儿的报复宁悦了！

胡成看看表，这个时候，宁悦应该已经被警察带走了吧？那么子渊是不是就没人带了呢？也许宁悦会给自己的打电话，不不不，是警察会给自己打电话。自己毕竟是孩子的亲生父亲，不给自己打还能打给谁呢？孩子的妈妈可是涉嫌杀人啊！唔，女人的嫉妒可是很可怕的！被嫉妒冲昏了头，拿起刀子捅一下，多么合情合理啊！

胡成忍不住笑出来，他为自己这个创意太得意了！只是不知道田秋子有没有什么问题？想起她腹内的孩子，胡成忽然觉得有点可惜。如果自己早点想出这个办法，或许不必拿孩子冒风险。转念一想，以田秋子的性子，张狂是有的，狠戾却是不足。不到山穷水尽，她也下不了那么大的决心，肯为自己做出牺牲。

这一点，她还真不如宁悦。胡成收敛了笑容，想起宁悦的所作所为和她手里的东西，脸又阴沉下来。只要宁悦把东西交出来，自己还是可以给她一次好好做人的机会的。

胡成抬头看了眼挂钟，已经中午两点了。自己叮嘱过田秋子，务必选在人多的时候，要让尽可能多的人知道。都这个点了，怎么一个电话都没有呢？

正想着，电话突然响了。

胡成一把抓过来，却是宁悦的来电！

“胡成，你知不知道我为了那个动作练了多久！”宁悦劈头盖脸一句话，说的胡成心头一跳，还不容他缓过来，宁悦说，“你完了！”

啪！电话挂断。胡成愣了一会儿，忽然疯了似的跳起来，抖着手拨打田秋子的电话，可是电话那头始终没人接。响了很久，终于有人接起来，却是宁悦：“富田天使妇儿医院。”然后挂断了。

宁悦交完费，回头看看紧闭的手术室大门，宁悦转身离开。不足三个月就急吼吼地出来折腾，孩子能保住才怪！

可是，这跟她有什么关系呢？就在刚才，若非她足够机警这时候恐怕已经进派出所等候审讯调查了！

宁悦的心蓦然收紧，额头冷汗大滴大滴地冒出来。扶墙站了一会儿，才慢慢缓了口气——差一点，就差毫厘，她就失去胡子渊了！都怪身后这个躺在手术室里的蠢货！

宁悦恶狠狠地盯着手术室看了一眼，雪白的墙和苍白的门，只有一盏红灯刺眼的亮着。

“活着吧！你要好好地活着！报应才刚刚开始！”

宁悦踉跄着走出去。她的出租车和胡成的车擦肩而过，彼此怨憎的两个人竟然毫无所觉！

潘洁和罗雅婷肩并肩坐在会议室里，从彼此的眼里看到惊惧和害怕。罗雅婷想伸手安慰一下潘洁，却找不到举起胳膊的力量。

今天罗雅婷来分公司开会，中午时顺便找宁悦和潘洁还有钱律师了解销售中心的调查的进度。因为到了饭点，四个人一起下楼去咖啡厅边吃边聊。然后就遇到了田秋子。

田秋子先是盛气凌人地告诉宁悦自己怀孕了，很受欢迎什么的，接着就是各种侮辱宁悦和胡子渊的话，宁悦本来想发火最终还是克制住了。潘洁看不过眼，上去让田秋子赶紧回去不要在这里现眼。就那么一挥手，田秋子尖叫一声退后，说宁悦打人。

潘洁吃惊后退，让出宁悦，田秋子突然扑过来抓住宁悦。场面就那么混乱起来，紧接着，就听田秋子喊“杀人了”的同时，宁悦和田秋子同时仰身后到，一把刀子从田秋子的手中飞了出去，落在地上！

大家还没反应过来，宁悦已经站起来一脚把刀子踢飞，再一转身一脚踩在田秋子的手上，喝道：“别动！你没受伤！”

大厅里有那么一会儿的安静，田秋子举起自己摸着腰部手，果然白白净净没有任何血迹，露出不解的神情。

罗雅婷就见宁悦松开脚，一边后退一边说：“你以为把自己手里的刀子递给别人，然后拽着别人捅自己是一个很简单的动作吗！”然后，田秋子就扑过来，不管不顾地和宁悦撕打。早有防备的宁悦闪身一躲，田秋子不提防撞到了桌子，把站在桌子边的罗雅婷撞倒！田秋子误以为罗雅婷是宁悦，上来一通撕抓，宁悦和钱律师再过来拉开，罗雅婷已经被吓倒了！

田秋子被保安抓着不能挣脱，便大喊：“我怀孕了，谁敢碰我！宁悦，你嫉妒我，现在我就让你打死我！”男人们面面相觑地松开手，田秋子再次追打过去。

宁悦连连后退。潘洁看不过，上去拉田秋子，让她冷静些。没想到田秋子一个转身，发现自己正站在被踢开的刀子边，一弯腰捡起刀子，随手一划！刷！寒风从潘洁的身前掠过，脖子上微微一热，潘洁吓得脚下一软，摔倒在地。

田秋子没人拦了，更像是疯了一般，拿着刀子追打宁悦。宁悦跑开一段距离，突然指着田秋子大声喊："血！你的孩子没了！"

众人这才发现，田秋子宽松的麻质裤子上，染上了斑斑血迹！

田秋子手里的刀子哐当落地，站在一片狼藉中，晕厥了过去。宁悦招呼了保安经理一声，带了两个保安直接把田秋子抬上罗雅婷的车，送去了医院。

不知过了多久，好像很短，又好像很长，钱律师、钟天明和秦灿推门进来。钟天明看到她们这样，赶紧说："没事了。派出所那边已经说清了。"

"她呢？"潘洁结巴着问。

秦灿一愣，钟天明说："宁悦送那女人去医院了。"

罗雅婷接过钱律师递过来的热水喝了一口，才缓过神来，深吸一口气说："她居然还能送她去医院！"

秦灿这回听明白了，想起匆忙赶来时，正碰上宁悦招呼人带走田秋子。那时宁悦的表情，绝对不是救死扶伤的慈善，忍不住打了个寒战。突然有点担心宁悦把人扔在半路上！不过，想起车上还有两个保安跟着，应该不会有什么意外吧？

罗雅婷又喝了口热水，慢慢缓过神，智商跟着也复活，接着自己的话说："她应该气疯了吧？肯定是。不过，她能叫保安跟着，没有自己带走人，就说明不会有岔子。"说完，还是有些不确定似的，抬头看了眼秦灿。

秦灿不由自主地点了点头。他对今天发生的事很后怕。

潘洁摇头："田秋子太过分了！要我才不理她！"

罗雅婷说，"如果田秋子有什么意外，宁悦可能就连明天的开庭都不能参加了！"

办公间一时静下来，大家都是明眼人，冷静下来，前后一联系，都忍不住打了个寒战！

宁悦推门进来的时候，看到的就是这样的场面。她手里那一叠厚厚的文件，无一不昭示着在座的各位，休息结束了！

宁悦先看了一眼在座的各位，深深地鞠了一躬，"谢谢大家！打扰了！"

秦灿赶紧过去扶起她，"别这样，大家都是同事。"

宁悦点了点头："我会给大家一个交代的。"她走到罗雅婷身边，把手里的材料递过去，"这个，加上这几天你们找到的东西，足够检察院立案了。"

罗雅婷抽出来看了看，倒吸一口冷气。秦灿狐疑着走过去，也看了一眼，道："原来是这样洗的！"转头问宁悦，"你怎么才拿出来？"

"这是我的底牌。本来我是希望给胡成一个机会。"

"如果他按照你的要求做了，你是不是就永远不拿出来了！"秦灿的脸色越来越差。

宁悦愣了一下，先扭头看了一眼茫然的潘洁，然后扭头对秦灿认真地点点头，"是的！我没有那么大的理想，没有那么美的情怀，我心里只有孩子，只有我自己。公司保护了我，同事帮助了我，可是对不起，我不能拿我的底牌来报恩！因为我不知道，一旦牵涉进去，还能不能有力量保护我的孩子！"

秦灿脸色更差，重重地把文件扔到桌子上，"你！"

"秦灿！"罗雅婷开口打断秦灿的话，走到宁悦面前，对宁悦说，"虽然我没孩子，但是我知道一个女人带孩子的不容易。"她顿了顿，开口，"我和胡成离婚的时候，查出来有身孕。我打了。因为我没有勇气自己一个人把孩子带大。我嫉妒你有胡成帮助，可以生出胡子渊，嫉妒你们曾经一起养育一个孩子。但是，现在我知道，你比我更勇敢。你做出的牺牲，是我不敢付出的。我没有你那么大的勇气，也舍不得牺牲自己的后半生去将就一个孩子！我为了我自己，牺牲掉一条在我腹中鲜活跳动的生命。可是，没有人知道，当我再也听不到自己肚子里的心跳声时，我拿着没用的胎心仪足足哭了一整天！"她把手搭在宁悦的肩膀上，"我嫉妒你，也伤害你，但是我承认，你已经做得很好了，没理由再要求你什么。"她指了指桌上的文件，"这个东西，你给我，我谢谢你。你不给我，我也能查出来，这不是你的义务。"

宁悦抬头看着罗雅婷，突然低下头去，只有双肩在微微的耸动。

开庭之前，宁悦接到秦灿的消息：王明诚被抓起来了，但是胡成找不到了。在法庭上，胡成没有出现，旁听席里也没有。

罗雅婷做得很地道，一直压着那些证据，等到离婚判决出来后，才整理好过了一个月交给检察院，给宁悦留足了充分的时间。

离婚判决下来那天，胡成没来，宁悦拿到了孩子的抚养权和比自己想要的更多的财产。胡成的父母在庭审结束后拦住宁悦，要和她拼命。这当然不可能，宁悦冷冷地看着他们被法警带走，听着他们大声地诅咒自己，只觉得是一阵阵的狂风，她只要忍着等着，这一切终究会消失。

判决是一回事，执行是另外一回事。

宁悦并没有要胡成父母住着的房子，但是承平保世名下的查明和胡成有关联的两处房产被查封了。

承平的老总二话没说，痛快地让人办了手续。宁悦走的时候，他从停车场的一侧走过来，一脸苦笑地问："宁律师，我被你和胡成害得好苦。"

宁悦说："何必呢？胡成还有钱在你这里，房子我也没要全部，你其实没损失多少。找我说这些，为什么呢？"

承平的老总脸上下不来，左右看看，才眯缝了眼睛说："胡成找不到了，我希望你就此打住，大家都还好说。"

宁悦上下打量，忽然笑了："贺总，恐怕你还是知道什么吧？否则何必这样威胁我！不如这样，我送你一句话：船要沉了，最好的办法就是弃船逃生。"

宁悦开着自己的车离开。

是的，这辆奔驰终于是她自己的了。她再也不必担心被人跟踪，或者扣押了。下一步，就是给孩子找个地方上学，上课，恢复正常的生活！

然而，宁悦还没有来得及规划她的新生活，沉船上的老鼠就找过来了。不过不是贺总，而是阮美英。

"我的餐饮公司因为胡成涉嫌洗钱行贿的案子被封了，你满意了！"阮美英话是这么说，脸上却没什么怨恨的表情。

宁悦是在卓浩家的楼下被阮美英堵住的。她抬头看看窗户，想：从地点的选择上来说，阮美英也比田秋子厉害。既然阮美英能确定自己的住处，想来胡成也应该知道。

阮美英看出了宁悦的想法："是胡成告诉我你在这里的。他不太确定，因为上次他找了几个地方，这里不过是其中之一。"她顿了顿，"我觉得你应该住在这里。”

“为什么？”宁悦好奇地问。

阮美英下巴抬了抬，指向小区铁艺栏杆的外面。隔着一条停满汽车的街道，对面是一条沿河绿色公园。公园里，许多孩子在大人的陪伴下奔跑玩耍。

“如果是我，我也选择这里。”

宁悦看了一眼，笑道：“果真！你不提醒我，我都没注意到有这么个地方。”

阮美英脸色变了变，却没再说下去。话不投机，那就没必要客气了。

“妈妈！”胡子渊不耐烦地摇了摇宁悦的胳膊。宁悦低头安抚了一下儿子，问阮美英，“还有事吗？没事我先走了。”

“我知道田秋子也曾经和我一样，站在这里对你说你赢了，那时候你也是没什么反应。”

这些应该是胡成从田秋子那里听到，转述给阮美英的。宁悦的心里刺痛了一下。她的感情被人刺得遍体鳞伤时，自己的老公却拿来当笑话和另外一个女人讲。这种刺激，换了谁都承受不了。

宁悦不着痕迹地握了握儿子的手，自失地一笑：如果自己被阮美英激怒，接下来她想得到什么呢？

“应该是胡成告诉你的吧？”宁悦把被激怒的冷笑挂在脸上，微翘的嘴角说不清是嘲讽还是愤怒。

阮美英不慌不忙，点点头，依旧温和地说：“他说你是个……”她顿了顿，似乎不太愿意说出那个词儿。

“我应该赏你一巴掌，还是现在当众让你滚？”宁悦尽职地扮演一个被激怒的角色。

“妈妈，骂人是不对的。”胡子渊说。

宁悦抱歉地笑了笑：“对不起，妈妈不该骂人。可是如果是个动物，不会走路，只能在地上转圈走，是不是应该说滚呢？”

阮美英的笑容终于出现一丝裂痕，“和你相比，田秋子的确太嫩了。难怪她现在除了躺在医院里，什么也做不了。”

宁悦心里终究有些动怒，转身绕过阮美英，就要离开。

阮美英说：“我是来讲和的。胡成想和你私了，他知道你还有东西没有放出来。”

宁悦站住，低声道：“怎么可能！”

阮美英说“现在的东西，足够王明诚进去了，但是胡成行贿的证据却不足。承平保世那里，胡成的财产也没有完全被动，他说走到这一步，你没理由只有这些东西。所以，他希望和你私了。”阮美英顿了顿，“他让我来跟你说。”

宁悦转身仔细打量阮美英，思索了一阵子，迟疑着道：“你根本不希望我和胡成私了！不不不，你根本不希望我接受胡成的条件，或者说，你希望我拒绝他的讲和！为什么？”

阮美英垂下眼，没有说话，似乎已经言尽于此。

宁悦细细想了一遍，说道：“胡成让你来讲条件不假，你却故意卖弄自己和胡成的亲密，试图激怒我。倘若我真的被你激怒，接下来无论你说什么我都会拒绝。那么，你的目的是什么？”

阮美英笑了：“看来你没被激怒，是我太着急了，应该再说一些的。”

“虽然你很厉害，可是我被田秋子激怒了四年，被胡成激怒了八年，你觉得你还需要多说多少？我建议你打开天窗说亮话，我或许可以考虑。依我看，你的建议未必是胡成希望的。”

“之前，我还担心你心里多少还惦记着他。毕竟，到了这个时候，你居然还有后手没放，我也需要考虑一下是否余情未了。”

“如果你没什么要说的，我要回家了。”宁悦已经决定马上搬家了

阮美英说：“我知道胡成的一个账户，他从我这里搞到的钱大部分走那个账户。另外，胡成还有一个保险箱，里面应该有许多他自己才知道的东西。”

“你想换什么？”

“我要茗都餐饮，还有我和我女儿目前居住的两套房子。”

“不可能。茗都餐饮牵涉太深，我保不住。”

“我要我女儿出国。但是我现在钱都被冻住了。五百万，我都给你。”阮美英知道个中厉害，晓得宁悦也没那么大的神通可以左右检察机关的调查。于是，提出了更具体的要求。

宁悦愣了一下："我记得你女儿才上高一，这么急着出去？联系好了吗？"

阮美英露出烦躁的表情："这你不用管！我们母女都要出去。不，我晚一点走，玲玲马上就走。"

宁悦点点头，"我可以给你。先付你260万，等到我拿到账户和保险箱了，把尾款给你。既然你们母女都要出去，我给你加200万！"

阮美英愣了一下："为什么？"

宁悦垂下眼帘，淡淡地说："你也不过是个妈妈。"

阮美英的表情终于裂了，露出似哭似笑的样子，似乎费了很大的劲儿才控制住自己。良久她才点点头："很多人都说过我一个人带孩子不容易，但只有胡成和你是帮我的。"她的表情忽然扭曲起来，在宁悦抬头看的瞬间又强行平静下来，打住了话头，拿出了自己的手机。

阮美英调出一份备忘录，出示给宁悦。宁悦看了一眼，拿出手机拍了下来。立刻转给了慕晓和卓浩，并把情况说明了一下。她做完这一切，宁悦才问阮美英："为什么？"

所有这些女人中，胡成对待阮美英甚至比宁悦都好。阮美英知道这没头没脑的一问，来自哪里。

阮美英的神色突然变得很迟疑，然后轻轻叹了口气："你是母亲，我也是母亲。如果不是没办法，我也不会走到这一步。实话实说，我比你更想把胡成关起来！"

宁悦听着有些吃力，思索半天才明白过来，惊讶地张大嘴说："不、不可能吧！"

"我看着，还不至于太过分。可是玲玲越长越大，胡成又是那性子，总有我防不住的一天。"她使劲地甩甩头，好像被什么很脏的东西抓住，正欲狼狈地甩掉！

宁悦低头看看胡子渊，忽然觉得其实自己还算是走运的。

"胡成已经完蛋了，你还搬什么啊！"卓浩看着宁悦收拾东西，不解地问。

宁悦直起腰，点了点行李。只有两只大箱子，主要是胡子渊的衣服和玩具：“胡成输在措手不及上，所以才会被我一路追打到现在。可是，你觉得他会一直不还手吗？那也太小看他了！”

卓浩摸摸头上的伤：“那家伙是挺狠的。如果就这样乖乖地把东西让给你，我也不信。可是他能做什么呢？”

宁悦摇头：“我也不知道。看到阮美英我心里就不踏实。反正只是搬个家而已，我又不损失什么。”

卓浩忽然不说话了，宁悦顺着他的目光向楼下看，胡成的爸爸正在楼下徘徊。他正绕着宁悦的车转圈，然后在车牌的位置弯下腰，似乎在确认。

“真麻烦！”卓浩嘟囔着，“怎么办？要不下午再走吧。看样子他不知道你住几楼。”

宁悦点点头，叹了口气，正要坐下，胡子渊蹦蹦跳跳地走过来：“妈妈，你看我找到什么了？”胡子渊骄傲的拿给宁悦看。是一个乐高的小零件，他仔细地把小零件拼到暂时放在桌子上的一个怪模怪样类似建筑的模型上，然后拍着手说：“拼好了拼好了！妈妈，我把我所有的乐高重新拼成了一栋大楼，这次我可以要个新的了吧？”

宁悦瞅着儿子，半天没说话。直到胡子渊跑过来摇着她的胳膊，她才如梦初醒的“哦”了一声：“好，一会儿就给你买个新的。说好了，不能超过300元。”

胡子渊欢呼着，又去研究自己的大楼了。

宁悦站起来，对卓浩说：“你帮我看下子渊，我下楼一趟。”

“下楼？”

“我和胡成的事，不关孩子，也不关老人。”

“可他们那样对你！”

“终究没大错。”

宁悦拿着钥匙，叮嘱了一句胡子渊，转身出门了。

“宁悦，胡成失踪好几天了，你知道他去哪儿了么？”胡成爸的腰背都驼了，几天没见，原本花白的头发变得很苍白。

老实说，自从向秦灿和罗雅婷提供证据，宁悦就一直处在高度紧张状态。秦灿和罗雅婷商量了一下，给宁悦和慕晓三天的时间，向法庭申请执行新发现的胡成涉嫌转移财产的账户。至于保险箱的钥匙，宁悦和慕晓商量之后，没有自己去找，而是交给了秦灿和罗雅婷，作为配合警方调查的内容，由公司处理。

虽然具体的事情并不需要宁悦跑太多，可一桩接一桩的等待也令人心焦。表面上，还要维持轻松的状态，期间她甚至带着胡子渊去蹦床公园玩儿了一天！就这样忙碌着，焦急着，宁悦从来没想起胡成的父母。偶尔想起，也不过是一丛丛的怨念，并不多想。

今天拿到执行完毕的财产，尘埃落定的时候，看到曾经熟悉的人，宁悦的怨念忽然没有那么重了。更多的则是想到，若有一天，胡子渊突然不见了，自己只怕比他们更着急？又或者，等胡子渊长大了，自己觉得子渊做得对时候，是不是也会伤害到另外一个人？

一时间，往事就那么在心头聚集又分开，如烟似雾，消散而去。

“我也不知道。”宁悦说。

阮美英提供了胡成的住处，但是警察扑了个空。

“你……求你了！”胡成爸突然跪下，“宁悦，你放过胡成吧！我求你了！”

宁悦吓了一跳，半跪在地上，让胡成爸起来。奈何老头很坚决：“我求你了，胡成妈又住院了。我年纪大了，什么都做不了，求求你，放过胡成。你带着子渊，很好。让胡成回家，我看着他，只让他给我们送个终，还不行吗！”

宁悦使劲儿扶了扶，毫无效果。她干脆松开手，问道：“爸，如果今天被送进去的人是我，我找谁为我向胡成下跪？”

胡成爸惊愕地看着宁悦。

宁悦摇摇头：“我记得父母都去世的时候，胡成对我说，从今往后再也不欺负我了，因为我没有父母可以依靠。那时候，您和孩子奶奶都信誓旦旦地告诉我，你们就是我的娘家。可是，胡成转移财产，你们帮忙隐瞒。胡成背叛家庭，你们假装不知道。胡成对我施加暴力，你们问都不问！胡成做什么都是对的，如果有错处，一定是我的错。我在你们眼里，就是一个吃白饭的，就是胡成的负担，就是你们不得不接济的一个穷亲戚！能带带孩子都是你们的恩赐！这就是你们许给我的亲情和爱护吗？甚至，在知道胡成出轨后，你们还防着我，离间我和孩子的感情。在我忍无可忍搬走后，不是劝诫胡成收敛一下，与我复合，反而处心积虑地想把孩子从我身边抢走！如果那天，法庭判的是胡成拿走孩子的抚养权，你们会想起我还是孩子的母亲吗？如果不是我一点点地调查，你们会主动劝胡成在离婚时对我——他的妻子，他的孩子的母亲，公平以待吗？别以为我不说就是不知道，胡成到底有多少钱，他恐怕没少和你们讲。而且，他的保险箱都是在你们的屋子里藏着。可是离婚时，你们有哪怕一点点对我的怜悯，对我为这个家曾经做出的牺牲表示认同的举动吗？爸！人在做，天在看！你们但凡给我在婚姻里留哪怕一条路，我都不会走到今天！”

宁悦深深地叹了口气，看着已经扶着车慢慢站起来的老人，摇了摇头，转身走了。该说的都说了，该交代的都交代了。曾经舍不得的，曾经怨憎的，就让它们都散了吧！

宁悦打起精神，带着胡子渊开上自己的车，跟在搬家公司的车后面，开向新家。卓浩跑前跑后地帮着搬，宁悦不好意思，却不敢让胡子渊自己待着，只能带着孩子在楼下看东西。

小区不大，却很精致。眼看着东西都搬到楼上，搬家工人和卓浩都累得汗流浃背。宁悦才想起没买矿泉水。幸好，小区出门右转，路边有一家711便利店。

宁悦领着胡子渊走出小区，刚向右转，突然迎面冲来一个男人和一个女人。女人上来抱住宁悦，哭着说：“宁悦，你就算生气也不要带着孩子离家出走啊！”男人则趁机一把抱起愣住的胡子渊，撒腿往路边的一辆小面包上跑。

宁悦一边挣脱，一边大声喊：“还我孩子！”女人却用更大的声音喊：“媳妇你就别闹了，跟我一起走吧！”说这还来拉孩子。

旁观者面面相觑，不知道是怎么回事。有的老人还在旁边劝：“别闹了，回家吧！带着孩子，折腾啥啊！”

宁悦也不知道哪里来的力气，一把甩开那女人，拼命喊着“人贩子”向路边跑去。

人群骚动起来，保安试图找那个老女人问问，却发现人已经没了。路人终于相信这是碰到人贩子了，但是小孩已经被男人已经抱着子渊上了车。车子轰隆隆地发动起来，越来越快。

只有宁悦没放弃，拼尽全力冲到路边，然而车门已经完全关上，车子正全速开过来。

宁悦一咬牙，看都不看，大喊一声：“人贩子，还我孩子！”她冲着开过来的车的车头，张开双臂扑了过去！

尖利的急刹车刺破小区的宁静。卓浩悚然一惊，听外面有人喊：“撞人啦！抢小孩啦！”卓浩撒腿跑了出去！

好在车子是刚刚启动，又刹车及时，宁悦被撞得头晕眼花，却没被拖到车底丧命。人群围住了肇事车辆，车里一胖一瘦两个男人被揪了下来。有青壮的正义人士上来就是一通暴打。直到闻讯赶来的警察把他们分开，那两人才有机会哭出声来。旁边，被吓坏的胡子渊放声大哭，哭声唤醒了被撞晕的宁悦。尽管视线模糊，宁悦还是凭着本能，循着声音，抱住了儿子。

卓浩赶过来的时候，就看到宁悦头顶一个大包，抱着胡子渊，哼着安抚的歌。在人群愤怒的嘈杂胜利，呼和痛呼的吼叫声里，显得那么格格不入。胡子渊把头埋在妈妈的怀里，已经渐渐停止了哭泣。轻柔的歌声，隔绝了外界的暴戾和风暴，妈妈的怀里是最安全的地方。

卓浩忽然完全理解了宁悦，也明白了宁悦一直以来的坚持。他拨开人群，走到宁悦身边，并没有打扰她，而是就那么立在旁边，防止别人再来打扰这对母子！

医生说宁悦有脑震荡的迹象，需要住院观察。宁悦担心胡子渊，卓浩提议接到自己家里，让自己父母帮忙看着。胡子渊似乎也在一瞬间长大，听说第二天一早就可以过来看妈妈，表示自己已经很勇敢，可以不用妈妈陪着睡了！

胡子渊果然信守诺言，到了卓家，一张小嘴巴巴的甜，哄得早就盼孩子的老两口乐的满脸开花。卓妈妈进厨房做饭，从不做饭的卓浩跟着进去帮忙。卓妈妈轰他出去，卓浩忽然说："妈，你养我是不是很辛苦？"

卓妈妈一愣。卓浩又问："我这么不听话，你后悔吗？"

卓妈妈眨眨眼，担心地摸摸儿子的额头："你怎么啦？发烧了？"

卓浩偏过头，一脸别扭地立在那里，顿了顿，突然一步上前，一把抱住卓妈妈，紧紧地抱住。然后猛地退开，喊了一句"谢谢妈"就跑出了厨房。

卓妈妈呆呆地站着，最后眨眨眼，叨叨了一句："没发烧啊！这孩子，怎么了！"继续切菜，眼睛却不由自主地酸了又酸。最后一抹眼泪，"今儿的葱怎么这么呛！"

突如其来的人贩子，让宁悦心里充满不安。秦灿和罗雅婷第二天发动自己的人脉，打听这件事，从孩子被抢走后要交送的地址推断，这些人抢孩子不是为了转卖，而是要交给胡成妈！

宁悦强撑起来，趁医生不注意，走出房间。按照记忆，她转到了另外一个病区，这里是妇科。田秋子流产时发生大出血，子宫被摘除，正在这里进行恢复治疗。宁悦并不确定，田秋子是不是在这里？

幸运的是，田秋子还在。护士说，如果明天的检查没什么异常，就可以出院了。

宁悦谢过护士，找到田秋子的病房。隔着玻璃门，田秋子正在看手机，房间里另外两张床空着。

宁悦犹豫了一下，推门进去了。

田秋子很意外，宁悦也不废话，开门见山地问："你永远不能有自己的孩子了，对吗？"

宁悦摸摸自己的头："我是被抛弃的前妻，但我有自己想要的孩子。阮美英是他的老情人，有他的资产和信任。你呢？你有什么？

田秋子撑起床。

宁悦咧嘴笑了："他让你拿自己的孩子当赌注，试图陷我于囹圄之中，他许给你什么？你得到什么？还是你以为你出院以后，他会张开双臂拥抱你？

你以为凭年轻你就可以赢得胡成吗？你错了。这世上，永远不缺少比你年轻的女孩！”

田秋子脸色涨红，咬紧牙关。

宁悦说：“阮美英的女儿，刚过完17岁生日，如花似玉，比她母亲当年还漂亮。现在在一家私立高中的国际部上学，下个月就要出国读书了。”宁悦顿了顿，“她自己在学校外面租了个房子，连她妈妈都不知道。”宁悦慢慢走过去，靠近田秋子，低声说：“她一个学生，阮美英管的那么紧，哪儿来的钱租房子？还是高档公寓！”说完，宁悦拿出手机，摁亮了屏幕，上面是一个姑娘的全裸背影。手臂高高举起，趴在灰色的墙上。侧脸藏在阴影里，只能看到颧骨的弧线，最显眼的一大片卷曲的蓬松长发，迤逦着垂到臀部。身体扭动着呈性感的S形，露出浑圆的肩膀，纤细的腰肢，完美的蜜桃般的臀部高高翘起，配上笔直修长的交叉并紧的双腿，能轻易地勾起男人关于女人的一切幻想。

田秋子紧紧咬住嘴唇，死死地盯着照片。良久才嘶哑着问：“胡成不是被你送进监狱了吗？”

“阮美英向我求情，许了许多好处，让我放他一马。否则现在他为何还不接受审查？”

田秋子猛地抬头看着宁悦，两只美丽的大眼已经变得通红而狰狞：“阮美英？她怎么可能？”

“有什么不可能呢？她已经老了，胡成凭什么留在她那里？”宁悦说的轻柔，好像对着自己的好姐妹，正轻声细语的安慰。

田秋子的嗓子发出咕哝的声音，宁悦收起照片，站起身：“你好好休息吧，从此后，你过你的日子，我过我的日子，我想我再也不是你和胡成结婚的障碍了！”

宁悦关门的时候，听到田秋子哼了一声，不过接下来是哭是笑，都已经被宁悦关在身后了。

田秋子怎么做，宁悦已经不能掌控了。但是，这一次，她是如此迫切地渴望田秋子依然如故！至于阮美英会受到什么样的伤害？在胡成从她提供的住处消失那天起，就已经不需要宁悦考虑了。

这个消息是卓浩带来的。

胡成真的躲在阮美英女儿在校外私自租住的地方。田秋子找到之后，盯了几天，发现胡成很谨慎，根本不出门，就装成送外卖的闯了进去。

里面发生了怎样的争执没人知道。警察赶到的时候，胡成头部受到重创，身中数刀，处于昏迷中，估计后半辈子都是植物人了。田秋子则已经断气，却面目狰狞，双目圆睁，不肯闭眼。鲜血喷溅得到处都是！

据说场面极其惨烈，放学回来的阮玲玲受到惊吓，精神一时不能缓过来，一直在医院治疗。阮美英找到宁悦，转让茗都餐饮，要带孩子出国，再也不回来。

宁悦让她找个合适的价格盘出去，自己无意接盘。后来阮美英怎么处理，宁悦不知道，也不想知道。

胡成父母此刻倒是很坚强，互相扶持着陪着昏迷的儿子积极治疗。

慕晓对宁悦开玩笑说，早知如此就不必离婚了，还能坐拥胡成的全部财产。宁悦摇头，即使他昏迷了，自己也会离婚了。那样的婚姻，经过那么多年，即使胡成昏迷也不能改变什么。胡成的父母，胡成存在本身，胡家留下的行为习惯影响，都是一道道枷锁，都是一片片泥潭，都是她必须走出来的荒原。除了胡子渊，她不想和胡家再有任何瓜葛。

那天晚上，宁悦请慕晓留下，帮忙照顾一下睡着的孩子。自己拿了东西，下楼去了路口。火起火灭，烟飞烟落，风吹，扫过一片藏青色的灰烬。

尾　声

半年以后，王明诚陈平章受贿索贿一案开庭审理。宁悦没去，她帮着何宽谈妥了一个投资合作，何宽终于找到了他的投资人，又可以大展拳脚了。而宁悦则在这次帮忙中认识到，原来带着孩子工作也不是完全的摸鱼！

听说她开始考虑辞职的事情，何宽兴冲冲地说："你可以带着孩子来上班。你可以在家上班。你甚至可以不上班……"

宁悦听了最后一句，打消了辞职的念头。

然而秦灿却接受了一个律所的邀请，准备去更广阔的天地大展拳脚。他劝宁悦去何宽那里，理由是罗雅婷这女人太鸡贼，不可能给她一个宽松的工作环境。

宁悦左右为难。她不想再牵涉感情，但也的确需要一份工作，来养活自己和孩子。事实上，胡成的财产大多数还是留给了他的父母。只是因为涉及行贿，又被查封了。所以，两位老人的生活也仅仅是维持而已。但的确如秦灿所言，罗雅婷是一个对工作要求很高的人，宁悦并不指望一个单身女人理解一个单亲妈妈的状态。

就在秦灿准备走的倒数第二天，集团人事部发布了一项新制度：为提高工作效率和节约成本，更有效的利用空间，准备实行错峰上下班制度，同时试行行政部门在家办公制度。在家办公制度首先在三个部门试行，分别是商务中心、法务中心，还有财务中心。并规定了详细的条件和申请流程。

秦灿下班前把宁悦提交的文件批准后，笑着合上电脑，对宁悦说："罗雅婷这个女人，就会和我作对！"他深深地看着宁悦，张张口似乎要说什么。

宁悦却截住话头："不是她要和你作对。而是这个社会，今后会对女性越来越体谅，女性的付出会得到越拉越多的认可，女性的权利会得到越来越多的尊重。但是无论如何，现在我能遇到你们，是幸运！"

秦灿嘴角抽了抽，咽了口唾沫，苦笑了一下："不客气，帮助你，也是帮助我自己。"他站起来，自己冲了杯速溶咖啡，大口喝了下去，才说，"你们一定都知道我父母离婚，我是我妈带大的，后来我妈去世了，我就回到了我爸那里。可是，你不知道，我妈是自杀的。在我搬去我爸家并且出国后不久，就自杀了。"

宁悦惊讶得差点出声，赶紧捂住嘴巴。

"我知道得很晚。我在纽约找了一份不错的工作后，我爸才把这个消息告诉我。在这期间，逢年过节，我都能收到我妈寄给我的信。然而，这些信其实都是她自杀前提前写好的。"秦灿深吸一口气，继续讲下去，"我高中时想出国读书，可是我妈当年离婚是净身出户，为了带好我一直没有好好工作，挣得很少，根本不能满足我出国的要求。所以，所以，我对她说……"秦灿顿住，喉结剧烈地上下滑动，接下来的话是他这么多年一直想忘记，然而此刻却迫切想告诉宁悦的。不，是想告诉自己的母亲，天堂的她会不会听到他的忏悔呢？

"我对她说，你既然没本事，为什么要把我带出来？你既然不能给我更好的未来，为什么要阻止爸爸？是你耽误了我！为了你自己的爱情你自己的尊严，牺牲了我的未来我的人生！我恨你，我讨厌你！我要回去，我大了，我终于可以选择了。我要回去，我不会再做你的牺牲品！"

秦灿闭上眼，浑身抖动着，不再说话。

宁悦眼前一片朦胧，她终于明白秦灿为什么帮助她了。因为他在胡子渊身上看到自己的过去，在自己身上看到他母亲的影子！他帮助宁悦，只是一场迟到的自我救赎。你可以不承认错误，却无法阻止良心的自责。在夜深人静时，在物是人非时，在任何一个相似的人、物、景、情出现的时候，良心和自责都会站出来与胆怯、自私和虚伪战斗一番。这就是折磨。你可以不承认，但也不要你承认的折磨！

你念或者不念，深渊就在那里，默默地注视着你，提醒过往的一切。

宁悦没有说话，她遍体冰凉。在秦灿话音落下的那一刻，她就完全理解秦灿母亲自杀时的心情！如果胡子渊长大后也这么对她讲，她大概也会这样做。也会在选择死亡后，尽力阻止孩子知道自己的死讯。写那些信的时候，秦灿妈妈的心情。

宁悦泪流满面，只能捂住嘴，阻止抽噎溢出。

秦灿走过来，抱住她，低下头落在宁悦的肩膀上，良久，才低声讲："对不起！对不起！"

希望逝去的不再有遗憾。

希望活着的可以重拾勇气。

希望幸运的珍惜生活。

希望岁月静好。

从此以后。